Liza Marklund

Verletzlich

Kriminalroman

Aus dem Schwedischen
von Dagmar Lendt

Ullstein

Die Originalausgabe erschien 2015
unter dem Titel *Järnblod*
bei Piratförlaget, Stockholm.

ISBN 978-3-550-08062-3

© 2015 by Liza Marklund
© der deutschsprachigen Ausgabe
2016 by Ullstein Buchverlage GmbH, Berlin
Alle Rechte vorbehalten
Gesetzt aus der Garamond und der Franklin Gothic
Satz: LVD GmbH, Berlin
Druck und Bindearbeiten: CPI books GmbH, Leck
Printed in Germany

Montag, 1. Juni

Dies war die letzte Leiche.
Es war ein starkes Gefühl, wie ein Abschied. Er atmete tief ein, ließ sein ganzes Ich vom Rauschen der Baumkronen durchdringen.
Wie schön war dieser Ort in seiner Kargheit und Genügsamkeit, fast sakral war er mit den Jahren geworden: der Moränenboden, das silbergrau schimmernde Totholz, die Birken mit ihren Kätzchen.
Acht hatten sie hier abgelegt, dies war die neunte. Er erinnerte sich an jede einzelne, nicht so sehr an ihre Gesichter wie an ihre Töne, ihre Frequenzen, an die Schwingungen, die ihr Leben ausgemacht hatten.
Jetzt nicht mehr.
Die letzte Leiche.
Er blickte auf den toten Körper zu seinen Füßen.
Jeans und Turnschuhe, T-Shirt, Gürtel, braune Jacke. Ein prächtiges Exemplar des *Homo sapiens*, er hatte Gelegenheit gehabt, dieses hier näher kennenzulernen. Ordentliche Kleidung, wie sie ihm selbst auch gefallen hätte. Manchmal tat es ihm weh, dass er all die schönen persönlichen Dinge vernichten musste, er, der in bescheidenen Verhältnissen aufgewachsen und dazu erzogen worden war, dankbar und verantwortungsvoll mit den Ressourcen der Erde umzugehen.
Er betrachtete den Himmel. Wie niedrig er hier oben am Polarkreis war, die Wolken zogen tief über den Köpfen der Menschen hinweg, kämmten ihre Augenbrauen. Bald würde die Sonne nicht mehr untergehen, erst wieder im Herbst, wenn die Kälte das Laub von den Bäumen biss und der russische Winter aus dem Osten hereinbrach.
Er trauerte um seinen Bruder.
Ihr Leben lang waren sie eins gewesen, einer das Spiegelbild

des anderen, hatten Gedanken und Gefühle geteilt, doch nun ahnte er den Abgrund. Er hielt sich auf dem Laufenden über die Ereignisse im Gerichtssaal, aber die Einsamkeit quälte ihn, und Qualen hatte er noch nie gut ertragen.

Sorgfältig wischte er das Bolzenschussgerät am Moos ab.

Er musste den Schmerz mit jemandem teilen.

»Sie sind zusammengebrochen«, sagte die Psychologin. »Was ist passiert?«

Annika Bengtzon wand sich im Sessel, sie fühlte sich schmal und verloren in dem klobigen Möbel. Sie umklammerte die Armlehnen, um nicht zu ertrinken, ihre Handflächen waren feucht. Wie viele hatten vor ihr hier gesessen und Blut und Wasser geschwitzt? Hatten ihre angsterfüllten Ausdünstungen in den groben Stoff einziehen lassen? Sie nahm hastig die Hände von den Armlehnen und faltete sie fest auf dem Schoß.

»Ich war im Gesundheitszentrum und beim Betriebsarzt«, sagte sie. »Man hat mich von Kopf bis Fuß gründlich untersucht, aber körperlich fehlt mir nichts … Ja, und da meinte Jimmy, das ist mein Lebensgefährte, dass ich hierher gehen sollte.«

»Es war also nicht Ihre eigene Entscheidung?«

Eine sachliche Frage, die keine Kritik enthielt. Annika sah schnell zu der Frau auf der anderen Seite des Holztisches hinüber, deren Gesicht ebenso neutral war wie ihre Stimme und Frisur. Was dachte sie eigentlich? Fand sie es albern, dass Annika in ihre Sprechstunde kam? Dass sie jemandem, der es wirklich nötig hatte, den Platz wegnahm? Oder freute sie sich einfach über das Geld?

Annika griff nach dem Glas Wasser auf dem Tisch. Neben dem Glas stand eine Pappschachtel mit Papiertaschentüchern. Wurde von ihr erwartet, dass sie hier saß und heulte? Taten das alle? Und wenn sie nicht weinte, machte sie dann etwas falsch?

»Ich musste etwas unternehmen, wegen der Kinder. Ich mache ihnen Angst. Oder besser gesagt, ich habe ihnen Angst gemacht, an dem Tag.«

»Als die Kinder Sie während einer Panikattacke fanden?«

Annika rutschte wieder im Sessel herum, ihre Beine waren

taub wie zwei Stöcke, ihr Rücken verspannt und hart. Es war unmöglich, eine bequeme Stellung zu finden, sie gab es auf und versuchte, sich zu entspannen.

»Können Sie mir mehr über die Attacke erzählen?«

Das Licht der Deckenlampe spiegelte sich in der Brille der Psychologin, für die es ein ganz normaler Arbeitstag war, vielleicht würde sie in der Mittagspause Lasagne essen, einen Spaziergang machen und Kleider aus der Reinigung abholen.

»Ich ... es war in der Diele. Ich bin einfach zusammengesackt, bekam keine Luft mehr, mir wurde schwarz vor Augen ... Genau in dem Moment sind Serena und Jacob von der Schule gekommen, das sind Jimmys Kinder, und ... na ja, sie haben den Rettungswagen gerufen.«

Sie trank noch etwas Wasser, es war lauwarm und schmeckte scheußlich.

»Die Sanitäter sind mit Trage und allem Drum und Dran nach oben gekommen, aber ich konnte sie ja gleich wieder wegschicken.«

»Also wussten Sie, was mit Ihnen los war?«

Das Dunkel, das dort draußen lauerte, unmittelbar außerhalb ihres Blickfelds, die Schatten, die sie umkreisten und ihr den Atem und die Sinne und das Bewusstsein raubten, sie waren nicht gefährlich, nicht gefährlich, nicht gefährlich, sie verschwanden auch wieder, man starb nicht davon. Man fühlte, wie die Hände brannten und es in den Augen stach und der Kopf in den Nacken fiel, wie einem die Beine versagten und die Luft ausging, und dann kam die Dunkelheit und verschluckte einen und man fiel und fiel und fiel. Es war nicht gefährlich, man starb nicht davon, bisher nicht, nie.

Sie räusperte sich.

»Mir fehlt nichts. Ich bin kerngesund.«

»Wissen Sie, was ein Paniksyndrom ist?«

Ja, sie hatte gegoogelt, verschämt, heimlich. Gewöhnliche, normale, gesunde Menschen ließen sich nicht von Dunkelheit und Gespenstern beherrschen.

»Aber jetzt ist mein Leben wieder in Ordnung, jetzt geht es mir überhaupt nicht schlecht. Ich habe keine Angst, wirklich nicht.«

»Man kann durchaus Angst haben, ohne es zu wissen«, sagte die Psychologin. »Viele Leute, die eine Panikattacke erleiden, halten es für einen Herzinfarkt und fahren in die Notaufnahme.«
»Aber warum ist es schlimmer geworden?«
»Die Anfälle werden also schwerer, meinen Sie?«
Annika blickte aus dem Fenster. Es hatte den ganzen Morgen geregnet, die Tropfen liefen immer noch langsam die Scheibe herunter, vielleicht hatte es inzwischen aufgehört, oder wenigstens fast.
»Ich verstehe das gar nicht, mir ist es noch nie so gut gegangen. Ich … wir haben eine wunderbare Beziehung, mit den Kindern läuft es auch gut, ich habe einen Job, der mir Spaß macht, mein Exmann benimmt sich zivilisiert. Ich habe mich sogar mit Sophia angefreundet, das ist die Frau, mit der er mich früher betrogen hat …«
»Was meinen Sie denn selbst, woran es liegt?«
Plötzliche Wut flammte aus dem Nichts auf, musste sie denn jetzt alle Antworten parat haben? Wofür bezahlte sie eigentlich so viel Geld? Sie spürte, wie ihre Kiefermuskeln sich anspannten.
»Ihr Vater ist gestorben, als Sie ein junges Mädchen waren«, fuhr die Psychologin fort und blätterte in ihren Unterlagen. »Standen Sie ihm nahe?«
Ah ja, jetzt sollte sie also ihre Kindheit ausbreiten. Annika wischte sich die Hände an den Oberschenkeln ab.
»Das ist schon so lange her, über zwanzig Jahre …«
Es wurde still im Zimmer. Draußen auf der Straße lärmte der Verkehr. Die Papiertaschentücher im Pappkarton wehten leicht in einem unsichtbaren Luftzug. Der Sesselbezug kratzte im Rücken.
»Aber Ihre Mutter lebt noch? Wie ist Ihre Beziehung zu ihr?«
Annika blickte auf ihre Armbanduhr.
»Wie lange müssen wir noch machen? Wann kann ich gehen?«
Die Psychologin lehnte sich in ihrem Sessel zurück, spürte sie auch, dass der Bezug kratzte?

»Wir können sofort aufhören, wenn Sie möchten.«
Annika blieb sitzen, fühlte sich auf einmal bleischwer, wurde sie jetzt rausgeworfen? Obwohl sie diese Sitzung bezahlte? Mit elfhundert Kronen pro Stunde?
»Wollen Sie, dass ich gehe?«
Die Psychologin warf einen Blick zur Uhr an der Wand.
»Die Zeit ist noch nicht um«, sagte sie. »Sie können selbst entscheiden, ob Sie gehen oder bleiben möchten.«
Der Raum zog sich zusammen, drückte auf ihren Nacken, war sie denn nicht hier, um Hilfe zu erhalten? Beratung?
Die Frau lächelte sie an.
»Ich hätte gern, dass Sie bleiben.«
Der Verkehrslärm entfernte sich. Wonach hatte sie gefragt? Nach ihrer Mutter, Barbro?
Annika nahm innerlich Anlauf, die Dunkelheit wirbelte hinter ihrem Rücken.
»Sie ... meine Mutter kann mich nicht leiden.«
»Warum glauben Sie das?«
»Meine Eltern mussten heiraten, weil ich unterwegs war, Mama konnte ihre Ausbildung als Künstlerin nicht machen. Das hat sie mir nie verziehen.«
Die Psychologin sah sie eine ganze Weile stumm an, dann blickte sie wieder auf ihre Notizen.
»Sie haben eine Schwester, Birgitta ...? Wie ist Ihr Kontakt zueinander?«
Annika versuchte zu lächeln.
»Als sie ihr Kind bekam, habe ich es auf Facebook erfahren, ich wusste gar nicht, dass sie schwanger war.«
»Ist das schon immer so gewesen?«
»Als Kinder haben wir uns ein Zimmer geteilt, bis zu meinem Auszug, und jetzt weiß ich nicht mal, wo sie wohnt.«
Die Psychologin nickte und machte sich Notizen auf ihrem kleinen Block.
»Auf dem Formular, das Sie vor der Sprechstunde ausgefüllt haben, geben Sie unter ›Sonstiges‹ an, Sie seien vor fünfzehn Jahren wegen einer Straftat verurteilt worden. Möchten Sie mir mehr darüber erzählen?«

»Fahrlässige Tötung. Zwei Jahre auf Bewährung. Mein Freund, Sven. Das war ... ja, ein Unfall, kann man sagen ...«

Die Worte hallten durch das kleine Zimmer. Die Psychologin zeigte keine Reaktion. Sie saß in ihrem Sessel auf der anderen Seite des Tisches, die Beine übereinandergeschlagen und die Hände auf dem Schoß gefaltet.

»Was fühlen Sie, wenn Sie darüber sprechen?«

Ein Pfeifen ertönte in Annikas Kopf, ein durchdringender, hartnäckiger Ton aus dem Nichts. Sie musste lauter reden, um sich selbst zu hören.

»Nichts Besonderes. Fünfzehn Jahre, das ist eine lange Zeit.«

»Wo im Körper sitzt das Gefühl? Im Bauch, im Hals, in der Brust?«

Es waren nur Worte. Sie konnten ihr nichts anhaben. Wenn sie einfach das Rauschen ausblendete, konnte sie reden, es hatte keine Bedeutung mehr, ihr Ich musste nur kompakter werden als die Dunkelheit draußen, dann konnte sie atmen.

Die Hauptredaktion des *Abendblatts* schimmerte wie immer in einem bläulichen Licht. Als sie Berit Hamrin an ihrem Rechner sitzen sah, fiel alle Spannung von Annika ab, nur ein leichter Kopfschmerz blieb. Seit fünfzehn Jahren verbrachte sie den größten Teil ihrer wachen Zeit in diesem Raum, auf der nie endenden Jagd nach dem, was passiert war oder passieren könnte, und fast ebenso lange saß ihre Kollegin Berit Hamrin auf dem Stuhl neben ihr.

Sie ließ ihre Tasche auf Berits und ihren gemeinsamen Schreibtisch fallen, zog die Jacke aus und warf sie über die Armlehne ihres Stuhls. Ihre Kollegin war älter als sie, hatte erwachsene Kinder und wohnte mit ihrem Mann auf einem Bauernhof auf dem Land.

»Wie steht's mit dem Twitter-Streit?«, fragte Annika.

Berit seufzte leicht.

»Die Fernsehfrau hat sich in einem neuen Tweet für ihre Behauptung über den Soap-Star entschuldigt, und der Soap-Star hat die Entschuldigung in einem Post auf Facebook angenommen.«

Das enge Sprechzimmer der Psychologin glitt davon und löste sich in Luft auf.

»Ist das nicht schön, alle haben sich wieder lieb«, sagte Annika.

Das Dunkel um sie herum, alles, was sie verschluckte und erstickte, zog sich in einen fernen Winkel zurück. Wenn sie in der Redaktion war, blieb es fast immer an seinem Platz. Hier gab es ein Licht, technisch und künstlich, das die Welt klar und deutlich machte. Die Deutung der Wirklichkeit, die verschiedenen Auflagen, die konstante Veränderung – sie, Annika, war ein funktionierender, integrierter Teil davon. Die Waldauflage, genannt Fünfkreuz, die Ausgabe der Zeitung, die als Erstes rausging, von Auftragsdruckereien draußen im Land gedruckt oder per Transportflugzeug im Morgengrauen ausgeliefert; Dreikreuz, die aktualisierte Vorstadtauflage, per Lastwagen im gesamten Mälardalen ausgeliefert; Einkreuz, die Innenstadtauflage für Katastrophen und Prinzessinnenverlobungen: Das war die Wirklichkeit, strukturiert und leicht zu handhaben.

Und dann gab es noch Siebenkreuz, ihr ganz persönliches Hassobjekt, die Ausgabe, die nur im internen Netzwerk der Redaktion existierte.

Annika packte den Laptop aus und holte sich einen Kaffee, während der Computer hochfuhr. Anschließend setzte sie sich mit dem bitteren Gebräu in der Hand an den Rechner und wappnete sich innerlich.

Siebenkreuz enthielt, was die Ressortchefs sich an Nachrichten für die morgige Ausgabe wünschten, die Zukunft, wie sie sein sollte, mit fertigen Schlagzeilen und oft auch schon mit Fotos und Bildunterschriften, es lag nur noch an den Reportern, die Wirklichkeit so einzufügen, dass sie zur Utopie passte.

Aufmacher der hypothetischen morgigen Ausgabe war Berits Story: Die Fernsehfrau – sie war Leitartikel-Redakteurin bei einer Lokalzeitung und moderierte jeden dritten Mittwoch eine Satiresendung, die das Frühstücksfernsehen parodierte – hatte eine bösartige Bemerkung über die Gewichtszunahme einer ehemaligen Soap-Darstellerin getwittert. Patrik Nilsson, Nachrichtenchef des *Abendblatts*, besaß ein unglaubliches Talent, die besonders unbedeutenden und gedankenlosen kleinen Gemeinheiten aus dem Internet zu fischen und sie in der Zeitung zu einem richtigen Skandal aufzublasen. Und auch diesmal hatte er sich nicht lumpen lassen:

TV-MODERATORIN: ROSA IST ZU FETT

lautete die gewünschte Schlagzeile. Unter dem Foto, auf dem eine spindeldürre Blondine zu sehen war, stand: »Rosa ist tief gekränkt über das Mobbing der TV-Moderatorin.«

»Die geplante Empörung in den sozialen Medien ist leider ausgeblieben«, sagte Berit.

Annika verstand. Den Shitstorm im Internet, aus dem das *Abendblatt* eigentlich zitieren wollte, hatte es nie gegeben (ein paar Postings im Stil von »wieso muss das Aussehen von Frauen immer kommentiert werden« hätten notfalls gereicht, aber offenbar gab es nicht einmal die), und damit würden Rosa und ihre angebliche Kränkung auf den Müllhaufen der Massenmedien wandern, noch ehe es überhaupt so etwas wie eine Kränkung gegeben hatte.

»Ich finde eher, Rosa sollte ein paar Kilo zulegen«, sagte Berit. »Würde ihr nicht schaden. Was machst du heute?«

»Den Mord an Josefin«, erwiderte Annika.

Berit blickte auf und nahm die Brille ab.

»Ich erinnere mich. In dem Sommer, als Schweden eine Bananenrepublik war. Es war heiß wie im Backofen, wir hatten eine irre hohe Inflation und waren Spitze im Fußball.«

»Das ist fünfzehn Jahre her«, sagte Annika. »Damals habe ich das erste Mal einen Artikel mit meinem Namen unterzeichnet.«

Berit setzte die Brille auf und widmete sich wieder dem Rosa-Mobbing. Annika suchte ihr Hintergrundmaterial zusammen.

Im Frühjahr hatten die Leser abgestimmt, über welches zurückliegende Verbrechen sie mehr lesen wollten (das nannte sich *Interaktivität* und war das Leitwort der neuen Zeit). Annika hatte Artikel und Videoclips über mehrere der alten Strafsachen produziert, die meisten erhielten im Internet eine enorme Anzahl von Klicks. Die Sonderausgaben der Sonntagszeitungen verkauften sich auch gut. Sie war erstaunt über die Popularität der retrospektiven Berichterstattung, die Medien richteten den Blick zurück, in allen Formaten. Das Fernsehen brachte Dokumentarfilme und Reportagen, alle Zeitungen produzierten Sonderbeilagen, bekannte Schriftsteller verfassten Sachbücher über alte Kriminalfälle.

Sie las die Zusammenfassung des Falles durch:

SEXUALMORD AUF DEM FRIEDHOF
An einem brütend heißen Samstagmorgen war die neunzehnjährige Josefin Liljeberg tot hinter einem Grabstein gefunden worden, nackt und erwürgt. Der Mord wurde nie aufgeklärt.

Annika klickte das Abiturfoto der jungen Frau an und betrachtete das Porträt, die weiße Studentenmütze auf den blonden Haaren, die strahlenden Augen. Sie hatte als Stripperin im Sexclub Studio 6 gearbeitet. Annika glaubte zu wissen, wer sie umgebracht hatte: Joachim, Josefins Freund, dem der Sexclub gehörte. Den Club gab es schon lange nicht mehr, aber Joachim war irgendwo da draußen, geisterte vermutlich aalglatt und eiskalt durch die Unterwelt, die sein Zuhause war.

Berit seufzte und blickte auf ihre Armbanduhr.

»Ich glaube, ich muss die arme Rosa fallenlassen«, sagte sie und klappte ihren Laptop zu.

»Gehst du zur Verhandlung?«

Berit beobachtete den Prozess gegen den Holzhändler Ivar Berglund, in den Schlagzeilen »Zimmermann« genannt. Die zweite Verhandlungswoche im Sicherheitssaal des Stockholmer Amtsgerichts hatte gerade begonnen.

»Heute soll die Polizistin aussagen, die ihn festgenommen hat. Weißt du, was Berglund mit dem gefolterten Politiker in Solsidan zu tun hat?«

Annika strich sich die Haare zurück und zwirbelte sie zu einem Knoten zusammen.

Es war nicht leicht, den Überblick über den Fall zu behalten. Der alleinstehende Fünfundfünfzigjährige aus Vidsel in Norbotten war angeklagt, vor einem Jahr einen Stadtstreicher in Nacka brutal ermordet zu haben. Annika hatte die Artikel geschrieben, die zu seiner Festnahme führten. Deshalb hatte sie auch als Erste erfahren, dass er verhaftet worden war. Das *Abendblatt* war an jenem Nachmittag Gewinner des Auflagenkrieges. Später schrieb sie lange Hintergrundberichte über den Mann, filmte sein Haus und sein Firmengelände. Sie las alle zugänglichen Jahresbilanzen seines Unternehmens, sprach mit seinen Kunden und Nachbarn, kurz gesagt, produzierte das, was im Vokabular der Zeitung »Dramadokumentation« genannt wurde.

»Die Polizistin ist Nina Hoffman, sie hat ihn verhaftet«, sagte Annika. »Wir haben oft darüber geredet, und schreiben darf ich das nicht, aber Nina ist überzeugt, dass der Mord an dem Penner und die Folterung von Ingemar Lerberg auf das Konto von ein und demselben Täter gehen. Zwischen den Verbrechen lagen nur wenige Tage, und es gibt mehrere Hinweise, dass die Fälle zusammenhängen.«

»In der Anklageschrift wird davon nichts erwähnt«, sagte Berit.

»Stimmt. Aber der ermordete Penner war Strohmann in Nora Lerbergs Firma in Spanien. Die Polizei hat am Tatort in Nacka eine Kinderzeichnung gefunden, und genau solche Zeichnungen lagen bei Familie Lerberg im Kinderzimmer. Außerdem war der Typus der Gewalt vergleichbar. Das sind keine Beweise, aber Zufall kann es auch nicht sein. Die Fälle müssen miteinander in Verbindung stehen.«

»Die Anklage gegen Berglund steht auf ziemlich wackligen Beinen«, sagte Berit. »Bin mal gespannt, ob es für eine Verurteilung reicht.«

»Hast du Patriks feuchten Traum im Siebenkreuz gesehen?«, fragte Annika.

Die Wunschschlagzeile im Intranet der Zeitung lautete:

DAS DOPPELLEBEN DES ZIMMERMANNS
So jobbte er als Killer.

Berit schüttelte den Kopf, schulterte ihre Tasche und ging in Richtung Hausmeisterei.

Annika nahm sich wieder Siebenkreuz vor. An diesem Vormittag waren noch weitere erhoffte Nachrichten eingeplant worden. Der Nationalfeiertag rückte näher, und es wurde spekuliert, ob Prinzessin Madeleine sich wohl aufraffte, über den Atlantik zu jetten und gemeinsam mit dem Rest der Königsfamilie an den Feierlichkeiten in Skansen teilzunehmen (Wunschschlagzeile war: LÄSST MADDE DAS SCHWEDISCHE VOLK

IM STICH?, so als bangte die ganze Nation mit angehaltenem Atem, ob das jüngste Königskind seine Wohnung in Manhattan verlassen und in die schlechtsitzende Landestracht schlüpfen würde). Außerdem wurde von einem Spitzensportler erwartet, dass er die ganze Wahrheit über einen möglichen Dopingskandal erzählte, eine Hitzewelle drohte, und die jüngste Meinungsumfrage ergab eine Niederlage für die Regierung bei der Reichstagswahl im Herbst.

»Annika, kannst du was zur Hitzewelle machen?«

Patrik hatte sich vor ihr aufgebaut. Annika warf einen Blick auf ihr Handydisplay.

»Tut mir schrecklich leid«, sagte sie. »Ich habe gleich einen Termin bei der Staatsanwaltschaft.«

Der Nachrichtenchef stöhnte theatralisch und machte auf dem Absatz kehrt. Er wusste genau, dass sie vom Tagesgeschäft freigestellt war, aber wer konnte ihm verdenken, wenn er es trotzdem versuchte?

Sie klappte ihren Rechner zu und packte ihre Sachen zusammen.

Anders Schyman blickte auf den Redaktionssaal, im Bauch ein seltsames Ziehen. Hinter der Glaswand leuchtete der Newsdesk, Patrik Nilsson telefonierte mit zwei Handys gleichzeitig, Sjölander hackte konzentriert seinen nächsten Artikel über Prinzessin Madeleine in die Tastatur, Annika Bengtzon marschierte mit ihrer Schultertasche Richtung Ausgang, und die Ventilatoren der Computer ließen die Luft flimmern.

Die Szene war schmerzhaft vertraut und gleichzeitig so unbeschreiblich fremd, und bald würde es vorbei sein.

Er lehnte sich schwer auf seinem Stuhl zurück und griff nach der Mappe, die ganz oben auf dem Stapel neben ihm lag. Das Protokoll der Vorstandssitzung vom letzten Freitag. Der 29. Mai, das Datum würde in die Geschichte eingehen: Der Tag, an dem der Anfang vom Ende begann. Gutenbergs Zeit war vorbei, das gedruckte Wort hatte ausgedient.

Schyman erhob sich ruhelos und stellte sich so dicht an die Glaswand, dass von seinem Atem die Scheibe beschlug. Was hätte er anders machen können?

Der schwedische Journalismus war fast hundert Jahre lang Hand in Hand mit dem »Volksheim« einhergegangen, war die Verbindung zwischen Staatsmacht und Bürgern gewesen, wenn das eine zusammenbrach, ging das andere unweigerlich denselben Weg. Die Medienwissenschaftler hatten schon vor zwanzig Jahren behauptet, man könne »1990 als Ende einer Epoche betrachten, der Zeit des nationalen Wohlfahrtsstaates und des Journalismus«.

Er hatte ein Vierteljahrhundert, den größten Teil seiner Karriere, auf geborgte Zeit gelebt.

Kein Grund zum Weinen, er konnte das »Volksheim« nicht ganz allein wieder aufbauen.

In einem plötzlichen Impuls drehte er sich um und zog das

Buch »Die redigierte Gesellschaft« von Jan Ekecrantz und Tom Olsson aus dem Regal. Er las die unterstrichenen Zeilen im Vorwort, obwohl er sie auswendig kannte:

»... der referierende und reportierende Journalismus ist immer mehr ersetzt worden durch abstrakte Situationsbeschreibungen, bei denen Akteure sich in oft unsichtbare Quellen verwandeln. Der heutige Journalismus ist von einer informierten Vernunft geprägt, die dazu tendiert, Gesellschaftsprobleme in Informationsprobleme und das öffentliche Gespräch in Talkshows und Infotainment zu verwandeln. Offen kommerzieller und Partei ergreifender Journalismus erhält immer größeren Spielraum. Die traditionellen journalistischen Ideale (das zu spiegeln, was tatsächlich geschieht, die Macht zu kontrollieren und zu kritisieren, als Kanal zwischen Regierenden und Regierten zu fungieren) werden kontraproduktiv ...«

Er schlug das Buch zu und schloss die Augen.

Wir leben unser Leben, wie wir unsere Tage leben hatte auf der Frühstücksrechnung eines Hotels in Oslo gestanden, wo er im letzten Herbst ein Seminar mit der Eignerfamilie besucht hatte. Die Worte hatten ihn ins Mark getroffen, er erinnerte sich noch genau an seine Reaktion, kalter Schweiß auf den Handflächen: Wie lebte er seine Tage? Wie hatte er sein Leben bisher gelebt? Wie an jenem Tag in Norwegen, in diesem fensterlosen Konferenzraum, als über die Digitalisierung der Medien diskutiert wurde, oder wie am heutigen Tag, an dem die Hoffnung auf die morgigen Schlagzeilen von skrupellosen Frauen abhing, die Gehässigkeiten in sozialen Netzwerken verbreiteten, die niemand las?

Seine Knie schmerzten, er setzte sich wieder und fingerte an den Papierstapeln auf seinem Tisch herum.

Zeit war im Überfluss vorhanden, bis zu dem Moment, an dem sie beinahe zu Ende war. Vielleicht hätte er eine Firma gründen, ein Haus bauen, ein Kind zeugen sollen, etwas schaffen, das Bestand hatte. Aber er hatte nichts von alldem getan, er hatte für den Tag gebaut, nicht für die Zukunft. Sein ganzes Berufsleben hatte er damit verbracht, die Gesellschaft, in der er lebte, zu definieren und zu erklären, sie besser zu machen, gerechter. Was er hatte, war sein Ruf, seine Rolle in der Geschichte der Medien, etwas anderes würde er nicht hinterlassen.

Er blickte auf die Redaktion. Wie sollte er es schaffen?

In all diesen Jahren bei der Zeitung hatte er an ihrer Weiterentwicklung gearbeitet, ununterbrochen, hatte Mitarbeiter für die Stellen herangebildet, die nötig waren, um schwarze Zahlen und fette Schlagzeilen zu schreiben. Aber nicht nur die Branche selbst, auch die Zeiten änderten sich unaufhörlich; ohne Landkarte, getrieben von Adrenalin und Instinkt, steuerte er durch den Dschungel, ein ständiger Slalom zwischen Treibsand und Tretminen. Es war ihm gelungen, eine Reihe von Mitarbeitern zu Schlüsselpersonen im Unternehmen aufzubauen, in den Ressorts Nachrichten, Sport, Unterhaltung, Web, Kultur und TV. Sie mussten sich ihr Arbeitsfeld in der neuen, unbeackerten medialen Landschaft selbst erschließen, und er war stolz auf sie, auf sich, auf seine Weitsicht.

Aber eine weitreichende Funktion hatte er nicht geschafft zu erneuern, eine Version seiner selbst, Anders Schyman 2.0. Ein Publizist mit Meinungsfreiheit im Blut, Respektlosigkeit im Herzen, mit der Technik im Stirnhirn und einem Kompass im Schwanz. Er hatte es nicht geschafft, die Tage waren zu kurz gewesen, zu schnell verstrichen, und jetzt war es zu spät.

Zeit im Überfluss, bis sie plötzlich zu Ende war.

Der objektive, investigative, informierende Nachrichtenjournalismus, wie ihn alle kannten, alle heutigen Akteure – der würde nur ein kurzer Abschnitt in der Geschichte der Menschheit sein, und er, Schyman, er persönlich hatte das Ruder in der Hand gehabt, während sie direkt auf den Untergang zusteuerten.

Der Nieselregen vom Morgen hatte aufgehört und die Straßen matt und dunkel zurückgelassen. Am Nachmittag, wenn die Regenfront nach Norden abgezogen war, würde die Mittelmeerhitze Svealand erreichen, Annika konnte bereits spüren, wie die Feuchtigkeit auf der Haut klebte. Der Verkehr floss zäh wie Sirup, sie hatte darauf verzichtet, den Bus zu nehmen, zu Fuß war sie schneller.

Sie nahm die Abkürzung durch den Rålambshovsparken und tauchte ein in das Labyrinth von Kungsholmen, fand ihren Weg durch Straßen und Gassen, ohne darüber nachzudenken. Sie konnte gehen und gehen und plötzlich irgendwo sein, ohne dass ihr bewusst gewesen wäre, wie sie dorthin gekommen war. Die Häuser neigten sich ihr vertraulich zu, flüsterten Willkommensworte in den Wind, die Steine vergaßen nicht. In diesem Viertel war sie gelandet, als sie damals nach Stockholm zog, in einem heruntergekommenen Mietshaus in der Agnegatan, ohne Warmwasser, das Bad quer über den Hof im Keller. Später hatte sie hier in einer großbürgerlichen Wohnung mit Zimmerflucht zur Hantverkargatan gelebt, zusammen mit Thomas, als die Kinder noch klein waren. Sie hatten ihre Hochzeit dort gefeiert. Und nach der Scheidung von Thomas hatte sie eine Dreizimmerwohnung im Viertel bezogen.

Und es war das Stadtviertel, in dem Josefin Liljeberg gearbeitet hatte, hier war sie gestorben. Annika ging an der Hantverkargatan vorbei, sah das Untersuchungsgefängnis Kronoberg hinter der Feuerwache aufragen, die Trampelpfade, die Grasflächen, die Laubbäume, deren Blätter noch nicht alle dieselbe chlorophyllsatte Grünfärbung hatten. Der Spielplatz an der Kronobergsgatan war voller Leute, Mütter mit ihren Kindern, aber auch einige Väter, das Gelächter und Gekreische berührte etwas in ihr, eine Trauer über das, was gewesen war. Sie ging an

Sandkästen, Klettergerüsten, Rutschbahnen vorbei und hinauf zur Hügelkuppe.

»Sexualmord auf dem Friedhof« hatte man den Mord an Josefin genannt, aber das war nicht ganz richtig.

Der Ort, an dem man Josefin gefunden hatte, war ein ehemaliger jüdischer Friedhof, Ende des achtzehnten Jahrhunderts am äußersten Stadtrand angelegt, inzwischen jedoch eingebettet in einen der großen innerstädtischen Parks. Und sie war nicht Opfer eines Sexualmörders, sondern von ihrem Freund erwürgt worden.

Annika ging langsam auf den Zaun zu. In späteren Jahren hatte man den Platz restauriert, die wild wuchernden Pflanzen entfernt, die umgestürzten Grabsteine wieder aufgerichtet. Zweihundertneun Verstorbene ruhten hier, hatte sie gelesen, das letzte Begräbnis hatte 1857 stattgefunden.

Es war etwas Magisches an diesem Ort. Der Lärm der Stadt versank, hier war ein Loch in der Zeit, eine durchsichtige Stille. Sie legte die Hand an die kalten eisernen Zaunstäbe, fuhr mit den Fingern die Kreise und Bögen nach, die stilisierten Davidsterne.

Dieser heiße Sommer damals, ihr erster beim *Abendblatt*, sie machte Urlaubsvertretung und musste die Anrufe am Lesertelefon entgegennehmen. Das hier war ihre Chance gewesen, sie hatte darauf bestanden, über Josefin schreiben zu dürfen, die ersten Artikel mit ihrem Namen darunter.

Dort hatte Josefin gelegen, gleich hinter dem Zaun.

Im Hintergrund das stumpfe Grau des Steins, die welken Pflanzen, das Schattenspiel der Blätter, die Feuchtigkeit, die Hitze.

Annika hatte in Josefins Augen geblickt, die trüb waren und grau, hatte ihren lautlosen Schrei gehört.

»Er ist davongekommen«, flüsterte sie Josefin zu. »Er hat im Gefängnis gesessen, aber nicht für das, was er dir angetan hat. Vielleicht ist es zu spät.«

Sie merkte, wie ihr die Tränen kamen. Das war die erste Wahrheit gewesen, die sie nie geschrieben hatte, mit den Jahren sollten andere hinzukommen. So lange her und doch so nah. In jenem Sommer lebte Sven noch, sie spürte seine Wut in der Dunkelheit um sich, wie aufgebracht und enttäuscht er gewesen war, dass sie einen Job in Stockholm angenommen hatte, von ihm wegwollte, *liebst du mich nicht mehr?* Unsicherheit und Angst gingen Hand in Hand, was würde aus ihrem Leben werden?

Das ist daraus geworden, dachte sie und wischte sich die Tränen ab.

Ich bin hiergeblieben, weil ich hierhin gehöre.

Sie ließ den eisernen Zaun los, holte ihre kleine Videokamera heraus und filmte den Friedhof aus freier Hand (sie hatte keine Lust gehabt, ein Stativ mitzunehmen), zoomte auf die Stelle, wo Josefin gelegen hatte, und ließ den Fokus schließlich in den Baumkronen verschwinden. Notfalls musste sie noch einmal herkommen und ein *stand-up* vor dem Tatort machen, im Moment wusste sie noch nicht, was sie in dem Fall in die Kamera sagen sollte, sie musste erst das Material schneiden und strukturieren.

Sie wandte sich vom Friedhof ab, hatte es plötzlich eilig, von hier wegzukommen, sie wollte nicht Josefin sein, nicht in der Nähe sein.

Rasch machte sie sich auf den Weg zur Staatsanwaltschaft auf Kungsbron. Es war warm geworden, sie begann zu schwitzen. Der Asphalt roch nach Teer.

Ermittlungsakten waren praktisch nie öffentlich zugänglich, so auch im Mordfall Josefin, aber Annika wusste ziemlich genau, was sie enthielten. Aus ihnen war ersichtlich, dass Joachim, Josefins Freund, mit allergrößter Wahrscheinlichkeit ihr Mörder war. Annika hatte beantragt, das Material einsehen zu dürfen, vollständig oder teilweise: Informationen, die als nicht entscheidend für die Aufklärung eingestuft wurden, konnten in Ausnahmefällen herausgegeben werden, auch wenn keine Anklage erhoben worden war.

Der Wind war aufgefrischt, die Wolkendecke riss auf. Sie beschleunigte ihre Schritte.

Fünfzehn Jahre waren vergangen, aber nach dem Mord an Olof Palme war die Verjährungsfrist für Mord abgeschafft worden. Es blieb immer noch Zeit, das Verfahren neu aufzurollen, falls neue Fakten auftauchten oder falls ein Zeuge plötzlich redete, weil jemand einfach die richtigen Fragen stellte.

Das Handy klingelte in den Tiefen ihrer Umhängetasche, sie blieb stehen und kramte es ganz unten zwischen den Kugelschreibern hervor. Auf dem Display sah sie, dass es Barbro war, ihre Mutter.

Annika meldete sich, abwartend.

»Wo bist du?«, fragte Barbro.

Annika blickte sich um, Bergsgatan Ecke Agnegatan, direkt am Polizeihaus.

»Bei der Arbeit, oder, ja, auf dem Weg zu einem Interview mit der Staatsanwaltschaft, wegen einem Mordfall.«

»Geht es um diesen Zimmermann?«

»Nein, um einen anderen ...«

»Weißt du, wo Birgitta ist?«

Sie blickte hinauf zu den Dächern, die Wolken flogen über den Himmel. Im Hintergrund lauerte die Dunkelheit.

»Nein, keine Ahnung. Wieso?«

Annika hörte die Angst in ihrer eigenen Stimme. Was hatte sie jetzt wieder falsch gemacht?

»Wann hast du zuletzt von ihr gehört?«

Ja, lieber Himmel, wann war das? Annika strich sich die Haare aus der Stirn.

»Das muss vor gut einem Jahr gewesen sein, sie brauchte einen Babysitter für ein langes Wochenende. Sie und Steven wollten nach Norwegen, sich einen Job suchen.«

»Ja, und danach?«

Annika merkte, wie sich bei ihr Trotz mit Unsicherheit mischten, ihre Kiefermuskeln spannten sich.

»Mama, Birgitta und ich ... wir reden nicht so oft miteinander.«

Warum sagte sie das? Warum sagte sie nicht, wie es war?

»Meine Schwester und ich haben überhaupt keinen Kontakt, ich weiß nicht mal, wo sie wohnt«.

Sie hörte, wie ihre Mutter in den Hörer schluchzte.

»Was ist denn los?«, fragte Annika und bemühte sich, freundlich zu klingen (nicht ängstlich, nicht sauer, nicht zu unverbindlich).

»Sie ist gestern nicht von der Arbeit nach Hause gekommen.«

»Arbeit?«

»Sie hatte die Tagschicht bei MatExtra. Steven und ich machen uns solche Sorgen.«

Ja, das musste wohl so sein, wenn Barbro sich die Mühe machte, Annika anzurufen.

Sie stellte sich bequemer hin.

»Habt ihr auf ihrer Arbeitsstelle angerufen? Bei ihren Freunden? Sara, habt ihr die gefragt?«

»Steven hat mit ihrer Chefin telefoniert, ich habe mit Sara gesprochen.«

Annika überlegte fieberhaft.

»Ihre alte Zeichenlehrerin, Margareta, die beiden hatten doch viel Kontakt, früher jedenfalls, habt ihr ...?«

»Wir haben alle angerufen.«

Natürlich. Annika stand als Letzte auf der Liste.

»Kannst du dir vorstellen, was für Sorgen wir uns machen?« Barbros Stimme wurde schrill.

Annika schloss die Augen, es spielte keine Rolle, was sie sagte oder tat. Sie sah ihre Mutter vor sich, wie sie die Hände rang, mit dem Weinglas spielte, verzweifelt jemanden suchte, dem sie die Schuld geben konnte. Sie konnte ebenso gut sagen, was sie dachte.

»Mama«, sagte sie langsam, »glaubst du, dass Steven die Wahrheit sagt?«

Eine Sekunde Stille.

»Wie meinst du das?«

»Ich könnte mir vorstellen, dass er Birgitta ... nicht gut behandelt. Ich fand, er ist ziemlich grob mit ihr umgesprungen, mir kam es fast so vor, als hätte sie Angst vor ihm.«

»Was redest du da? Steven ist in Ordnung.«

»Bist du sicher, dass er sie nicht schlägt?«

Wieder eine Sekunde Pause. Als ihre Mutter antwortete, war ihre Stimme scharf.

»Birgitta ist nicht wie du.«
Damit brach sie das Gespräch ab.
Annika strich sich die Haare aus dem Gesicht. Sie legte den Kopf zurück und schaute die Fassade hinauf, dort oben lag ihre alte Wohnung, in der jetzt ihr Exmann wohnte, oh Gott, diese Straßen hier waren voller Gespenster.
Ein Streifenwagen fuhr langsam vorbei und bog auf den Hof des Untersuchungsgefängnisses. Sie sah flüchtig einen jungen Mann mit wirren Haaren auf dem Rücksitz, vielleicht sollte er verhaftet oder eingesperrt, vielleicht nur verhört werden, und falls er nicht kriminell war, hatte er sich jedenfalls zur falschen Zeit am falschen Ort aufgehalten, oder er wusste etwas, was er besser nicht wissen sollte.
Sie hatte auch einmal in einem Streifenwagen gesessen, damals an jenem Sommertag vor der Fabrik in Hälleforsnäs, als Sven starb, sie hatte ihren toten Kater im Arm gehalten und sich geweigert, ihn herzugeben, den kleinen Whiskas, ihr gelbes Kätzchen, am Ende hatte sie ihn mit ins Auto nehmen dürfen und in sein Fell geweint.
Birgitta hatte ihr das mit Sven nie verziehen. Ihre Schwester war in Sven verknallt gewesen, auf eine irritierende, anhängliche, kleinmädchenhafte Art. Er hatte sich immer einen Spaß daraus gemacht, Birgitta festzuhalten und abzukitzeln, bis sie kreischte, es war etwas unangenehm Intimes an ihren Spielen, Birgitta war ja nur zwei Jahre jünger als sie, blond und zuckersüß.
Annika zog die Schultern hoch und rückte die Tasche zurecht, zögerte einen Moment, tippte dann aber »Birgitta Bengtzon« auf der Mobilapp von hitta.se ein (Birgitta hatte Stevens Nachnamen, Andersson, bei ihrer Heirat nicht angenommen).
Ein Treffer, Branteviksgatan 5 F in Malmö.
Malmö? Hatte sie nicht nach Oslo ziehen wollen?

Thomas sah, wie Annika ihr Handy in die grauenhaft hässliche Umhängetasche steckte und eilig Richtung Scheelegatan ging, ein kleiner wippender Kopf vier Stockwerke unter ihm, dunkles Haar, das im Wind wehte, ohne Schnitt oder Frisur. Er folgte ihr mit den Blicken, so lange er konnte, aber schon nach wenigen Sekunden war sie verschwunden, verschluckt von Autos und Baumkronen. Sein Herz sank, der Puls ging zurück. Er hatte sie zufällig entdeckt (oder vielleicht gab es keinen Zufall, nur Energieströme zwischen Menschen, vielleicht hatte sein Unterbewusstsein ihre Anwesenheit registriert, ihre Gedanken gespürt, die sich um ihn drehten, und er hatte aus dem Fenster schauen müssen, um nachzusehen, was da so brannte), wie auch immer: Da stand sie, den Kopf in den Nacken gelegt, und starrte hinauf zu seinem Schlafzimmerfenster. Er war davon ausgegangen, dass sie ihn besuchen wollte, und hatte beschlossen, nicht zu öffnen; er hatte ihr nichts zu sagen, sie konnte gerne da draußen stehen bleiben, ausgesperrt, und sich hinein sehnen.

Und dann hatte sie einfach auf dem Absatz kehrtgemacht und war gegangen.

Aus der Enttäuschung wurde stechende Wut.

Er war *niemand* für sie, ein Niemand, an dessen Fenster man vorbeiging und dann stehen blieb und telefonierte, vielleicht mit ihrem neuen Mann, er hoffte es, denn sie wirkte genervt, er sah es sofort daran, wie sie die Hände spreizte. *Trouble in paradise?* Schon?

Bei dem Gedanken besserte sich seine Laune, er merkte plötzlich, dass er hungrig war, und im Kühlschrank stand leckeres Essen, für *Feinschmecker*, er brauchte es nur noch aufzuwärmen.

Denn er aß und trank gerne gut, legte Wert auf Lebensqualität und verwandte viel Energie und Engagement darauf, den

Alltag stilvoll zu gestalten. Er war so erzogen worden, tatsächlich hatte er schon früh erkannt, wie wichtig und vorteilhaft ein gepflegtes Erscheinungsbild, korrektes Auftreten, ein entgegenkommendes Wesen und gute sprachliche Ausdrucksform waren.

Und deshalb passte er überhaupt nicht in diese schreckliche Wohnung, drei Zimmer unterm Dach in einem alten Arbeiterbezirk ohne Stil und Niveau.

Er öffnete die Kühlschranktür mit dem Haken, nahm die Seezungenfilets mit der Hand (*der einzigen*) heraus und stellte den Teller in die Mikrowelle.

Und vor allen Dingen war er eigentlich kein Behinderter, es war so wahnsinnig ungerecht, dass es gerade ihn getroffen hatte.

Die Mikrowelle begann zu summen. Ein leichtes Fischgericht zu Mittag, denn am Abend war er zu einem großen Essen geladen, ein repräsentatives Bankett im Speisesaal der Regierungskanzlei.

Der Job dagegen passte ausgezeichnet zu ihm. Seine derzeitige Aufgabe im Justizministerium war hoch angesiedelt; als Beamter mit der Erstellung eines großen Gutachtens für einen parlamentarischen Ausschuss betraut zu werden, das widerfuhr nur Leuten wie ihm.

Er untersuchte die Frage der Anonymität im Internet (ja, offiziell war ein alter, abgedankter Minister der Gutachter, aber er war derjenige, der die ganze Arbeit machte) und sollte eine Abwägung zwischen persönlicher Integrität und Verbrechensbekämpfung treffen. Der Hass im Internet war ein wachsendes Problem. Der Staat brauchte schärfere Werkzeuge, um Menschen zu identifizieren, die andere im Internet beleidigten. Aber wer durfte nach IP-Adressen forschen, wann und mit welchen Mitteln? Die Polizei, die Anklagebehörde oder war dazu ein Gerichtsbeschluss erforderlich? Wie sollte die Zusammenarbeit mit ausländischen Behörden aussehen, welche Auswirkungen hatte es, wenn die Server im Ausland standen? Wie üblich entwickelten sich Technik und Kriminalität schneller, als Behörden und Polizei reagieren konnten, und die Gesetzgebung bildete zweifellos das Schlusslicht.

Staatssekretär Halenius und der Justizminister hatten zusammen mit dem Verwaltungsdirektor die Direktive für die Untersuchung ausgearbeitet, und die sollte nicht zielorientiert, sondern ergebnisoffen sein. Manchmal gab die Regierung eine Untersuchung nur in Auftrag, um sich etwas bestätigen zu lassen, was längst beschlossen war, aber nicht in diesem Fall. Wie das Ergebnis ausfiel, stand also nicht von vornherein fest, sondern lag ganz in seiner Hand. Er konnte seine Arbeitszeit selbst bestimmen, kommen und gehen, wann er wollte, und jetzt war die Untersuchung praktisch abgeschlossen, der Bericht konnte bei der nächsten Kabinettssitzung vorgestellt und danach zur Stellungnahme an die betroffenen Behörden verteilt werden.

Er war, kurz gesagt, ein Vertreter der Macht, jemand, der Verantwortung übernahm und die Zukunft gestaltete.

Die Mikrowelle machte pling, die Seezungen waren heiß, aber sie mussten noch etwas warten. Stattdessen ging er zu seinem Rechner und loggte sich über einen anonymen Server ein, so dass seine IP-Adresse nicht zurückverfolgt werden konnte. Er klickte sich zu einem Diskussionsforum durch, wo er sich eine alternative Identität geschaffen hatte. Dort nannte er sich *Gregorius* (nach Hjalmar Söderbergs Antiheld Doktor Glas, der von seiner Frau betrogen, von seinem Arzt ermordet worden war). Er hatte in dem Forum vor längerer Zeit mal einen Beitrag gepostet, nur um zu sehen, was passierte. Darin ging es um Annikas Chefredakteur, der Kerl war wirklich ein arroganter Schnösel. Immer noch schrieben Leute Kommentare in seinen Thread, er fand es interessant zu verfolgen, wie sich die Debatte entwickelte.

Er musste eine Weile suchen, bis er seinen Thread fand, der ziemlich tief in der Versenkung verschwunden war, aber dann hatte er ihn.

Gregorius:
Anders Schyman gehört mit einem Baseballschläger in den Arsch gefickt. Auf dass die Splitter einen blutigen Trauerkranz um seinen Anus bilden.

Ihm wurde immer ein bisschen warm, wenn er diese Zeilen las, der Puls ging schneller und auf der Oberlippe bildeten sich kleine Schweißperlen. Es waren keine neuen Kommentare hinzugekommen, seit er das letzte Mal nachgesehen hatte, wie er ein wenig enttäuscht bemerkte. Also scrollte er zu den Kommentaren hinunter, die schon länger dort standen. Der allererste in der Reihe, »*hahaha, way to go man! U buttfuck him real good*«, war ziemlich repräsentativ für alle, die folgten. Das Niveau der Postings war nicht gerade hoch, zugegeben. Manche Poster regten sich über seine Wortwahl auf, nannten ihn *vulgärer Idiot* und *hirntote Amöbe*, aber wie geschmackvoll und geistreich drückten sie sich denn aus?

Nicht, dass er nun gerade stolz auf seinen Thread war, aber wer hatte sich noch nie einen Ausrutscher erlaubt?

Außerdem zeugte es von Interesse und Motivation, dass er sich Kenntnisse aus erster Hand über den Gegenstand seiner Untersuchung verschaffte. Demokratie beruhte darauf, dass auch unangenehme Dinge ein Daseinsrecht hatten. Voltaire hatte gesagt, »Ich verachte Ihre Meinung, aber ich gäbe mein Leben dafür, dass Sie sie sagen dürfen« (obwohl, tatsächlich gesagt hatte er es nicht, aber diese Einstellung ging aus seinem Brief vom 6. Februar 1770 an Abbé le Riche hervor).

Thomas ließ den Blick wieder über seinen Beitrag wandern.

Anders Schyman gehört mit einem Baseballschläger in den Arsch gefickt ...

Die Worte standen da, für alle Ewigkeit gesagt, kommentiert und bestätigt.

Er holte tief Luft und klickte die Seite weg. Ruhe breitete sich in ihm aus, der Haken hörte auf zu jucken. Sollte Annika doch unten auf der Straße stehen mit ihrem Handy und der hässlichen Tasche.

Jetzt hatte er ordentlich Hunger, und die Seezungen waren genau richtig durcherhitzt.

Bewundert, respektiert, gefürchtet.
Jemand.

Annika meldete sich am Empfang der Staatsanwaltschaft City an und musste in einem Raum warten, der gut und gerne zu einer Zahnarztpraxis gepasst hätte. Es roch nach Wartezimmer, Putzmitteln und diffusem Unbehagen. Sie war allein, und dafür war sie dankbar.

Oberstaatsanwalt Kjell Lindström, der die Voruntersuchungen im Mordfall Josefin geleitet hatte, war inzwischen im Ruhestand, jetzt hatte Assistenzstaatsanwältin Sanna Andersson den Fall auf dem Tisch.

Diskret holte Annika die Kamera aus der Tasche und filmte minutenlang Einrichtung und Hinweisschilder, vielleicht konnte sie es als Material für den Filmschnitt verwenden. Sie steckte die Kamera wieder ein und griff nach einer alten Nummer von *Illustrierte Wissenschaft* mit einem Artikel darüber, wie Fische vor 150 Millionen Jahren an Land sprangen, Gliedmaßen entwickelten und später zu Reptilien, Säugetieren und Menschen wurden.

»Annika Bengtzon? Staatsanwältin Andersson hat jetzt Zeit für Sie.«

Sie legte die Zeitschrift weg, nahm ihre Tasche, wurde einen Korridor hinunter geschickt und landete in einem engen Büro. Die Frau, die Annika mit ausgestreckter Hand begrüßte, war knapp dreißig.

»Guten Tag«, sagte sie mit dünner, heller Stimme.

Natürlich, was hatte Annika denn erwartet? Der Fall lag fünfzehn Jahre zurück, klar, dass Josefin im Prioritätensumpf der Justiz wie ein Stein untergegangen war.

»Entschuldigung, dass Sie warten mussten«, sagte Sanna Andersson. »Ich habe in einer Dreiviertelstunde eine Verhandlung im Amtsgericht. Sie sind wegen der Sache Liljeberg gekommen?«

Annika setzte sich auf einen Stuhl und wartete, bis Sanna Andersson an ihrem Schreibtisch Platz genommen hatte.

»Ich habe Einsicht in die Ermittlungsakte beantragt, Josefin Liljeberg war am 28. Juli vor fünfzehn Jahren im Kronobergsparken auf Kungsholmen tot aufgefunden worden ...«

»Richtig«, sagte die Assistenzstaatsanwältin, zog eine Schublade auf und nahm eine dicke Akte heraus. »Vor einem Jahr wurde der Fall wieder aufgegriffen, ein Mann hatte gestanden, den Mord begangen zu haben.«

Annika nickte.

»Gustav Holmerud«, sagte sie. »Der Serienmörder. Er hat auch noch andere unaufgeklärte Frauenmorde gestanden.«

Sanna warf ihr einen schnellen Blick zu und widmete sich dann wieder der Akte.

»Ja, er hat im Prinzip wohl alle gestanden, die wir hier haben, und wurde sogar in fünf Fällen verurteilt, bevor jemand die Notbremse gezogen hat. Ich weiß, dass der Generalstaatsanwalt mehrere der Urteile dahingehend überprüft, ob Revision eingelegt werden soll. Hier haben wir es.«

Sie strich mit der Hand über eine Seite der Akte.

»Josefin Liljeberg. Tod durch Erwürgen. Ich bin das gestern Abend noch mal durchgegangen. Eigentlich ein ganz unkomplizierter Fall.«

Sie schlug das Vorsatzblatt auf und überflog das Inhaltsverzeichnis.

»Und Sie haben also die Herausgabe der kompletten Akte beantragt?«

»Ich habe den Fall damals verfolgt, über die gesamte Entwicklung berichtet ...«

Sanna Andersson beugte sich über die Papiere.

»Da sind ja einige sensationelle Ingredienzien dabei, ein stadtbekannter Sexclub, ein Minister, der vernommen wurde ... Interessieren Sie sich deshalb für den Fall?«

Sie sah Annika ausdruckslos an. Annika öffnete den Mund, konnte aber nicht antworten.

Nein, nicht deshalb. Josefin ist mir zu nahe gekommen, ich wurde sie, sie wurde ich. Ich habe in dem Sexclub, in dem sie arbeitete, einen Job angenommen, ich trug ihren Bikini, ihre Höschen.

»Soweit ich weiß, ist der Fall polizeilich aufgeklärt«, sagte sie stattdessen. »Joachim, ihr Freund, ist schuldig. Er wurde nur deshalb nicht angeklagt, weil sechs Personen ihm ein Alibi gegeben haben.«

Sanna Andersson schlug die Akte wieder zu.

»Völlig richtig«, sagte sie. »Gewalt in der Beziehung muss als Problem für die Volksgesundheit angesehen werden.«

Sanna Andersson warf einen Blick auf das Display ihres Handys.

»Kann ich Sie damit zitieren?«, fragte Annika.

Die Staatsanwältin lächelte.

»Natürlich«, sagte sie und erhob sich. »Ich habe entschieden, dass Sie die Namen der sechs Zeugen erhalten, die Josefins Freund ein Alibi gegeben haben.«

Annika stand ebenfalls auf, völlig verblüfft über die Autorität und Effizienz der jungen Frau.

»Sie haben bei der Vernehmung gelogen«, sagte die Staatsanwältin, »das könnte den Tatbestand der Strafvereitelung erfüllen, und das ist eine Straftat. Aber die ist lange verjährt, rein rechtlich riskieren die Zeugen nichts, wenn sie ihre Aussage jetzt ändern. Vielleicht wollen sie jetzt reden, wenn nicht mit uns, dann vielleicht mit Ihnen.«

Sanna Andersson hielt ihr ein Dokument hin und griff gleichzeitig nach einem braunen Aktenkoffer, der sehr schwer zu sein schien.

»Kann ich zitieren, was Sie über den Generalstaatsanwalt gesagt haben?«, fragte Annika. »Dass er die Möglichkeit prüft, die Verfahren gegen Gustav Holmerud erneut aufzurollen?«

Die Staatsanwältin lachte.

»Netter Versuch! Wenn Sie mich jetzt entschuldigen, ich muss mich wirklich beeilen ...«

Annika folgte ihr im Laufschritt, um den Anschluss nicht zu verlieren.

Alles in allem lag Josefin doch nicht auf dem Grund des Prioritätensumpfs.

Der kleine Sicherheitssaal des Stockholmer Amtsgerichts lag ganz oben unterm Dach, strategisch günstig, um Flucht- und Befreiungsversuche zu erschweren. Die Angeklagten hätten ein langes Labyrinth von Fluren und Stockwerken zu überwinden, falls sie auf die Idee kämen zu fliehen.

Nina Hoffman stieg atemlos die letzten Treppenstufen hinauf und blickte zum Eingang des Sicherheitssaals.

Das Aufgebot der Massenmedien war groß, auch an diesem Nachmittag. Die meisten der landesweiten Medien waren vor Ort, sie entdeckte die Reporterin Berit Hamrin vom *Abendblatt* in der Schlange, die sich an der Sicherheitskontrolle vor den Zuschauerplätzen gebildet hatte.

Nina wies sich aus und wurde in einen engen, fensterlosen Raum gelassen. Die Vertreter der Anklage und der Verteidigung waren bereits da. Eine Energiesparlampe an der Decke verbreitete karges kaltweißes Licht, das nicht ganz bis in die Ecken reichte.

»Bereit, Hoffman?«, fragte Svante Crispinsson und begrüßte sie herzlich. »Die Verteidigung wird Sie hart anpacken, nehmen Sie es nicht persönlich.«

Nina nickte kurz, sie hatte es nicht anders erwartet.

»Behalten Sie einfach einen kühlen Kopf.«

Svante Crispinsson war einer der gewieftesten Juristen bei der Staatsanwaltschaft Norrort, Nina hatte schon oft mit ihm zu tun gehabt. Er galt als ziemlich unstrukturiert, was die eigentliche Ermittlungsarbeit betraf, aber im Gerichtssaal war er ein großer Gewinn, unerschrocken, hartnäckig und unbequem.

»Mal sehen, ob wir die Schöffen wach halten können«, sagte der Staatsanwalt. »Der Herr ganz links nickt gerne zwischendurch ein.«

Nina nahm sich einen Becher Kaffee und setzte sich auf einen

Stuhl neben der Tür. Crispinsson beugte sich über seine Unterlagen, blätterte darin und murmelte unhörbar vor sich hin. Sein Anzug war eine halbe Nummer zu groß und sein Haar zu lang, er machte einen etwas verwirrten und wehrlosen Eindruck und wirkte dadurch ehrlich und sympathisch.

Sie straffte die Schultern und starrte an die gegenüberliegende Wand.

Ivar Berglund war schuldig, da war sie sich hundertprozentig sicher. Sein bescheidenes Auftreten war so echt wie eine Drei-Kronen-Münze. Unter seinem unscheinbaren Äußeren lag etwas kriechend Unangenehmes, die kühle Ungerührtheit des Schwerverbrechers. Sie kannte das von früher, sie hatte damit gelebt, viel zu nah, als sie noch viel zu klein dafür war.

Der Kaffee schmeckte bitter.

Als Zeugin auszusagen war der Teil ihrer Arbeit, den sie am wenigsten mochte. Die Hauptverhandlung war ein Schauspiel im Dienst der Rechtssicherheit, Richter und Schöffen sollten überzeugt werden, dass die Kette der Indizien bis zum Urteilsspruch hielt. Sie selbst zog die Dunkelheit hinter den Kulissen vor, die knifflige Spurensuche, das Anpirschen und Einkreisen.

Ein Gong ertönte aus dem Lautsprecher, und die Parteien wurden zur Fortsetzung der Hauptverhandlung im Strafprozess wegen Mordes beziehungsweise Beihilfe zum Mord aufgerufen, Staatsanwalt und Verteidigerin gingen in den Sicherheitssaal. Nina blieb sitzen und wartete, reglos.

Es war üblich, dass zuerst der Angeklagte gehört wurde und danach die Zeugen der Anklage, aber Berglund hatte beantragt, nach allen anderen aussagen zu dürfen. Das war ungewöhnlich, der Richter hatte seinem Antrag jedoch stattgegeben, da Crispinsson zugesichert worden war, er könne einige Zeugen im Anschluss erneut aufrufen.

Kontrolle, dachte Nina. Er will nicht reden, bevor er gehört hat, was alle anderen sagen.

Die Tür zum Gerichtssaal öffnete sich, Nina stand auf und trat in das blendende Tageslicht, ging geradewegs auf den Zeugenstand zu, ohne nach rechts oder links zu schauen. Alle Blicke ruhten auf ihr, als sie den Raum durchquerte: die der Zuhörer auf der anderen Seite der Panzerglasscheibe, Berglunds ausdrucksloser Blick, der offen provozierende der Verteidigerin, Svante Crispinssons mit einem angedeuteten Lächeln darin.

Sie hob die Hand, um den Zeugeneid abzulegen, die Jacke spannte am Rücken, sie hatte Muskeln zugelegt, seit sie den Anzug das letzte Mal getragen hatte, wann war das gewesen? Bei ihrer vorigen Zeugenaussage vermutlich.

Sie, Nina Victoria Hoffman, versicherte auf Ehre und Gewissen, die ganze Wahrheit zu sagen und nichts wegzulassen, hinzuzufügen oder zu verändern.

Crispinsson hustete in die Hand, bevor er das Wort ergriff, und raufte sich die Haare.

»Nina Hoffman, was sind Sie von Beruf?«

Sie stand kerzengerade da, bemüht, ihre berufliche Rolle nach außen hin zu verkörpern. Eigentlich hätte sie den Hosenanzug nicht gebraucht, um als Polizistin in Zivil erkennbar zu sein, sie wusste, dass sie so aussah, streng und aufrecht, nüchtern, farblos.

»Ich bin Polizistin, Kriminologin und Verhaltenswissenschaftlerin. Derzeit arbeite ich als operative Analytikerin bei der Reichskriminalpolizei in Stockholm.«

Der Protokollführer schrieb, das Sonnenlicht spiegelte sich im Panzerglas. Eine der Eigenheiten der Sicherheitssäle war die Absperrung zum Publikum, das Glas, das die Öffentlichkeit von den Prozessbeteiligten trennte. Sie wusste, dass die Pressemeute sie durch einen Lautsprecher mit einer Nanosekunde Verzögerung hörte.

»Können Sie uns schildern, was der Hintergrund für Ihre Arbeit im vergangenen Frühjahr war?«

Sie straffte die Schultern, spürte Berglunds Blicke wie Nadelstiche auf der Haut.

Es war von allergrößter Wichtigkeit, dass er verurteilt wurde. Er war gefährlich, unberechenbar, so abgebrüht, dass ihm alle Menschlichkeit fehlte. Sie konnte sein Inneres hinter seinen matten Augen spüren, wie Öl auf spiegelglatter Wasserfläche.

»Wir waren an Informationen gelangt, die uns veranlassten, einen zwanzig Jahre alten Fall, die Vermisstensache Viola Söderland, noch einmal aufzugreifen und das Beweismaterial erneut durchzugehen.«

Crispinsson nickte unmerklich, aber aufmunternd.

»Was ereignete sich am Samstag, dem 17. Mai letzten Jahres?«

»Da wurden in der Wohnung des Angeklagten in Täby DNA-Proben genommen.«

Das Haus am Ende der Sackgasse, ein Bungalow aus den sechziger Jahren, rote Ziegel und festgeschraubte Fensterläden.

Er war zu Hause gewesen, überrascht, aber freundlich und entgegenkommend. Sein Blick war heute noch derselbe wie damals, schwer und dunkel, gleichmütig selbst nach einem Jahr Untersuchungshaft. So etwas schaffte kein normaler Mensch. Dreiundzwanzig Stunden pro Tag Isolation, anfangs zudem unter strengen Auflagen: keine Zeitungen, kein Fernsehen, keinerlei Kontakt zur Außenwelt. Eine Stunde Frischluft pro Tag im Knastgarten auf dem Dach des Gefängnisses, ein Auslauf von der Form eines Tortenstücks, eingezäunt mit Maschendraht. Sie wusste, dass er kein einziges Mal Besuch gehabt hatte, auch nicht nach Aufhebung des Kontaktverbots. Am Rand ihres Gesichtsfeldes ahnte sie seine Hände, ruhig auf dem Tisch übereinandergelegt, seine wachsame Haltung.

Er war aus Eisen gemacht, aus dem Rasenerz der Sumpflandschaft, in der er aufgewachsen war.

»Können Sie uns eine kurze Zusammenfassung des Falls Viola Söderland geben?«, bat Crispinsson.

»Das ist hier wohl kaum relevant«, unterbrach ihn Martha Genzélius, Berglunds Verteidigerin. »Die Vergehen, die meinem Mandanten vorgeworfen werden, haben mit dem Fall Viola Söderland nichts zu tun.«

»Die Anklage stützt sich auf eine Kette von Indizien«, sagte der Staatsanwalt. »Wir müssen erklären, woraus die einzelnen Elemente der Indizienkette bestehen, sonst wird das Verfahren unverständlich.«

»Das Verfahren ist insgesamt unverständlich, ganz gleich,

was der Herr Staatsanwalt anführt«, erwiderte die Verteidigerin.

Der Richter schlug mit seinem Hammer auf den Tisch. Martha Genzélius wand sich auf ihrem Stuhl, ein Abbild der Frustration. Nina reckte das Kinn und wartete.

»Zu Viola Söderland, bitte«, sagte Crispinsson und nickte Nina zu.

Sie bemühte sich, ruhig und sachlich zu antworten.

»Viola Söderland verschwand in der Nacht zum 23. September vor fast einundzwanzig Jahren aus ihrer Villa in Djursholm. Seither fehlt jede Spur von ihr. Es gibt einen Zeugen; ein Nachbar, der in jener Nacht seinen Hund Gassi führte, hat gesehen, wie ein Mann vor Söderlands Villa aus einem Auto stieg. Der Nachbar hat sich das Kennzeichen gemerkt, aber der Fahrzeughalter hatte ein Alibi, und …«

»Wer war der Fahrzeughalter?«, fiel Crispinsson ihr ins Wort.

Sie schluckte, geriet ins Stottern.

»Das Fahrzeug war auf Ivar Berglund zugelassen.«

»Gab es in der Villa Spuren eines Kampfes?«

Stundenlang hatte sie die Fotos studiert, grobkörnige, schlecht belichtete Aufnahmen aus den allerletzten Minuten der sterbenden Farbfilm-Ära, kurz bevor alles digital wurde, unendlich viel schärfer und einfacher einsetzbar. Sie hatte unzählige solcher Tatortfotos untersucht, und »Kampf« war nicht der Begriff, den sie selbst benutzt hätte, aber dies war weder die Zeit noch der Ort für Wortklaubereien.

»Auf dem Fußboden in der Diele lag eine zerbrochene Vase, und es wurden einige Haare gefunden, die weder von Viola Söderland noch von ihren Kindern oder jemandem vom Hauspersonal stammten. Weiter kam man damals nicht. Die DNA-Technik war noch zu neu, man konnte keine Haare ohne Haarwurzel analysieren, sondern brauchte die Haarfollikel, um den genetischen Code zu bestimmen.«

»Aber heute ist das möglich?«

Nahezu unvorstellbar, dass es eine Zeit vor DNA gegeben hatte. Wie hatte man vor zwanzig Jahren überhaupt ein einziges Verbrechen aufklären können?

»Man kann heute sogenannte mitochondriale DNA aus dem Haarschaft gewinnen. Das ist eine alternative Analyse, die nicht so viele Informationen liefert wie eine komplette DNA-Analyse, andererseits aber sehr verlässlich ist.«

»Aufgrund dieser neuen Informationen ließen Sie also eine DNA-Probe von dem verdächtigen Fahrzeughalter nehmen, eine Speichelprobe, und mit welchem Ergebnis?«

»Perfekte Übereinstimmung.«

Sie konnte es sich nicht verkneifen, Ivar Berglund anzusehen, und um sich herum spürte sie die gleiche Bewegung, sowohl im Gerichtssaal als auch im Zuschauerraum. Alle Gesichter wandten sich dem Mann zu, der starr wie eine Salzsäule dasaß, die Hände schwer übereinandergelegt. Er erwiderte Ninas Blick, sah sie bohrend an. Seine Augen waren klein und schwarz, Nina suchte nach Tiefe darin, fand aber keine.

»Haben Sie den Mann zu einer erneuten Vernehmung vorgeladen?«

»Ein Kollege und ich haben ihn in seinem Haus in Täby vernommen.«

»Was hatte er zu sagen?«

Eine Schwere in seinem Körper, äußerliche Höflichkeit und Verwunderung, aber sie spürte den Abgrund, die Schlangen.

»Er hielt an seinem Alibi fest, dass er an dem betreffenden Abend einen Vortrag über die genetische Veredlung von Espen im Gemeindehaus von Sandviken gehalten habe.«

»Konnten Sie seine Angaben verifizieren?«

»Bei dem Vortrag waren etwa siebzig Zuhörer im Saal, aber da niemand genau wusste, wann Viola Söderland verschwunden war ...«

»Kann er an beiden Orten gewesen sein? Am selben Abend?«

»Die Entfernung zwischen Sandviken und Stockholm beträgt 191 Kilometer, also ja. Theoretisch ist es möglich, dass er in der betreffenden Nacht an beiden Orten war.«

Berglunds Verteidigerin wirkte amüsiert, sie flüsterte ihrem Mandanten etwas zu. Nina schluckte ihren Ärger herunter, das gehörte dazu, sie durfte sich nicht provozieren lassen.

»Aber Ivar Berglund ist nicht wegen des Verschwindens von

Viola Söderland angeklagt, sondern wegen eines anderen Verbrechens«, sagte der Staatsanwalt und schichtete seine Papiere um.

Nina griff nach einem Glas Wasser, das vor ihr auf dem Tisch stand. Sie hatte zwar jetzt schon Druck auf der Blase, aber egal. Das Wasser war warm und schmeckte nach Erde.

»Würden Sie dem Gericht bitte schildern, was Sie und Ihre Kollegen bei der Kripo anschließend unternommen haben?«

»Wir haben Berglunds DNA-Profil mit sämtlichen laufenden Ermittlungen in Schweden abgeglichen.«

»Mit welchem Resultat?«

»Wir fanden eine weitere Übereinstimmung.«

»In einem ungeklärten Fall?«

»Ja.«

»Welchem?«

»Dem Mord an Karl Gustaf Evert Ekblad letztes Jahr in Nacka.«

Es war, als würde ein Windstoß durch die Zuschauerreihen jenseits des Panzerglases fegen, ein lautloser Sturm, der stärker wurde und schwächer, Haare flatterten und Arme zuckten, Lippen bewegten sich und Kugelschreiber machten die Runde. Alle Fakten in diesem Prozess waren bekannt, aber bisher waren sie eindimensional gewesen, Worte auf Papier. Jetzt wurden sie lebendig, nahmen Gestalt an. Der Mann erschien als das Monster, das er war. Der Staatsanwalt blickte auf seine Unterlagen.

»Sie waren Koordinatorin der Ermittlungen bei der Reichskripo, können Sie uns weitere Details zu dem Fall schildern?«

Ihre erste Woche in dem neuen Job, sie hatte den Einführungslehrgang nicht besuchen können, weil das Leben ihr in die Quere kam.

»Karl Gustaf Ekblad, bekannt unter dem Spitznamen ›Kaggen‹, verbrachte seine Tage meist auf einer Parkbank vor dem Einkaufszentrum in Orminge. Er wurde vergangenes Jahr im Mai zu Tode gefoltert.«

»Gefoltert?«

Nina wandte den Blick vom Staatsanwalt ab, hob den Kopf

und sah Ivar Berglund direkt ins Gesicht. Sie fürchtete ihn nicht, sie wusste, was er war.

»Das Opfer wurde kopfüber an den Kniekehlen aufgehängt in einem Baum gefunden, direkt über einem Ameisenhaufen, nackt und mit Honig bestrichen. Hand- und Fußgelenke waren mit Panzerklebeband aneinandergefesselt, Finger- und Zehennägel ausgerissen, der Enddarm war zerfetzt und das Nasenbein zertrümmert. Der Tod trat durch Ersticken ein, hervorgerufen durch eine Plastiktüte über dem Kopf.«

Ivar Berglund lehnte sich auf seinem Stuhl zurück, es wirkte, als wollte er auf Abstand zu den Vorwürfen gehen. Er flüsterte seiner Verteidigerin etwas zu, die kurz nickte. Der Staatsanwalt hielt ein Blatt Papier hoch und sagte zum Vorsitzenden Richter gewandt:

»Das Protokoll der rechtsmedizinischen Untersuchung des Mordopfers Karl Gustaf Evert Ekblad, Anlage 53 B.«

Der Richter machte sich Notizen. Crispinsson wandte sich wieder Nina zu.

»Haben Sie sich den Tatort angesehen?«

Die Kiefer in einer Felsspalte, mit kräftigem Stamm und kompakter Krone. Die unteren Äste dick wie Männerschenkel, seit langem abgestorben, eine Struktur wie Treibholz, grau und seidenmatt.

»Ja, das habe ich.«

»Als das Opfer noch dort ... tja, hing?«

Die Scheinwerfer der Spurensicherung, grellweißes Licht im Regen, die Polizisten wie Schatten.

»Ja.«

»Was besagt der Tatort?«

»Er war sorgfältig ausgesucht worden. Nicht weit vom Wohngebiet entfernt, aber abgeschieden und außer Hörweite.«

»Und das Opfer?«

Nina richtete die Augen wieder auf Ivar Berglund. Er starrte zurück, als sie antwortete, schätzte mit dem Blick ab, wie sicher sie sich war.

»Einen Menschen auf diese Weise an den Kniekehlen aufzuhängen, ist eine erprobte Foltermethode, sie wird ›La Barra‹

oder ›Papageienschaukel‹ genannt. Sie ist extrem schmerzhaft, die Blutzirkulation in den Beinen kommt zum Erliegen. Wenn das Opfer überlebt, führen die Schäden oft zu Wundbrand und Amputation. Und dass man Folteropfer mit Honig bestreicht und sie auf Ameisenhaufen ablegt, ist eine viel praktizierte Methode in Afrika, vor allem in Angola.«

»Wo am Tatort wurde DNA des Täters gefunden?«

Nina konzentrierte ihre Aufmerksamkeit auf Crispinsson.

»Am rechten Mittelfingernagel des Opfers. Unter dem Nagel befanden sich Hautpartikel, deren DNA mit der von Ivar Berglund übereinstimmt.«

»Die Übereinstimmung steht zweifelsfrei fest?«

Um die Schwachstelle in ihrer Antwort zu überspielen, sagte sie mit Nachdruck: »Das war die Information vom Staatlichen Kriminaltechnischen Labor.«

Der Staatsanwalt las in seinen Unterlagen. Die Luft im Gerichtssaal stand. Nina blickte verstohlen zu den Schöffen, alle saßen mit großen Augen und geradem Rücken da. Sogar der ältere Herr ganz links wirkte wach.

»Der Mann, von dem wir reden, Karl Gustaf Ekblad, wo wohnte er?«, fragte Crispinsson.

Dunkelbraune Holzwände, die einen Anstrich nötig hatten. Der schief hängende Briefkasten, die fehlenden Blumenbeete. Graue Gardinen hinter den Fenstern.

»Er hatte ein Zimmer in einem Haus in Orminge gemietet, aber gemeldet war er in Marbella in Südspanien.«

»Was waren die nächsten Schritte in der Ermittlung?«

»Wegen der Verbindung des Opfers ins Ausland leiteten wir eine Zusammenarbeit mit der spanischen Polizei in die Wege. Formal lief das über Europol, aber ich stand mit der nationalen spanischen Polizei wegen des Falles in direktem Kontakt.«

»Sie sprechen fließend Spanisch?«

»Ja. Ich bin auf den Kanarischen Inseln aufgewachsen.«

Der Staatsanwalt lächelte sie an, blickte zum Richter und legte seine Papiere zusammen.

»Danke, ich habe keine weiteren Fragen.«

Nina blickte zu Martha Genzélius, Ivar Berglunds Verteidigerin, einer schlanken Mittvierzigerin in teurem Kostüm und Stilettos, die halblangen blonden Haare glatt geföhnt und glänzend. Offenbar war es ihr ein Anliegen, die schwedische Karrierefrau zu verkörpern, die, ob Boutiquebesitzerin, Bankdirektorin, Modedesignerin oder Fernsehmoderatorin, immer aus der gleichen Gussform zu stammen schien. Jetzt blätterte sie in ihren Papieren, ließ die Acrylnägel über das Vernehmungsprotokoll gleiten. Dann hob sie den Kopf und sah Nina an, ohne ein Lächeln.

»Nina Hoffman, warum sind Sie aus dem Polizeidienst ausgeschieden?«

Einfach einen kühlen Kopf behalten.

»Ich bin nicht aus dem Polizeidienst ausgeschieden.«

Die Frau hob ihre wohlgeformten Augenbrauen, griff übertrieben langsam nach einer Notiz und las sie sorgfältig.

»Vorhin haben Sie angegeben, dass Sie als operative Analytikerin arbeiten.«

Nina antwortete mit ausgesuchter Freundlichkeit.

»Da ich ausgebildete Polizistin bin und in der Polizeibehörde arbeite, besitze ich nach wie vor alle polizeilichen Befugnisse. Dazu gehört, dass ich Personen festnehmen, Verhöre durchführen oder unmittelbaren Zwang anwenden kann, falls es notwendig sein sollte.«

Die Anwältin blickte sie geduldig an.

»Lassen Sie mich die Frage anders formulieren. Warum haben Sie Ihren Dienst auf dem Polizeirevier Södermalm quittiert?«

»Ich hatte mich beurlauben lassen, um Kriminologie und Verhaltenswissenschaft an der Universität Stockholm zu studieren.«

Crispinsson beugte sich hastig über den Tisch, seine Haare standen nach allen Seiten ab.

»Was hat das mit der Sache zu tun?«, fuhr er dazwischen.

Die Verteidigerin notierte rasch etwas auf dem Zettel vor sich.

»Wie gefiel Ihnen der Dienst auf Södermalm?«

Nina fühlte sich beinahe beleidigt. Glaubte die Anwältin wirklich, dass sie sich so leicht aufs Glatteis führen ließ?

»Frau Verteidigerin, worauf wollen Sie hinaus?«, fragte der Richter.

Martha Genzélius klopfte mit dem Füllfederhalter gegen ihren lackierten Daumennagel.

»Das wird im weiteren Verlauf der Vernehmung deutlich werden«, erwiderte sie.

Nina nahm sich vor, nicht gereizt zu reagieren. Diese Antwort war ein klassisches Anwaltsmanöver, um den Richter zu verunsichern und die Zeugin einzuschüchtern.

Die Verteidigerin wandte sich Nina zu.

»Wie kam es, dass Sie die Akte Viola Söderland nach zwanzig Jahren wieder geöffnet haben?«

»Die Ermittlungen im Fall Söderland sind nach wie vor nicht abgeschlossen. Wir erhielten neue Informationen, so dass uns eine nochmalige Prüfung des Beweismaterials begründet erschien.«

»Von einer Reporterin des *Abendblatts*, nicht wahr?«

Nina zögerte. Hinter der blanken Panzerglasscheibe ahnte sie die Journalisten, konzentriert und wachsam, einerseits die gemeinsamen Fahnenträger der Meinungsfreiheit, andererseits eifersüchtige und neidische Konkurrenten. Sie wusste, dass mehrere von ihnen direkt aus dem Gerichtssaal berichteten, dass alles, was sie sagte, unmittelbar hinaus in die Öffentlichkeit getragen wurde, interpretiert und manchmal entstellt, ohne dass sie Einfluss darauf hatte.

»War es nicht so, dass die Zeitung über den Fall geschrieben hat und die sogenannten ›neuen Informationen‹ mithin aus der Boulevardpresse stammten?«

Ganz ruhig bleiben, dachte Nina.

»Das ist korrekt.«

»Halten Sie es für eine seriöse Vorgehensweise, sich bei Ihren polizeilichen Ermittlungen von einem Revolverblatt leiten zu lassen?«

Die Frage kam wie ein Peitschenschlag. Crispinsson sprang von seinem Stuhl auf.

»Das ist doch Schikane!«

Nina hob den Kopf und sah ihn an, signalisierte, dass die

Frage okay war. Dann begegnete sie entschlossen dem Blick der Verteidigerin.

»Hinweise aus der Bevölkerung, auch die von den verschiedensten Medien, tragen in sehr hohem Maße zur Aufklärung von Verbrechen bei.«

Es gelang ihr, mit honigsüßer Freundlichkeit zu antworten, eine Fachfrau, die einer unwissenden Außenstehenden geduldig erklärt, wie die Polizei arbeitet.

Die Anwältin entschied sich, triumphierend zu lächeln, als hätte sie gerade einen großen Sieg errungen, und sortierte dann die Papiere vor sich auf dem Tisch.

»Sie behaupten, dass letztes Jahr im Mai an einem Tatort in Orminge DNA meines Mandanten gefunden wurde, richtig?«

»Laut SKL, ja.«

Die Anwältin hob die Stimme.

»Trifft das wirklich zu?«

Nina holte unmerklich Luft, dies war der Grundpfeiler der Anklage, ihr Fundament. Sie öffnete den Mund, um zu antworten, als Martha Genzélius ihr zuvorkam.

»Denken Sie daran, dass Sie unter Eid stehen!«

Plötzliche Wut schlug gegen Ninas Zwerchfell wie ein Schmiedehammer. Genzélius arbeitete mit allen Tricks, sie unterbrach und verwirrte, wechselte das Tempo während der Befragung, und dann diese Bemerkung, so dermaßen unverschämt und so ungemein wirkungsvoll. Die hatte sie sich bis zu diesem Moment aufgehoben, bis zu dieser Antwort; darauf stützte sie ihre Verteidigung, genau auf dieses Detail: dass die DNA der beiden Proben nicht absolut identisch war.

Nina zwang sich, keine Miene zu verziehen, nicht mit der Wimper zu zucken, sich nichts anmerken zu lassen. Sie atmete tief in den Bauch, ehe sie antwortete.

»Die DNA stimmte in einem so hohen Maß überein, dass nur äußerst wenige Menschen auf dieser Welt als alternative Täter in Frage kämen.«

Martha Genzélius schlug die Hände zusammen.

»Na bitte! Alternative Täter! Haben Sie denn überhaupt nach denen gesucht?«

»Das ist skandalös!«, rief Crispinsson. »Wollen Sie die Berufsehre der Zeugin anzweifeln? Meinen Sie, die Kriminalpolizei hätte den Fall nicht vorbehaltlos untersucht?«

»Das reicht!« Der Richter schlug mit dem Hammer auf den Tisch. »Überlassen Sie es der Verteidigerin, wie sie die Zeugin befragt.«

Nina ließ die Schultern sinken. Der Sinn des Kreuzverhörs war ja, sie auf jede erdenkliche Art in Frage zu stellen, trotzdem war sie Crispinsson dankbar.

Martha Genzélius wandte sich wieder an Nina.

»Ja, dann sagen Sie uns doch mal, was Sie während der enorm langen Dauer der Untersuchungshaft eigentlich gemacht haben?«

Die Verteidigerin kannte die Antwort natürlich, das war reine Provokation.

Ninas Abteilung bei der Reichskriminalpolizei hatte im Grunde die gesamte schwedische Kriminalgeschichte überprüft, sie selbst hatte mit Polizeibehörden in ganz Europa gesprochen, hatte in allen erdenklichen Sprachen gedrängt und gebettelt, erklärt und ermahnt: Sucht, kontrolliert, vergleicht!

»Das Opfer war finnischer Herkunft, aufgewachsen in Schweden, aber kurz vor seiner Ermordung spanischer Staatsbürger geworden«, antwortete Nina ganz ruhig. »Wir brauchten die Unterstützung der spanischen Kollegen und auch mehrerer anderer Polizeibehörden, um die Ermittlungen zu koordinieren.«

»Mehrere andere Polizeibehörden, sagen Sie. Welche waren das?«

»Nachdem wir zur spanischen Polizei Kontakt aufgenommen hatten, und im weiteren Verlauf zu Europol, stellte sich heraus, dass es in verschiedenen Ländern mehrere ungeklärte Morde gibt, die Ähnlichkeiten zu dem Fall in Orminge aufweisen. Im vergangenen Jahr wurde deshalb das DNA-Profil von Ivar Berglund mit anderen offenen Ermittlungen abgeglichen, sowohl in Skandinavien als auch im übrigen Europa. Das ist nicht der Grund für die lange Untersuchungshaft, aber die Untersuchungen waren komplex und zeitaufwendig.«

»Und was ist das Ergebnis?«
»Der Abgleich ist noch nicht beendet, deshalb kann ich Ihre Frage nicht abschließend beantworten.«
»Sie haben keinen einzigen Treffer gelandet, nicht wahr?«
Nina ließ sich ihre brennende Enttäuschung nicht anmerken. Es war keine DNA zum Vergleich vorhanden gewesen; bei den Fällen, die untersucht worden waren, hatte die Kriminaltechnik keine äquivalenten Spuren am Tatort gefunden.
»Bisher nicht.«
»Das Einzige, was Sie haben, ist also ein Beinahe-Treffer in Orminge. Sagen Sie, wo genau wurde diese angebliche DNA gefunden?«
»Unter einem Fingernagel des Opfers.«
»Der sich wo befand?«
Nina sah die Verteidigerin an. Diese Frage hatte es in sich, sie konnte sie zum Kentern bringen.
»Die Nägel wurden Herrn Ekblad bei lebendigem Leib ausgerissen. Er hat versucht, sich zu wehren, und seinen Peiniger gekratzt, bevor ihm der Nagel ausgerissen wurde.«
Martha Genzélius schaffte es, ein völlig unberührtes Gesicht zu machen, trotz der unangenehmen Details.
»Der sogenannte Beweis wurde in einem Ameisenhaufen gefunden, habe ich recht?«
»Karl Gustaf Ekblad war nackt und von Kopf bis Fuß mit Honig eingerieben, er war selbst ein einziger Ameisenhaufen, als man ihn fand.«
Es war eine Selbstverständlichkeit, den Namen des Opfers zu nennen, ihn zu einem Menschen zu machen. Mitgefühl und Identifikation zu erzeugen, war ihr das gelungen?
Die Verteidigerin machte sich eifrig Notizen und blickte dann auf.
»Sagen Sie, was enthält so ein Ameisenhaufen eigentlich außer Ameisen? Schimmel? Pilzsporen? Ameisensäure? Was macht Sie so sicher, dass der mikroskopisch kleine Hautrest, der tief im Ameisenhaufen gefunden wurde, nicht kontaminiert war?«
Crispinsson hob die Hand.

»Die Zeugin ist keine Kriminaltechnikerin.«
Martha Genzélius blickte ihn verwundert an.
»Frau Hoffman ist doch Ihre Zeugin, Herr Staatsanwalt, darf ich sie nicht verhören?«
Der Richter nickte der Verteidigerin zu.
»Fahren Sie fort.«
Sie sah Nina mitleidig an.
»Nein, Sie sind keine Kriminaltechnikerin. Ihre Aufgabe ist eigentlich nur, Material zu analysieren und Berichte zu schreiben, oder was?«
Nina machte den Rücken noch gerader, sie hatte nicht vor, sich erniedrigen zu lassen.
Martha Genzélius griff nach einem Papierstapel und blätterte darin. Sie las, blätterte zurück. Nina spürte, wie ihr ein Kribbeln die Wirbelsäule heraufkroch.
»Kehren wir ganz kurz zum Fall Viola Söderland zurück«, sagte die Anwältin schließlich und legte die Papiere beiseite. »Der Zeuge mit dem Hund, der sich am 23. September vor einundzwanzig Jahren ein Autokennzeichen vor dem Haus seiner Nachbarin gemerkt haben will, hat der eine Uhrzeit für seine Beobachtung angegeben?«
»Gegen Mitternacht, ungefähr.«
»Richtig! Und wie zuverlässig ist diese Erinnerung wohl einundzwanzig Jahre später?«
»Woher soll die Zeugin das wissen«, warf Crispinsson ein.
»Lassen Sie die Verteidigerin ausreden«, sagte der Richter.
Nina schwieg. Die Anwältin legte den Kopf schräg.
»Die Vortragsveranstaltung in Sandviken«, fuhr sie fort, »dauerte bis kurz nach zweiundzwanzig Uhr. Mein Mandant blieb anschließend noch und räumte zusammen mit dem Veranstalter den Saal auf, trank eine Tasse Kaffee und tankte seinen Wagen voll. Gehen wir so weit konform?«
»Das ist richtig.«
»Und das bedeutet, dass er die Strecke Sandviken-Stockholm in weniger als fünfundvierzig Minuten zurückgelegt haben müsste, was wiederum eine Durchschnittsgeschwindigkeit von 250 Stundenkilometern bedeutet.«

Nina wollte gerade antworten, als sie abermals unterbrochen wurde, Martha Genzélius hatte sich an den Richter gewandt.

»Ich möchte das Gericht daran erinnern, dass es damals zwischen Gävle und Uppsala noch keine Autobahn gab, die E4 verlief direkt durch Ortschaften mit entsprechenden Geschwindigkeitsbegrenzungen, das heißt 70 beziehungsweise 50 km/h.«

Sie blickte wieder zu Nina.

»Finden Sie das wahrscheinlich?«

Hier war nichts zu machen, sie konnte nur so schnell wie möglich darüber hinweggehen.

»Nein«, erwiderte Nina.

Die Verteidigerin sah ihr direkt ins Gesicht, schweigend, lange. Dann legte sie ihren Füller sanft auf dem Tisch ab.

»Danke. Keine weiteren Fragen.«

Na wunderbar. So ein Mist.

Der Richter wandte sich an Nina und fragte, ob ihr Kosten im Zusammenhang mit ihrem Erscheinen vor Gericht entstanden seien. Nina verneinte, erhob sich und verließ den Gerichtssaal durch einen Tunnel, der ihr Gesichtsfeld stark eingrenzte, er endete erst an der Tür, die zum fensterlosen Vorbereitungsraum der Anklagevertretung führte.

Mit einem diffusen Gefühl von Beklommenheit und Ohnmacht schloss sie die Tür hinter sich.

Da eine Hitzewelle angekündigt war, hatte man in der Redaktion die Klimaanlage eingeschaltet. Offenbar verfügte sie nur über eine einzige Kühlstufe, und die lag kurz unter dem Gefrierpunkt. Bevor Annika sich an den Rechner setzte, musste sie ihre Jacke anziehen, um sich keine Lungenentzündung zu holen.

Trotz der Kälte glühten ihre Finger, als sie die Aufzeichnungen und Zeugenlisten durchging: Da waren sie, all die Lügner, die dafür gesorgt hatten, dass Josefin keine Gerechtigkeit widerfuhr. Einige der Namen erkannte sie wieder, aber die meisten waren ihr neu. Ludwig Emmanuel Eriksson musste Ludde sein, der im Club hinter der Bar gestanden hatte, und bei Robin Oscar Bertelsson konnte es sich nur um den Robin handeln, der für die Sicherheit im Club verantwortlich gewesen war. Kurz nach dem Mord an Josefin hatte er gekündigt. Annika hatte ihn nie kennengelernt, Joachim hatte allerdings oft von ihm gesprochen. Sie hatte Robin immer im Verdacht gehabt, einer der Zeugen zu sein, aber nun wusste sie es.

Ludwig Emmanuel Eriksson hatte sie als ziemlich schweigsamen, mürrischen Kerl in Erinnerung. Er hatte dünnes blondes Haar und helle Augen gehabt und ihr immer ungeniert auf die Brüste gestarrt. Sie gab seinen Namen bei Google ein und landete gleich einen Treffer.

Ein Spendenaufruf der Krebshilfe, *Spenden Sie per Paysafecard oder PayPal*. Darunter ein Porträtfoto von ihm, das ernste Gesicht bereits von der Krankheit gezeichnet, die Haare kurz und die Augen müde. Zweiunddreißig war er geworden, wie traurig.

Berit stellte ihre Laptoptasche auf dem Schreibtisch ab.

»Warum ist es hier so kalt?«

Annika richtete ihr Augenmerk nicht mehr auf den toten Ludde, sondern zeigte auf die Klimaanlage in der Ecke.

»Hatte Nina etwas Interessantes mitzuteilen?«

»Ja, in der Tat. In anderen Ländern gibt es ähnliche Fälle, die Ermittlungen wurden miteinander abgeglichen.«

»Und das hat sie im Zeugenstand gesagt? Klasse. Glaubst du, er wird verurteilt?«

Berit ließ sich auf ihrem Stuhl nieder.

»Die gesamte Anklage stützt sich auf diese DNA-Sache«, sagte sie. »Das wird vielleicht nicht reichen.«

»Berglund war ja nie in der Nähe eines anderen Gewaltverbrechens«, sagte Annika.

»Daran bestehen jetzt begründete Zweifel«, erwiderte Berit.

»Hat er ausgesagt?«, fragte Patrik, der wie aus dem Nichts hinter ihnen aufgetaucht war.

»Er hat die Leber seiner Opfer gebraten und sie mit Kapern und Knoblauch verspeist«, sagte Annika.

Patrik machte ein irritiertes Gesicht, genauso, wie sie gehofft hatte.

»Es gibt eine Neuigkeit«, sagte Berit. »Reichskripo und Europol hatten mehrere ausländische Polizeibehörden in die Ermittlungen eingeschaltet. Deshalb hat es bis zur Anklageerhebung so lange gedauert.«

Auf Patriks Wangen zeigten sich rote Flecken.

»HAT ER SICH DURCH GANZ EUROPA GEMORDET?«, deklamierte er mit Großbuchstaben in der Stimme.

»Moment«, wandte Berit ein, »dafür hat man keine Indizien gefunden.«

»Alles eine Frage der Formulierung«, sagte Patrik und eilte beschwingt Richtung Newsdesk.

»Hast du bei der Staatsanwaltschaft was erreicht?«, fragte Berit.

Annika schob ihrer Kollegin die Zeugenliste zu, als es in der Gegensprechanlage auf ihrem Tisch knackte.

»Annika, würden Sie kurz zu mir kommen?«, quäkte die Stimme von Chefredakteur Anders Schyman aus dem billigen Lautsprecher.

»Jetzt?«, fragte Annika. »Sofort?«

»Ich bitte darum.«

Der Apparat knackte noch einmal und verstummte.

»Das ist gut«, sagte Berit und gab ihr die Liste zurück. »Vielleicht kannst du sie ja zum Reden bringen.«

Annika stand auf und ging zum »Aquarium«, dem gläsernen Büro des Chefredakteurs. Er blickte ihr entgegen, deshalb klopfte sie nicht an, sondern trat ein und zog die Tür ordentlich hinter sich zu. Im Gegensatz zu früher stand die Tür zur Redaktion jetzt nie mehr offen.

»Was hat die Staatsanwaltschaft gesagt?«, fragte ihr Chef.

Er saß hinter seinem Schreibtisch, müder denn je.

»Sie haben mir die Zeugenliste ausgehändigt. Warum muss die Klimaanlage auf Frost eingestellt sein?«

Er sah sie fragend an. Auf dem Schreibtisch stapelten sich Notizen, Computerausdrucke, Klebezettel und etwas, das man mit viel gutem Willen als Flussdiagramm auffassen konnte.

»Was für Zeugen? Gab es Mordzeugen?«

»Die Leute, die dem Mörder ein Alibi gegeben haben. Was gibt es denn?«

Der Chefredakteur kratzte sich am Bart.

»Setzen Sie sich«, sagte er und zeigte auf den Besucherstuhl.

Annika beschlich ein diffuses Unbehagen, vielleicht lag es an seinem Tonfall, vielleicht an seiner grauen Hautfarbe. Der Freischwinger federte, als sie sich setzte.

»Wie weit sind Sie mit dem Mord an der Stripperin?«

Sie wartete mit der Antwort, bis sich der Stuhl unter ihr nicht mehr bewegte.

»Die Stripperin hieß Josefin. Sie träumte davon, Journalistin zu werden, und liebte Katzen. Ja, da ist noch eine Menge zu tun, ich habe ja gerade erst angefangen. Wieso?«

»Wie schätzen Sie die Chance ein, dass irgendetwas an dem Fall aufgeklärt wird? Oder dass es zu einer Anklage kommt?«

Annika betrachtete ihn forschend.

»Stehen wir unter Zeitdruck?«

Schyman saß reglos an seinem Schreibtisch, die Unterarme auf der Tischplatte.

»Steht schon fest, wer Ihr Nachfolger wird?«, fragte sie. »Der Typ vom Radio?«

Schyman atmete mit einem abgrundtiefen Seufzer aus und schob seinen Stuhl zurück, bis er damit an das Bücherregal stieß.
»Nein, der wird es auf gar keinen Fall. Wieso, haben Sie einen Vorschlag?«
»Habe ich«, erwiderte sie. »Berit.«
Er strich sich über die Stirn.
»Ja, ja, ich weiß, dass Sie das finden.«
»Ich sage es noch einmal, weil ich recht habe.«
»Begründung?«
»Sie ist bei weitem die beste und vielseitigste Reporterin, die das *Abendblatt* hat, sie kann alles und hat schon alles gemacht. Sie ist nie gestresst, hat ein extrem gutes Urteilsvermögen, und sie ist der Zeitung treu bis in den Tod.«
Schyman zwinkerte.
»Sie meinen also, Berit besitzt Erfahrung, Wissen, Loyalität, Leistungsfähigkeit, Gelassenheit und Urteilsvermögen?«
»Eigentlich ist es ein Skandal, dass man sie noch nicht gefragt hat.«
»Ich erkläre Ihnen, warum nicht«, sagte der Chefredakteur.
»Da bin ich aber gespannt.«
»Berit macht keine Fehler. Sie wurde kein einziges Mal beim Presseombudsmann angezeigt. Was sie schreibt, hat Hand und Fuß, es ist immer solide recherchiert und gut durchdacht.«
»Und wo ist der Haken?«
»Sie geht kein Risiko ein.«
Annika verschränkte die Arme.
»Wollen Sie damit sagen, sie ist feige?«
»Ein Schlachtschiff wie das *Abendblatt* – um einen Ihrer Lieblingsausdrücke zu gebrauchen – kann nicht von einem Kapitän gesteuert werden, der keine Risiken eingeht. Das funktioniert nicht. Das Entscheidende bei diesem Job ist ja gerade, Risiken einzugehen, für Unordnung zu sorgen und den Kurs zu halten, wenn es stürmisch wird …«
»Also warum ist die Sache mit Josefin so eilig?«
»Sie ist nicht eilig.«
Annika sah ihn mehrere Sekunden lang schweigend an. Er

hatte schon die ganze letzte Zeit müde ausgesehen, aber dieser Zug um seinen Mund war neu.
»Das hier ist noch nicht offiziell«, sagte er.
»Okay.« Ihr Unbehagen wuchs.
Er reichte ihr einen Computerausdruck, das Protokoll einer Vorstandssitzung von letzter Woche.
»Paragraph vier«, sagte er.
Sie las den Abschnitt drei Mal.
»In Anbetracht der Entwicklungen in der Branche wird die Einstellung der Druckausgabe des Abendblatts *beschlossen.«*
Einstellung. Druckausgabe.
»Die Papierzeitung«, sagte sie, »soll eingehen?«
Ihre Stimme klang ein bisschen heiser.
Er nickte.
»So schnell wie möglich.«
Sie saß wie gelähmt auf ihrem Stuhl, unfähig, sich zu rühren.
»Ich bin beauftragt worden, die Abwicklung durchzuführen, bevor ich gehe«, sagte Schyman.
Ihr Blick glitt unwillkürlich hinüber zur Redaktion, zu den Menschen, die auf der anderen Seite der Glaswand konzentriert arbeiteten und nichts von dem Abgrund ahnten, der sich direkt vor ihnen auftat.
»Aber«, sagte sie, »was passiert mit all denen, die …?«
»Wo gehobelt wird, fallen Späne«, sagte Schyman. »Alle Reporterstellen werden gestrichen.«
Sie starrte ihn mit offenem Mund an. Langsam wurde ihr das ganze Ausmaß bewusst, *alle Reporterstellen werden gestrichen*, das schloss sie und Berit und Sjölander und die anderen ein, und all die Leser, die nicht mehr zum Kiosk gehen und ihre Zeitung kaufen und am Kaffeetisch das Kreuzworträtsel lösen konnten. Eine ganze Kultur verschwand, ein ganzer Lebensstil.
»Und ich dachte immer, die Papierausgabe fährt Gewinne ein!«
»Bisher haben wir uns durch die Beilagen über Wasser gehalten und durch das ganze Zeug, das wir vertreiben, Bücher und Musik und DVD-Filme, aber die Digitalisierung überholt uns

auch in dem Bereich, Netflix und Spotify und Bokus.se und wie sie alle heißen. Das hier ist der einzig gangbare Weg.«

»Das kann nicht Ihr Ernst sein.«

»Alle anderen werden früher oder später denselben Weg gehen müssen. Wir ergreifen die Initiative und verschaffen uns so einen Vorsprung.«

»Und Sie sollen das machen? Sie sollen die Axt ansetzen?«

»Für einen Teil der Kernbelegschaft wird es weiterhin Arbeit geben«, sagte er. »Wir weiten die digitalen Plattformen aus. Der Journalismus stirbt nicht, nur weil wir aufhören, Nachrichten auf Unmengen von Papier zu verbreiten. Aber Ihren Bericht über die Stripp... über Josefin würde ich gern in gedruckter Form sehen.«

Ach tatsächlich, würde er das.

»Wie viel Zeit bleibt mir noch?«

Sie konnte sich ihren Sarkasmus nicht verkneifen.

»Die Vertriebsvereinbarungen müssen neu verhandelt werden, die ganzen Verträge mit den Druckereien, das wird eine Weile dauern ...«

Ihr Mund war wie ausgetrocknet, aber sie musste die Frage einfach stellen.

»Und danach? Was wird aus mir?«

»Wir haben natürlich einen Platz für Sie in der neuen Organisation. Sie wissen, dass ich Sie für den Newsdesk haben will.«

»Wo ich dann meine Tage damit verbringe, Phantasiemeldungen für die Siebenkreuz zu schreiben?«

»Unter anderem.«

Sie merkte, wie ihr die Tränen in die Augen schossen, und stand schnell auf, um sie zurückzudrängen.

»Niemals«, sagte sie. »Dann jobbe ich lieber bei Ica an der Kasse.«

Schyman seufzte.

»Sagen Sie den anderen nichts davon«, bat er. »Wir geben es wahrscheinlich Anfang nächster Woche bekannt.«

Sie nickte, verließ das Aquarium und schloss die Tür hinter sich.

Sie stieg in die U-Bahn und ließ sich durch den Untergrund nach Södermalm kutschieren. Die Leute im Waggon standen dicht gedrängt, sie stießen gegen sie, schwankend und schaukelnd.

Sie schloss die Augen, um nicht zu heulen.

Schyman hatte natürlich recht, das *Abendblatt* war nur die erste in der Reihe der Tageszeitungen, die nicht mehr in Papierform erscheinen würden, die meisten anderen mussten mit der Zeit nachziehen.

Sie zwinkerte die Tränen weg und blickte sich im Waggon um. Ein paar ältere Männer hatten eine Zeitung dabei, viele waren es allerdings nicht. Die Veränderung war schon da. Aber eine Welt ganz ohne Tageszeitungen, wie würde die aussehen?

Sie wandte den Blick zum Fenster und sah ihre eigene Hohläugigkeit. Das Straßenbild würde sich verändern, die knallgelben Verkaufsplakate vor den Kiosken und Supermärkten würden verschwinden, wenn auch nicht für lange, schnell würden sie durch neue Plakate ersetzt werden, Reklame für irgendetwas anderes im Laden, denn eigentlich waren die Zeitungsplakate ja genau das, sie sollten Kunden in den Laden locken, damit sie auch noch eine Schachtel Zigaretten oder ein Eis kauften, wenn sie schon mal da waren. In den Bussen und Zügen würden die Leute noch tiefer in ihre Handys starren, die Kisten mit den Zeitungspaketen würden nicht mehr den Bürgersteig vor den Lebensmittelläden blockieren, wenn sie morgens zur Arbeit ging, auf den Bahnsteigen der U-Bahn würden keine Gratiszeitungen mehr durch die Gegend flattern.

Wie würde es sein, in einer solchen Welt zu leben und zu arbeiten?

Man erinnert sich schlechter an etwas, das man am Bildschirm gelesen hat, das hatte eine norwegische Studie vor gar nicht langer Zeit ergeben. Man hatte fünfzig Testpersonen denselben Roman eines britischen Krimiautors lesen lassen, die eine Hälfte las das gedruckte Buch und die andere Hälfte das E-Book, und den Lesern des E-Books war es sehr viel schwerer gefallen, sich an die Chronologie der Handlung zu erinnern. Warum das so war, wusste man nicht, vielleicht hatte es mit dem Gewicht des Papiers zu tun, dem physischen Umblättern der Seiten, dem Gefühl von Vorwärtsbewegung. Demnach blieben dem Leser digitale Inhalte also kürzer im Gedächtnis – noch kürzer? Was bedeutete das? Und was hieß das für sie als Journalistin? Musste sie die Dinge noch mehr vereinfachen? Die Welt noch mehr schwarz-weiß malen?

Vielleicht war das die Strafe, das hier und die Panikanfälle, für ihr Verhalten, für alles, was sie getan hatte, die vielen, die sie im Stich gelassen hatte ... Sofort schämte sie sich für den Gedanken, für seine monumentale Vermessenheit, dass die Entwicklung des Journalismus irgendwie mit ihrem persönlichen Versagen zusammenhängen könnte. Die Panikattacken kamen aus ihr selbst, sie war daran schuld, und warum sollte sie ungeschoren davonkommen? So, wie sie sich benommen hatte?

Der Zug bremste ab. Sie musste sich festhalten, um nicht über eine Frau mit Kinderwagen zu fallen.

Am Medborgarplatsen stieg sie wieder hinauf ins Helle, die gelben Zeitungsplakate hingen noch am Zeitungskiosk und brüllten ihre Schlagzeilen in die Welt. Södermalm hatte einen anderen Rhythmus als Kungsholmen, eine andere Farbe, sie verspürte immer noch eine demütige Dankbarkeit, hier sein zu dürfen, sie konnte es gar nicht richtig glauben. Hier war sie toleranter, geduldiger, hier gab es keine Gespenster. Sogar die Männer mit den grellgelben Helmen, die die Götgatan abgesperrt hatten und mit höllischem Lärm den Asphalt aufbrachen, störten sie nicht.

Und wer war sie denn, dass sie sich anmaßte, über andere zu urteilen? Sie hatte ihren Mann im Stich gelassen, als er am Boden lag, verletzt und verstümmelt, und ein Verhältnis mit seinem Chef angefangen. Warum sollte sie verschont werden?

Das Display ihres Handys leuchtete in der Handtasche auf,

der Lärm der Bauarbeiten erstickte das Klingeln, aber sie nahm wahr, dass ein Anruf kam. Sie wischte die Tränen ab, drückte das Telefon fest an das eine Ohr und die Hand an das andere und flüchtete vor dem Pressluftgehämmer.

»Hallo, Annika«, sagte eine Männerstimme in ihrem Kopf. »Hier ist Steven.«

Ein Schatten zog über den Himmel. Unwillkürlich blickte sie sich um.

»Hallo, Steven.«

Die Umhängetasche schlug gegen ihre Hüfte, während sie über die Straße lief, sie blieb vor dem McDonald's stehen und setzte die Tasche auf dem Bürgersteig ab.

Steven war, trotz seines amerikanischen Namens, im Nachbarort Malmköping geboren und aufgewachsen. Er war fünf Jahre älter als Birgitta, Annika hatte ihn nie vorher getroffen, bis Birgitta und er eines späten Abends in ihre Wohnung auf Kungsholmen hereinschneiten, als Thomas in Afrika gefangen gehalten wurde.

»Hast du was von Birgitta gehört?«, fragte er.

Die Leute strömten an ihr vorbei die Folkungagatan hinunter.

»Nein, vorhin hat Barbro schon angerufen und gefragt, seitdem habe ich nichts gehört. Was ist denn eigentlich los?«

Sie versuchte, ihrer Stimme einen hellen, leichten Klang zu geben, das Dunkle auf Abstand zu halten.

»Birgitta ist gestern nicht von der Arbeit nach Hause gekommen«, sagte er.

»Ja, das hat Mama erzählt. Und sie hat nichts gesagt, bevor sie ging? Sie hat sich nicht gemeldet?«

»Bisher nicht ... nein.«

Es wurde still in der Leitung. Eine Gruppe Teenager mit blauen Haaren und Hamburgern in der Hand drängte sich kichernd und schnatternd an ihr vorbei, eines der Mädchen schüttete Annika einen Becher Cola über die Schuhe. Sie drehte den jungen Gänsen den Rücken zu.

»Hallo?«, rief sie ins Telefon.

»Ich dachte, vielleicht hat sie dir was gesagt.«

Sie starrte gegen die Wand.

»Steven«, sagte sie, »warum hätte sie das tun sollen? Birgitta und ich haben fast überhaupt keinen Kontakt.«

»Nein, du bist ja nicht mal zu unserer Hochzeit gekommen.«

Diese alte Geschichte, wie lange würden sie ihr die noch aufs Brot schmieren?

»Ich dachte, ihr wolltet nach Oslo ziehen«, sagte sie.

»Ja, das ... wir haben dort nach Jobs gesucht, aber ... es hat nicht geklappt.«

»Warum nicht?«

Am anderen Ende blieb es still, sie schaute aufs Display, nein, die Verbindung war nicht unterbrochen. Der 71er Bus schnaufte Richtung Danvikstull vorbei.

Annika schloss die Augen.

Steven hustete.

»Irgendwas muss passiert sein«, sagte er. »Ich weiß nicht, was ich machen soll. Diny fragt die ganze Zeit nach ihr. Was sagt man einem Kind in dem Alter?«

Annika wurde es auf einmal ganz flau.

»Steven, warum ist Birgitta abgehauen? Habt ihr euch gestritten?«

»Nein, nicht direkt ...«

Nicht direkt.

»Hast du sie ... geschlagen?«

»Niemals.«

Die Antwort kam kurz und schnell. Zu schnell?

Annika strich sich die Haare aus der Stirn, dieser Anruf war ihr ein Rätsel, was wollte Steven? Warum sollte Birgitta sich bei ihr melden und nicht bei ihm?

»Ich glaube, ich habe ihre Nummer gar nicht, ich habe ein neues Handy, und die Kontaktdaten ließen sich irgendwie nicht übertragen ... Woher hast du eigentlich meine Telefonnummer?«

»Von Barbro.«

Natürlich.

Es plingte in ihrer Hand, *neue Visitenkarte erhalten.*

»Versprich mir, dass du dich meldest«, sagte er.
»Mach ich.«
Sie legte auf. Das Herz klopfte wie ein Hammer in ihrer Brust, sie atmete tief durch, steckte das Telefon zurück in die Tasche und hängte sie sich über die Schulter.

Sobald man jemanden brauchte, dem man die Schuld geben konnte, rief man sie an. War sie jetzt etwa der Sündenbock für alles?

Langsam ging sie Richtung Södermannagatan. Birgitta und sie hatten nichts mehr gemeinsam, außer ihrer Kindheit.

Sie ging ins Coop Nära an der Nytorgsgatan, packte Hackfleisch und Sahne und Zwiebeln und belgische Frühkartoffeln in den Einkaufswagen. Kalle hatte sich Frikadellen zum Abendessen gewünscht.

Vor der Kasse hatte sich eine kleine Schlange gebildet, Mittelschicht-Großstädter wie sie selbst, ein bisschen Vintage, ein paar teure Accessoires und dies und jenes von H&M. An der Kasse saß eine junge Frau, die nicht in Schweden geboren war und es sich nicht leisten konnte, auf Södermalm zu wohnen. Für so ein Leben hatte sich auch Birgitta entschieden.

Eigentlich kein Wunder, dass Birgitta Supermarktkassiererin geworden war. Sie liebte Geschäfte und konnte stundenlang einkaufen, ganz egal, ob Lebensmittel oder Kleidung oder Kosmetika, zwischen Produkten und Preisschildern vergaß sie die Zeit. Oft gab sie einen Wochenlohn für ein schönes Glas Marmelade oder ein Schaumbad aus, das nach Rosen duftete.

Annika bezahlte mit ihrer Kundenkreditkarte und bemerkte, dass die Frau an der Kasse kunstvoll modellierte Acrylnägel hatte, genau wie Birgitta.

Das Abendessen mit den Kindern verlief ohne Probleme, obwohl Jimmy einen langen Arbeitstag hatte und erst später kommen würde. Sie saßen im Esszimmer am Tisch und erzählten sich ihren Tag, genau wie immer. Serena hatte aufgehört mit ihrem ewigen Provozieren und Hinterfragen, und Annika war darüber erleichterter, als sie sich eingestehen wollte. Jetzt berichtete das Mädchen lang und breit über etwas, das im

Werkunterricht besprochen worden war. Sie war geschickt im Nähen und Handarbeiten und interessierte sich sehr für Handwerkstechniken und Materialien. Ellen redete wie ein Wasserfall über einen Film, den sie bei YouTube gesehen hatte, es ging um irgendwelche Norweger, die ein Lied über einen Fuchs gesungen hatten. Jacob war schweigsam, aß aber mit gutem Appetit. Kalle wollte die Milch, die sie ihm hingestellt hatte, nicht trinken, es nützte nichts, dass Annika ihm erklärte, das Datum auf dem Milchkarton bedeute »mindestens haltbar bis« und nicht »giftig nach«.

Die Kinder halfen beim Aufräumen der Küche und verschwanden dann in ihren jeweiligen Zimmern, um an ihren elektronischen Geräten herumzuspielen. Während die Geschirrspülmaschine im Hintergrund murmelte, setzte Annika sich an den Küchentisch, räusperte sich und wählte Birgittas Telefonnummer. Sie legte die Hand über die Augen, lauschte in die Stille zwischen den Klingelsignalen und machte sich bereit, freundlich und korrekt zu ihrer Schwester zu sein, aber es meldete sich die Mailbox.

Hallihallo, hier ist Birgitta, leider kann ich deinen Anruf im Moment nicht selbst entgegennehmen, aber wenn du nach dem Piep eine Nachricht hinterlässt, rufe ich zurück, sobald ich kann. Tschüssie!

Der anschließende Signalton war laut und durchdringend. Annika fühlte sich merkwürdigerweise ein bisschen betrogen, sie zögerte einen Moment, gab sich dann aber einen Ruck.

»Ja, ähm, hallo«, sagte sie in die Stille hinein. »Hier ist Annika. Ich habe gehört, du bist gestern nicht von der Arbeit nach Hause gekommen, und ich ... also, wir fragen uns, wo du bist. Melde dich, okay? Tschüss.«

Sie legte auf, erleichtert, dass sie aus dem Schneider war und es jetzt an ihrer Schwester lag, sich zu melden. Im selben Moment brach ein kleinerer Tumult im Kinderzimmerflur aus.

»Hallo, ihr geht jetzt Zähne putzen!«, rief sie.

Der Tumult steigerte sich zu Weinen und Geschrei. Sie ging zum Zimmer der Jungs. Eine Katastrophe war passiert: Jacob vermisste sein Handy. Er glaubte nicht, dass es ihm geklaut worden war, er wusste nur nicht mehr, wo er es hingelegt oder wann er es zuletzt gesehen hatte.

Gemeinsam stellten sie die ganze Wohnung auf den Kopf, ohne Erfolg. Dafür fand Annika ganz unten in einem Umzugskarton ihr altes Handy wieder. Es war kein Smartphone und der Akku ließ sich nicht mehr aufladen, aber wenn man einen Ersatzakku besorgte, konnte man noch damit telefonieren. Sie hielt einen kleinen Vortrag darüber, dass neue Smartphones nicht durch die Luft geflogen kamen, wenn man seine alten versiebte.

Durch Gesten und Worte und Streicheln und unanfechtbare Hinweise auf geltende Regeln bekam sie die Situation so langsam wieder in den Griff, verwandelte bittere Fehden in eine Zusammenarbeit gegen den gemeinsamen Feind (sie) und erreichte durch bewundernde Ausrufe beim Betrachten von YouTube-Filmen über norwegische Fuchslieder und eine kürzere kollektive Lesung von C. S. Lewis' *Narnia*, dass in der Kinderabteilung Ruhe und Frieden einkehrten.

Anschließend setzte sie sich ins Wohnzimmer vor den Fernseher. »Aktuell« brachte eine Diskussion über Integrität im Internet, wer sollte verantwortlich sein, wofür und warum? Eine Vertreterin der Feministischen Initiative forderte, alle Internetnutzerinnen und -nutzer sollten jederzeit und unter allen Umständen absolut anonym bleiben, während ein Repräsentant der Musikindustrie die Ansicht vertrat, Raubkopierer müssten konsequent verfolgt und so bestraft werden, als hätten sie Musik-CDs in einem Plattenladen gestohlen. Annika stimmte beiden Kontrahenten zu, während sie ihre Meinung darlegten, was ihr einerseits sagte, dass sie sehr müde war, und andererseits, dass vermutlich beide recht hatten, wenn auch jeder auf seine Art.

Das war genau das, womit sich Jimmy an diesem Abend beschäftigte. Ein Treffen mit dem parlamentarischen Fachausschuss zu dem Thema, mit dessen Untersuchung Thomas beauftragt war. Im Stillen fragte sie sich, wie das funktionieren sollte. Thomas und Jimmy saßen im Ministerium so weit voneinander entfernt, dass sie sich normalerweise nur selten über den Weg liefen, aber in diesem Fall waren sie gezwungen, sich öfter zu treffen. Bei dem Gedanken fielen ihr die Augen zu, sie nickte auf dem Sofa ein und wachte davon auf, dass Jimmy ihr übers Haar strich. Ein Glücksgefühl durchzuckte sie, sie schlang ihm die Arme um den Hals und atmete seinen Geruch ein.

»Wie ist es gelaufen?«

Jimmy hob sie hoch, zwängte sich unter sie aufs Sofa und zog sie auf seinen Schoß. Sie spürte seinen Atem im Ohr.

»Halb und halb«, sagte er.

Sie blickte ihn über die Schulter an.

»Ich hatte Thomas' Gutachten nicht sorgfältig gelesen«, kommentierte er ihren verwunderten Blick. »Ein paar Details sind mir entgangen. Wenn sein Vorschlag durchkommt, wird es für Polizei und Staatsanwaltschaft unmöglich sein, IP-Adressen im Internet zu verfolgen ...«

Er schwieg.

»Ich habe in ›Aktuell‹ eine Diskussion darüber gesehen«, sagte Annika. »Ich fand, beide Seiten hatten recht.«

Jimmy seufzte.

»Das ist keine einfache Sache«, sagte er und blieb mit seinen Bartstoppeln in ihren Haaren hängen. »Den Parlamentariern im Ausschuss fällt es auch schwer, die Problematik zu begreifen. Mehrere von ihnen glauben, Meinungsfreiheit sei gleichzusetzen mit dem Recht, sich im Internet anonym zu äußern. Und ich war nicht ausreichend vorbereitet, ich hätte mich über den Fortgang der Untersuchung besser informiert halten müssen ...«

Sie drehte den Kopf weg.

»Was hat Thomas gemacht?«, fragte sie.

Er lächelte und drückte ihr einen Kuss aufs Haar.

»Ich werde morgen mal mit ihm reden. Wie war's bei der Psychologin?«

Annika setzte sich auf.

»Weiß nicht recht. Sie hat mich nach meiner Kindheit gefragt, wie es *sich anfühlt*, davon zu erzählen ...«

»Und wie hat es sich angefühlt?«

»Stressig.«

Sie blickte mit halb geschlossenen Augen durchs Zimmer.

»Dass es für die Leute so wichtig ist, ihre Identität geheim zu halten, all ihren Hass rauszulassen, ohne dass jemand erfährt, wer sie sind ...«

»Du willst nicht über die Psychologin reden?«

Sie legte den Kopf zurück und begegnete seinem Blick, versuchte zu lächeln. Etwas stimmte nicht mit ihr. Gesunde Menschen brachen nicht von Krämpfen geschüttelt in der Diele zusammen, sie erschreckten ihre Kinder nicht zu Tode.

»Meine Mutter hat heute angerufen«, sagte sie. »Und Steven, mein Schwager. Birgitta ist verschwunden, sie ist gestern nicht von der Arbeit nach Hause gekommen.«

»Nanu, was ist passiert?«

Annika schloss die Augen, sah die Mietshäuser an der Odendalsgatan in Hälleforsnäs vor sich, die Etagenbetten, ihres oben, Birgittas unten, wie eng manche Menschen zusammenleben konnten, ohne etwas gemeinsam zu haben. Annika, die sich immer wegsehnte, Birgitta, die nur zu Hause bleiben wollte.

»Als wir klein waren, hatte sie vor allem Angst«, sagte Annika. »Ameisen, Wespen, Gespenster, Flugzeuge ... Sie mochte nicht draußen bei Großmutter in Lyckebo sein, da gab es Schlangen im Gras ...«

»Hat sie sich nicht irgendwo da draußen ein Ferienhaus gekauft?«

»Nein, das hatte sie offenbar nur für einen Sommer gemietet.«

Sie kniff die Augen zusammen und holte tief Luft.

»Die Druckausgabe der Zeitung wird eingestellt«, sagte sie.

Sie spürte seinen Blick und öffnete die Augen.

»Schyman hat mich heute zu sich reingerufen. Der Vorstand hat das letzten Freitag beschlossen. Nächste Woche wird es verkündet.«

»Was wird aus den Mitarbeitern?«

»Viele müssen gehen, aber nicht alle. Sie brauchen Leute für den Newsdesk, die die Sachen online stellen.«

Er stellte die naheliegende Frage nicht, aber sie beantwortete sie trotzdem.

»Schyman will mich behalten, damit ich mir die Meldungen für Siebenkreuz ausdenke.«

Jimmy seufzte.

»Manchmal frage ich mich, was der menschlichen Spezies noch alles blüht«, sagte er.

»Eigentlich sind wir Fische, die vor 150 Millionen Jahren aus dem Meer gekrochen sind«, erwiderte Annika.

»Komm her«, sagte er und zog sie an sich.

Dienstag, 2. Juni

Nina betrat ihr Büro um Viertel nach sieben. Die Sonne kletterte über das Dach des Innenhofs und brachte die Papierstapel auf ihrem Schreibtisch zum Glühen. Im Laufe des Tages sollte es sehr warm und schwül werden.

Sie schob ihre Sporttasche unter das Bücherregal, legte die Tageszeitungen auf dem Schreibtisch ab und stellte eine Flasche Mineralwasser dazu. Aus ihrer Handtasche holte sie ein Butterbrot und eine Flasche frisch gepressten Orangensaft und legte beides in die oberste Schreibtischschublade, nach dem Training musste sie immer etwas essen.

Sie setzte sich an den Schreibtisch und lauschte in die Stille. Die meisten ihrer Kollegen kamen nicht vor acht, einige sogar erst zur Morgenbesprechung um neun. Johansson, der dicke Sekretär, war allerdings schon da, sie hörte ihn hinten im Flur husten. Jesper Wou, der Mann, mit dem sie das Zimmer teilte, war zum Glück wieder mal auf einer seiner langen Dienstreisen; sie genoss es, das Büro für sich allein zu haben.

Sie schaltete ihren Rechner ein, während der Nacht war nichts Besonderes vorgefallen, keiner hatte sie zu erreichen versucht oder ihr gemailt. Mit einem vagen Gefühl von Erleichterung griff sie nach den Tageszeitungen.

Zuerst blätterte sie die Morgenzeitungen durch, da stand nichts drin, was sie nicht schon im TV-Text gelesen hatte. Das *Abendblatt* machte mit Schlagzeilen über eine der Prinzessinnen auf, man spekulierte, ob sie anlässlich des schwedischen Nationalfeiertags wohl nach Hause fliegen werde. Nina las den Artikel nicht, das Königshaus fiel nicht in ihren Verantwortungsbereich, darum kümmerten sich die Kollegen vom Staatsschutz. Ganz unten auf der Titelseite fand sich ein Hinweis zum »Zimmermann«, wie die Boulevardpresse Ivar Berglund getauft hatte. Sie schlug die Seiten sechs und sieben auf und starrte direkt in Berglunds glanzlose Augen. Das Foto ging über die ganze Doppelseite. Es war mit einem großen Teleobjektiv durch eine halboffene Tür geschossen worden. Berglund hatte für den Bruchteil einer Sekunde direkt in die Kamera geschaut, und die (wie aus der Bildunterschrift hervorging) Fotografin war bereit gewesen. Es war vermutlich ganz schnell gegangen, Berglund hatte die Situation vielleicht gar nicht richtig erfasst. Trotzdem lag in dem Blick seine ganze kühle Gleichgültigkeit und innere Stumpfheit. Nina starrte ihn sekundenlang an, ehe sie die Überschrift bemerkte:

HAT ER SICH DURCH GANZ EUROPA GEMORDET?

Die Schlagzeile traf sie mit beinahe physischer Wucht, als hätte ihr jemand in den Magen geboxt.

Mit den Handflächen auf dem Zeitungspapier beugte Nina sich vor und überflog den Artikel, in der vagen Hoffnung, dass es nicht so schlimm wäre, aber diese Hoffnung erfüllte sich natürlich nicht ...

Nach Aussage von Nina Hoffman, operative Analytikerin bei der Reichskriminalpolizei in Stockholm, gibt es im europäischen Ausland mehrere ungeklärte Morde, die Ähnlichkeiten mit dem Fall in Orminge aufweisen. Ivar Berglunds DNA-Profil wurde deshalb mit einer Reihe von laufenden Ermittlungen sowohl in Skandinavien als auch im übrigen Europa abgeglichen. Die Zusammenarbeit hat ein ganzes Jahr gedauert und ist immer noch nicht abgeschlossen, aber bisher hat die Reichskripo keinen Treffer gelandet ...

Sie spürte, wie ihr das Blut zu Kopf stieg, wie hatte sie nur so unglaublich dumm sein können?

Ohne nachzudenken hatte sie wahrheitsgemäß auf die Fragen der Verteidigerin geantwortet. Was natürlich Wahnsinn war, sie hatte der Verteidigung direkt in die Hände gespielt. Dass sie das nicht sofort erkannt hatte! Wie hatte sie nur so naiv sein können? Sie hatte verraten, dass sie nichts in der Hand hatten, dass sie gesucht und gesucht, aber nicht das Geringste gefunden hatten, was sie Ivar Berglund anhängen konnten. Den ganzen fundamentalen Misserfolg hatte sie vor dem Gericht und der Pressemeute offenbart. Für diese Dummheit sollte man sie einsperren.

Sie stand auf, ziellos, planlos, und setzte sich wieder.

In Gedanken ging sie das Verhör noch einmal durch, sah die perfekt geschminkte Anwältin vor sich, *was haben Sie eigentlich während dieser enorm langen Dauer der Untersuchungshaft gemacht?*, und hörte sich antworten, wie sie den Mund öffnete und sich selbst ins Knie schoss, *Ivar Berglunds DNA-Profil wurde mit einer Reihe von laufenden Ermittlungen sowohl in Skandinavien als auch im übrigen Europa abgeglichen...*

Wenn sie den Prozess verloren und Berglund freigesprochen wurde, war das ihre Schuld. Sie presste die Hände an die Wangen, ihre Finger waren eiskalt, durch das Adrenalin hatten sich die äußeren Blutgefäße zusammengezogen und der Körper sich kampfbereit gemacht.

Sie zwang sich, die Schultern zu senken, *Konzentration!* Ihr Blick glitt über den Tisch, fand Berglunds Akte, sie zog sie heraus und schlug den Abschnitt mit der DNA-Spur auf.

War vielleicht tatsächlich etwas mit dem DNA-Nachweis vom Tatort in Orminge nicht in Ordnung? Es war praktisch ein perfekter Treffer, über 99 Prozent Übereinstimmung. Die Verteidigerin hatte versucht zu unterstellen, dass die DNA-Spur verunreinigt war. Konnte das sein? War möglicherweise bei der Probensicherung etwas schiefgegangen oder bei der Analyse?

Sie blätterte in den Berichten des SKL, des Staatlichen Kriminaltechnischen Labors, ihre Finger waren inzwischen ganz warm. Aber sie konnte nichts Neues entdecken, sie kannte die Ergebnisse auswendig.

Sie hörte Johansson wieder husten und zögerte einen Moment. Dann stand sie auf und nahm die Akte in die Hand.

Der Sekretär hatte sein Büro fünf Türen weiter. Er saß in einem Einzelzimmer, ein Luxus, der nur wenigen in der Abteilung vergönnt war. Vielleicht hatte man es ihm wegen seiner Vergangenheit zugestanden, früher war er bei der nationalen Einsatztruppe gewesen, aber nach einem traumatischen Erlebnis (unklar, welcher Art) hatte man ihn in den Innendienst versetzt. Mit der Schlechtigkeit der Welt kam er nicht zurecht, doch er war ein hervorragender Administrator.

Nina klopfte an den Türrahmen, Johansson drehte den Kopf und blickte sie über den Brillenrand hinweg an. Wortlos nickte er zu dem Stuhl auf der anderen Seite des Schreibtisches.

»Eine Frage«, sagte Nina und setzte sich. »Sind da noch viele ungeklärte Fälle, die wir uns ansehen müssen?«

Johansson seufzte tief und nahm die Brille ab.

»Nur ein kümmerlicher Rest«, erwiderte er. »Die Kollegen graben inzwischen in den Akten aus der Steinzeit der DNA-Technik.«

»Achtzehn, zwanzig Jahre zurück?«, fragte Nina.

»So ungefähr.«

»Wie schätzt du die Chance ein, dass sie etwas finden?«

Johansson blickte aus dem Fenster und überlegte eine Weile.

»Gering, aber nicht gleich null. Die Technik war damals ganz neu, die Verbrecher machten sich noch nicht die Mühe, ihre DNA-Spuren zu beseitigen, sie wussten es ja nicht besser ...«

Er sah Nina an.

»Was liegt dir auf der Seele?«

Sie merkte, wie die Wärme ihr wieder in die Wangen schoss.

»Hast du schon das *Abendblatt* gelesen?«, fragte sie zurück.

Sein Blick wich ihr keinen Millimeter aus.

»Du hast auf die Fragen geantwortet«, sagte er. »Alles andere wäre strafbar gewesen.«

Nichts verschweigen, hinzufügen oder verändern.

Sie straffte die Schultern.

»Ich habe über den DNA-Treffer in Orminge nachgedacht. Was hältst du davon? Könnte irgendwas daran verfälscht sein? Manipuliert oder verunreinigt?«

»Wenn bei der Sicherstellung der DNA etwas schiefgegangen wäre, dann hätte es vermutlich überhaupt keine Übereinstimmung gegeben«, sagte Johansson.

Nina schlug die Akte mit dem DNA-Nachweis auf.

»Und wenn die Probe manipuliert worden wäre«, fuhr Johansson fort, »hätte es jemand vom SKL machen müssen oder einer der Polizisten am Tatort ...«

Nina legte die Hände auf die Akte. Gezielt eine DNA-Spur am Tatort zu legen war sehr einfach, viel leichter als einen Fingerabdruck zu verfälschen, das wusste sie. Ein bisschen Spucke verteilen, einen Tropfen Blut oder Sperma fallen lassen, das konnte jeder.

»Ist das möglich?«, fragte sie. »Kann man die DNA in einer Probe austauschen? Sie so manipulieren, dass es aussieht, als wäre es DNA von jemand anderem?«

Johansson trank aus seinem Kaffeebecher, seufzte und nickte.

»Wenn man die weißen Blutkörperchen herauszentrifugiert, verschwindet die DNA. Dann braucht man nur fremde DNA hinzuzufügen, von einem Haar beispielsweise. Meinst du, jemand vom Labor könnte ...?«

Nina schwieg einen Moment.

»Gibt es jemanden im SKL, der eine Verbindung zu Berglund hat? Der ihn hinter Gitter bringen will? Haben wir das überprüft?«

Er sah sie an, ohne zu antworten.

»Es gibt noch mehr Opfer da draußen«, sagte Nina leise. »Der Täter in Orminge war kein Anfänger, der macht das schon lange. Lerberg, der Folterfall in Solsidan, geht auch auf sein Konto.«

Johansson schüttelte resigniert den Kopf.

»Die Foltermethoden gleichen sich«, sagte Nina. »Das war derselbe Täter. Ich glaube, dass die erste DNA, die wir gefunden haben, die mitochondriale DNA in Djursholm, ebenfalls von Ivar Berglund ist. Da hat keiner an den DNA-Proben rumgepfuscht. Berglund hat Viola Söderland verschleppt und Ingemar Lerberg gefoltert.«

»Beweise ...?«

»Er spielt mit uns«, sagte Nina leise. »Er will, dass wir es wissen.«

Sie dachte an die Zeichnungen, die der Mörder aus dem Kinderzimmer der Lerbergs mitgenommen und zusammengerollt in den After des Opfers in Orminge gesteckt hatte.

Johansson traten Tränen in die Augen.

»Ich weiß nicht«, sagte er. »Es hat ja schon früher fehlerhafte DNA-Beweise gegeben.«

»Die Phantomfrau von Heilbronn?«, sagte Nina.

Johansson nickte und schnäuzte sich.

In den 1990er und 2000er Jahren hatte eine Superverbrecherin weite Teile der mitteleuropäischen Polizei genarrt, vor allem in Südwestdeutschland, aber auch in Frankreich und Österreich. Ihre DNA wurde an über vierzig weit verstreuten Tatorten gefunden, sie beging Raubüberfälle, Morde und Polizistenmorde. Die Ermittler beschrieben sie als extrem brutal, vermutlich drogenabhängig, und meistens trat sie als Mann auf. Die erste DNA-Spur wurde bereits 1993 entdeckt, nachdem eine Rentnerin ausgeraubt und erwürgt in ihrer Wohnung gefunden worden war.

Im Winter 2009 hatte die deutsche Polizei über 16 000 Überstunden angehäuft, um die Phantomfrau zu finden; man richtete eine Sonderkommission ein, analysierte täglich DNA-Proben, testete 700 Frauen, bearbeitete über 3500 Hinweise und setzte eine Belohnung von 300 000 Euro aus – ohne Ergebnis.

Aber im März 2009 nahm der Fall eine neue Wendung. Als die französische Polizei DNA von der verbrannten Leiche eines männlichen Asylanten untersuchte, ergab die Analyse, dass es sich um eine Frau handelte, und zwar nicht um irgendeine Frau, sondern die Phantomfrau, die unter anderem zwei Jahre zuvor den brutalen Polizistenmord in Heilbronn verübt hatte. Nun ging den Ermittlern auf, dass mit der DNA-Spur etwas ganz und gar nicht stimmen konnte.

Am Ende stellte sich heraus, dass die DNA in den über vierzig verschiedenen Fällen gar nicht von der jeweiligen Person stammte, sondern an den Wattestäbchen haftete, mit denen man die DNA-Proben abgenommen hatte. Alle verwendeten Wattestäbchen waren in ein und derselben Fabrik in Osteuropa hergestellt worden.

»Gibt es eine andere Erklärung?«, fragte Nina. »Könnte es sein, dass die Probe in Ordnung ist, aber die Übereinstimmung nicht passt? Gehört die DNA in Wirklichkeit einer anderen Person?«

»Möglich«, sagte Johansson.

»Wem? Soweit wir wissen, hat er doch keine Söhne?«

»Korrekt«, sagte Johansson. »Er hat nie Unterhalt gezahlt, weder offiziell noch inoffiziell, und es wurde nie ein Vaterschaftstest von ihm gemacht. Obwohl, er könnte ja Kinder haben, von denen keiner was weiß ...«

Nina ballte die Fäuste.

»Das haut trotzdem nicht hin«, sagte sie. »Weder in Orminge noch in Djursholm. Ein Kind hätte nie eine derart ähnliche DNA, und die Mitochondrien-DNA verweist auf die Mutter ...«

Sie verfielen in Schweigen. Nina las in der Akte. Beide Eltern von Ivar Berglund waren verstorben, sie waren bereits Ende der siebziger Jahre ertrunken. Arne Berglund, der Bruder, war vor zwanzig Jahren bei einem Verkehrsunfall in Südspanien ums Leben gekommen.

»Eine Menge unnatürlicher Todesfälle in der Familie«, sagte Johansson düster. »Und um die Schwester kann es sich ja nicht handeln.«

Ivar Berglunds jüngere Schwester Ingela lebte in einem Pflegeheim in Luleå. Nina starrte aus dem Fenster am anderen Ende des Zimmers, spürte, wie die Hitze gegen die Scheibe drückte.

»Hat jemand mit ihr gesprochen?«

»Sie ist geistig behindert.«

»Weiß man, wie schwer ihre Behinderung ist? Was es für eine ist?«

Johansson schlug die Akte zu.

»Das geht nicht daraus hervor«, sagte er. »Die Kollegen waren wohl der Ansicht, es bringe nichts, sie könne nicht kommunizieren, oder man wollte sie schonen. Vielleicht weiß sie nicht einmal, dass ihr Bruder festgenommen wurde und unter Mordverdacht steht.«

Nina stand auf.

»Danke, dass du dir Zeit für mich genommen hast«, sagte sie. »Wann bist du wieder in Kontakt mit Südeuropa? Wegen der ausstehenden Fälle?«
Johansson seufzte.
Nina verließ sein Zimmer und sah Kommissar Q, den Chef des Kriminalpolizeilichen Nachrichtendienstes, in seinem Büro am Ende des Flurs verschwinden. Sie lief ihm hinterher und klopfte an seinen Türrahmen.
»Entschuldigung«, sagte sie, »hätten Sie einen Moment Zeit?«
Kommissar Q hielt einen schmierigen Kaffeebecher in der Hand, sein Hawaiihemd war schief zugeknöpft.
»Aber sicher, Nina, um was geht's?«
Q war ein ungewöhnlicher Polizeichef, und das lag nicht nur an seinem unorthodoxen Kleidungsstil und seinem zweifelhaften Musikgeschmack (er liebte den Eurovision Song Contest), sondern vor allem an seiner Art zu denken und der unverkrampften Haltung gegenüber allem, was er nicht kannte. Seit einem Jahr arbeitete sie bei der Kripo für ihn, und sie hatte seine direkte Art und seinen offenen Führungsstil zu schätzen gelernt.
»Ich würde gern nach Luleå fahren und mich mit Ivar Berglunds Schwester unterhalten.«
Der Kommissar ließ sich an seinem chaotischen Schreibtisch nieder und runzelte die Stirn.
»Ist sie nicht irgendwie geistig zurückgeblieben? Lebt im Heim?«
»Ja«, erwiderte Nina, »aber kommunizieren kann sie ja vielleicht. Jedenfalls möchte ich mir selbst ein Bild machen.«
Q zögerte.
»Es gibt sicher einen Grund, warum wir sie in Ruhe gelassen haben, es geht schließlich auch um Integrität. Wie alt ist sie?«
»Um die fünfzig«, sagte Nina.
Er fuhr sich durchs Haar.
»Eine geistig zurückgebliebene ältere Frau? Lassen Sie sich ihre Betreuungsakte schicken und finden Sie heraus, was sie hat.«

Er griff nach einem Aktenordner auf dem Tisch, ein Zeichen, dass das Gespräch beendet war. Nina blieb zögernd in der Tür stehen.

»Da ist noch was. Es geht um den Mord an Josefin Liljeberg.«

Ihr Chef blickte erstaunt auf.

»Josefin? Das war vor Urzeiten mal mein Fall, mein erster im Dezernat für Gewaltverbrechen ...«

Nina straffte die Schultern.

»Annika Bengtzon vom *Abendblatt* hat sich gestern bei mir gemeldet, sie rollt den Fall noch mal auf und wollte wissen, ob sie die Ermittlungsakte einsehen kann, ganz inoffiziell natürlich.«

Der Kommissar trank den letzten Rest Kaffee und verzog das Gesicht.

»Wieso hat sie mich nicht angerufen?«

»Sie sind der Chef, Sie haben keine Direktdurchwahl. Die Staatsanwaltschaft hat ihr die Zeugenliste gegeben, also hat sie schon was in der Hand.«

Q stellte den Kaffeebecher mit einem Knall auf den Tisch.

»Haben wir die Akte hier?«

»Ja, sie liegt in dem Stapel mit Gustav Holmeruds Geständnissen.«

Bei dem Namen Holmerud stöhnte der Kommissar laut auf. Dann überlegte er eine Weile.

»Ich erinnere mich an Josefin«, sagte er schließlich. »Ein brütend heißer Tag war das damals, ein Samstag. Ihr Freund hat es getan, dieses miese kleine Schwein. Seine Kumpel haben ihm ein Alibi gegeben, sonst hätten wir ihn gehabt. Eigentlich kann es nicht schaden, wenn Bengtzon sich die Akte vornimmt.«

Er nickte vor sich hin und wandte sich wieder an Nina.

»Im Gegenteil«, fuhr er fort, »wenn das *Abendblatt* den Topf mal kräftig umrührt, kommt vielleicht die eine oder andere Kakerlake an die Oberfläche. Geben Sie ihr eine Kopie der Akte und weisen Sie auf den Quellenschutz hin. Sie darf nicht daraus zitieren.«

Er beugte sich über seinen Papierstapel. Nina drehte sich um und trat auf den Flur.

»Übrigens«, rief er ihr nach, »Ihre Zeugenaussage war genau richtig. Der Kerl ist schuldig. Lassen Sie ihn schwitzen, er soll wissen, dass wir ihm auf den Fersen sind.«

Der Chef hatte das *Abendblatt* gelesen.

Das besserte ihre Laune nicht.

Anders Schyman lehnte sich auf seinem Stuhl zurück. Er bemühte sich um einen neutralen Gesichtsausdruck und drängte die aufsteigende Panik zurück, obwohl er sich die Mühe hätte sparen können. Albert Wennergren, der Vorstandsvorsitzende, stand mit dem Rücken zu ihm, sein alberner Pferdeschwanz schaukelte leicht im Luftzug der Klimaanlage. Er blickte hinaus auf die Redaktion im Großraumbüro jenseits der Glaswand. Da draußen war die Belegschaft damit beschäftigt, zu absorbieren und zu referieren, zu konfrontieren und zu eruieren – ein Stummfilm in Farbe ohne Hintergrundmusik.

»Wie viele Räume welcher Größe werden wir nach der Umstrukturierung brauchen, was meinen Sie?«, fragte Wennergren, ohne sich umzudrehen.

Umstrukturierung? *Umstrukturierung?!*

Schyman zwang sich, tief einzuatmen, um nicht laut loszubrüllen.

»Das habe ich noch nicht ausgerechnet«, sagte er beherrscht. »Zuerst müssen wir beschließen, wie viele Mitarbeiter wir für die Digitalausgabe brauchen, die Herstellung von Videoclips, die Einrichtung der anderen Plattformen ... Wir müssen kalkulieren, was günstiger wird, ein Umzug oder eine Verkleinerung der vorhandenen Fläche, wobei man die frei werdenden Räume vielleicht vermieten könnte ...«

Jetzt drehte sich der Vorstandsvorsitzende um, setzte sich in einen der Besuchersessel und stützte die Ellbogen auf die Knie.

»Kalkulieren Sie die Gefühle mit ein«, sagte er.

Schyman blinzelte unsicher, was meinte der Kerl?

Wennergren sah ihn unverwandt an.

»Kompromisse einzugehen und den Vorgang in die Länge zu ziehen kostet Geld. Der kurze Weg ohne Kompromisse ist mit Sicherheit billiger, ich würde gerne wissen, um wie viel.«

»Sie meinen die Differenz?«, fragte Schyman. »Der lange Weg, der die Mitarbeiter schont, gegenüber ...?«
»Wenn man eine Entscheidung gefällt hat, sollte man sie schnell und konsequent umsetzen, das ist am humansten«, sagte Wennergren.
Schyman erwiderte stur den Blick seines Vorgesetzten, er hatte nicht vor, als Erster einzuknicken.
»Das wird ein ganz schöner pädagogischer Kraftakt werden«, sagte er, »diese dramatische ... Veränderung zu erklären und zu begründen, nachdem die Zeitung in den letzten zwölf Jahren eine gute Milliarde Gewinn gemacht hat.«
Wennergren nickte zustimmend.
»Absolut«, sagte er. »Wichtig ist, dass wir ein offenes Diskussionsklima schaffen, keiner soll ein Blatt vor den Mund nehmen. Wir müssen ihnen ganz einfach erklären, dass der Nachrichten- und Gesellschaftsjournalismus immer ein Kernbestandteil unserer publizistischen Idee bleiben wird. Neu ist, dass wir dorthin gehen, wo unser Publikum uns haben will. Rein technisch sind das natürlich enorme Investitionen, das müssen die Mitarbeiter einsehen.«
Schyman versuchte zu schlucken, sein Mund war staubtrocken. *Offenes Diskussionsklima. Kein Blatt vor den Mund nehmen.*
»Um die Veröffentlichung von wichtigen und staatstragenden Gesellschaftsnachrichten weiterhin zu sichern, müssen also diese harten Einschnitte gemacht werden«, sagte er und hoffte, dass es nicht allzu zynisch klang.
Der Vorstandsvorsitzende geriet in Eifer.
»Exakt! Wir fassen diesen ungemein schweren Entschluss, weil wir über unsere Zukunft selbst bestimmen wollen, wir ergreifen die Initiative, so lange wir noch die Möglichkeit dazu haben.«
Schyman bemühte sich nach Kräften, sachlich zu bleiben.
»Unsere Konkurrenz schläft nicht, das wissen wir ja ...«
Wennergren beugte sich vor.
»Wissen Sie«, sagte er, »ich war im letzten Monat drüben in Kalifornien und habe mich mit den Chefs von Google getrof-

fen. Was denen Sorgen macht, ist nicht die Konkurrenz, sondern der Konsument. Unsere Verhaltensmuster ändern sich so schnell, dass nicht mal Google hinterherkommt. Die größte Suchmaschine der Welt! Die haben Angst, dass sie untergehen!«

Er stand auf und blickte wieder hinaus auf den Redaktionssaal, ein Muster an Ehrgeiz und Veränderungseifer.

»Man kann sich schwer vorstellen, wohin die Medienbranche sich in den kommenden Jahren noch entwickeln wird, aber eins ist sicher: Das *Abendblatt* ist dabei. Wir mischen ganz vorne mit.«

Schyman konnte darauf nicht antworten. Vor zwanzig Jahren hatten 7000 Journalisten bei den inländischen Tageszeitungen gearbeitet. Davon waren jetzt noch 2000 übrig. Erst im letzten Jahr waren fast vierzig Lokalredaktionen im ganzen Land geschlossen worden, über vierhundert Journalisten hatten ihren Job verloren. Die Schattenseiten der Medien überzogen das Land im selben Takt und nach demselben Muster wie die neofaschistischen Bewegungen. Die einzigen Berufsgruppen in der Branche, die Zuwächse verzeichneten, waren Kommunikationsfachleute und PR-Berater. Diejenigen, die anderen sagten, wo es langging.

Wennergren deutete mit einem Kopfnicken zur Redaktion.

»Die Kollegin dahinten, war sie nicht Valters Mentorin, als er letzten Sommer sein Praktikum hier gemacht hat?«

Schyman stand auf und stellte sich neben Albert Wennergren. Seine Knie schmerzten.

»Sie haben sich offenbar gut verstanden«, sagte er.

»Sie hat einen positiven Eindruck bei Valter hinterlassen, er spricht oft von ihr.«

Annika Bengtzon musste ihre Blicke gespürt haben, sie blickte auf und sah zu ihnen herüber, wie sie da Schulter an Schulter nebeneinanderstanden. Schyman trat unwillkürlich einen Schritt zurück und drehte sich um.

»Wie geht's dem Jungen?«, fragte er und setzte sich wieder.

»Danke, gut«, antwortete Wennergren. »Er hat vor ein paar Wochen sein Journalistikstudium an der Universität abgeschlossen.«

»Schade, dass es in Schweden keine Jobs für Journalisten mehr gibt«, sagte Schyman.
Der Vorstandsvorsitzende lachte zuversichtlich.
»Valter schlägt den akademischen Weg ein, er will über Medienrelationen und Presseethik forschen.«
Schyman nickte.
»Begabter Junge.«
Albert Wennergren seufzte zufrieden.
»Ich war zuerst nicht ganz glücklich darüber, dass er sein Praktikum beim *Abendblatt* machen wollte, aber tatsächlich hat er hier endgültig seine Richtung gefunden. Er hat viel über Presseethik und Boulevardjournalismus mit seiner Mentorin diskutiert, wie heißt sie noch gleich? Berntson?«
»Bengtzon«, sagte Schyman. »Annika.«
»Ich habe neulich Valters Dissertation gelesen, sie war sehr interessant, fand ich. Er differenziert zwischen offiziösen Medien wie den Morgenzeitungen und den staatlichen Fernsehnachrichten einerseits und Boulevardzeitungen wie dem *Abendblatt* andererseits. Erstere gelten als ›gut‹ und ›seriös‹, was sich aus der Wahl der Themengebiete und der Art der Berichterstattung erklärt. Sie berichten über Arbeitsmarkt und Politik, Sport und Kriege und Wirtschaft, alles traditionell männliche Domänen, und sie tun es mit offiziellem Anstrich.«
Das hier erkannte Schyman wieder, war das nicht etwas, was er früher einmal selbst vorgebracht hatte?
»Alle Medien berichten über Kriege und Politik«, sagte er.
Der Vorstandsvorsitzende war jetzt von Feuereifer gepackt.
»Aber mit unterschiedlichem Ansatz. Die Boulevardzeitungen richten den Fokus auf das Persönliche und Private, auf die Gefühle und Erlebnisse der Menschen, eine Herangehensweise, die als traditionell weiblich gilt. Und wir berichten für den kleinen Mann auf der Straße, nicht für das Bildungsbürgertum. Das ist der Grund, warum die Boulevardpresse so verachtet wird, denn nichts provoziert so sehr wie eine lautstarke Frau auf den unteren Stufen der Gesellschaft ...«
Anders Schyman schloss die Augen.
»Ich möchte mit Annika Berntson sprechen«, sagte Albert

Wennergren. »Würden Sie die Kollegin für einen Moment zu uns bitten?«

Schyman spürte einen kalten Stein im Bauch. Und wenn sie sich verplapperte? Wenn Wennergren mitbekam, dass er geplaudert und ihr von der Schließung erzählt hatte?

Er beugte sich über den Schreibtisch und drückte den Knopf der Gegensprechanlage.

»Annika, könnten Sie kurz mal zu mir kommen?«

»Warum?«

Wieso musste sie immer rumzicken?

Er sah, wie sie seufzte und auf den Glaskäfig zuging. Widerwillig zog sie die Tür auf.

»Was gibt's?«, fragte sie.

»Ich habe Schyman gerade von Valters Doktorarbeit erzählt«, sagte Albert Wennergren. »Er will die Herangehensweisen unterschiedlicher Medien im modernen Journalismus erforschen.«

»Interessant«, sagte Annika Bengtzon tonlos an der Tür.

»Er bezieht sich oft auf Diskussionen, die Sie beide hatten, über Methoden und Journalismus und Ethik. Sie haben ja eindeutige Ansichten in diesen Fragen. Können Sie das mit der Geschlechtszugehörigkeit der Medien ein bisschen näher ausführen?«

Sie blickte verwirrt durch den Raum, als suchte sie nach einer versteckten Kamera.

»Kann mich gar nicht so genau erinnern«, sagte sie. »Man redet eine Menge dummes Zeug, wenn der Tag lang ist ...«

»Sie haben gesagt, die Boulevardpresse sei ein lautes Arbeiterweib, das Wahrheiten herausschreit, die keiner hören will.«

Sie trat von einem Fuß auf den anderen, fühlte sich offensichtlich unwohl.

»Kommen Sie rein und machen Sie die Tür zu«, fuhr Wennergren fort. »Sie wissen, dass Anders Schyman aufhört, ich möchte Ihre Meinung hören, was seinen Nachfolger angeht. Was für Qualitäten muss der mitbringen?«

Sie drückte mit finsterem Blick den Rücken durch.

»Eine Boulevardzeitung ist ein Schlachtschiff«, sagte sie, »in einer Realität, in der immer Krieg herrscht. Und wenn sich in der Nähe kein Gefecht abspielt, dann sucht man sich eins, oder man überfällt jemanden und schafft sich seine eigene Schlacht. Dazu braucht es einen Kapitän, der in der Lage ist, das Schiff zu steuern, der die Proportionen begreift. Es reicht nicht, dass man segeln und windsurfen kann.«

Der Vorstandsvorsitzende blinzelte hektisch, das hier ging über seinen Horizont.

»Wen würden Sie denn vorschlagen?«

»Berit Hamrin, aber sie ist offenbar nicht geeignet. Sie ist zu anständig.«

»Jemanden vom Fernsehen vielleicht? Oder aus der Wirtschaft?«

Ihre Augen wurden schmal.

»Meinen Sie jemand Spezielles? Wenn Sie die Zeitung versenken wollen, nehmen Sie ruhig irgendeinen von diesen Wichtigtuern. War sonst noch was?«

»Nein«, sagte Schyman schnell. »Danke, Annika.«

Sie schloss die Tür und ging zurück zu ihrem Platz, ohne sich noch einmal umzudrehen.

Albert Wennergren blickte ihr gedankenverloren nach.

»Ich möchte, dass so viel wie möglich geklärt ist, bevor wir die Entscheidung über die Abwicklung öffentlich machen«, sagte er. »Eine Skizze der neuen Organisation, Höhe der Abfindungskosten für die Mitarbeiter, die Frage der Räumlichkeiten, die technischen Investitionen, und möglichst auch ein neuer Chefredakteur.«

Schyman umklammerte die Armlehnen seines Bürostuhls.

»Was machen wir mit der Druckerei und dem Vertrieb, wann sagen wir es denen?«

Nicht nur die Journalisten würden ihre Jobs verlieren. Die Druckerei, die für sie arbeitete, hatte gerade in einen nagelneuen Packsaal investiert, ausgerüstet für Viertelfalzen, Beschnitt, Aufkleber, Inkjetadressierung und Beilagen. Zwar war das *Abendblatt* nicht ihr einziger Kunde, aber der größte. Dreihundert Leute arbeiteten in dem Unternehmen, nur wie lange noch?

»Warten Sie damit«, sagte Wennergren. »Der Vertrag mit der Druckerei läuft im Herbst aus, das bringt uns in eine verdammt gute Verhandlungsposition.«

Er griff nach seiner Aktentasche. Die war aus Stoff, eine sportliche Marke. Nicht so ein traditionelles Lederdings, bloß das nicht.

»Es ist natürlich äußerst wichtig, dass nichts von alldem nach außen dringt«, sagte er und sah Schyman scharf an.

Ein Schauer von Schuldbewusstsein lief Schyman über den Rücken, er sah Annika Bengtzon mit dem Protokoll der Vorstandssitzung in der Hand vor sich. Er blickte Wennergren in die Augen, ohne mit der Wimper zu zucken.

»Selbstverständlich«, sagte er.

Berit stellte ihre Tasche auf dem Schreibtisch ab und wischte sich den Schweiß von der Stirn. Annika holte tief Luft.

»Lass mich raten«, sagte sie. »Rosa erzählt die ganze Wahrheit über ihr Figurmobbing.«

»Sie ist tief gekränkt«, bestätigte Berit und sank auf ihren Stuhl.

Wie es aussah, war der Vorstandsvorsitzende dabei aufzubrechen. Er hielt seine Aktentasche in der Hand und lachte.

»Ich habe in Siebenkreuz gelesen, dass Rosa mit ihrem PR-Manager gesprochen und erkannt hat, wie sehr sie beleidigt wurde«, sagte Annika, wandte den Blick von Schymans Aquarium ab und sah ihre Kollegin an.

»Rosa empfindet die höhnische Bemerkung über ihre Figur als Generalangriff auf ihre Person«, sagte Berit und packte ihren Laptop aus. »Sie will die Diskussion in die breite Öffentlichkeit tragen, will zeigen, dass sie genau richtig ist, so wie sie ist. Niemand hat das Recht, ihr vorzuschreiben, wie sie sein soll.«

»Wenn man sich vorstellt, dass sie einen PR-Manager hat«, sagte Annika. »Mein Gott.«

Berit schaltete den Rechner ein und putzte zerstreut ihre Brille, während sie darauf wartete, dass das Programm geladen wurde. Wie viele Male hatte Annika gesehen, wie Berit genau diese Handgriffe machte? Wie viele Male noch, bis es vorbei war?

»Ziemlich interessante Einstellung, dass man genau richtig ist, so wie man ist. Das bedeutet in Wirklichkeit, dass man sich nicht weiterentwickeln muss, dass aller Ehrgeiz, alles Streben nach Veränderung sinnlos ist.«

Annika hob die Augenbrauen. Sie sah, wie Albert Wennergren die Tür des Aquariums hinter sich schloss und auf den Ausgang zusteuerte.

»Wie meinst du das?«, fragte sie und verfolgte den Vorstandsvorsitzenden mit dem Blick.

Berit setzte die Brille auf.

»Ich habe während des ganzen Interviews mit Rosa daran gedacht, wie sauer sie über die Behauptung war, sie habe sich nach der Dokusoap irgendwie verändert. Sie meint, sie ist die, die sie immer war, und dass sie ein Recht darauf hat, es zu sein.«

»Hat sie das denn nicht?«, erwiderte Annika.

Wennergren verschwand Richtung Hausmeisterei. Annika blickte wieder zum Aquarium, Schyman saß reglos an seinem Schreibtisch und starrte in die Luft. Die beiden Männer hatten über Details im Zusammenhang mit der Einstellung der Zeitung gesprochen, und die Kollegen um Annika herum hatten nicht die leiseste Ahnung, was auf sie zukam. Die Katastrophe rollte mit voller Wucht an, sie konnte jeden Moment über sie hereinbrechen, aber hier im Redaktionssaal saßen alle seelenruhig auf ihren Stühlen und pusselten an ihrem Alltagskram herum. Die Erkenntnis ließ sie kalt, sie konnte sie nicht verarbeiten.

Sie richtete den Blick auf Berit und merkte, dass sie nicht zugehört hatte.

»Rosa, ja«, sagte Annika. »Sie braucht nichts an sich zu ändern, sie ist perfekt.«

»Es war richtig interessant, sie reden zu hören«, sagte Berit. »Ihre ganze Haltung ist eindeutig identitätspolitisch anstatt progressiv, genau wie bei den Schwedendemokraten: Alles Neue und Fremde ist schlecht und muss verboten werden. Sie meint, sie hat ein Recht auf Respekt, trotz ihres armseligen Wortschatzes, ihrer fehlenden Bildung und ihrer beschränkten Ansichten.«

Berit holte zwei Äpfel aus ihrer Tasche, reichte Annika einen davon und biss in den anderen.

»Und das ist ein Problem, weil ...?«, fragte Annika.

Berit kaute und schluckte.

»Im Endeffekt führt das Identitätsdenken zu einer Ideologie, die eine neue Unterschicht produziert. Es beinhaltet, dass wir nie etwas anderes werden können als das, wozu wir geboren wurden. Stell dir vor, die Arbeiterbewegung um die vorige Jahrhundertwende hätte ebenso gedacht, was die dann für Parolen gehabt hätte: ›Pfeift auf Ausbildung, sauft weiter! Das ist Identität!‹«

Das Apfelstück in Annikas Mund wurde immer größer. Wer war sie denn eigentlich? Wo sollte sie arbeiten, wenn nicht hier? Konnte sie überhaupt etwas? Wurde sie irgendwo gebraucht, außer am ethischen Außenrand des Journalismus?

»Was läuft heute beim Zimmermann?«, fragte sie und zog ihren Laptop zu sich heran.

»Technische Zeugen«, antwortete Berit, »Mobilfunkbetreiber und SKL und irgendein Nachbar, nichts Spannendes. Und bei dir?«

Annika sank in sich zusammen und schob den Rechner weg. Hatte es überhaupt noch Sinn? Sollte sie ihre Sachen packen und nach Hause gehen, oder sollte sie an ihrem Platz bleiben und sich zusammen mit den anderen von der Welle wegspülen lassen?

»Nina Hoffman hat mir die ganze Ermittlungsakte zu Josefin besorgt, unter der Hand. Ich will sie heute Abend durchgehen. Ich habe alle Zeugen ausfindig gemacht, einer ist tot, vier wohnen noch in Stockholm, und der Interessanteste von ihnen, Robin Bertelsson, ist nach Kopenhagen gezogen.«

»www.krak.dk«, sagte Berit und meinte damit die dänische Suchmaschine für Adressen und Telefonnummern.

»Er arbeitet bei Doomsday, eine von diesen superheißen IT-Firmen, die keine Telefonnummern, sondern nur anonyme Mailadressen haben …«

Annika sah auf ihre Armbanduhr.

Es war jetzt zehn Uhr vormittags, ein Dienstag Anfang Juni, die letzte Woche, die letzten Tage.

»Der Staatsanwalt, der den Fall bearbeitet hat, ist inzwischen in Rente. Ich besuche ihn jetzt in seinem Haus in Flen.«

Sie warf den Apfelgriebsch in den Papierkorb und machte sich auf den Weg zur Hausmeisterei.

Die Asphaltdecke der Autobahn dampfte, als Annika im Redaktionsauto Richtung Süden fuhr. Der Verkehr floss ebenso zäh und stockend wie immer, was sie als seltsam tröstend empfand. Mit einem Auge behielt sie das Telefon im Blick, das stumm neben ihr auf dem Beifahrersitz lag. Die Katastrophe ließ sich Zeit: keine Mitteilungen, weder von ihrer Schwester noch von sonst irgendwem.

Es hatte etwas von Einsamkeit, wenn man sich weiterentwickelte und das Vertraute hinter sich ließ. Sie war eines Tages aufgestanden und gegangen, hatte Hälleforsnäs den Rücken gekehrt, aber Birgitta war geblieben, zumindest bis sie nach Malmö zog. Warum? Und warum hatte sie beschlossen, gerade jetzt unterzutauchen? Oder war sie gar nicht freiwillig verschwunden?

Die Abfahrt nach Skärholmen tauchte vor Annika auf, eine der Betonvorstädte aus dem Wohnungsbauprogramm der sechziger Jahre, dort gab es ein gigantisches Einkaufszentrum, das sie einmal besucht hatte. Sie verließ die Autobahn und stellte den Wagen in einem Parkhaus von den Ausmaßen einer normalen Kleinstadt ab. Es hallte zwischen den Betonpfeilern, als sie den Diebstahlalarm aktivierte.

Das Einkaufszentrum war klimatisiert, und unter seinem Glasdach befanden sich die Filialen sämtlicher Billigmodeketten der nördlichen Hemisphäre.

Das Gefühl von Déjà-vu war intensiv, all diese Läden verschmolzen zu einer einzigen großen Masse. Sie war mit Valter Wennergren hier gewesen, dem Sohn des Vorstandsvorsitzenden, den sie während seines Praktikums betreut hatte. Sie hatten mit einem Mann gesprochen, der Viola Söderland ein Auto verkauft hatte, was war er gewesen, Blumenhändler? Oder Gemüsehändler?

Sie wanderte durch eine Allee von Modeboutiquen und Elektronikläden und wurde immer matter, wer sollte diesen ganzen Krempel kaufen? Die Stimmen der vorbeiströmenden Menschen rauschten in ihrem Kopf.

Sie wollte schon aufgeben, als sie fand, wonach sie gesucht hatte, einen fensterlosen Laden, der Vertragshandys ihres alten Mobilfunkbetreibers verkaufte. Sie zog einen Nummernzettel, griff nach einem Prospekt und studierte die Angebote von verschiedenen Handys und den dazugehörigen Tarifen. Die Telefone waren spottbillig, fast umsonst, aber im Gegenzug war man für eine Ewigkeit an den Mobilfunkbetreiber gebunden. Sie hatte sich auch darauf eingelassen und zahlte immer noch für ihre private Nummer, die sie seit einem halben Jahr nicht mehr benutzte.

Vor ihr war nur ein Kunde, ein Mann, der wahrscheinlich irgendwo aus dem Nahen Osten stammte; er hatte ein kleines Mädchen an der Hand und unterhielt sich auf Arabisch mit dem Verkäufer. Das Mädchen lächelte sie an und winkte, Annika winkte zurück. Was würde aus der Kleinen werden? Was war aus ihr selbst geworden?

»Ich habe eine Frage«, sagte Annika, als sie an der Reihe war.

»Ich hoffe, ich kann sie beantworten«, sagte der Typ hinter dem Tresen, knüllte ihren Nummernzettel zusammen und warf ihn in elegantem Bogen in eine Kiste mit Altpapier.

»Mein Telefon hat schlappgemacht«, sagte sie und legte ihr altes Handy auf den Tresen. »Es lässt sich nicht mehr aufladen. Liegt das am Akku oder am Ladegerät?«

Der junge Mann griff nach dem Handy, musterte es kurz, verschwand hinter einem Vorhang und war kurz darauf zurück. Mit geschickten Fingern öffnete er das Gehäuse, nahm den Akku heraus und legte einen neuen ein. Das Display leuchtete auf, *Netz wird gesucht*.

»So«, sagte er. »Es war der Akku. Der neue hält erst mal, bis Sie nach Hause kommen, anschließend laden Sie ihn sechzehn Stunden lang auf.«

»Ist da noch Garantie drauf?«, fragte Annika.

»Machen Sie Witze?«, erwiderte der Typ.

Sie kaufte sicherheitshalber auch noch ein neues Ladegerät, bedankte sich und ging zurück zum Auto. Das Stimmengewirr einkaufender Menschen wogte zwischen Glas und Chrom hin und her, prallte auf ihre Trommelfelle. Grelle Lichtreflexe geisterten die Wände entlang.

Tief in ihrer Umhängetasche machte es pling, ein Geräusch, das sie lange nicht mehr gehört hatte.

Ihr altes Telefon leuchtete ihr entgegen, sie blieb vor einer Cafeteria stehen und holte es heraus. Das Handy war ein halbes Jahr lang tot gewesen, wer hatte in der Zeit ihre alte Nummer angerufen?

Zwei neue Nachrichten.

Ihr Puls wurde schneller.

Beide waren von Birgitta.

Die erste war am 25. Mai gekommen, vor gut einer Woche, am letzten Montag.

Sie öffnete die SMS.

Annika, bitte melde dich, du musst mir helfen! /birgitta (gesendet 16:25)

Annika starrte auf die Nachricht.

Wenn es wirklich so dringend war, wieso hatte sie dann nicht geschrieben, worum es ging?

Abgeschickt um 16.25 Uhr, mitten am Nachmittag, war sie da nicht arbeiten? Oder machte sie Schichtdienst?

Die zweite SMS war vom 31. Mai, also Sonntag. Sie war ganz kurz und frühmorgens um 04.22 Uhr gesendet worden:

Annika, hilf mir!

Thomas schob den Hausausweis mit geübter Handbewegung in den Kartenleser, im Vorübergehen, wohlvertraut mit den Routinen der Regierungskanzlei. Er nickte dem Pförtner freundlich zu, ohne eine nennenswerte Reaktion zu erhalten, was ihn mit einer Welle von Zufriedenheit erfüllte: Man betrachtete ihn als Teil des Inventars.

Ein klar definierter Gutachterauftrag, und dazu noch zu einem so prestigeträchtigen und tagesaktuellen Thema, hatte zweifellos eine Reihe von Vorteilen. Dass er frei über seine Zeit verfügen konnte, war einer davon; niemand konnte ihm vorschreiben, wann er morgens zur Arbeit kam oder wie lange er seine Mittagspausen ausdehnte. Da er außerdem den ganzen gestrigen Abend an einem Arbeitsessen teilgenommen hatte, war es nur recht und billig, dass er am nächsten Tag sein hektisches Arbeitstempo mit einer Stunde der Besinnung kompensierte.

Kurz vor den Aufzügen verlangsamte er seine Schritte, als sei er im Begriff, den Knopf zu drücken, um sich in die oberen Etagen des Gebäudes bringen zu lassen (der Justizminister residierte im fünften Stock und der Ministerpräsident mit seinem Stab im sechsten), dann machte er einen schnellen Schritt nach links und verschwand in seinem Flur im Erdgeschoss. Eigentlich spielte es keine Rolle, wo im Haus man saß, sein Zimmer mit Blick auf eine Steinfassade an der Fredsgatan war nicht besser oder schlechter als irgendein anderes. Unzählige Staatsbeamte saßen über die ganze Innenstadt verstreut in völlig anonymen Gebäuden, in denen die eher unwichtigeren Ministerien untergebracht waren.

»Guten Morgen!«, grüßte er freundlich eine der älteren Sekretärinnen, eine gepflegte Mittfünfzigerin, die sich in den Weihnachtsferien definitiv hatte liften lassen. Er schätzte Kolleginnen, die in ihrer Arbeit aufgingen. Die Frau (hieß sie Majken?) strahlte und wurde sogar ein bisschen rot, er hoffte, es war nicht, weil sie den Haken sah und ihr seine Behinderung peinlich war. Eine der jüngeren Sekretärinnen (Marielle Simon hieß sie, das wusste er) ging im Flur dicht an ihm vorbei (ein bisschen sehr dicht, wollte sie was von ihm?), er grüßte sie wesentlich zurückhaltender, sie sollte nicht denken, dass er sie attraktiv fand.

Schwungvoll öffnete er die Tür zu seinem Büro, bereit für die Aufgaben des Tages, als eine Stimme hinter ihm seinen Namen rief. Verwundert, aber sorgfältig darauf bedacht, es zu verbergen, drehte er sich zurück zum Flur.

Die Geliftete stöckelte auf ihn zu.

»Thomas«, sagte sie, »der Staatssekretär hat heute Morgen schon mehrmals nach Ihnen gefragt. Er will Sie dringend sprechen.«

Er legte die Stirn in besorgte Falten und nickte.

»Natürlich, ich gehe sofort zu ihm hoch.«

»Nein«, sagte die Geliftete, »er kommt runter, er wollte nur wissen, wann Sie im Haus sind. Ich sage ihm Bescheid.«

Thomas merkte, wie ihm die Hitze ins Gesicht schoss, zum Glück hatte die Tippse schon kehrtgemacht und befand sich auf dem Weg zurück in ihr Kabuff. Was war denn jetzt schon wieder? Hatte er nicht gerade erst einen Feierabend geopfert und genau das getan, was von ihm erwartet wurde? Sich mit den Volksvertretern enthusiastisch über seinen Auftrag unterhalten? Sie motiviert und unterstützt?

Rasch packte er den Inhalt seiner Aktentasche aus und verteilte ihn auf dem Schreibtisch, hier wurde intensiv gearbeitet.

Einer der Nachteile dieses Auftrags (ja, im Grunde der ganzen Arbeitssituation) war natürlich, dass seine treulose und unzuverlässige Ehefrau ein Verhältnis mit dem Staatssekretär, seinem Chef, hatte. Inzwischen war so viel Zeit seit ihrem Auszug vergangen, dass er sich nicht mehr mit derselben Kraft und Energie über ihren Verrat aufregte wie am Anfang. Die Mitarbeiter (jedenfalls die bei ihm auf dem Gang) hatten sich daran gewöhnt, ihn hier zu sehen, gefasst und freundlich, zwar mit einem Haken anstelle der linken Hand, aber sie respektierten ihn, das spürte er.

Er dachte oft an ein Sprichwort (ein chinesisches?), das Annika gerne zitiert hatte: *Wenn du lange genug am Fluss sitzt, siehst du irgendwann die Leiche deines Feindes vorbeischwimmen.*

In diesem Jahr waren Wahlen, und wenn die Meinungsumfragen recht behielten, würde die derzeitige Regierung endlich ihre Sachen packen und abtreten müssen, und dann wurden alle politischen Beamten (die Staatssekretäre, zum Beispiel) sofort aus dem Amt gejagt und arbeitslos. Er selbst dagegen blieb.

Wer also regiert wirklich in Rosenbad? dachte er und ließ sich auf seinem ergonomischen Bürostuhl nieder.

Er schaltete seinen Arbeitsrechner an (eine alte Krücke, die ihm überhaupt nicht zusagte) und rief Facebook auf. Eigentlich befasste er sich gar nicht mit derart albernen sozialen Medien, aber Sophia Grenborg, seine ehemalige Lebensabschnittsgefährtin, hatte ihm irgendwann mal einen Account eingerichtet, und den nutzte er jetzt überwiegend, um sich über bestimmte Leute auf dem Laufenden zu halten, Annika zum Beispiel. Seine frühere Ehefrau war nicht besonders aktiv, das musste man schon sagen. Heute hatte sie ihren Status noch nicht aktualisiert, und gestern auch nicht. Er fand das, ehrlich gesagt, ziemlich ärgerlich. Diese Heimlichtuerei, was hatte sie zu verbergen? Als wäre ihr Leben so spannend und geheim und interessant, dass sie es unbedingt für sich behalten musste.

Der Rechner plingte, eine neue Facebook-Nachricht. Sein Magen zog sich zusammen, vielleicht wollte Annika was von ihm?

»Hallo Thomas, hab gerade gesehen, dass du online bist. Ich habe ja morgen Geburtstag und gebe einen kleinen Empfang bei mir zu Hause, du hast dich zwar ewig lange nicht gemeldet, aber ich wollte trotzdem fragen, ob du vielleicht Lust hast zu kommen? Um sieben geht's los, ich würde mich sehr freuen! Sophia.«

Natürlich. Seine ehemalige Lebensgefährtin konnte einfach nicht loslassen. Sie hatte alles drangesetzt, sich mit seiner Exfrau anzufreunden, Annika und sie waren inzwischen ganz dicke, die Kinder übernachteten bei ihr ... Er fand das richtig gemein und illoyal.

Es klopfte, er blickte auf und sah Jimmy Halenius in der Tür stehen, breit und ziemlich stämmig. Ehrlich gesagt, verstand er überhaupt nicht, was Annika an ihm fand.

Er klickte Facebook weg, erhob sich lächelnd und streckte die Hand aus.

»Ich habe schon gehört, dass Sie mich sprechen wollen«, sagte er und bemühte sich um einen festen, energischen Händedruck.

»Ja, wie schön, dass Sie ein paar Minuten für mich erübrigen können«, erwiderte Jimmy Halenius, und Thomas hatte für einen Moment den Eindruck, dass der Staatssekretär ihn auf den Arm nahm, aber wieso sollte er?

Sein Chef setzte sich unaufgefordert auf einen Stuhl neben der Tür.

»Was kann ich für Sie tun?«, fragte Thomas und zog die Hosenbeine über den Knien ein wenig hoch.

»Ich dachte, wir fassen die Leitlinien Ihres Gutachtens noch einmal zusammen und gehen gemeinsam die Punkte durch, die aktualisiert werden müssen«, sagte Jimmy Halenius.

Thomas bemühte sich, ein Gesicht zu machen, als hätte er verstanden. Wie, aktualisiert, was sollte das heißen? Er suchte fieberhaft nach einer passenden Bemerkung, aber bevor er etwas sagen konnte, fuhr der Staatssekretär fort:

»Ich hätte Ihren Entwurf durchsehen müssen, ehe Sie ihn dem Fachausschuss präsentierten, es geht voll und ganz auf meine Kappe, dass es so weit gekommen ist. Wichtig ist, dass wir das jetzt in Ordnung bringen.«

Thomas kämpfte darum, seine Verwirrung zu verbergen.

»Wie ...?«

Halenius hob die Hand, als wollte er ihn zum Schweigen bringen.

»Die Strafverfolgungsmaßnahmen, die Sie vorschlagen, waren zu erwarten: Die Polizei erhält die Befugnis zu Hausdurchsuchungen, Ermittlung von IP-Adressen, Überwachung und

Mitschnitt des Telekommunikationsverkehrs, alles auf richterliche Anordnung. Aber da hört es schon auf. Was hätte es für Auswirkungen, wenn die Gesetzesänderung in Kraft träte?«

Thomas merkte, wie ihm die Zunge anschwoll, sein Mund war trocken wie Zunder. Als er nicht antwortete, sprach Halenius weiter.

»Sie haben in Ihrer Vorlage geschrieben, dass die Maßnahmen auf Straftaten beschränkt sein sollen, die mit mindestens vier Jahren Gefängnis geahndet werden.«

Thomas atmete auf, das war ein Thema, in dem er sich sicher fühlte. Gelassen lehnte er sich auf seinem Stuhl zurück und schob mit der rechten Hand das Revers seines Jacketts zurecht.

»Ja, weil ich denke, wir sollten konsequent sein und uns an die Voraussetzung für die akustisch-optische Wohnraumüberwachung halten. Wir können ja nicht für alles unterschiedliche Maßstäbe einführen.«

Halenius kratzte sich an der Augenbraue, es sah ziemlich abstoßend aus.

»Wenn dieses Gesetz durchkommt, wird es völlig wirkungslos sein«, sagte er. »Es gibt keine einzige Straftat, auf die es angewendet werden könnte. Mindestens vier Jahre Gefängnis, eine so hohe Strafe gibt es im Großen und Ganzen nur für Mord und terroristische Verbrechen, deshalb ist das die Grundlage für den großen Lauschangriff. Telefonüberwachung liegt bei zwei Jahren, das ist eine etablierte Grundlage. Haben Sie nicht daran gedacht, die zu nehmen?«

Thomas holte Luft, ihm fiel aber keine passende Erwiderung ein.

»Sie erschweren die Arbeit der Polizei«, fuhr Halenius fort. »So sind ihr doch die Hände gebunden. Sie kann keinen einzigen Fall verfolgen.«

Ein tiefes Loch öffnete sich in Thomas' Bauch, er musste sich mit der Hand an der Armlehne festklammern, um nicht in diesen Abgrund zu stürzen.

»Aber«, bekam er mit Mühe heraus, »ich soll doch am Donnerstag bei der Kabinettssitzung vortragen, soll das Gutachten vorstellen.«

»Nicht in dieser Fassung«, sagte Jimmy Halenius und erhob sich. »Wir wollten die Sache eigentlich vor der Sommerpause in die Fachgremien geben, aber jetzt müssen wir sehen, dass wir es noch vor der Wahl schaffen. Kriegen Sie das hin?«

Thomas starrte seinen Chef an, die abstehenden Haare, das etwas zu enge Hemd, was glaubte der Kerl eigentlich, wer er war?

»Natürlich«, erwiderte er. »Selbstverständlich. Vor der Wahl, kein Problem.«

Der ehemalige Leitende Oberstaatsanwalt Kjell Lindström wohnte in einem alten Holzhaus mit Zinnen und Türmchen an der Vegagatan in Flen. Annika parkte in der kiesbestreuten, geharkten Einfahrt. Ein Mann in den Siebzigern erhob sich aus einem Gartenstuhl auf dem Rasen und ging ihr mit lockeren, schwungvollen Schritten entgegen. Sein Haar war weiß und voll, er trug eine braune Strickjacke über dem weißen T-Shirt.

So will ich es auch haben, wenn ich siebzig bin, fuhr es Annika durch den Kopf. Holzhaus und Strickjacke und Rasen.

»Redakteurin Bengtzon, nehme ich an?«

Seine Augen waren dunkel und klar.

»Genau die«, erwiderte Annika, hängte sich die Tasche über die Schulter und gab ihm die Hand.

»Ich glaube, wir hatten noch nicht das Vergnügen«, sagte Kjell Lindström.

»Nein«, sagte Annika, »ich habe ein paar Mal angerufen und wollte Sie sprechen, aber Sie waren ein vielbeschäftigter Mann.«

Er lachte.

»Kaffee?«, fragte er.

»Schrecklich gerne.«

Der Mann machte eine Handbewegung zum Rasen. Annika nahm das Stativ für die Videokamera und folgte ihm zu einer Fliederhecke. Auf dem Tisch davor stand ein Tablett mit Thermoskanne, Tassen und Zimtschnecken.

»Mhm, frisch aus dem Ofen«, sagte Annika.

Er lachte wieder, anscheinend tat er es gern.

»Ich muss gestehen, dass die Aufgaben in unserer Familie ziemlich traditionell verteilt sind. Meine Frau backt, ich grille. Sie ist jetzt übrigens gerade in ihrem Pilates-Kurs.«

Sie setzten sich auf die blau lasierten Gartenstühle, auf denen dicke Kissen lagen. Der Wind strich durch die Birkenkronen über ihnen und brachte das Sonnenlicht zum Flimmern. Annika hob die Videokamera.

»Darf ich die benutzen?«

»Ich habe nichts dagegen.«

Sie schraubte die Kamera aufs Stativ, machte einen Weißabgleich und vergewisserte sich, dass der alte Staatsanwalt mittig im Bild war. Dann holte sie Block und Stift aus ihrer Tasche, während der Staatsanwalt Kaffee einschenkte.

»Sie interessieren sich also für Josefin Liljeberg?«, fragte er und schraubte den Deckel auf die Thermoskanne.

»Darf ich Sie etwas ganz anderes fragen, bevor wir mit dem Interview beginnen?«, sagte sie.

Der Staatsanwalt zog die Augenbrauen ein wenig hoch und ließ ein Stück Würfelzucker in seine Kaffeetasse fallen.

»Bitte, nur zu.«

»Wann sollte man zur Polizei gehen, wenn jemand verschwunden ist, was meinen Sie?«

Er sah sie verwundert an.

»Verschwunden? Das kommt ganz darauf an. Geht es um ein Kind oder um einen Erwachsenen?«

Annika zögerte kurz.

»Um meine Schwester«, sagte sie dann. »Sie ist vorgestern nicht von der Arbeit nach Hause gekommen.«

Der Mann rührte mit dem Löffel in seiner Kaffeetasse, um den Zucker aufzulösen.

»Es ist nicht verboten, nicht nach Hause zurückzugehen. Erwachsene dürfen kommen und gehen, wie sie wollen, ohne dass es irgendwie strafbar wäre.«

»Aber wenn nun etwas passiert ist?«

»Sofern ein Risiko für Leben und Gesundheit besteht, rückt das die Sache natürlich in ein ganz anderes Licht, wenn es Hinweise auf Bedrohung, auf Gewalt oder Entführung gibt oder wenn ein Kind oder ein Jugendlicher verschwunden ist. Lebt Ihre Schwester in einer Beziehung?«

»Sie hat Mann und Kind«, sagte Annika.

»Die Verschwundene will vielleicht nicht gefunden werden. Vielleicht will sie einfach mal ein paar Tage ihre Ruhe haben.«

Annika nickte.

»Daran habe auch schon gedacht. Aber sie hat mir eine SMS geschickt, in der steht, dass sie Hilfe braucht.«

Der Mann trank einen Schluck heißen Kaffee.

»Dann denke ich, dass Sie zur Polizei gehen sollten«, sagte er. »Der Diensthabende bei der Bezirkskriminalpolizei wird entscheiden, ob eine Fahndung ausgelöst wird oder nicht.«

Er stellte die Tasse ab.

»Aber ich glaube nicht, dass Sie sich Sorgen machen müssen«, sagte er. »Praktisch alle vermissten Personen tauchen ziemlich bald wieder auf.«

Annika nickte.

»Ich denke, ich gehe heute Nachmittag zur Polizei.«

Der Staatsanwalt griff wieder nach seiner Tasse und blickte über den Garten. Annika folgte seinem Blick. Die Blumenrabatten entlang des Zauns zur Straße standen in voller Pracht, mehrjährige Pflanzen blühten neben einjährigen wie Tagetes und Lobelien. Eine große Staude Tränendes Herz wogte an der Ecke zur Einfahrt.

»Ich erinnere mich sehr gut an den Fall Josefin«, sagte Kjell Lindström. »Eine wirklich traurige Geschichte.«

Er wandte den Kopf und sah zum Haus, grün gestrichen mit weißen Eckbalken, die Fensterrahmen und die Türpfosten mit Schnitzereien verziert. Annika saß ganz still mit dem Block auf dem Schoß und wartete.

»Natürlich ist jeder Mord tragisch«, sagte er bedächtig, »aber die ganz jungen Opfer, die ihr Leben noch gar nicht richtig begonnen haben ... Jemandem das Leben zu nehmen ist der schlimmste Machtübergriff eines Menschen gegenüber einem anderen, und die größte Blasphemie: dass sich jemand zum Gott aufschwingt und über Leben und Tod entscheidet. In unserer Kultur ist es keinem Menschen erlaubt, Gottes Rolle zu übernehmen ...«

»Außer vielleicht dem Präsidenten der USA«, sagte Annika.

Kjell Lindström lachte auf.

»Wohl wahr, wohl wahr ...«

Er rührte zerstreut in seiner Tasse.

»Unsere ganze Gesetzgebung baut auf dieser Prämisse auf. Wenn man jemanden ungewollt tötet, muss das nicht mit Gefängnis bestraft werden, aber wer einen Mord begeht, gehört lebenslänglich hinter Gitter. Es ist der *Vorsatz*, der kriminell ist, nicht notwendigerweise die Handlung als solche.«
Annika sah auf ihren Block hinunter.
»Wie fühlt man sich als Voruntersuchungsleiter, wenn man zu wissen glaubt, dass jemand schuldig ist, ihn aber nicht anklagen kann?«
Der Staatsanwalt nahm eine Zimtschnecke und biss ein kleines Stück ab.
»Im Fall Josefin hatten wir einen Verdächtigen«, sagte er. »Wir haben ihm letztlich eine Reihe von Finanzverbrechen nachweisen können. Er wurde zu einer recht spürbaren Gefängnisstrafe verurteilt.«
Fünfeinhalb Jahre, dachte Annika und blickte zum Haus. *Betrug an Gläubigern, falsche Buchführung, schwerer Steuerbetrug und Steuerhinterziehung.*
Der Staatsanwalt blickte Annika direkt ins Gesicht.
»Der Tipp über die doppelte Buchführung kam aus dem Club, wenn ich mich recht erinnere.«
Annika schlug die Augen nieder und spürte, wie ihre Wangen heiß wurden.
Sie hatte in dem Sexclub gejobbt, stand am Eingang und betreute den Roulettetisch. Joachim hatte ihr Josefins altes Arbeitskostüm gegeben, einen rosa Pailletten-Bikini, sie und Josefin hatten dieselbe Größe. Sie steckte ihre Nase überall hinein, um so viel wie möglich darüber zu erfahren, wie der Club geführt wurde, die Drohungen, die Erpressungen, wo Joachim die doppelte Buchführung versteckte. Sie wusste nicht, ob dem Staatsanwalt klar war, wer der Polizei den Tipp gegeben hatte, und sie wollte es ihm jetzt auch nicht erzählen.
»Er ist schon seit zehn Jahren wieder draußen«, sagte Annika. »Gemeldet ist er bei seinen Eltern in Sollentuna. Wissen Sie, was er heute macht?«
Der Staatsanwalt seufzte.
»Ich weiß, dass er verdächtigt wurde, ein siebzehnjähriges

Mädchen misshandelt zu haben, das war ein Jahr nach seiner Haftentlassung. Aber es wurde nie Anklage erhoben, da das Mädchen die Anzeige zurückgezogen hat. Als Letztes habe ich gehört, dass er in Kroatien als Immobilienmakler arbeitet.«

»Würden Sie sagen, jetzt und hier, dass Josefin von Joachim getötet wurde? Und kann ich das zitieren?«

Kjell Lindström stellte die Tasse ab.

»Diese Männer, die Frauen schlagen«, sagte er. »Die sind nicht so, wie man immer glaubt. Das sind ganz gewöhnliche Leute, auch Mörder sind ganz gewöhnliche Leute. Sie sind keine Monster, obwohl ihre Taten monströs sind.«

Annika schrieb mit, er beantwortete ihre Frage, und auch wieder nicht.

»Die meisten Männer in diesem Land, die wegen Mordes an ihrer Frau oder Freundin verurteilt werden, sind gebürtige Schweden«, fuhr er fort. »Die Mehrheit trinkt nicht. Über die Hälfte ist weder vorbestraft noch überhaupt polizeilich in Erscheinung getreten, nicht einmal durch einen Verkehrsverstoß. Neun von zehn sind psychisch gesund. Der kritische Punkt ist erreicht, wenn die Frau sagt, dass sie ihn verlässt, oder wenn sie das Sorgerecht für das gemeinsame Kind bekommt. Wenn der Mann die Macht über sie verliert. Wenn er sie nicht mehr isolieren, kontrollieren, manipulieren kann ...«

Er schüttelte den Kopf.

»Von allen Straftätern, mit denen ich es zu tun hatte, sind diese Männer die jämmerlichsten. Sie sind feige, egoistisch, machtbesessen und verantwortungslos. Sie töten ihre Frau, weil sie nicht gehorcht, nur um zu entdecken, dass sie auch nicht gehorcht, wenn sie tot ist. Dann sind sie erst recht verzweifelt.«

Entschieden beugte er sich vor.

»Außerhalb von Mariestad gibt es eine Vollzugsanstalt, in der nur Männer sitzen, die wegen Beziehungsgewalt zu langen Gefängnisstrafen verurteilt wurden. Allen Männern wird therapeutische Hilfe angeboten, damit sie ihre Aggressivität in den Griff bekommen, aber die Hälfte der Männer ist überhaupt nicht therapierbar. Um für eine Behandlung empfänglich zu sein, ist es notwendig, dass sie ihr Verbrechen einsehen und die

Verantwortung für ihre Tat übernehmen. Aber während der gesamten Haftdauer beharren sie steif und fest darauf, dass sie unschuldig sind. Er hat sie nie geschlagen, und wenn, dann hatte sie es verdient.«

»Sie können vielleicht nicht mit der Scham umgehen«, sagte Annika.

Der Staatsanwalt nickte.

»Den Psychologen zufolge, die diese Männer begutachtet haben, sind sie von Katastrophendenken geprägt. Sie glauben, sie überleben es nicht, wenn sie zugeben, was sie dem Opfer angetan haben. Ihre Umwelt erträgt die Wahrheit nicht, glauben sie, deshalb verändern sie die Realität so, dass sie ihnen passt. Dieses ganze Verleugnen muss unglaublich viel Kraft kosten.«

»Es gibt ja einen Mann, der den Mord an Josefin gestanden hat, Gustav Holmerud. Was halten Sie von seinem Geständnis?«

Der Staatsanwalt schob die Kaffeetasse weg.

»Dass aufmerksamkeitssüchtige Personen Verbrechen auf sich nehmen, die sie nicht begangen haben, ist ein gar nicht so ungewöhnliches Phänomen«, sagte er. »Das Skandalöse am Fall Gustav Holmerud ist, dass er es geschafft hat, für fünf dieser Verbrechen verurteilt zu werden.«

»Kann ich Sie damit zitieren?«, fragte Annika.

»Selbstverständlich.«

»Sie halten seine Geständnisse also für erfunden? Nicht nur die fünf, für die Holmerud verurteilt wurde, sondern auch alle anderen?«

»Es gibt einen Fall, für den Holmerud zunächst als Täter in Frage kam, wenn ich nicht ganz falsch informiert bin, und es ist möglich, dass er in diesem einen Fall tatsächlich schuldig ist. Aber das kann ich nicht beurteilen, ich bin mit der Akte nicht vertraut, da wissen Sie sicher mehr als ich. Doch den Mord an Josefin hat er nicht begangen, so viel kann ich mit Bestimmtheit sagen. Wir haben in der Sache ganz rigoros ermittelt, aber sein Name taucht nicht mal am Rande auf.«

»Und das darf ich auch zitieren?«

»Warum nicht. Was kann man mir schon tun? Mich entlassen?«

Sie warf einen Blick zur Kamera, um zu sehen, ob sie aufnahm. Ja, alles bestens.

»Würden Sie sagen, dass die fünf Verurteilungen ein Justizskandal sind?«

»Zweifellos.«

Das hier war phantastisch, das erste Mal, dass ein leitender Beamter, der mit einigen der Fälle unmittelbar zu tun gehabt hatte, kein Blatt vor den Mund nahm.

»Standen Sie in Kontakt mit dem Generalstaatsanwalt?«

Er blinzelte verwundert.

»Da wissen Sie mehr als ich.«

Annika blickte hinaus auf den Rasen.

»Noch mal zu Josefins Mörder«, sagte sie. »Würden Sie sagen, dass er unter die eben genannten Kriterien fällt?«

»Höchstwahrscheinlich ja.«

»Jämmerlich, feige, egoistisch, machtbesessen und verantwortungslos?«

»Genau.«

Sie griff nach ihrer Kaffeetasse. Spürte, wie er sie beobachtete, und blickte auf.

»Wenn Sie fertig sind, können Sie vielleicht die Kamera ausmachen«, sagte er.

Sie stand auf und gehorchte.

»Wissen Sie«, sagte Kjell Lindström, nachdem sie die Kamera vom Stativ geschraubt hatte, »meine Frau ist hier aus Flen. Wir wohnen seit neununddreißig Jahren in diesem Haus, ich bin all die Jahre zur Arbeit nach Stockholm gependelt.«

Sie spürte das Gewicht der Kamera auf dem Arm, unsicher, worauf er hinauswollte.

»Deshalb habe ich die Vorfälle und Ermittlungen in dieser Gegend etwas genauer verfolgt, und ich erinnere mich an einen anderen gewaltsamen Tod, der sich im selben Sommer ereignete wie der Mord an Josefin, in Hälleforsnäs, gar nicht weit von hier. Sven Matsson, der Bandyspieler. Das waren Sie, nicht wahr?«

Sie ließ das Stativ fallen, es landete polternd im Gras. Rasch bückte sie sich danach.

»Ich will Sie nicht in Verlegenheit bringen«, sagte der Staatsanwalt über ihr. »Aber ich weiß, dass Sie persönliche Erfahrungen mit diesem Thema gemacht haben.«

Sie kam wieder hoch, der Puls hämmerte in ihren Adern. Abwartend blickte sie den Mann an.

»Erfahrungen sind nie umsonst«, sagte er.

Sie wollte noch nicht zurück in die Redaktion fahren, nicht jetzt, wo sie hier draußen war, nicht zurück zu der Katastrophe, die bereits auf sie zurollte, die in wenigen Tagen oder gar Stunden mit voller Wucht über sie und ihre Kollegen hereinbrechen würde.

Die Landschaft flog an den Autofenstern vorbei, Eichenwäldchen und Rinderkoppeln, sanft geschwungene Felder mit jungem Weizen, sumpfige Brachflächen mit brütenden Vögeln und jahrhundertealte Gebäude: kleine hölzerne Bauernkaten mit doppelten Schornsteinen und rot geschlämmten Hauswänden, windschiefe Viehställe, Scheunen für Heu und Stroh. Das war ihre Heimat, ihr Land, der Ausblick von der Rückbank des Volvo, der Großeinkauf am Samstagvormittag bei Ica in Flen, Papa, der das Wunschkonzert im Radio mitsang, der Streit mit Birgitta um Haarspangen und Tablettenschachteln. Der Wind brachte die Wasserflächen zum Glitzern, das Funkeln stach Annika in die Augen und sie wünschte, sie hätte daran gedacht, eine Sonnenbrille mitzunehmen.

Der Staatsanwalt wusste Bescheid, er hatte nicht vergessen, was sie getan hatte. Inzwischen gab es nicht mehr viele, die sich daran erinnerten. Bei der Zeitung hatte man in den ersten Jahren darüber getuschelt, das wusste sie, aber irgendwann hörte das auf, die Sache geriet in Vergessenheit, wurde durch andere Ereignisse verdrängt. Hin und wieder war es passiert, dass frisch eingestellte Volontäre zu ihr kamen und sie andächtig fragten, ob es stimme – hatte sie wirklich ihren Freund umgebracht? Und dann hatte sie ihnen geraten, nicht auf Gerüchte zu hören, sondern den Dingen immer selbst auf den Grund zu gehen, und tatsächlich hatten sie sich damit zufriedengegeben, obwohl sie genau das getan hatten, was sie ihnen nahelegte. Jetzt war es schon lange nicht mehr vorgekommen, mehrere Jahre schon nicht mehr.

Die meisten Leute hatten es vergessen, und noch mehr Leuten war es schlicht egal.

Die Brücke in Mellösa war wegen Reparaturarbeiten gesperrt, sie bog am Kiosk links ab und zuckelte gemächlich Richtung Harpsund. Ihre Großmutter war viele Jahrzehnte lang Hauswirtschafterin auf dem Sommersitz des Ministerpräsidenten gewesen, hatte alle schwedischen Spitzenpolitiker getroffen, aber auch internationale Berühmtheiten wie Nikita Chruschtschow und Georges Pompidou. Die Familie hatte sie dann immer nach den Staatsmännern ausgefragt, was sie gerne aßen und wer am meisten getrunken hatte, aber Großmutter hatte nie ein Wort über ihre Gäste verraten (denn als das betrachtete sie diese Leute, sie kamen in ihr Haus und waren bei ihr zu Gast).

Die Gutsscheune tauchte linker Hand auf, und Annika nahm den Fuß vom Gas. Als sie das eigentliche Herrenhaus erreichte, schaltete sie herunter und fuhr im Schritttempo an der Einfahrt vorbei. Auf dem Parkplatz stand kein Auto des Staatsschutzes, also war der Ministerpräsident nicht da.

Der Harpsund-See glitzerte unten im Tal, sie meinte, am Ufer das berühmte Ruderboot zu erkennen, in dem die schwedischen Regierungschefs mit ihren ausländischen Staatsgästen gern auf den See hinausfuhren.

Als sie sich Granhed näherte, wurde der Wald dichter und die Wege verengten sich. Der Wind fuhr nicht mehr so heftig durch die Baumkronen, die Sonne brannte herab. Sie kurbelte die Seitenscheibe herunter. Der Duft von Moos und frisch gemähtem Gras wehte ins Wageninnere, und sie fuhr noch langsamer.

War es ein Fehler gewesen, nach Stockholm zu ziehen?

Sie hätte hier in der Gegend bleiben können, dann würde sie heute vielleicht beim *Katrineholms-Kurier* arbeiten, hätte einen Garten und wäre in der dörflichen Interessenvereinigung aktiv. Birgitta hatte es genügt, als Kassiererin in einem Lebensmittelladen in Flen zu jobben, sie hatte keine Ausbildung gemacht. Blond und süß und zufrieden hatte sie ihren Platz in der Freundesclique und unter den Arbeitskollegen, und Mama liebte sie genau so, wie sie war.

Hinter Granhed bog Annika nach rechts ab. Die Stämme der Birken glänzten schneeweiß im Sonnenlicht, die Nadelbäume rauschten. Ein paar Pferde hoben die Köpfe, als sie vorbeifuhr, bei ihnen war ein fast neugeborenes Fohlen.

Gleich hinter Johanneslund fuhr sie wieder langsamer, mit dem Blick suchte sie den Straßenrand ab. Da war sie, überwuchert von Gras und fast nicht sichtbar, die Einfahrt nach Lyckebo, Großmutters Sommerhäuschen, ein Pachtgrundstück auf den Ländereien von Harpsund. Spontan bog Annika von der Straße ab, holperte ein paar Meter über verborgene Baumwurzeln und Feldsteine, zog die Handbremse an und machte den Motor aus. Tiefe Stille im Wageninneren. So saß sie eine Weile und lauschte dem Nichts. Weiter vorne, halb zugewachsen zwischen den Kiefern, konnte sie den Waldweg hinauf zur Kate ausmachen. Hier hatte sie Fahrradfahren gelernt, im Hosjö-See ihre ersten Schwimmversuche gemacht. Hier verschmolzen die Sommer ihrer Kindheit zu einem endlosen, sonnengetränkten Rausch.

Sie stieg aus dem Auto, hängte sich die Tasche über die Schulter und ging auf die Öffnung am Waldrand zu, ohne richtig darüber nachzudenken.

Das Szenario war so bekannt, aber doch fremd. Sie war seit über zehn Jahren nicht mehr hier gewesen, und viele andere Leute auch nicht, nach dem Zustand des Waldwegs zu urteilen.

Der Boden federte unter ihren Füßen nach dem gestrigen Regen. Das Gatter auf dem Weg war abgeschlossen, sie ging seitlich daran vorbei, anstatt hinüberzuklettern.

Ein großer Vogel flog direkt vor ihr auf, sie zuckte zusammen, vielleicht ein Auerhahn, sie konnte es nicht so schnell erkennen.

Die Stämme der Nadelbäume glitten an ihr vorbei, der Wind fuhr durch die Wipfel, kam aber nicht bis zu ihr herunter. Leuchtend grünes Moos bedeckte den Waldboden wie ein Samtteppich.

Sie lief gegen ein Spinnennetz, die klebrigen Fäden blieben an ihren Wimpern hängen.

Das Gefühl von Zeitlosigkeit war beinahe überwältigend; so

hatte es hier ausgesehen, ehe der Mensch kam, und so würde es wieder aussehen, wenn der Mensch verschwunden war, falls er es bis dahin nicht geschafft hatte, alles Leben auf der Erde auszulöschen.

Sie kam an die Stelle, wo der Felsen durch die Vegetation brach, hart und nackt.

Hier hatte Sven sie durch den Wald gejagt, hier war sie an jenem Tag um ihr Leben gerannt.

Sie blickte auf, sah den Hosjön zwischen den Baumstämmen hindurchschimmern wie einen blanken Spiegel, und dann öffnete sich die Lichtung. Die Wiese, auf der die alte Bauernkate stand, war seit Ewigkeiten nicht gemäht worden und wucherte wild hinunter zum Seeufer. Gras und Gestrüpp standen mannshoch um das Haus, der Himbeerstrauch an der einen Wand hatte sich zu einer undurchdringlichen Dornenhecke ausgewachsen. Die weißen Birkenstämme leuchteten. Das Baumhaus im Apfelbaum war teilweise eingestürzt, sie erinnerte sich gut daran, wie ihr Vater und sie es gebaut hatten.

Das Wohnhaus war kleiner, als sie es in Erinnerung hatte.

Hier hatte sie ihre Großmutter nach der Hirnblutung auf dem Küchenfußboden gefunden.

Die Umhängetasche über der Schulter wurde ihr langsam zu schwer, sie trug sie das letzte Stück zum Haus hinauf in der Hand. Aus alter Gewohnheit zog sie an der Haustür, sie war abgeschlossen und brauchte einen neuen Anstrich. Vorsichtig ging sie zum Küchenfenster und schaute hinein. Der Flickenteppich war verschwunden, so dass man die hässliche Kellerluke sah, die er verdeckt hatte. Der Küchentisch war noch da, aber ohne die Wachstuchdecke, und auch das Bild mit dem Engel, der über das Kind ab Abgrund wachte, hatte jemand abgenommen. Sie ahnte ein dunkles Rechteck an der Wandtäfelung, wo es gehangen hatte. Als kleines Mädchen war sie ganz fasziniert von dem Motiv gewesen, das Kind, das sich über den Abgrund beugte, um eine Blume zu pflücken, und der Schutzengel, der lächelnd seine Flügel über es ausbreitete. Die Kate hatte für eine Weile als Jagdhütte gedient, aber jetzt wurde sie offensichtlich schon lange nicht mehr genutzt.

Annika atmete tief ein, spürte, wie ihr die Tränen in die Augen stiegen.

Wie lange hatte Großmutter hier gewohnt, fast vierzig Jahre? Wohin war das Engelbild verschwunden? Wer hatte das Haus ausgeräumt?

Sie setzte sich auf die Eingangstreppe und schaute hinunter zum Hosjön. Hier musste kräftig aufgeräumt und renoviert werden.

Es rauschte in den Baumkronen.

Annika holte ihr Mobiltelefon heraus und versuchte wieder, Birgitta anzurufen, erreichte aber nur die Mobilbox.

Sie strich sich die Haare aus dem Gesicht, zögerte einen Moment, wählte dann aber die Nummer der Bezirkskriminalpolizei in Stockholm und bat darum, mit dem Diensthabenden verbunden zu werden. Es meldete sich eine Frau namens Cecilia. Annika erklärte, dass ihre Schwester verschwunden war, beschrieb ihr, wann und wo, gab ihr Birgittas Namen, Adresse und Mobiltelefonnummer, las die Textnachrichten vor, die sie erhalten hatte, und wann sie geschickt worden waren.

»Bittet Ihre Schwester Sie öfter um Hilfe?«, wollte die diensthabende Cecilia von der Bezirkskriminalpolizei wissen.

»Manchmal«, erwiderte Annika.

»Weswegen?«

»Babysitten«, sagte Annika. »Manchmal auch, wenn sie den letzten Zug nach Hause verpasst hat und bei mir übernachten will ...«

Sie meinte zu hören, wie Cecilia leise seufzte.

»Wie ist Birgittas Beziehung zu ihrem Mann, wie war sein Name, Steven?«

»Das weiß ich nicht genau«, antwortete Annika wahrheitsgetreu.

»Ich glaube nicht, dass Sie sich größere Sorgen machen müssen«, sagte die Polizistin. »Aber ich habe Ihre Angaben notiert und werde eine Vermisstenanzeige aufsetzen, dann haben wir das schon mal erledigt. Versuchen Sie weiterhin, Ihre Schwester zu erreichen, und fragen Sie, warum sie Ihre Hilfe braucht.«

»Natürlich«, murmelte Annika.

Erleichtert steckte sie ihr Handy wieder weg und überlegte, ob es wohl schon Pilze im Wald gab, wahrscheinlich nicht.

Trotzdem machte sie einen Abstecher hinter den Schuppen zu ihrer Pfifferlingsstelle, aber da war nur Moos und altes Herbstlaub.

Dann ging sie hinunter zum Bootssteg, der erstaunlich gut erhalten war. Sie setzte sich auf die Bohlen und blickte übers Wasser dorthin, wo der Weg nach Johanneslund und zur Hütte von Gammel-Gustav abzweigte. Was, wenn sie sich um Lyckebo kümmerte? Die Kate schien ja nicht verpachtet zu sein, und Jimmy kannte jemanden in der Regierungskanzlei, der die Ländereien von Gut Harpsund verwaltete …

Sie schloss die Augen, was waren das für Hirngespinste? In ein paar Tagen war sie vielleicht arbeitslos, ihre Stelle gestrichen, wie sollte sie sich leisten können, ein Sommerhaus zu mieten? Ihre gesamten Ersparnisse waren draufgegangen, als sie Thomas von den Entführern freigekauft hatte. Als einfache Reporterin erhielt sie keine Zulagen oder sonstigen Vergünstigungen, ihr Gehalt reichte gerade, um ihren Anteil am Essen und an der Miete abzudecken und die Kinder einzukleiden, aber für mehr auch nicht, Jimmy bezahlte ohnehin schon mehr als sie. Sie wollte Jimmy auf keinen Fall bitten, ihr auch noch ein Ferienhaus zu finanzieren, sie hatte schon viel zu viel bekommen, sie hatte ihn.

Er war so wahnsinnig anders als Thomas. Manchmal grübelte sie darüber nach, warum sie sich damals in Thomas verliebt hatte.

Er sah ungemein gut aus mit seinen blonden Haaren und den breiten Schultern, das hatte wohl dazu beigetragen, aber vor allem lebte er allein, als sie ihn kennenlernte, und er war interessiert und aufmerksam, das hatte sie spannend und ungewöhnlich gefunden. Sie hätte damals schon merken müssen, dass er der Typ war, der fremdging (er war ja zu der Zeit noch mit Eleonor verheiratet), sie hätte natürlich vorbereitet sein müssen, als es anfing, als er zu Tennisstunden ging, die es überhaupt nicht gab, Überstunden bis in die halbe Nacht machte und zuerst unter die Dusche ging, wenn er nach Hause kam.

Sie war mit seiner Untreue überhaupt nicht zurechtgekommen. War steif und verschlossen und kalt geworden, und wer wollte schon mit einem Eiswürfel verheiratet sein?

Wie sie Sophia am Anfang gehasst hatte! Sie hatte unter Pseudonym boshafte Gemeinheiten über sie im Internet geschrieben, und noch wesentlich Schlimmeres als das.

Sie hatte gelogen und intrigiert und ihre Stellung als Journalistin missbraucht, bis sie erreichte, dass ihre Nebenbuhlerin gefeuert wurde. Obwohl, es war ja trotzdem gutgegangen für Sophia. Sie fand einen anderen Job und wohnte immer noch in ihrem Loft in dem Haus auf Östermalm, das ihrer Familie gehörte. Inzwischen verstanden sie sich sogar ganz gut, und das war nicht Annikas Verdienst. Als sie Unterstützung brauchte und keiner für sie da war, bot Sophia ihre Hilfe an, wie damals, als Thomas in Somalia entführt worden war und sie nach Ostafrika fliegen musste. Da hatte Sophia sich um die Kinder gekümmert. Kalle und Ellen liebten sie und übernachteten manchmal bei ihr.

Sie öffnete die Augen und ließ sich vom Glitzern des Wassers blenden, dann sah sie auf die Uhr und griff nach ihrer Tasche.

Das sind ganz gewöhnliche Leute, sogar die Mörder.

Sie ließ den Laptop, wo er war, und kramte stattdessen Papier und Stift heraus. Begleitet vom Glucksen der Wellen unter dem Steg nahmen die Gedanken, die ihr während der Autofahrt gekommen waren, langsam Form an.

Sie musste den Mord an Josefin erneut auf die journalistische Tagesordnung bringen, musste erreichen, dass die Polizei die Ermittlungen wieder aufnahm und die Staatsanwaltschaft handelte. Kjell Lindström hatte ihr zwei mögliche Aufhänger für eine Reportage geliefert: zum einen galt der Mord aus Polizeisicht als aufgeklärt, und zum anderen hielt Lindström die Urteile gegen den selbsternannten Serienmörder Gustav Holmerud für einen Justizskandal.

Du kannst mich nicht einfach so verlassen, was soll ich denn ohne dich machen? Annika, verdammt noch mal, ich liebe dich doch!

Hier hatte Sven sie am Seeufer entlanggehetzt, sie war in ein Wasserloch getreten und holte sich nasse Füße, es schmatzte in den Schuhen, als sie durch den Wald rannte. All diese jämmerlichen Männer, machtbesessen und verantwortungslos, feige und egoistisch. Töten, weil die Frau nicht gehorcht, geprägt von Katastrophendenken. Glauben, dass sie es nicht überleben, wenn sie zugeben, was sie ihrem Opfer angetan haben. Das Umfeld kann die Wahrheit nicht ertragen, sie biegen sich die Wirklichkeit zurecht, bis sie ihnen passt. Verleugnung, Verleugnung, Verleugnung ...

Das Glitzern des Wassers blendete sie, hier hatte sie immer gesessen und in ihr Tagebuch geschrieben.

Ich tappe blind umher. Die Dunkelheit ist so groß.

Aufgrund dieses Tagebuches war sie nicht wegen Mordes, sondern wegen Totschlags verurteilt worden. Die Übergriffe, die sie darin beschrieb, hatten sich über lange Zeit hingezogen, mehrere Jahre lang, praktisch die ganze Beziehung über. Die Schilderungen hatten das Gericht bewogen, der Verteidigung darin zu folgen, dass sie in Notwehr gehandelt hatte.

Sie brauchte keinen Psychologen, um zu verstehen, warum der Fall Josefin sie immer noch so tief berührte. Es passierte im selben Sommer, in dem Sven starb, und nun war sie gezwungen, wieder an ihn zu denken, und dann war da Josefin mit ihren stummen Schreien, das junge Mädchen, dem nie Gerechtigkeit widerfahren war.

Als sie zurück zum Auto kam, war ihr Rücken schweißnass und über ihren Unterarm krabbelte eine Wespe.

Auf dem Weg nach Hälleforsnäs kurbelte sie die Seitenscheibe herunter und ließ sich die Haare vom Wind zerzausen. Der Straßenbelag war schwarz und ganz neu, er schmatzte unter den Reifen wie Kleister.

An der Abzweigung zum Badestrand am Tallsjön starrte sie verbissen geradeaus. Dies war die Stelle, an der ihr Vater auf dem Heimweg in einem Schneehaufen eingeschlafen war, hier hatte der Fahrer des Schneepflugs ihn um halb fünf Uhr morgens gefunden, erfroren und eingeschneit.

Sie weigerte sich, nach rechts zu schauen, dort hatte der Vater gelegen, im Schneewall an der Straße zur Badestelle. Sie hatte seitdem nie mehr dort gebadet, war nie mehr auf dem Fahrrad mit Badeanzug und Handtuch und Brauseflasche auf dem Gepäckträger hier vorbeigefahren.

Sie bog nach links ab.

Das giftsanierte Industriegelände weiter vorn leuchtete grün, so dicht und üppig war es bewachsen.

Links erstreckte sich das Fabrikgelände des Stahlwerks, das die Gemeinde jahrhundertelang ernährt hatte und nach seiner Stilllegung zum Billigkaufhaus für im Preis herabgesetzte Markenkleidung umfunktioniert worden war. Darüber ließ sich nichts sagen, es war sicher gut, dass die Gebäude genutzt wurden, man konnte Karottenkuchen in der Cafeteria essen und billige Strümpfe und Regenmäntel direkt von den Paletten weg kaufen.

Annika ging vom Gas und fuhr den Hügel hinter dem Hochofen hinauf. Tattarbacken, Zigeunerhügel, hatte man die Siedlung genannt, als sie hier aufwuchs, vielleicht war der Spitzname heute in Vergessenheit geraten. Sie hoffte es, die Häuser hatten Besseres verdient, *sie* hatte schließlich auch Besseres verdient als Annika vom Tattarbacken zu sein.

Sie hatte das merkwürdige Gefühl, dass die Straßen geschrumpft waren, dass sie enger waren als in ihrer Kindheit. Die Straßenränder dagegen kamen ihr breiter vor, kahler. Einzelne Grashalme wuchsen im Schotter.

Sie bog nicht in den Odenvägen ein, sondern stellte das Auto eine Querstraße weiter am Straßenrand ab, gleich hinter dem Trafohäuschen. Schräg gegenüber war die Nummer 12, ein falunrotes, zweistöckiges Schmalhaus aus den 1940er Jahren, wie sie als Unterkünfte für die Arbeiter des Stahlwerks gebaut worden waren. Nirgends spielten Kinder auf den Höfen, sie waren wohl alle im Kindergarten oder im Jugendfreizeitheim, der Nachmittag war seltsam still und verlassen.

Hinter dem Fenster ganz oben links befand sich ihr altes Zimmer, das sie mit Birgitta geteilt hatte. Die Vorhänge waren zugezogen, Annika konnte den Stoff hinter den Scheiben erkennen, in denen sich das Sonnenlicht spiegelte. Die Vorhänge mussten neu sein, sie hatte sie noch nie gesehen. In ihren nüchternen Perioden liebte ihre Mutter es, Gardinen zu nähen, die Möbel umzuräumen, zu dekorieren und herumzupusseln.

Das Fenster daneben gehörte zur Küche, ein Flügel stand einen Spalt offen. Annika meinte zu sehen, wie sich jemand dahinter bewegte, aber vielleicht war es auch nur die Krone der Kiefer, die sich in der Scheibe spiegelte. Wohnzimmer und Elternschlafzimmer lagen nach Norden, sie konnte sie von hier aus nicht sehen.

Ohne das Küchenfenster aus den Augen zu lassen, wählte sie ihre alte Telefonnummer. Das Fenster wurde geschlossen, dann meldete sich Barbro mit brüchiger Stimme.

»Hallo, Mama, hier ist Annika.«

Ein Vorhang wurde zugezogen, zum Schutz vor der Sonne oder vielleicht als Sichtschutz.

»Hast du was von Birgitta gehört?«

Sie hatte getrunken.

»Ja, Mama, ich hatte zwei SMS auf meinem alten Handy.«

Die Stimme ihrer Mutter wurde schrill.

»Warum hast du nichts davon gesagt? Was wollte sie?«

»Ich sollte ihr helfen, aber ich weiß nicht genau, wobei.«

»Helfen? Ist sie in Gefahr? Warum *tust* du nichts?«

Auf einmal merkte sie, wie stickig es im Auto war, sie bekam kaum Luft.

»Ich habe mit einer Polizistin und mit einem Staatsanwalt gesprochen, und beide glauben nicht, dass sie in Gefahr ist«, erwiderte sie.

»Was wissen die denn schon!«

Barbro klang völlig aufgelöst.

»Ich habe eine offizielle Vermisstenanzeige aufgegeben, und ...«

»Steven hat sie auch als vermisst gemeldet, und was glaubst du, wie egal denen das war!«

Das Fenster ging wieder auf, sperrangelweit diesmal. Annika duckte sich unwillkürlich.

»Wo, bei der Polizei in Malmö?«, fragte sie.

»Sie haben kaum seine Angaben notiert! Sie haben sich nicht mal die Mühe gemacht, eine Beschreibung von ihr aufzunehmen!«

»Mama«, sagte Annika, »Birgitta will vielleicht gar nicht gefunden werden. Vielleicht ist sie freiwillig weggegangen. Bist du ganz sicher, dass Steven die Wahrheit sagt? Dass er nie die Hand gegen sie erhoben hat?«

Ihre Mutter weinte. Der Fensterflügel schlug hin und her.

»Dann hätte Birgitta es mir erzählt, sie erzählt mir alles, sie meldet sich immer bei mir, warum *meldet sie sich nicht?*«

Annikas Handfläche war schweißnass, sie musste das Telefon in die andere Hand nehmen. Sie hatte das Gefühl, keine Luft zu bekommen, und zwang sich, tief und langsam zu atmen.

»Mama«, sagte sie, »ich melde mich wieder, sobald ich was höre, okay? Mama?«

Aber Barbro legte auf, ohne noch etwas zu sagen, und das Fenster schlug weiter im Wind.

Er fuhr gerne mit dem Zug. Genau wie sein Bruder. Auch wenn die Waggons nicht mehr über die Schienen rumpelten wie damals, als sie Kinder waren und von Korsträsk nach Storblåliden fuhren, empfand er so etwas wie Nostalgie, ein behagliches Gefühl, wie es sich im Auto oder im Flugzeug nie einstellte. Er ließ sich durch die Landschaft schaukeln und freute sich daran, die dichten Nadelwälder vor den Fenstern vorbeifliegen zu sehen, er genoss das sporadische Kreischen von Metall, den Geruch von Scheuermitteln.

Die Tasche hatte er auf der Gepäckablage über seinem Sitz deponiert. Wenn er hin und wieder in den Speisewagen ging, um sich einen Becher Kaffee zu holen, ließ er sie unbeaufsichtigt und unbesorgt zurück, niemand würde sie stehlen. Der derbe Leinenstoff war abgeschabt und fleckig. Sie hatten irgendwann mal weichgekochte Eier gegessen und die Tasche als Tisch benutzt, etwas Eigelb war auf den Stoff gekleckert und eingetrocknet. Er erinnerte sich daran, als wäre es gestern gewesen, dabei war es schon Jahre her. Sie waren oben am Abladeplatz gewesen und auf dem Rückweg, als sie auf einem Rastplatz bei Moskosel Pause gemacht und den mitgebrachten Proviant verzehrt hatten.

Der Waggon neigte sich heftig in einer Kurve, er warf einen Blick zur Gepäckablage und stellte fest, dass die Tasche noch an ihrem Platz war. Er vermisste seinen Bruder schmerzlich, daran konnte auch der Zug nichts ändern.

Wenn es irgend ging, vermied er es, mit dem Flugzeug zu reisen. Nicht nur wegen all der Kameras und Tickets und Personenkontrollen (ab und zu war es notwendig, und dann tat er es natürlich, *Himmelherrgott noch mal*, er war schließlich kein Angsthase), aber es war unnatürlich, auf diese Art den Boden unter den Füßen zu verlieren, er mochte das nicht. Da war der

Zug besser, eine Fahrkarte konnte man am Schalter kaufen und bar bezahlen, ohne einen Ausweis vorlegen zu müssen, und aus Sicherheitsgründen war ein einfaches Fortbewegungsmittel am besten.

Wie gesagt, er fuhr am liebsten mit dem Zug. Man konnte während der Fahrt ins Internet gehen, das war ein weiterer Vorteil. Er hatte gelernt, auf den Smartphones zu surfen, keins davon konnte zurückverfolgt werden, weder zu ihm noch zu seinem Bruder, deshalb konnte er sich völlig frei im Internet bewegen, das fand er oft angenehm und interessant, manchmal sogar sehr nützlich.

Er rief die Website des *Abendblatts* auf und scrollte durch die Fotos und Schlagzeilen. Der Bericht über den Prozess gegen seinen Bruder war schon weit ans Ende der Nachrichten aus aller Welt gerutscht, bald würde er aus der Reihe der interessanten Neuigkeiten herausfallen und in der Versenkung verschwinden, aber die Dokumentation war noch da und glühte auf dem Bildschirm wie ein Feuerball. Die detaillierte Beschreibung ihrer Lebensgeschichte. Er strich mit dem Finger darüber und wählte stattdessen den Nachrichtenartikel.

Die Polizistin Nina Hoffman hatte zur Festnahme des Mordverdächtigen ausgesagt. Wieder einmal wurde über den Fehler berichtet, den sie in Nacka gemacht hatten, diese Hautabschürfung, wie hatte das passieren können? Und die Angaben über die Ermittlungen in den anderen Ländern beunruhigten ihn auch ein bisschen, im Laufe der Jahre hatte sich so viel geändert, die Spielregeln waren nicht mehr dieselben. Was früher als perfektes Verbrechen gegolten hätte, ließ sich heute kriminaltechnisch nachweisen, er fand das *verdammt unsportlich*, aber so war es nun mal. Er konnte das verstehen, und sein Bruder würde das auch akzeptieren müssen. Warum sollte gerade er ungeschoren davonkommen? Wer Schläge austeilte, musste auch Schläge einstecken können.

Er schloss die Augen. Die Tasche lag sicher verstaut über seinem Kopf. Morgen war er da, bereit für den nächsten Schritt.

Das weiche Schaukeln des Waggons brachte seine Gedanken zurück auf die Fahrten mit Vater nach Storblåliden, zu den

Angeltouren auf dem See, der Blockhütte, in der sie übernachtet hatten.

Damals hatten sie zum ersten Mal das herrliche Gefühl in seiner ganzen Fülle gespürt, wenn die Fische auf dem Boden des Kahns zappelnd nach Luft schnappten und sie ihre Messer in die Fischbäuche stechen durften, um das Leben und die Innereien aus ihnen herausfließen zu lassen.

Das Türschild war aus Messing, alle vier Namen waren in derselben schwarzen Schrift eingraviert:

HALENIUS SISULU
BENGTZON SAMUELSSON

Nina betrachtete das Schild einen Moment, bevor sie klingelte. Die kleine Metallplatte strahlte etwas Feierliches aus, sie war ebenso sehr eine Stellungnahme wie eine Information darüber, wer hier wohnte. Man hatte beschlossen, dass das hier funktionieren sollte: Du und ich und meine Kinder und deine Kinder, wir haben unsere These an die Tür genagelt.

Die Tür wurde von Serena geöffnet, ach herrje, dann waren die Kinder doch noch nicht im Bett. Nina hatte ihren Besuch so lange wie möglich hinausgezögert, aber später als jetzt konnte man guten Gewissens niemanden besuchen.

»Hallo, Nina«, sagte das Mädchen lächelnd und ihre Augen leuchteten. »Hast du heute wieder Mörder gefangen?«

Sie war groß geworden, reichte Nina fast bis zur Schulter, sie hatte die Wimpern getuscht und ihre unzähligen kleinen Zöpfe fielen ihr in einer tanzenden Kaskade über den Rücken.

»Ich habe es versucht«, sagte Nina und zwang sich zu einem Lächeln. »Aber es lief nicht sehr gut.«

Das Mädchen lachte und rannte in den Flur zu den Kinderzimmern.

»Hallo«, sagte Annika Bengtzon und kam mit einem Geschirrtuch in der Hand aus der Küche. »Hast du Hunger? Es ist noch was von der Hähnchenpfanne übrig.«

»Danke, nicht nötig«, erwiderte Nina.

»Decaf? Aus der Maschine?«

»Gern, da sage ich nicht nein.«

»Setz dich aufs Sofa, ich bin gleich fertig. Jimmy übernimmt die Kinder heute Abend.«

Nina zog die Schuhe aus und stellte sie aufs Schuhregal, nahm ihre Aktentasche, bahnte sich einen Weg durch das Labyrinth der anderen Schuhe auf dem Fußboden der Diele und ging ins Wohnzimmer. Sie hörte, wie in der Küche ein Wasserhahn aufgedreht wurde, und dann das charakteristische Summen einer Kaffeemaschine mit teuren kleinen Metallkapseln.

Bei Annika Bengtzon fühlte sie sich ungezwungen, ein Gefühl, das sie nicht allzu oft erlebte. Ein Grund dafür waren natürlich ihre gemeinsamen Erlebnisse, sie teilten Erfahrungen, über die sie nie sprachen, weder miteinander noch mit anderen Leuten, aber das erklärte nicht alles. Die Reporterin umgab eine Verletzlichkeit, die sie wiedererkannte, sie rieb sich an der Realität wund, auch das hatten sie vermutlich gemein.

Während sie wartete, nahm sie die Kopie der Ermittlungsakte Josefin Liljeberg aus der Tasche und legte sie auf den Kaffeetisch; eine dicke Mappe mit Fotos vom Tatort, Berichten der Spurensicherung, dem Protokoll der rechtsmedizinischen Untersuchung, Zeugenaussagen sowie Abschriften der Vernehmungen, die mit den beiden unter Mordverdacht stehenden Männern geführt worden waren: dem damaligen Außenhandelsminister Christer Lundgren und Josefins Freund Joachim Segerberg.

Annika Bengtzon kam mit Kaffeetassen in den Händen herein und setzte sich neben sie aufs Sofa. Sie machte große Augen, als sie den dicken Papierstapel sah.

»Alles? Wirklich?«

»Q sagt, du kannst alles einsehen«, sagte Nina, »vielleicht ist es hilfreich für die Ermittlungen. Aber es gilt Quellenschutz, du darfst nicht daraus zitieren.«

»Wow«, sagte Annika, stellte die Kaffeetassen ab und griff nach der Mappe. Sie schlug sie auf, blätterte darin und hielt bei den Bildern vom Tatort inne. Es waren Farbfotos, aber da Nina die Akte über den Kopierer im Flur gezogen hatte, war die Qualität nicht die beste. Sie wartete, während die Reporterin die Bilder betrachtete.

»Ich war da«, sagte Annika leise. »Ich habe sie dort liegen sehen. Aber ich stand natürlich vor dem Zaun.«

Daran hatte Nina nicht gedacht, dass die Tatortfotos eine andere Perspektive zeigten als die in den Medien.

»Gestern bin ich dort vorbeigegangen«, sagte Annika. »Eigentlich schade, dass sie die Büsche weggenommen und die Gräber in Ordnung gebracht haben, damit ist ein Teil der Magie verschwunden ...«

Sie schlug die Mappe zu.

»Ganz herzlichen Dank. Ich werde alles durchlesen, aber nichts zitieren.«

Sie griffen gleichzeitig nach ihren Kaffeetassen.

»Ich habe gehört, die Verteidigung hat dich gestern hart in die Zange genommen«, sagte Annika.

Nina umklammerte ihre Tasse. Dass sie im Gerichtssaal versagt hatte, brannte wie ein Stachel in ihr. Falls Berglund mit einem Freispruch davonkam, würde sie sich das nie verzeihen.

Sie blies in die Tasse, eigentlich mochte sie keinen Kaffee, aber immerhin hatten ihre Hände etwas zu tun. Normalen Kaffee konnte sie so spät überhaupt nicht mehr trinken, sie würde sonst bis vier Uhr morgens wach liegen, aber koffeinfreier ging.

»War nicht so schlimm«, sagte sie und trank einen kleinen Schluck, er schmeckte wirklich wie normaler Kaffee, scharf und bitter. »Das ist so bei Verhandlungen im Sicherheitssaal. Da ist der Ton wesentlich rauer als bei normalen Prozessen.«

Annika zog die Augenbrauen hoch, wie immer, wenn sie etwas nicht ganz verstand.

»Das hat mit dem Gerichtssaal zu tun«, erklärte Nina. »Die Parteien haben aus Sicherheitsgründen eigene Räume zur Verfügung, sie kommen durch zwei verschiedene Eingänge herein. Die Vertreter der Anklage und der Verteidigung treffen außerhalb des Gerichtssaals nicht aufeinander.«

»Kein Schwätzchen am Kaffeeautomaten«, sagte Annika und hob ihre Tasse.

»Genau. Sie tauschen keine Höflichkeitsfloskeln aus, unterhalten sich nicht übers Wetter. Die Stimmung im Saal kann richtig aggressiv werden.«

»Und, was meinst du? Wird er verurteilt?«

Nina wärmte ihre Handfläche am Tassenboden.

»Wenn man die DNA-Spur zugrunde legt, war er da. Falls er nicht der Täter war, dann hat er bei der Tat geholfen. Das DNA-Profil ist nicht hundertprozentig identisch, andererseits ist es das fast nie ...«

Annika senkte den Kopf und starrte auf ihren Schoß.

»Ich muss dich was anderes fragen«, sagte sie nach einer Weile. »Birgitta, meine Schwester, ist vorgestern nach der Arbeit nicht nach Hause gekommen. Sie hat mir zweimal eine SMS geschickt, dass sie Hilfe braucht, aber ich weiß nicht, wieso. Ich habe mit der Diensthabenden bei der Bezirkskriminalpolizei gesprochen und eine Vermisstenanzeige aufgegeben; kann ich sonst noch was tun?«

Nina trank zwei große Schlucke aus der Tasse, um sie anschließend guten Gewissens wegstellen zu können.

»Ich nehme an, du hast versucht, deine Schwester anzurufen?«

Annika nickte.

»Könnte ihr etwas zugestoßen sein?«

Die Reporterin zögerte.

»Irgendwas stimmt nicht«, sagte sie. »Die SMS, in denen sie um Hilfe bittet, sind vom 26. und 31. Mai, da war sie noch nicht verschwunden. Die letzte SMS hat sie um halb fünf am Sonntagmorgen abgeschickt, und seitdem ist sie weg.«

»Was sagt ihr Mann?«

»Er hat sie heute auch als vermisst gemeldet, bei der Polizei in Malmö, wo sie wohnen. Er macht sich große Sorgen.«

»Die meisten Vermissten tauchen nach kurzer Zeit wieder auf.«

Annika lächelte.

»Ich weiß.«

»Jedes Jahr werden siebentausend Vermisstenanzeigen erstattet«, sagte Nina, »und darin eingeschlossen sind alle kurzzeitigen Abwesenheiten: Teenager, die von zu Hause weglaufen, Asylsuchende, die untertauchen, Kinder, die verlorengegangen sind ...«

Annika stürzte den Inhalt ihrer Tasse in einem Zug hinunter, Nina hatte schon früher bemerkt, dass sie Kaffee konsumierte wie eine Verdurstende in der Wüste.

»Was passiert mit denen, die nicht zurückkommen?«, fragte Annika und stellte die leere Tasse ab.

»Nach sechzig Tagen erfolgt eine Mitteilung, dass die Vermisstensache ins Register aufgenommen wird«, erklärte Nina. »Die Mitteilung dient zur Kontrolle, für den Fall, dass lediglich vergessen wurde, die Anzeige zurückzuziehen. Und die untergetauchten Asylsuchenden werden auch abgezogen.«

»Wie viele sind das so im Durchschnitt, die nicht wieder auftauchen?«

»Ungefähr hundert. Sie werden im polizeilichen Zentralregister der verschwundenen Personen erfasst. Dazu nehmen wir die Personalien, die Personenbeschreibung und den Zahnstatus auf, der wird im Institut für forensische Zahnmedizin in Solna registriert.«

Nina hatte das Institut während ihrer Studienzeit besucht, ein roter Backsteinbau mit blauen Markisen, in dem eine Atmosphäre ständiger Alarmbereitschaft herrschte; jederzeit konnte sich eine Massenkatastrophe ereignen und dann war man bestens vorbereitet, sofort mit der Arbeit zu beginnen, Tote und Verstümmelte zu identifizieren …

»Und dann?«

»Nach einem Jahr sind ungefähr dreißig Vermisste noch im Register.«

Sie schwiegen eine Weile.

»Und wie viele sind jetzt im Register? Insgesamt?«, fragte Annika schließlich.

»Im gesamten Register? Eintausenddreihundert Personen.«

Ihr Bruder Filip war einer von ihnen.

Annika machte große Augen.

»Schweden? Die spurlos verschwunden sind? Wie vom Erdboden verschluckt?«

»Einige Fälle sind schon alt, gehen bis zu den fünfziger Jahren zurück.«

»Wow. Wann werden die Menschen für tot erklärt?«

»Das ist eine juristische Formsache. Früher dauerte es mindestens zehn Jahre, aber nach dem Tsunami wurde die Frist halbiert. Wenn man beispielsweise gesehen hat, wie jemand ertrinkt, die Leiche aber nie gefunden wurde, kann die Person schon nach einem Jahr für tot erklärt werden. Die Angehörigen müssen beim Finanzamt einen Antrag auf Todeserklärung stellen. Da geht es um rechtliche und finanzielle Dinge, darum, einen Schlussstrich zu ziehen, Versicherungen müssen gekündigt werden, Bankkonten aufgelöst ...«

»Und was, wenn niemand sie vermisst? Wenn niemand sie für tot erklären lässt?«

Nina atmete tief durch. Was passierte mit den Übriggebliebenen, den unvermisst Verschollenen? Wie ihrem Bruder?

»Die bleiben im Register, als Untote ...«

»Aber Birgitta kommt sicher bald wieder«, sagte Annika und starrte in ihre leere Kaffeetasse, als hätte sich das Getränk auf wunderbare Weise erneuert.

Nina zögerte einen Moment.

»Wenn sie in Stockholm und in Malmö als vermisst gemeldet ist, wäre es wohl besser, wenn die Vermisstensache bei der Reichskriminalpolizei koordiniert wird«, sagte sie. »Ich kann gerne mit der Diensthabenden bei der Bezirkskripo sprechen, mal sehen, was wir tun können.«

»Das wäre super«, sagte Annika.

Nina stand auf.

»So, dann will ich euch nicht länger stören.«

»Du störst überhaupt nicht«, erwiderte Annika, »das weißt du doch.«

Sie ging in die Diele, Jimmy Halenius stand auf Strümpfen an der Garderobe und suchte etwas in einer Jackentasche.

»Hallo, Nina, wie geht's?«

»Gut, danke, und selbst?«

»Die Umfragewerte könnten besser sein, ansonsten ist alles prächtig. Du hast nicht zufällig einen Snus dabei?«

Sie lächelte entschuldigend und bückte sich nach den Schuhen. Jimmy fand offensichtlich, wonach er gesucht hatte, denn er seufzte erleichtert und ging mit der Snusdose in der Hand in die Küche.

»Was machst du an Mittsommer?«, fragte Annika von der Wohnzimmertür her.

Ninas Antwort kam reflexartig.

»Arbeiten. Und ihr?«

»Wir wissen es noch nicht genau, Kalle und Ellen sind dieses Jahr bei Thomas, und Jimmys Kinder fliegen gleich am Ferienanfang zu ihrer Mutter nach Südafrika. Wir dachten, wir könnten vielleicht mit ein paar Freunden irgendwohin fahren, schade, dass du arbeiten musst.«

Nina band sich die Schuhe zu und richtete sich auf, die Haare hingen ihr ins Gesicht.

»Ich melde mich, wenn ich mit der Diensthabenden bei der Bezirkskripo gesprochen habe.«

Die Tür fiel hinter ihr ins Schloss, und dann stand sie auf ihren lautlosen Kreppsohlen im Treppenhaus.

Warum hatte sie gelogen und gesagt, sie müsse am Mittsommerwochenende arbeiten? Es wäre vielleicht nett gewesen, mit ein paar Freunden wegzufahren, vor allem, wenn es nur Erwachsene waren. Nicht, dass sie etwas gegen die Kinder von Annika Bengtzon und Jimmy Halenius gehabt hätte, das war ein lustiger Haufen, Ellen mit der hellen Haut und den weizenblonden Haaren, Serena ebenso schwarzhaarig und dunkelhäutig wie ihre Mutter, Kalle mit Annikas grünen Augen und Jacob, der aussah wie eine dunklere Ausgabe seines Vaters, aber in Familien fühlte sie sich immer unwohl, sie kam mit ihrer Dynamik nicht zurecht.

Sie verzichtete auf den Aufzug und nahm stattdessen die Treppe.

Unten vor dem Haus blieb sie einen Moment stehen, es war immer noch warm draußen, fast schwül. Sie spürte, wie ihr der Schweiß auf dem Rücken klebte.

Manchmal vermisste sie ihre Geschwister so sehr, dass es ihr körperlich wehtat. Sie hatte nie den Alltag mit ihnen erlebt, sie waren so viel älter gewesen und nur in ganz unregelmäßigen Abständen in ihr Leben geschneit. Yvonne, die immer nach Kokos duftende Sonnencreme dabeihatte, sie hatte ihr Schultern und Nase und Knie eingecremt, *du musst aufpassen, dass sie nicht so verbrennt, siehst du nicht, wie sie aussieht? Was bist du für eine Mutter?* Filip, der ihr Bücher mitbrachte, schwedische und spanische und deutsche, und ihr daraus vorlas, *es war einmal ein Mädchen, das lebte bei seinem Vater und seiner Stiefmutter* ... Aber Yvonne war vor sechs Jahren in den Wäldern nördlich von Örebro von der Polizei erschossen worden. Filip, ihr Ritter und großer Bruder, als verschollen registriert, würde nie mehr zurückkommen. Sie selbst hatte ihn erschossen, auf der Haschischplantage der Familie bei Asilah in Nordmarokko, in zwei Wochen war es genau fünf Jahre her.

Sie behielt die feuchte Abendluft in den Lungen, bis es schmerzte. Dann ging sie durch die steinerne Stadt nach Hause.

Das unterlegte Konservengelächter einer amerikanischen Comedyserie plätscherte aus dem Wohnzimmer in die Küche. Jimmy telefonierte, wahrscheinlich mit dem Minister, Annika hörte seine Stimme wie eine wortlose Melodie steigen und fallen. Die Kinder schliefen, sie meinte ihre Atemzüge wie eine leichte Brise zu spüren, die durch die Räume zog.

Vor ihr auf dem Küchentisch lag der Inhalt von Josefins Ermittlungsakte ausgebreitet. Die Teile, die Joachims Alibi für die Mordnacht betrafen, hatte sie aussortiert und gelesen, zwei Mal, Zeile für Zeile.

Einiges davon hatte sie bereits gewusst.

Joachim behauptete, Josefin in der betreffenden Nacht nicht gesehen zu haben. Er sei überhaupt nicht im Studio 6 gewesen, sondern habe mit Freunden im Nachtclub Sturecompagniet gefeiert, bis der Club zumachte. Kurz nach fünf Uhr morgens sei er zusammen mit sechs Freunden in einer Taxilimousine zu einer privaten Nachfeier in die Rörstrandsgatan gefahren. Dort sei er auf dem Sofa eingeschlafen.

Annika blätterte durch die Zeugenaussagen. Sein Alibi war wirklich wasserdicht.

Alle jungen Männer bestätigten Joachims Geschichte. Ein Kellner des Nachtclubs bezeugte, dass Joachim da gewesen war. Der Chauffeur der Taxilimousine gab an, eine Gruppe betrunkener junger Männer vom Stureplan nach Birkastan gefahren zu haben. Joachim hatte die Quittung. Die Frau, der die Wohnung in der Rörstrandsgatan gehörte, sagte aus, Joachim habe bei ihr auf dem Sofa übernachtet.

Aber Annika wusste, dass Joachim kurz vor fünf Uhr an jenem Morgen im Studio 6 gewesen war. Josefin und er hatten sich heftig gestritten, Josefins Freundin hatte die beiden gehört.

Und der Kellner aus dem Sturecompagniet konnte nicht genau sagen, um welche Zeit er Joachim an dem Abend gesehen hatte. Das konnte schon um zwei Uhr gewesen sein. Der Taxifahrer konnte weder bestätigen noch entkräften, dass Joachim wirklich in der Limousine mitgefahren war, er hatte nicht gesehen, wer ganz hinten saß. Bezahlt worden war die Fahrt von Robin Bertelsson. Mehrere der Männer in der Gruppe waren so betrunken, dass sie wahrscheinlich gar nicht richtig mitbekommen hatten, wer in den fraglichen Stunden alles dabei war.

Annika erinnerte sich noch gut an die Schlussfolgerung von Kommissar Q im Sommer vor fünfzehn Jahren, den Zeugen sei eingeschärft worden, was sie aussagen sollten. Zwei der Männer hatte sie erreicht, der eine legte sofort auf, als sie ihren Namen nannte, und blockierte anschließend sein Telefon. Der andere stritt rundheraus ab, irgendetwas mit dem Fall zu tun zu haben, trotz der eindeutigen Beweise.

Die Frau mit der Wohnung in der Rörstrandsgatan war selbst schwer betrunken gewesen, sie war sich zwar sicher, dass Joachim auf ihrem Sofa geschlafen hatte, aber wann er dort gelandet war, wusste sie nicht.

Annika schob die Ermittlungsakte beiseite und griff nach einem Bild, das sie über eine Kontaktperson beim Führerscheinregister in Strängnäs erhalten hatte.

Sie hatte über eine Stunde nach Robin Bertelsson gesucht, und dies war das einzige Foto, das sie auftreiben konnte. Er nahm die Sache mit der Überwachungsgesellschaft wirklich ernst, hatte keinen Facebook-Account unter seinem richtigen Namen, kein Konto bei Twitter, Instagram oder einem Blogg, er kam im Internet überhaupt nicht vor.

Sie betrachtete sein symmetrisches Gesicht, die blonden Haare, das kantige Kinn. Ein attraktiver Mann.

Er wusste es.

Robin Bertelsson hatte die Taxilimousine bezahlt. Er hatte Joachim die Quittung gegeben. Wenn jemand die anderen Teilnehmer des Abends instruiert und ihre Geschichten synchronisiert hatte, dann er. Bertelsson war der »Sicherheitschef« des Pornoclubs gewesen, dieses Mistvieh von Clubbesitzer zu schützen gehörte wahrscheinlich zu seinem Job.

Er war inzwischen verheiratet und nach Dänemark gezogen. Weder er noch seine Frau standen in irgendeinem Telefonverzeichnis, sie hatten auch keine Firma. Das schwedische Einwohnerregister führte sie als »ins Ausland verzogen«, und die Adresse einer Person herauszufinden war in Dänemark wesentlich schwieriger als in Schweden. Annikas Anruf beim dänischen Einwohnermeldeamt kurz vor Feierabend hatte nichts gebracht, dort hatte man sie an die Kommunen verwiesen und erklärt, wenn sie Auskunft über eine Person erhalten wolle, brauche sie den Namen, die jetzige oder eine frühere Adresse sowie Geburtsdatum und Personennummer. Jedenfalls glaubte sie das, sie hatte eigentlich kaum etwas von dem verstanden, was man ihr sagte. Sie hatte nur die Information gefunden, dass er bei Doomsday Denmark arbeitete, er war als einer der Consultants aufgeführt, die man für »Sicherheit, Analyse und Programmierung im Internet« anheuern konnte. Sicherheit, schon wieder.

Annika hörte Jimmy im Wohnzimmer laut lachen, ob über etwas, was der Minister gesagt hatte, oder über das Fernsehprogramm, konnte sie nicht beurteilen.

Robin Bertelsson hatte nach dem Mord seinen Job im Club hingeworfen. Warum? Wollte er nicht mehr mitmachen? Fand er, dass Joachim zu weit gegangen war?

Sie legte die Hand auf sein Gesicht.

Das Foto fühlte sich kalt unter ihrer Handfläche an.

Mittwoch, 3. Juni

Das Zimmer sah genauso aus wie beim letzten Mal, bis auf einen chromblitzenden Ventilator in der Ecke. Er schwenkte langsam und träge rauschend hin und her, alle fünf Sekunden traf der Luftstrom Annikas Gesicht, und sie musste blinzeln.

»Sie haben erwähnt, dass Sie keinen engen Kontakt zu Ihrer Schwester haben, warum ist das so?«

Die Psychologin war jetzt in Sommeruniform, knielanger Jeansrock und weißes T-Shirt. Sie saß da und starrte auf ihren Notizblock, das machte Annika unsicher, was hatte die Frau eigentlich aufgeschrieben? Sparte sie Papier, waren das Kürzel wie bei einer Patientenakte? Was, wenn der Block in falsche Hände kam, wenn jemand das las!

Annika schluckte. Der Sesselbezug kratzte, sie legte die Arme in den Schoß, um dem Piksen zu entkommen. Das Gefühl von peinlichem Versagen war auch dasselbe, ebenso wie die irrationale Angst, die Psychologin könnte sie für blöd halten.

»Birgitta und ich sind völlig verschieden.«

»Inwiefern?«

Annika wand sich ein wenig, merkte, wie sich Trotz in ihr regte. Sie bezahlte doch nicht, um hier zu sitzen und sich politisch korrekt zu benehmen.

»Birgitta hat keinen Antrieb, keinen Ehrgeiz«, sagte sie. »Sie will einfach gemocht werden, ihr Lebensziel ist es, in einer Pizzeria in Hälleforsnäs zu sitzen und mit der coolen Clique aus den Neunzigern Bier zu trinken.«

So, jetzt war es raus, jetzt hatte sie ihre ganze hochnäsige Großstadtattitüde zu erkennen gegeben. Sie hob den Blick, um sich der Kritik und der Verachtung zu stellen, aber die Psychologin zuckte nicht mit der Wimper. Annika war fast ein bisschen enttäuscht.

»Wohnt Ihre Schwester noch in Ihrem Heimatort?«
»Sie ist inzwischen offenbar nach Malmö gezogen ...«
Sollte sie sagen, dass Birgitta verschwunden war? Der Gedanke versiegte, noch ehe sie ihn in Worte fassen konnte, das hier war nicht Birgittas Stunde, ausnahmsweise drehte sich einmal nicht alles nur um sie.
»Haben Sie Kontakt zu jemand anderem aus Ihrer Jugend?«
Annika schwieg einen Moment, vor allem wohl, damit es aussehen sollte, als denke sie nach.
»Nicht direkt ...«
»Zur Familie Ihres verstorbenen Freundes vielleicht, seinen Freunden, Eltern ...?«
»Nein!«
Die Antwort kam viel zu hart, das erstaunte sie selbst. Die Psychologin notierte etwas, was schrieb die denn jetzt wieder? Hatte sie etwas Falsches gesagt, oder im falschen Ton?
Wirbelnde Dunkelheit, Unbehagen kroch ihr den Rücken herauf. Sie sah Svens Eltern vor sich, seine schöne Mutter und seinen stattlichen Vater, Maj-Lis und Birger. Sie hatte sie seit Svens Tod nicht mehr gesehen, sie selbst war nicht zur Beerdigung gegangen und die beiden waren nie bei der Gerichtsverhandlung gewesen. Maj-Lis war gestorben, das wusste sie, Brustkrebs, schon vor einigen Jahren.
»Ihr Vater starb, als Sie siebzehn waren, wie war das für Sie?«
Der Luftstrom traf die Psychologin, und ihre Kurzhaarfrisur zitterte, die Papiertaschentücher in der Pappschachtel flatterten.
»Furchtbar«, sagte Annika.
»Wie haben Sie es verarbeitet?«
Die Luft wurde schwer.
»Ich denke nicht daran.«
»Wie ist es passiert?«
»Er war betrunken und ist in einer Schneewehe erfroren.«
An der Einfahrt zur Badestelle am Tallsjön, wo sie immer den Blick abwandte, wenn sie daran vorbeifuhr.
»Standen Sie ihm nahe?«

Sie war Papas Tochter, Birgitta war Mamas.
»Geht so.«
Die Psychologin sah sie an.
»Aber es war ›furchtbar‹, als er starb, können Sie das ein bisschen genauer beschreiben?«
Weil er sie im Stich gelassen hatte. Weil sie danach ganz allein war. Weil er auf eine derart peinliche Weise gestorben war, wie ein alter Säufer. Die Leute hatten sie bedauert, nicht, weil sie ihren Vater verloren hatte, sondern weil er so dumm und schwach und besoffen gewesen war. Am Anfang hatte sie sich gewünscht, er wäre an Krebs gestorben oder durch einen Verkehrsunfall oder eine normal tragische Ursache, sie bildete sich ein, dass es sich dann anders angefühlt hätte, dass ihre Trauer würdiger gewesen wäre, die Leute hätten sie aus dem richtigen Grund bemitleidet. Inzwischen spielte es keine Rolle mehr, aber sie wusste noch gut, was sie gedacht hatte.
»Ich erinnere mich, dass es sich schrecklich angefühlt hat«, sagte sie nur. »Ich war sehr traurig, doch das ging vorbei.«
Die Psychologin runzelte die Augenbrauen, ließ das Thema aber fallen.
»Sie sagten beim letzten Mal, dass Ihre Mutter Sie nicht mag, können Sie dazu ein bisschen mehr sagen?«
Annika zwang sich, nicht zur Uhr an der Wand zu blicken, es wäre dreist, jetzt schon auf die Zeit zu schielen, sie hatte sich ja gerade erst hingesetzt.
»Ja, was soll ich dazu sagen?«, erwiderte sie und schaute doch zur Uhr. »Das ist kein Geheimnis, meine Mutter erzählt es jedem, der es hören will.«
Es war wirklich höllisch heiß im Zimmer. Wenn die Brise des Ventilators über sie hinweggewischt war, entstand eine Flaute, in der sich die Luft noch dicker anfühlte.
»Was sagt sie denn, Ihre Mutter?«
Annika riss sich zusammen, sie musste es versuchen, warum war sie sonst hier? Und es waren nur Worte, wenn sie sich Mühe gab, konnte sie sich einbilden, dass sie aus weiter Ferne kamen, eine Geschichte, die sie einmal gehört hatte, über jemanden, den sie kaum kannte.

»Dass ich ihr Leben zerstört habe. Sie und mein Vater und Birgitta hätten eine glückliche Familie sein können, wenn ich nicht gewesen wäre.«

Es war, als ob die Proportionen des Zimmers sich veränderten, es verengte sich, wurde aber länger. Das Rauschen des Ventilators klang dumpfer.

»Was wirft sie Ihnen denn vor?«

Annikas Stimme hallte merkwürdig in ihrem Kopf, als ertappe sie sich selbst beim Lügen.

»Meine Mutter sagt, als ich geboren wurde, stimmte etwas nicht mit mir. Dass ich einen Hirnschaden habe. Dass ich von Geburt an ... böse bin.«

Sie blickte auf ihren Schoß, spürte, wie ihre Wangen brannten. Das klang so albern, als hätte sie es sich ausgedacht, um sich wichtig zu machen.

»Böse? Was meint sie damit?«

Annika schloss die Augen, um zu verschwinden.

»Ich weiß es wirklich nicht«, flüsterte sie.

Für eine Weile wurde es still im Zimmer. Der Ventilator rauschte. Annika wartete, bis sich das Gefühl, eine feige Lügnerin zu sein, gelegt hatte, dann schlug sie die Augen wieder auf. Die Psychologin blickte sie konzentriert an, das hier war wohl etwas, was diese Leute mochten, Mütter, die versagen.

»Es sei kein Geheimnis, sagen Sie, dass Ihre Mutter Sie nicht mag. Was erzählt sie denn anderen Leuten?«

Annika blickte zum Fenster, bald würden wohl die Waldbrände wieder anfangen, wenn sie bis dahin noch bei der Zeitung war, würde man sie so nah wie möglich an die Brandherde schicken.

»Dass ich Birgitta beinahe umgebracht habe, als sie ein Baby war.«

Die Psychologin setzte sich zurecht und strich sich über die Stirn.

»Können Sie das genauer ausführen?«

»Birgitta musste nach der Geburt in den Brutkasten«, sagte Annika. »Sie war ein Frühchen, und das war meine Schuld.«

»Was hatten Sie getan?«

»Ich war auf der Eingangstreppe hingefallen und hatte mir das Knie aufgeschlagen. Meine Mutter hat sich so aufgeregt, als sie die Wunde sah, dass die Wehen einsetzten und die Fruchtblase platzte.«

»Ihre Schuld bestand also in ... was? Dass Sie hingefallen sind? Ein zweijähriges Kind?«

Annika nickte.

»Mama war nicht auf mich vorbereitet. Sie wollte mich nicht haben. Sie wurde mit mir schwanger und konnte keine Ausbildung als Künstlerin machen.«

Der Ventilator blies ihr wieder ins Gesicht und sie schnappte nach Luft. Die Haare flogen ihr in die Augen, sie strich sie zurück.

»Möchten Sie, dass ich den Ventilator ausschalte?«, fragte die Psychologin.

»Nein, ist schon okay.«

Er rührte die Luft um wie ein Zementmischer.

»Wie würden Sie die Gefühle zu Ihrer Mutter beschreiben?«

Annika atmete durch den Mund, ihre Augen brannten.

»Ich bin genervt, wenn sie anruft. Ich vermeide den Kontakt zu ihr, so gut ich kann.«

Die Psychologin machte sich Notizen.

»In der Psychologie sprechen wir von ›Grundgefühlen‹«, sagte sie. »Die meisten davon sind tatsächlich negativ: Wut und Angst, Trauer und Scham, Hass und Ekel. Aber es gibt auch einige positive, dazu rechnet man Freude, Neugier und Staunen. Wenn Sie mit einigen dieser Begriffe beschreiben sollten, was Sie für Ihre Mutter empfinden, welche würden Sie dann wählen?«

Annika schluckte.

»Ich weiß nicht.«

Der Ton im linken Ohr setzte wieder ein, so hoch, dass er an der Grenze zur Wahrnehmbarkeit lag, eine Mischung aus Pfeifen und Klirren.

»Finden Sie es unangenehm, darüber nachzudenken?«

Tat sie das? Fand sie es unangenehm? Was für ein Grundgefühl passte dazu?

Sie ließ das Dunkle in sich hinein, spürte, wie es Lunge und Bauch ausfüllte. Was war dort? Woraus bestand es? Forderungen und Anschuldigungen, die vorwurfsvollen Augen, hektische Finger, die sie losließen, der Schrei, *geh weg!* Sie merkte, wie ihre Augen sich mit heißen Tränen füllten, und musste tief durchatmen, um sie zurückzudrängen.

»Ich schäme mich«, sagte sie. »Ich war nie gut genug, ich habe immer alles falsch gemacht. Mama war wütend, und ich wurde traurig. Ich wünschte, ich ... ja, ich ... wäre besser gewesen.«

»Keine Freude?«

Annika horchte in sich hinein, tief hinein in das Dunkel, gab es da irgendetwas Helles und Fröhliches? Fetzen von Gelächter, der Duft von frischgebackenem Kuchen? Mit Großmutter, ja, und mit Papa, *siehst du die Elster? Hat sie nicht ein schönes Federkleid, blau schimmernd wie die Spätsommernacht? Wer Elstern nicht mag, hat sie nur nicht richtig angesehen, sie nicht genau betrachtet ...*

Sie blickte auf ihren Schoß und schüttelte den Kopf, nein, keine Freude, nicht mit Mama. Sehnsucht, was mochte das Grundgefühl dafür sein, Trauer vielleicht? Ungerechtigkeit, basierte sie vielleicht auf Zorn? Oh Gott, sie wusste es nicht, was für ein Durcheinander ...

Die Psychologin schrieb etwas auf ihren Block, las dann eine Weile schweigend.

»Letztes Mal haben wir über einen Unfall gesprochen, bei dem Ihr Freund ums Leben kam. Möchten Sie mir mehr darüber erzählen?«

Die Luft schloss sich eng um sie, füllte ihren Hals mit erstickender Dunkelheit, sie wollte nicht dorthin, sie wollte nicht dort sein.

»Er ... ist in einen Hochofen gefallen.«

»Hochofen?«

Der Ventilator brüllte, das Pfeifen im Kopf wurde lauter.

»Zu Hause im Werk. Es war ja damals verlassen, stillgelegt, als es passierte. In den Fabrikhallen ist jetzt ein Outlet-Center ...«

»Wie kam es dazu?«

Annika klammerte sich krampfhaft an die Sessellehnen, fest, fest, fest, um nicht zu fallen. Ihr Kopf dröhnte.

»Er hat mich mit einem Messer verfolgt und meine Katze getötet. Ich habe mich gewehrt, und da ist er gestürzt.«

»Hat er das öfter gemacht? Sie gejagt, bedroht und geschlagen?«

Es nützte nichts, sie fiel trotzdem, sie hielt sich die Ohren zu, um den Lärm auszusperren, *du kannst mich nicht einfach so verlassen. Was soll ich denn ohne dich machen? Annika, verdammt noch mal, ich liebe dich doch!*

»Er ... ja, er hat ...«

»Ist es schwer, darüber zu sprechen?«

Die Dunkelheit schlug über ihr zusammen, ihre Lunge schrie, die Hände brannten, und sie fiel und fiel und fiel.

Nina steuerte den Mietwagen über eine lange Bogenbrücke. Unter dem Beton floss der Luleälv träge und glatt dahin, hier an der Mündung fast einen Kilometer breit.

Das Pflegeheim, in dem Ingela Berglund lebte, lag in einem Stadtteil namens Björkskatan. Die Heimleiterin hatte gesagt, sie solle sich am Hertsörondell einfach links halten und der Ausschilderung folgen. Sicherheitshalber hatte Nina einen Wagen mit GPS-Navi gemietet.

Gleich hinter der Brücke begann die Stadt, niedrige Häuser mit Fassaden aus Stahlblech und Backstein, knorrige Laubbäume mit leuchtend grünen Blättern. Vorn rechts, auf der gegenüberliegenden Seite einer weiten Bucht, sah sie ein großes Industriegebiet. Eine Hafenlagerhalle, ein paar Backsteinhäuser, und schon hatte sie den Stadtkern hinter sich gelassen. Die Bebauung wurde spärlicher, der Verkehr hörte auf.

Sie kam tatsächlich an einen großen Verkehrskreisel mit zwei verschiedenen Tankstellen, genau wie die Heimleiterin gesagt hatte, und wechselte auf die linke Spur Richtung Skurholmen. Nach wenigen Minuten tauchte die Abfahrt nach Bensbyn und Björkskatan auf.

Langsam fuhr sie zwischen den Häusern entlang, das hier war ein Schweden, wie sie es nicht oft sah. Einfache, gepflegte Häuser mit Loggia und kurz gemähtem Rasen, Sandkasten und Spielhäuschen und Zierhecken. So wohnte man mit seiner Familie, wenn man gerne auf dem Land lebte.

Das Navi am Armaturenbrett blinkte, sie hatte ihr Ziel erreicht. Sie hielt an und blickte sich um, vor ihr lag so etwas wie ein Gesundheitszentrum, ein Ärztehaus mit orangefarbener Metallfassade, eine Apotheke, eine Rückenklinik. Sie wendete, fand den Parkplatz, stellte den Mietwagen in einer leeren Parkbucht ab, vergewisserte sich, dass ihr Handy in der Jackentasche steckte, zog den Zündschlüssel ab, stieg aus und verschloss den Wagen.

Draußen wehte ein kalter, scharfer Wind, von dem sie im Auto nichts gemerkt hatte. Der Himmel hing tief und blau über den Hausdächern. Sie sah auf die Uhr, sie war ein bisschen zu früh dran, aber daran ließ sich nichts ändern. Das Wohnheim war ein zweistöckiges Gebäude mit Metallfassade und Geranien vor den Fenstern. Ein Schild mit dem Wort WILLKOMMEN in geschwungener Schrift war über der Eingangstür festgeschraubt. Nina drückte auf die Klingel und hörte, wie das Läuten durchs Haus hallte.

Eine Frau in ihrem Alter öffnete die Tür. Sie trug Jeans und Gesundheitsclogs, hatte ein Schlüsselbund in der Hand und wirkte alles andere als entgegenkommend.

»Evelina Granqvist?«, fragte Nina.

»Das bin ich«, erwiderte die Frau.

Sie war die Leiterin der Einrichtung und seit vier Jahren auch Ingela Berglunds Vormund.

»Kommen Sie rein«, sagte Evelina Granqvist kurz angebunden und ging auf eine Tür zu, hinter der die Küche zu sein schien. Ihre Bewegungen waren eckig und unwirsch, der Besuch passte ihr nicht.

»Ziehen Sie die Schuhe aus«, sagte sie über die Schulter.

Sie sprach einen ausgeprägten Dialekt, schleppend und melodisch, ganz ähnlich dem von Ivar Berglund.

Nina blieb an der Tür stehen und verschaffte sich einen schnellen Eindruck von dem Heim. An den Wänden in der Diele hingen gerahmte Bilder, die vermutlich von den Bewohnern gemalt worden waren, sowie eine große Pinnwand mit Namen und Fotos und Beschreibungen verschiedener Aktivitäten: »Sandra ist auf den Ormberget gestiegen!« und »Heute hat Peter gebacken!«. Linker Hand befand sich eine Art Aufenthaltsraum, sie hörte Leute reden und lachen, ein Fernseher lief im Hintergrund.

»Möchten Sie Kaffee?«, fragte die Heimleiterin, ohne Nina anzusehen, eine Frage, die vermutlich kulturell und traditionell so tief verwurzelt war, dass nicht einmal eine unwillkommene Polizistin aus Stockholm davon ausgenommen wurde.

»Danke, gern«, erwiderte Nina und zog die Schuhe aus.

Ein Mann mit Down-Syndrom steckte den Kopf aus dem Tagesraum und sah sie an.

»Hallo«, sagte Nina. »Ich heiße Nina, und du?«

»Peter spricht nicht«, rief Evelina aus der Küche.

Der Mann zog den Kopf zurück und schloss die Tür. Die Fernsehstimmen wurden zu einem dumpfen Gemurmel.

Die Diele war mit hellem Kunststoff ausgelegt, Ninas bestrumpfte Füße glitten mit leisem Knistern über den kühlen Belag. Die Küche sah aus wie in einem normalen Einfamilienhaus, nicht wie in einem Wohnheim. Auf dem Tisch standen zwei Becher Kaffee und ein Teller mit Zimtschnecken, vermutlich die, die Peter gebacken hatte.

Evelina Granqvist schloss die Tür hinter Nina.

»Ich dachte, ich hätte mich unmissverständlich ausgedrückt«, sagte sie. »Ich bin strikt gegen eine Vernehmung von Ingela, sie kann nicht in einem Prozess als Zeugin aussagen.«

Nina nahm am Tisch Platz, griff nach einer Zimtschnecke und biss hinein.

»Es ist Ihr gutes Recht, eine Meinung in dieser Sache zu haben«, sagte sie.

»Wie ich hörte, haben Sie auch die Herausgabe von Ingelas Betreuungsakte beantragt, was wollen Sie damit? Sie glauben doch nicht etwa, dass Ingela etwas mit dem zu tun hat, wofür ihr Bruder vor Gericht steht?«

Nina biss noch einmal ab und musterte die Frau, die ihre Arme verschränkt und die Beine übereinandergeschlagen hatte, eine offensichtliche Abwehrhaltung, sie war zornig und gekränkt, vielleicht auch besorgt und nervös.

»Ich glaube nicht, dass Ingela in Ivars Machenschaften verstrickt ist, ganz und gar nicht«, sagte Nina. »Könnte ich etwas Milch für den Kaffee bekommen?«

Evelina Granqvists Kiefermuskeln mahlten, widerwillig stand sie auf, ging zum Kühlschrank und nahm einen offenen Milchkarton heraus.

»Danke«, sagte Nina und goss sich Milch bis zum Rand des Bechers ein. Sie trank einen Schluck, von der kalten Milch war der Kaffee nun lauwarm und grau wie Spülwasser verfärbt.

»Warum sind Sie dann hier?«, fragte die Heimleiterin. Ihre Arme waren jetzt nicht mehr verschränkt.

»Weil Ingela zählt«, erwiderte Nina.

Evelina Granqvist machte große Augen. Nina schwieg, kaute ihre Zimtschnecke und wartete auf eine Reaktion ihres Gegenübers.

»Wie ... was meinen Sie?«, fragte die Frau schließlich.

Nina griff nach einer Serviette und wischte sich ein paar Zuckerkrümel aus dem Mundwinkel.

»Die Ermittlungen zu dem Verbrechen, das Ivar Berglund vorgeworfen wird, haben über ein Jahr gedauert. Ein Dutzend Ermittler haben an dem Fall gearbeitet, aber keiner von ihnen hat sich mit Ingela beschäftigt.«

Sie fixierte die Heimleiterin mit dem Blick und hoffte, dass es stimmte.

»Ich habe nicht zugelassen, dass sie Ingela vernehmen«, sagte Evelina Granqvist trotzig. »Ich habe ihnen gesagt, dass das nicht geht.«

»Genau das meine ich«, sagte Nina. »Keiner hat ernsthaft versucht, mit Ingela zu sprechen.«

»Sie hat keine Ahnung, was ihr Bruder getan hat.«

»Jetzt argumentieren Sie genau wie die Ermittler«, sagte Nina. »Sie sprechen für Ingela, als wüssten Sie genau Bescheid.«

Die Heimleiterin verschränkte wieder Arme und Beine.

»Nur zu Ingelas Schutz«, erwiderte sie. »Ich will nicht, dass sie sich aufregt.«

»Ihre Sorge ist völlig verständlich«, sagte Nina.

»Wir haben ein gutes Verhältnis, Ingela vertraut mir. Warum sollte ich Sie zu ihr lassen?«

Nina richtete sich auf.

»Alle, die diesen Fall bearbeitet haben, stufen Ingela Berglund als geistig zurückgeblieben ein. Ich finde das respektlos.«

Um den Mund der Heimleiterin erschien ein trotziger Zug.

»Ich verstehe nicht, warum das so wichtig ist«, sagte sie.

»Was immer dieser Kerl getan hat, rechtfertigt nicht, dass Sie Ingela belästigen.«

Nina blickte die Frau scharf an.

»Gegenstand der Anklage ist der Mord an einem Stadtstreicher letztes Jahr in Nacka«, sagte sie leise. »Der Täter hat sein Opfer gefoltert, ihm die Fingernägel ausgerissen, ihn nackt über einem Ameisenhaufen aufgehängt und ihn mit Honig eingeschmiert. Todesursache war Ersticken, hervorgerufen durch eine Plastiktüte. Wir werden jedes einzelne Sandkorn umdrehen, um den Täter zu finden, auch wenn wir dafür Ihre Kreise stören müssen.«

Evelina riss die Augen auf.

»Ivar Berglund steht unter Verdacht, weitere Verbrechen begangen zu haben«, fuhr Nina fort. »Wir haben bisher noch nicht genug Beweise für eine Anklage, aber es gibt Indizien, die ihn mit der Folterung des Politikers Ingemar Lerberg letztes Jahr in Saltsjöbaden in Verbindung bringen. Sie haben vielleicht in der Zeitung darüber gelesen?«

Evelina blinzelte ein paar Mal, vielleicht grub sie in ihrem Gedächtnis. Nina hatte keine Lust, so lange zu warten.

»Der oder die Täter haben Ingemar Lerbergs Beine gespreizt, bis die Muskeln zerrissen sind. Sie haben ihm die Hände auf dem Rücken gefesselt und ihn dann an den Handgelenken aufgehängt, so dass beide Schultern ausgekugelt wurden. Sie haben seine Fußsohlen gepeitscht und bis auf die Knochen zerfetzt, ihm fünf Rippen gebrochen, sein Kinn zertrümmert und ein Auge ausgestochen. Er liegt jetzt, ein Jahr danach, immer noch im Koma, sein Gehirn ist schwer geschädigt. Leider atmet er aus eigener Kraft und ist nicht an eine Beatmungsmaschine angeschlossen, die man abstellen könnte.«

Die Heimleiterin war kreidebleich geworden. Sie schluckte hörbar und senkte den Blick.

»Ingemar Lerbergs Frau ist spurlos verschwunden, wahrscheinlich hat Ivar Berglund sie auch ermordet«, fuhr Nina leise fort. »Lerbergs drei Kinder leben bei Pflegeeltern. Niemand besucht ihn in dem Pflegeheim, in dem er liegt. Nicht dass es eine Rolle spielen würde, er bekommt von der Welt um ihn herum wahrscheinlich sowieso nichts mit …«

Evelina Granqvist erhob sich, ging zur Spüle und füllte ein Glas mit Wasser, das sie in einem Zug austrank. Dann setzte sie sich wieder.

»Ingela kann nicht in einem Gerichtssaal sitzen und als Zeugin aussagen«, sagte sie leise. »Das geht nicht. Sie bekommt einen Anfall, wenn sie unter Druck gesetzt wird.«

»Es ist unwahrscheinlich, dass man sie zur Verhandlung vorlädt«, sagte Nina. »Der Prozess ist fast vorbei. Ich möchte mich einfach nur mit ihr unterhalten, sie nach ihrer Kindheit und Jugend fragen.«

Sie dachte an Peter, der die Zimtschnecken gebacken hatte, die sie aß. Konnte Ingela überhaupt reden?

Evelina Granqvist sah sie an, ihre Finger wanderten über die Kaffeetasse.

»Was wollen Sie denn wissen?«

»Wie es Ingela als Kind ergangen ist, und wie Ivar war. Kann sie denn kommunizieren? Ich meine, ist sie in der Lage, auf Fragen nach ihrer Kindheit zu antworten?«

Die Heimleiterin griff nach einer Zimtschnecke. Sie machte die Papiermanschette ab und zerknüllte sie zu einer kleinen, festen Kugel.

»Ich werde die Betreuungsakte bekommen«, sagte Nina. »Es ist nur eine Frage der Zeit. Sie können mir helfen, oder Sie können es lassen.«

Evelina blickte auf ihren Schoß.

»Ingela ist anders«, sagte sie. »Die Diagnose ist nicht eindeutig, sie hat mehrere Störungen, ADHS mit Zügen von Autismus, vielleicht aufgrund von Sauerstoffmangel bei der Geburt, man weiß es nicht. Ihr IQ ist relativ hoch, fast Normalbegabung, obwohl sie mit anderen Menschen nicht gut zurechtkommt. Der Umgang mit Tieren fällt ihr wesentlich leichter, aber Peter hat eine Tierhaarallergie, deswegen kann sie hier leider keinen Hund halten, das ist ihr großer Kummer ...«

Sie schwieg. Nina saß ganz still.

»Möchten Sie dabei sein, wenn ich mit ihr spreche?«, fragte sie nach einer Weile. »Sie haben natürlich das Recht dazu, aber Sie müssen nicht.«

Evelina Granqvist machte die Augen fest zu und holte tief Luft.

»Sie ist in ihrem Zimmer«, sagte sie und erhob sich. Ihre Pantoffeln klapperten auf dem Linoleum.

Nina folgte der Heimleiterin in die Diele und eine Treppe hinauf. Im Tagesraum sang jetzt jemand.

Ingela Berglunds Zimmer war das vorletzte in einem dunklen Flur mit Türen zu beiden Seiten. Evelina Granqvist klopfte.

»Ingela? Du hast Besuch. Eine junge Frau ist hier und möchte mit dir sprechen. Dürfen wir reinkommen?«

Keine Antwort.

Evelina Granqvist öffnete die Tür, helles Licht ergoss sich in den Flur.

»Hallo, Ingela«, sagte sie und trat ein.

Nina blieb einen Moment an der Tür stehen, der Raum war hell und gemütlich eingerichtet, alles in Rosa und Hellblau.

Die Heimleiterin ging auf eine Frau zu, die am Fenster saß und hinausschaute. Sie legte die Hand auf ihre Schulter und beugte sich zu ihr hinunter.

»Ingela, du hast Besuch. Eine Frau ist aus Stockholm gekommen und möchte dir guten Tag sagen.«

Die Frau erinnerte von der Erscheinung her an Ivar Berglund; ziemlich klein und untersetzt, das hellbraune Haar schon leicht grau. Sie trug einen rosafarbenen Trainingsanzug. Jetzt drehte sie den Kopf und warf einen scheuen Blick auf Nina.

»Hallo, Ingela«, sagte Nina. »Ich heiße Nina, und ich würde mich gerne mit dir unterhalten, darf ich das?«

Die Frau hatte die gleichen Augen wie ihr Bruder, aber mit einem ganz anderen Ausdruck, blank und flach. Sie wandte sich hastig ab.

»Ich mag keine fremden Leute«, sagte sie.

Nina zog ihr Handy heraus und startete die Aufnahmefunktion.

»Befragung von Ingela Berglund in der LSS-Einrichtung Blomstergården in Luleå, Mittwoch, 3. Juni, 10 Uhr 15. Bei der Befragung anwesend ist die Heimleiterin Evelina Granqvist.«

Evelina hatte rote Flecken auf den Wangen, aber sie protestierte nicht.

Nina steckte das Mobiltelefon wieder in die Jackentasche, das Mikrofon war stark und nahm hervorragend durch den Stoff auf. Sie holte sich einen Holzstuhl und setzte sich neben ihre Zeugin, so dass sie gemeinsam aus dem Fenster blickten. Unter ihnen lag der Parkplatz, Nina konnte ihren Mietwagen hinter einer knorrigen Birke stehen sehen. Ingela Berglund nahm keine Notiz von ihr.

»Als ich klein war, hatte ich einen Hund, der hieß Zorro«, sagte Nina und schaute zu ihrem Auto. »Zorro bedeutet ›Fuchs‹ auf Spanisch, ich habe damals nämlich in Spanien gewohnt, und ich fand, dass mein Hund wie ein Fuchs aussah. Er hatte rotes Fell.«

Sie saß ganz still, den Blick weiterhin auf ihr Auto gerichtet. Im Zimmer war es stickig, es roch ungelüftet. Nach einer Weile merkte sie, wie Ingela Berglund zu ihr herüber schielte.

»Zorro und ich haben jeden Tag miteinander gespielt«, sagte Nina. »Er war mein bester Freund. Er lernte schwimmen und Bälle aus dem Meer holen. Zorro liebte alle Bälle, aber die roten ganz besonders, vielleicht, weil er dieselbe Farbe hatte wie sie ...«

Jetzt starrte Ingela sie mit großen Augen an. Nina drehte den Kopf ein wenig und erwiderte den Blick, die Frau schlug daraufhin sofort die Augen nieder. Nina blickte wieder zu ihrem Auto.

»Magst du Hunde?«, fragte sie.

Ingela Berglund nickte.

»Die Zeugin nickt«, sagte Nina. »Hast du auch einen Hund?«

Ingela schnaubte verächtlich.

»Peter«, sagte sie. »Der wird krank von Hunden, der Blödmann.«

Evelina öffnete den Mund, vermutlich, um die Wortwahl der Frau zu korrigieren, aber Nina hob rasch die Hand und stoppte sie.

»Wie hieß dein Hund, als du klein warst?«, fragte Nina.

»Buster«, kam es wie aus der Pistole geschossen.

»War das nur deiner oder auch der von Ivar?«

Ingela schnaubte wieder.

»Ivarundarnes Hund ist gestorben.«
Sie sprach die Namen ihrer Brüder wie ein Wort aus.
»Ivar und Arne«, wiederholte Nina. »Wie traurig, dass ihr Hund gestorben ist.«
Ingela Berglund starrte aus dem Fenster.
»War das mehr Ivars oder mehr Arnes Hund?«, fragte Nina.
»Ivarundarne«, sagte Ingela. »Ivarundarne. Sie sind derselbe.«
Die Heizung war aufgedreht, trotz der Jahreszeit, und der Heizkörper schickte den Dunst warmen Staubs in Ninas Gesicht.
»Ivar und Arne«, sagte sie. »Deine Brüder. Sie hatten den Hund zusammen?«
Ingela Berglund erhob sich umständlich vom Stuhl, ging mit kleinen Schritten zu ihrem Bett und legte sich darauf, mit dem Rücken zum Zimmer. Nina beobachtete sie, der untersetzte Körper, das braungraue Haar, *sie sind derselbe?*
Evelina Granqvist ging eilig zu der Frau und legte die Hand auf ihren Arm.
»Ingela, was ist?«
Nina stand auf, ging zum Bett und setzte sich auf die Bettkante.
»Was ist mit dem Hund von Ivar und Arne passiert?«, fragte sie.
»Er ...«
Der Körper der Frau krümmte sich, Arme und Beine begannen zu zittern.
»Das Werkzeug«, flüsterte sie. »Papas Werkzeug, die Säge ...«
Nina führte das Handy näher an die Frau heran.
»Was haben Ivar und Arne mit der Säge gemacht?«
Ingela Berglunds Augen waren weit aufgerissen, sie starrte an die Zimmerdecke.
»Die Pfoten«, sagte sie. »Er hat versucht, ohne Pfoten zu laufen ...«
Nina beugte sich über sie.
»Die Bombe«, keuchte die Frau. »Sie haben die Bombe gesprengt. Über Nausta.«

»Wo, sagst du? Nau...?«

Die Heimleiterin machte einen Schritt auf Nina zu und stieß sie weg.

»Ingela«, sagte sie laut und deutlich. »Ich bin hier. Ich bin hier, Ingela.«

Sie setzte sich dicht neben die Frau und legte die Arme um ihre Schultern.

»Alles ist gut, es ist alles gut ...«

Die Arme und Beine der Frau zuckten jetzt in schweren Krämpfen, aus ihrer Kehle stieg ein Gurgeln, sie röchelte und hickste ein paar Mal, und dann schrie sie.

Sie schrie und schrie und schrie, während Nina langsam die Treppe hinunter ins Erdgeschoss ging und Pflegepersonal aus allen Richtungen herbeigelaufen kam.

Thomas ließ die Füße im regelmäßigen Takt von ungefähr sieben Minuten pro Kilometer auf den Asphalt trommeln. Nicht so schnell, dass er die Strandpromenade entlangschnaufte wie ein altersschwacher LKW, nur gerade so viel, dass sein Shirt schweißnass auf der Brust klebte und ihm die Haare in langen feuchten Strähnen über die Augen fielen. Und er schwitzte, denn er lief ja im langärmeligen Sweatshirt, den Haken in entspannter Stellung mit leicht gekrümmten Fingern, genau wie die rechte Hand. Seine Beine waren muskulös und braungebrannt, nur zwei Häuser von seiner Wohnung entfernt gab es ein Solarium und er hatte es sich angewöhnt, zwei Mal pro Woche auf die Sonnenbank zu gehen, die Bräune verlieh ihm einen sportlichen Touch.

Er spürte, wie ihm die Blicke folgten, von Männern ebenso wie von Frauen. Erstaunlich, wie viele Leute sich an ihn erinnerten, obwohl die Sache schon anderthalb Jahre zurücklag; Fernsehnachrichten und Zeitungsschlagzeilen hatten seitdem über Tausende von Menschen berichtet, aber er war einer der wenigen, der den Leuten im Gedächtnis geblieben war: der Regierungsbeamte, den man entführt und verstümmelt hatte und der es dennoch geschafft hatte zu fliehen, eine richtige Heldengeschichte.

Die amerikanische Frauenstimme in seiner Mobilapp informierte ihn darüber, dass er 2,1 Kilometer in fünfzehn Minuten gelaufen war, er hielt genau das richtige Tempo.

Thomas machte größere Schritte und wurde ein bisschen schneller.

Er hatte nicht vor, heute ins Büro zu gehen.

Der Gedanke an die Arbeit versetzte ihm einen heftigen Stich. Morgen hätte er eigentlich sein Gutachten bei der Kabinettssitzung vorstellen sollen, an einem Tisch mit all den Ministern, an der Stirnseite gegenüber vom Ministerpräsidenten, und er hätte erläutert, wie wichtig und fundiert seine Empfehlungen zur Gesetzesänderung waren. Das Kabinett hätte seine Arbeit gelobt, und dann wäre sein Gutachten zur Stellungnahme an die zuständigen Behörden und Organisationen gegangen, fünfzig Instanzen, die seine Vorschläge prüften und Einwände und Anregungen äußerten. Er war auf Kritik und Lob gleichermaßen vorbereitet gewesen, aber Halenius hatte das verhindert, er hatte seine Arbeit sabotiert.

Er spürte einen bitteren Geschmack im Mund, fast wie saures Aufstoßen. Seine Füße trommelten auf den Boden. Links von ihm glitzerte der Ridderfjärden, er lief an einer Frau mit Kinderwagen vorbei, die ihm neugierig nachblickte.

Er hätte eine große Pressekonferenz im Presseraum der Regierungskanzlei abhalten sollen, er und der Minister, der offiziell als Gutachter galt, aber in Wirklichkeit hatte er, Thomas, ja die ganze Arbeit gemacht, er war derjenige, der die Fragen der Journalisten beantwortete, er wäre im Fernsehen gewesen, in »Rapport« und »Aktuell« und den TV4-Nachrichten, und sicher im Radio und in den Morgenzeitungen (allerdings nicht im *Abendblatt*, Annikas Revolverblatt berichtete nur über Morde und Skandale, nicht über seriöse Themen wie wichtige Gesetzesänderungen).

Jetzt war die Pressekonferenz abgesagt und die Buchung des Presseraums storniert worden.

Geplant gewesen war auch, dass er einen langen Artikel in *Dagens Nyheter* veröffentlichte, tatsächlich war der Text so gut wie fertig; er hatte einen Entwurf geschrieben, den die Geliftete schön aufpoliert hatte, sie war richtig gut im Formulieren. (Na ja, er hatte noch keine direkte Zusage von DN, sie wollten zuerst den Text lesen, aber der Leiter des Politik-Ressorts hätte ihn genommen, da war er sich ganz sicher.)

Das alles hätte stattgefunden, wäre nicht Jimmy Halenius gewesen, sein Chef, der ihm seine Familie genommen hatte, als er in Somalia von Terroristen gekidnappt worden war, und der dafür gesorgt hatte, dass er seine Kinder nicht aufwachsen sehen durfte …

Die Frau in der App meldete sich wieder, er war 2,6 Kilometer in sieben Minuten gelaufen und hinter seine Zeit zurückgefallen. Entschlossen erhöhte er das Tempo, er musste fit bleiben, er war kein Opfer.

Er dachte wieder an den Empfang bei Sophia, er hatte keine Lust, sich unter ihre steifen, gleichgeschalteten Finanzfreunde zu mischen. Sophia war zwar hübsch und wohlhabend, aber sie hatte etwas Charakterloses, war irgendwie schwammig, und das missfiel ihm. Er brauchte eine Frau mit Rückgrat, jemanden wie Annika, ja tatsächlich, nur mit Klasse und Stil.

Sein Handy vibrierte in der Gesäßtasche seiner Shorts. Er hatte es auf seinen Joggingrunden nicht nur wegen der Runkeeper-App dabei, sondern um ständig erreichbar zu sein, das war wichtig in seinem Job.

Wenn man vom Teufel spricht, dachte er nach einem Blick aufs Display.

»Hallo, Annika«, sagte er und fiel zurück auf normales Schritttempo.

»Hallo«, sagte seine Exfrau. »Störe ich?«

»Eine Minute habe ich wohl«, erwiderte er kurz.

»Ah, das ist gut, ich wollte dich um einen Gefallen bitten ...«

Er ließ den Haken locker schwingen, während er ging.

»Sicher, worum geht's?«

»Du denkst daran, dass die Kinder heute Abend bei dir sind?«

Shit, das hatte er vergessen.

»Gut, dass du anrufst«, sagte er, »genau darüber wollte ich mit dir reden.«

»Sag nicht, du hast es schon wieder vergessen!«

»Ich weiß nicht, ob Jimmy mit dir über mein Gutachten gesprochen hat, aber es haben sich einige Änderungen ergeben, die ...«

»Thomas, wenn du die Kinder nicht nehmen willst, dann sag es jetzt gleich. Kalle ist immer so wahnsinnig enttäuscht, wenn du kneifst.«

Er schluckte.

»Nein, nein«, sagte er. »Kein Problem, die Kinder können kommen.«

»Gehst du zu Sophias Empfang?«
Er blieb an einem Bootssteg stehen, zwei Schulmädchen sahen ihn an und kicherten. Er wandte sich ab, versteckte den Haken hinter dem Rücken.
»Gehst du?«, fragte er leichthin.
»Ja, ich hatte es ihr so halb versprochen, fragt sich nur, ob ich es schaffe, das ist eigentlich auch der Grund, warum ich anrufe ... Ich bin in Kastrup, ich muss heute was in Kopenhagen erledigen, und Jimmy fliegt nach Brüssel, deshalb wollte ich dich fragen, ob du mir vielleicht einen Gefallen tun könntest ...«
Ach nein, jetzt kam sie angekrochen! Er spürte einen kleinen Hoffnungsschimmer.
»Und der wäre?«
»Jacob und Serena können ja mit dem Herd umgehen und sich selbst etwas kochen, das ist nicht das Problem, aber sie waren schon öfter bei Sophia, und sie würden sie so gerne besuchen und ihr gratulieren ...«
Er blickte hinaus auf den Mälaren. Von allein wäre er nie auf die Idee gekommen, seiner alten Flamme zum Geburtstag zu gratulieren, wenn sie nicht diese Mail geschickt hätte. Die Leute hatten manchmal merkwürdige Vorstellungen.
»Ah ja, und was soll ich ...?«
»Ich weiß, das kommt jetzt ziemlich plötzlich und ungelegen, tut mir schrecklich leid, aber vielleicht könntest du sie zu Sophia mitnehmen, wenn du Ellen und Kalle abholst, was meinst du?«
Er atmete heftig und hart aus, das hatte ihm gerade noch gefehlt! Babysitter für Jimmy Halenius' Gören spielen?! Nicht genug, dass Halenius und Annika ihm seine Familie weggenommen hatten, jetzt sollte er sich auch noch um ihre kümmern!
Und sie rief ihn von einem ausländischen Flughafen an, ging wie selbstverständlich davon aus, dass er schon einspringen würde! Wie dreist konnte man eigentlich sein?
»Klar«, erwiderte er knapp. »Kann ich machen. Ich gehe ja sowieso hin.«

Annika atmete so erleichtert aus, dass es im Telefon knatterte.

»Ach, das ist toll, vielen herzlichen Dank. Du nimmst mir wirklich einen Stein vom Herzen. Dann sehen wir uns heute Abend?«

Er legte auf, und die amerikanische Frau teilte ihm mit, dass er 2,7 Kilometer in fünfzehn Minuten zurückgelegt hatte.

Er bewegte sich geduckt zwischen den Kiefernstämmen, vorsichtig und methodisch, so wie Signar Allas es sie gelehrt hatte, wenn sie den Rentieren zu den Winterweiden folgten. Der Boden unter seinen Füßen war anders als zu Hause, kein steiniger Moränengrund, sondern lehmiger, zäher, vielleicht sogar glaziär. Er fühlte sich müde und zerschlagen, aber seine Schritte waren fest und seine Gedanken klar. Es sang in den Baumkronen über ihm, eine Melodie der Einsamkeit, die ihn melancholisch machte. Nachdenklich ließ er den Blick die Stämme hinauf zum Himmel wandern, sie waren gerade wie Fahnenstangen, einer wie der andere, und zeugten von einem sehr gepflegten Wald, gepflanzt in exakt gleichen Abständen. Er mochte sechzig, siebzig Jahre alt sein, bald war er reif zum Schlagen, vielleicht in ein, zwei Jahrzehnten.

Er atmete tief ein, füllte die Lunge mit Kiefernduft. Fast tat es ihm leid um den Wald, schade, dass er gefällt werden würde. Wenn man ihn unberührt ließ, stand er lange, mehrere hundert Jahre, und noch einmal so lange als Totholz, das immer heller und spröder wurde, bis es irgendwann umfiel und verrottete, das dauerte dann ein weiteres Jahrhundert.

Eine Mücke summte in seinem Ohr, er schlug sich mit der flachen Hand auf den Kopf und an seinem Daumen erschien ein zentimetergroßer Blutfleck. Wen oder was hatte die Mücke gestochen? Ihn jedenfalls nicht. Ein Tier? Es musste ein Tier gewesen sein, aber welches? Hier gab es im Umkreis von drei Kilometern keine menschliche Seele, da war er sich ganz sicher, er hatte das Gelände in den vergangenen vierundzwanzig Stunden mehrere Male durchstreift. Die Waldwege waren für Motorfahrzeuge gesperrt, und hier war niemand mit dem Fahrrad gefahren oder spazieren gegangen. Bis die Pilz- und Beerensaison begann, gab es hier kaum etwas, das einen Spaziergang gelohnt hätte.

Die Reisetasche schaukelte schwer an seiner linken Hand.

Er dachte an Signar Allas, den Alten aus dem Samendorf Udtja, der ihnen alles über den Wald beigebracht hatte. Sie hatten Signar sehr gemocht, er und sein Bruder. Aber Vater hatte nichts übriggehabt für die Samen und ihre Kultur, *Lappenbande* nannte er sie, *nehmt euch vor Lappen und Seevögeln in Acht* sagte er immer, wenn etwas richtig schiefgegangen war, und dann saß er auf dem Sofa und verfluchte die Samen und ließ sich mit Schnaps volllaufen.

Vater war ein übles Exemplar des *Homo sapiens* gewesen, jähzornig und bucklig. Mutter war klein und zierlich und ein bisschen beschränkt im Kopf. Er hatte in der letzten Zeit öfter an die beiden gedacht, jetzt, wo er allein war, aber in Wirklichkeit erinnerte er sich kaum, wie sie ausgesehen hatten. Ihre Gesichtszüge verschwammen mit den Jahren, lösten sich auf, ihre Stimmen waren dumpf und undeutlich, aber an ihre Frequenzen erinnerte er sich gut, an die Vibrationen, die sie in der Seele auslösten, daran, wie sie in ihm geklungen hatten.

Der Wald öffnete sich, und vor ihm glitzerte der See. Zwischen den Stämmen ahnte er das Haus, Hof und Grundstück waren nicht mit der gleichen Sorgfalt gepflegt worden wie der Wald, sondern völlig verwildert, es war schade um die Kulturlandschaft.

Er hatte sein Ziel beinahe erreicht, in mehrerer Hinsicht.

Es würde schön sein, mit allem abzuschließen.

Annika blickte an der Fassade der Købmagergade hinauf. Ganz oben in dem Gebäude befand sich ein Buchverlag, im Erdgeschoss war eine Werbeagentur und in der Mitte die IT-Firma, in der Robin Bertelsson arbeitete.

Die Klingelanlage hatte nur drei Tasten. Sie drückte die, auf der DOOMSDAY stand.

Eine Frauenstimme meldete sich. Annika nahm innerlich Anlauf.

»Ich möchte zu Robin Bertelsson«, sagte sie.

»Haben Sie einen Termin?«

»Äh, nein, ich wollte nur kurz ...«

»Sie können gerne einen Termin auf unserer Homepage buchen.«

Es klickte in der Gegensprechanlage. Annika trat einen Schritt zurück.

Zwei junge Frauen kamen aus der Haustür, sie ging ein paar Schritte weiter und stellte sich vor ein Schaufenster von H&M. Wahrscheinlich war es keine gute Idee, einfach noch mal zu klingeln, das würde die Leute in der Firma nur misstrauisch machen.

Sie blickte sich um. Kopenhagen war ganz anders als Stockholm. Die Häuser waren niedrig und einheitlich, alt und schön, ohne protzig zu sein. Das Stadtbild war ganz eigen auf eine spezielle Art, sie konnte nicht genau sagen, was es war, vielleicht lag es daran, dass es keine Parkhäuser und hässlichen Betonneubauten gab.

Die jungen Frauen verschwanden in die andere Richtung, sie lachten und schwatzten und Annika verstand kein einziges Wort. Sie kam sich dumm vor, sie hatte in dem Irrglauben gelebt, dass Dänisch und Schwedisch im Grunde ein und dieselbe Sprache waren.

Tatsächlich war sie kaum jemals in Dänemark gewesen. Kalle bettelte seit Jahren darum, einen Ausflug ins Legoland zu machen, aber Thomas hatte gemeint, das sei nun wirklich unter ihrem Niveau. Wenn man schon einen Vergnügungspark besuchte, dann ja wohl Disneyland in Paris, aber als Annika die Reise nach Frankreich buchen wollte, fand er es doch zu teuer, und so waren sie stattdessen im Sommerhaus ihrer Schwiegereltern im Schärengarten gelandet. Wieder einmal.

Sie ging ein paar Schritte, kam an einen großen Platz, machte kehrt und ging zurück. Die Hitze hatte den Asphalt unter ihren Schuhsohlen aufgeweicht, trotzdem fror sie. Ihr Hals war rau und ihre Hände zitterten, die Panikattacke im Sprechzimmer der Psychologin wirkte noch nach und klebte an ihr wie feuchter Nebel.

Die Umhängetasche war schwer, sie stellte sie auf dem Bürgersteig ab.

Wenn Robin Bertelsson heute im Büro war, musste er das Gebäude früher oder später verlassen. Ihr Flieger zurück nach Stockholm ging erst um 18.05 Uhr, sie konnte also warten.

Sie strich sich die Haare aus dem Gesicht und betrachtete das Haus Nummer 62. Eine Gruppe von vier mittelalten Männern in fast identischen Anzügen kam aus dem Eingang und ging in ihre Richtung, so dass sie Gelegenheit hatte, sie sich genauer anzusehen, nein, keiner von ihnen war Robin. Einer der Männer deutete ihre Neugier falsch und zwinkerte ihr neckisch zu. Sie drehte sich weg.

Ein Mann und eine Frau gingen an ihr vorbei, blieben vor Nummer 62 stehen und gaben den Zugangscode ein; der Mann trug einen lässigen Dreitagebart und Annika vermutete, dass die beiden in der Werbeagentur arbeiteten.

Sie blickte sich um. Auf der anderen Straßenseite war eine Kaffeebar, vielleicht sollte sie sich einen Cappuccino holen, aber Kaffee schlug immer so schnell auf die Blase, sie würde eine Toilette suchen müssen und Robin Bertelsson vielleicht verpassen.

Sie holte ihr Handy heraus, keine neuen Nachrichten.

Die Tür von Nummer 62 ging auf. Annika behielt das Mobiltelefon in der Hand und beobachtete den Eingang aus den Augenwinkeln. Ein blonder Mann Mitte dreißig in langärmeligem T-Shirt und Tarnfleckenhose stürmte heraus und eilte im Laufschritt den Bürgersteig entlang. Sie beobachtete ihn konzentriert, war er das?

Der Mann steuerte auf den großen Platz zu, passte eine Lücke im Verkehr ab und überquerte die Straße. Annika öffnete unbewusst den Mund, bekam aber keinen Ton heraus. Das war er, das musste er sein. Sie folgte ihm ein kurzes Stück, sah, wie er in der Kaffeebar verschwand und etwas zu dem Barista sagte, beide lachten. Die Dänen, das glücklichste Volk der Welt – und das mit dem höchsten Verbrauch an Antidepressiva.

Sie drehte dem Café den Rücken zu und starrte in das Schaufenster von H&M. Im Spiegelbild der Glasscheibe sah sie, wie der Mann, der Robin Bertelsson sein musste, mit einem großen Pappbecher in der Hand wieder auf den Bürgersteig trat; er wartete, bis ein Taxi vorbeigefahren war, und lief dann zurück zu Nummer 62.

Annika hob das Handy und filmte ihn, wie er über die Straße lief, dann holte sie tief Luft und ging mit entschlossenen Schritten auf den Hauseingang zu. Sie hatte es vor fünfzehn Jahren geschafft, sie konnte auch jetzt wieder vierundzwanzig sein.

Der Mann tippte gerade den Haustürcode ein, als Annika bei ihm ankam.

»Robin?«, sagte sie und gab ihrer Stimme einen überraschten und freudigen Klang.

Der Mann sah sie verblüfft an. Kein Zweifel, er war es. Sie begann zu strahlen.

»Oh Gott, Robin, du bist es ja wirklich!«

Sie warf sich ihm an den Hals, drückte ihren Körper an seinen. Der Mann trat einen halben Schritt zurück und streckte erschrocken den Arm aus, um seinen Kaffee zu retten.

»Wow«, sagte Annika. »Was machst du denn hier?«

Die Gedankenflut, die jetzt vermutlich durch seinen Kopf raste, spiegelte sich in seinen Augen wider, er versuchte zu lächeln, aber es gelang ihm nicht ganz.

»Erkennst du mich nicht?«, fragte Annika überrascht, aber nicht gekränkt. Sie breitete die Arme aus.

»Annika, aus dem Club! In der Hantverkargatan! Gott, wie lange das her ist, das müssen mindestens fünfzehn Jahre sein! Ich stand am Roulette, Pailletten-Bikini ...«

Sie schob die Brüste vor und machte ein verführerisches Gesicht. Aus seinem Blick sprach pure Ratlosigkeit.

»Ach, richtig«, sagte er. »Jetzt hättest du mir beinahe einen Schrecken eingejagt.«

Annika lachte herzlich. Robin Bertelsson hatte nicht die geringste Ahnung, wer sie war.

»Tut mir leid«, sagte sie, »das war wirklich nicht meine Absicht. Wie geht's dir denn so?«

Der Mann lächelte schief und zuckte die Schultern, die Situation war ihm offenbar unangenehm.

»Ich lebe hier«, sagte er, »hab Frau und Kinder ...«

Eine klare Ansage: Mach dir keine falschen Hoffnungen.

»Ist ja cool, dass ich dich hier treffe!«, sagte Annika. »Hast du noch Kontakt zu den anderen?«

Er wich noch einen Schritt zurück.

»Den anderen ...?«

»Aus dem Club! Hast du übrigens das mit Ludde gehört?«

Sie machte ein trauriges Gesicht. Er wirkte verwirrt.

»Was ... meinst du?«

»Warst du auf der Beerdigung?«

Er strich sich die Haare aus den Augen.

»Ach das«, sagte er. »Nein, ich war nicht auf der Beerdigung, ich ...«

»Schreckliche Geschichte«, sagte Annika und schniefte. »Dieser verdammte Krebs ...«

Er nickte zögernd. Drei Frauen kamen aus dem Haus, Robin Bertelsson griff nach der Tür, als wollte er hineingehen, aber Annika stellte sich ihm in den Weg.

»Hast du in der letzten Zeit mal was von Joachim gehört?«, fragte sie.

Robin Bertelsson musterte sie wachsam.

»Nein, ist schon eine ganze Weile her.«

Annika seufzte.

»Das Letzte, was ich von ihm gehört habe, war, dass er nach Kroatien gegangen ist«, sagte sie. »Er soll da als Immobilienmakler arbeiten, na vielen Dank auch. Das war, kurz nachdem dieses junge Mädchen ihre Anzeige zurückgezogen hat.«

»Ich glaube, ich muss jetzt wirklich wieder ...«, sagte Robin Bertelsson.

»Mir geht einfach nicht aus dem Kopf«, fiel Annika ihm ins Wort und machte einen Schritt auf ihn zu, »dass bei der polizeilichen Vernehmung alle gelogen haben, um ihn zu schützen.«

Robin Bertelsson erstarrte. Annika lächelte und zuckte die Schultern.

»Zuerst war es ja ein Problem damals«, sagte sie. »Strafvereitelung ist strafbar, aber das ist längst verjährt. Heute kann jeder ehrlich sagen, was in der Nacht tatsächlich passiert ist, ganz ohne Risiko.«

Sie stellte sich dicht vor ihn, er wollte zurückweichen, stand aber schon mit dem Rücken an der Hauswand.

»Hast du nie daran gedacht, dass Josefin nie Gerechtigkeit widerfuhr, dass Joachim ungestraft mit einem Mord durchgekommen ist und die Zeugen schuld daran sind? Dass du schuld daran bist, weil du ihm für die Mordnacht ein Alibi gegeben hast?«

Der Mann wurde blass, seine Augen weiteten sich und seine Hand umklammerte den Kaffeebecher.

»Wer bist du?«, stieß er hervor. »Was willst du hier?«

Sie deutete mit einer vagen Geste zum Klingelbrett, auf dessen Messingplatte das Logo des Buchverlags leuchtete.

»Ich schreibe über die Sache«, sagte sie. »Über Josefin und alles, was in der Nacht damals passiert ist.«

Robin Bertelsson machte zwei Schritte zur Seite.

»Großer Gott«, sagte er. »Du kannst mich da nicht reinziehen.«

»Du musst dir Gedanken darüber gemacht haben«, sagte Annika leise. »Du kannst dafür sorgen, dass Josefin Gerechtigkeit widerfährt. Wenn du dich bei der Polizei in Stockholm meldest, oder bei Staatsanwältin Sanna Andersson, und erzählst, was wirklich passiert ist ...«

Robin Bertelsson drehte sich auf dem Absatz um und ging mit langen Schritten davon. Annika hängte sich die Tasche über die Schulter und lief ihm hinterher.

»Robin«, sagte sie laut, »Robin, denk darüber nach, du kannst ...«

Sie stieß mit einer dicken Frau zusammen, die ihr *ey, du blöde Kuh* nachrief, rannte weiter, packte ihn am Ärmel seines Pullovers.

»Robin, warte ...«

Er blieb abrupt stehen und fuhr herum, den Mund zu einem schmalen Strich zusammengepresst. Mit einem Ruck riss er den Deckel vom Kaffeebecher und schleuderte ihr den Inhalt entgegen, sie wich zurück, aber nicht schnell genug, der Kaffee ergoss sich über Brust und Unterarme. Ihr blieb die Luft weg, die Flüssigkeit war verdammt heiß. Sie wollte schreien, aber es kam kein Laut, sie spürte, wie der Kaffee ihr über die Finger lief und auf den Bürgersteig tropfte.

Robin Bertelsson machte sich aus dem Staub, eine Weile sah sie seinen Kopf noch in der Menschenmenge auf und ab hüpfen, dann war er verschwunden.

Nina trat hinaus ins rot gestrichene Treppenhaus, die Aufzugtür fiel mit saugendem Geräusch hinter ihr zu. Ihr Arbeitsplatz war voller merkwürdiger Geräusche und Gerüche, es sauste und hallte in dem Betongebäude. Über ihr schwebte das Untersuchungsgefängnis Kronoberg in seiner ganzen unmenschlichen Verschlossenheit, im Souterrain lagen die Verbindungsgänge und der große Sicherheitssaal, der benutzt wurde, wenn der kleine Sicherheitssaal unter dem Dach nicht ausreichte, in der Mitte saßen Stadtpolizei und Kriminalpolizei. Zusammen bildete das Ganze eine Einheit, einen Organismus, der das Böse und das Verbrechen in eine hantierbare Struktur aus Prozessen und Formalien zerhackte, archivierbar in Aktenordnern.

Sie hielt ihren Hausausweis vor den Magnetleser und gab den Zugangscode ein, das Schloss klickte, und die Glastür zur Reichskripo öffnete sich. Auf dem Weg zu ihrem Büro zog sie ihr Handy aus der Jackentasche und wählte die Nummer der diensthabenden Beamtin der Bezirkskriminalpolizei, aber es nahm niemand ab. Mit angehaltenem Atem öffnete sie die Tür und stellte zu ihrer großen Zufriedenheit fest, dass Jesper Wou immer noch nicht von seiner Dienstreise zurück war. Sie atmete auf, zog ihre Jacke aus und hängte sie über die Rückenlehne ihres Bürostuhls. Ihr T-Shirt war auf dem Rücken schweißnass.

Sie setzte sich an ihren Schreibtisch, trank einen Schluck Mineralwasser und überlegte.

Dann begann sie mit einer einfachen Suche auf ihrem Rechner, loggte sich ins SPAR, das staatliche Personen- und Adressregister, ein und suchte nach Personen mit dem Nachnamen Berglund, geboren am 28. Mai vor fünfundfünfzig Jahren.

Ein Treffer: Ivar Oskar Berglund, geboren in Älvsby, zurzeit gemeldet in Täby.

Kein Arne.

Sie biss die Zähne zusammen und atmete tief durch.

Das konnte nicht sein. Sie musste anders suchen. Vielleicht in den alten Datenbeständen, mit denselben Kriterien …

Der Kreis auf dem Bildschirm rotierte.

Ihre Suche ergab 0 Treffer.

Sie loggte sich aus der Datenbank aus, ließ die Hände auf der Tastatur ruhen und dachte nach.

Ihre Abteilung hatte Zugang zu vielen Personenregistern, sowohl schwedischen als auch internationalen (nicht unbedingt alle ganz legal), aber hier brauchte sie keine von den geheimen Datenbanken. Rasch notierte sie Arne Berglunds Eckdaten auf einem Zettel, nahm einen Ausdruck von Ivar Berglunds Personendaten und ihren Hausausweis mit, verließ das Zimmer und ging durch das blaue Treppenhaus ein Stockwerk tiefer zur Kommunikationszentrale in der siebten Etage.

In dem Raum war es schummrig, das einzige Licht kam von den Bildschirmen und indirekt aus dem Raum nebenan. Mehrere Kollegen, einige in Zivil und zwei in Uniform, tippten konzentriert auf ihren Computertastaturen.

»Hallo, Nina, was können wir für dich tun?«, fragte ein schnauzbärtiger Mann in Zivil, dessen Name ihr entfallen war.

Sie verzog den Mund zu einem Lächeln und reichte ihm den Zettel mit Arne Berglunds Namen und Geburtsort.

»Könnt ihr diesen Mann im Einwohnermelderegister ausfindig machen?«, fragte sie. »Aus dem SPAR ist er verschwunden, er ist Ende der achtziger oder Anfang der neunziger Jahre ausgewandert und vor zwanzig Jahren verstorben.«

Der Schnauzbart nahm den Zettel und setzte sich vor einen Bildschirm. Nina ließ den Blick durch den Raum wandern, auf der Suche nach einem Schild oder Ähnlichem, das den Namen des Mannes verriet, fand aber nichts.

Gespannt verfolgte sie, wie der Kollege sich einloggte und die Daten eingab. Der Computer arbeitete und blinkte.

»Bist du dir bei dem Geburtsdatum sicher?«, fragte der Schnauzbart.

»Nein.«

»Aber er ist verstorben, sagst du? Das steht fest?«

»Er ist vor zwanzig Jahren bei einem Verkehrsunfall in den Alpujarras ums Leben gekommen ...«

»Alpu was?«

»Das ist ein Gebirge südlich von Granada, in Andalusien, Südspanien.«

Sie wartete stumm, während er sich aus der Datenbank aus- und in eine andere einloggte. Die Seite wurde geladen.

»Nein«, sagte er. »Es gibt hier keinen Arne Berglund mit diesen Daten.«

»Kannst du es dann mit Ivar Berglund versuchen, dasselbe Geburtsdatum, und den familiären Hintergrund feststellen?«

Der Lüfter des Computers surrte.

»Ja, den haben wir hier. Eltern Lars Tore Berglund und Lilly Amy Berglund, verstorben 1979 in Län 25, Kommune 60, Gemeinde 02. Das ist Norrbottens Län, Kommune und Pfarrgemeinde Älvsby.«

»Steht da was über Geschwister?«

Der Schnauzbart schüttelte den Kopf.

»Nein«, sagte er. »Da musst du im Landesarchiv suchen.«

In den Kirchenbüchern also.

Der Mann mit dem Schnäuzer gab ihr den Zettel zurück. Als sie ihn entgegennahm, hielt er ihn einen Moment zu lange fest.

»Kann ich sonst noch was für dich tun?«

Sie merkte, wie ihre Mundwinkel sich versteiften.

»Vielen Dank«, sagte sie, riss ihm den Zettel aus den Fingern und ging denselben Weg zurück, den sie gekommen war.

Für Norrbottens Län war das Landesarchiv in Härnösand zuständig. Sie suchte die Telefonnummer im Internet heraus, ließ sich mit der Forschungsabteilung verbinden und landete in einer Warteschleife. Lange musste sie nicht warten, an einem heißen Tag im Juni hatten die Leute Besseres zu tun, als Ahnenforschung zu betreiben. Sie nannte ihren Namen und ihren Dienstrang und erklärte, sie brauche das Geburtsdatum des verstorbenen Arne Berglund, eine Angabe, die entweder im Geburts- und Taufbuch oder im Sterbe- und Bestattungsbuch von Län 25, Kommune 60, Gemeinde 02 zu finden sein müsse.

Die Frau am anderen Ende klang nicht begeistert.

»Aha«, sagte sie, »und Sie können nicht vorbeikommen und selbst suchen?«

»Ich bin bei der Reichskriminalpolizei in Stockholm«, erwiderte Nina. »Ich wäre Ihnen dankbar, wenn Sie das für mich übernehmen könnten.«

»Sicher, das kann ich. Wenn Sie das Formular auf unserer Homepage ausfüllen, können wir Ihnen die gewünschten Angaben normalerweise in etwa zwei Wochen zukommen lassen.«

»Es handelt sich um die Ermittlung in einem Mordfall«, sagte Nina. »Der Mann, dessen Angaben ich brauche, steht unter Verdacht, vergangenes Jahr in Nacka einen Menschen getötet zu haben.«

»Haben Sie nicht gesagt, er sei verstorben?«

Nina holte tief Luft.

»Ich kann gern am Telefon warten.«

Nach zehn Minuten war die Frau zurück.

»Ich habe das Taufbuch gefunden«, sagte sie. »Arne Johan Berglund wurde am 28. Mai geboren, er wäre heute 55. Er ist am 6. Oktober im Alter von 35 Jahren verstorben.«

Nina kritzelte die Angaben hastig auf das Blatt mit Ivar Berglunds Geburtsdatum.

»Ich bedanke mich für Ihre Hilfe«, sagte sie und legte auf.

Sie ging schnurstracks zu Johansson und klopfte.

»Hast du einen Moment?«

Der Sekretär saß zusammengesunken auf seinem Stuhl und blickte sie bekümmert an. Sie ging zu seinem Schreibtisch und nahm sich vor, nicht ungeduldig oder forsch zu sein.

»Ich glaube, ich habe das Rätsel um die DNA-Probe von Orminge gelöst«, sagte sie. »Ivar Berglund und sein Bruder Arne sind eineiige Zwillinge.«

Johansson blinzelte sie an. Sie gab ihm den Zettel mit den Daten, Ivar Oskar Berglund, geboren am 28. Mai, Arne Johan Berglund, geboren am 28. Mai, am selben Ort im selben Jahr.

Johansson studierte die Zahlen.

»Arne ist nach Spanien ausgewandert, unmittelbar bevor das Finanzamt im Juli 1991 das Einwohnermelderegister übernommen hat«, fuhr sie fort und bemühte sich, sachlich zu bleiben.

»Er taucht in den normalen Registern nicht mehr auf, und keiner hat daran gedacht, speziell nach ihm zu suchen.«

»Jetzt kann ich dir nicht ganz folgen«, sagte Johansson und gab ihr den Zettel zurück. Nina setzte sich auf den Stuhl ihm gegenüber.

»Das würde die DNA-Probe von Orminge erklären, die Profile sind praktisch identisch, aber nicht ganz. Unsere DNA wird unser Leben lang von Umwelteinflüssen geprägt, von Krankheiten und Ernährungsgewohnheiten und Suchtmitteln …«

»Nina«, sagte Johansson, »das erklärt noch gar nichts. Der Mann ist doch seit zwanzig Jahren tot.«

Nina versuchte, die Schultern zu entspannen.

»Ich weiß, er hat sich totgefahren, aber wir sollten uns diesen Verkehrsunfall mal genauer ansehen. Welche Polizeibehörde hat ihn untersucht?«

Johansson seufzte.

»Was bringt dich auf die Idee, dass sie monozygotisch waren?«

»Mono …?«

»Identisch.«

Er griff wieder nach dem Blatt Papier und sah Nina fragend an. Es stimmte, aus den Datenbanken ging nicht hervor, dass sie eineiige Zwillinge waren.

»Ingela Berglund«, erwiderte Nina. »*Sie sind derselbe.* Das hat sie gesagt.«

Johansson blickte sie nachdenklich über seine Brille hinweg an.

»Sie sind derselbe?«

»Ingela hat Probleme, was Sozialkontakte angeht«, sagte Nina. »Es war wirklich nicht einfach, sie zu befragen.«

Johansson schlug Ivar Berglunds Akte auf.

»Ich glaube, du verkomplizierst die Sache mit der DNA-Übereinstimmung«, sagte er. »Die ist so hoch, wie es nur geht, fast 99 Prozent.«

»Sollten wir uns nicht die Umstände des Autounfalls in Spanien genauer ansehen?«, fragte Nina. »Einfach, um zu wissen, was damals eigentlich passiert ist?«

Der Sekretär seufzte.

»Ich kann den Fall untersuchen, aber versprich dir nicht zu viel davon. Wir können froh sein, wenn wir vor Jahresende eine Antwort bekommen.«

Nina erhob sich, versuchte zu lächeln.

»Eine Diensthabende von der Bezirkskripo wollte dich sprechen«, sagte Johansson und knetete sich einen Priem. »Es ging um einen Anruf von einem Mobiltelefon oder so was.«

»Danke«, sagte Nina und verließ das Zimmer mit dem massiven Gefühl einer Zurechtweisung.

Sie konnte sich völlig verrannt haben, dessen war sie sich sehr wohl bewusst.

Vielleicht jagte sie ein Gespenst.

Der Zug hatte Ørestad passiert und näherte sich Tårnby. Annika sah auf ihre Armbanduhr, die Maschine nach Stockholm ging um 18.05 Uhr, ihr blieben noch viereinhalb Stunden. Sie betrachtete ihr Spiegelbild in der Fensterscheibe, der riesige Kaffeefleck auf ihrem T-Shirt war fast trocken, er hatte den Stoff hart und steif gemacht. Sie würde sich ein neues Shirt kaufen müssen.

Der Schaffner bewegte sich langsam durch den Waggon. Annika spitzte die Ohren, ja, er sprach Schwedisch.

»Dieser Zug fährt doch bis Malmö?«, fragte sie, als er ihre Fahrkarte kontrollierte.

»Verehrteste«, antwortete er, »der fährt sogar bis Göteborg.«

Tårnby war ein moderner Bahnhof, alles Stein und Waschbeton, ein Paradebeispiel für eiskalten skandinavischen Stil.

Sie war noch nie in Malmö gewesen. Das *Abendblatt* hatte eine Lokalredaktion dort, um Gewalttätigkeiten, Schlägereien unter Fußballfans, Demonstrationen und dergleichen kümmerten sich die örtlichen Reporter.

Sie wusste sehr wenig über die Stadt, ihre Kenntnisse beschränkten sich auf alte Schlagzeilen und Mythen, die wahrscheinlich nicht stimmten: Schwedens gefährlichste Stadt, das Ghetto Rosengård, die Fußballmannschaft, die in der Champions League spielte, Fremdenfeindlichkeit, stillgelegte Schiffswerften, und Zlatan Ibrahimovic natürlich.

Warum war Birgitta dorthin gezogen? Keiner aus ihrer Familie hatte irgendwelche Verbindungen nach Malmö. Vielleicht hatte Steven Verwandte oder Bekannte dort. Dass sie versucht hatten, nach Norwegen auszuwandern, konnte sie ja noch verstehen, sehr viele Schweden zogen ins Nachbarland, um gutes Geld zu verdienen. Aber Malmö?

Sie hatte immer in der vagen und doch selbstverständlichen Überzeugung gelebt, ihre Schwester zu kennen; sie wusste, wann Birgitta ihre erste Periode bekommen hatte, welches Essen sie nicht mochte, dass sie gerne vor sich hin summte, wenn sie malte, und oft im Schlaf weinte.

Warum hatte sie sich für Malmö entschieden? Was machte sie da? Wer war sie geworden?

Der Zug fuhr mit einem Ruck an.

Annika holte ihr Handy heraus, keine neuen Nachrichten, und entdeckte, dass es WLAN im Zug gab. Sie rief Birgittas Facebook-Seite auf. Die wurde dominiert von Fotos ihrer Besitzerin, Selfies und Spiegelfotos, Bild um Bild mit Birgittas hübschem Gesicht und glänzend blondem Haar, fast immer lächelnd, immer stylish gekleidet. Bei einem Sommerfoto aus einem Gartencafé hielt Annika inne, der Abstand von der Kamera verriet, dass sie das Foto nicht selbst gemacht hatte. Birgittas lange Haare wehten im Wind, ihre Augen blitzten, sie lachte aus vollem Herzen. Annika blätterte zurück, im Album waren auch einige Kindheitsbilder. Ihr Blick blieb an einem Foto hängen, auf dem sie auch dabei war, es war auf der Badewiese am Tallsjön geknipst worden. Birgitta und sie saßen nebeneinander auf einer blauen Wolldecke, jede in ein Badelaken gehüllt, und schleckten Eis. Birgitta lächelte kokett in die Kamera, während sie selbst den Kopf abwandte, ihr Gesicht war nur im Profil zu sehen. Sie erinnerte sich an den Tag, an die kratzige Wolldecke, es war der heißeste Tag des Jahres gewesen. Papa hatte das Foto gemacht.

Annika schloss das Album und klickte die Profilseite auf, Birgitta hatte nicht gepostet, dass sie nach Malmö gezogen war.

Das Leuchtschild am Ende des Waggons blinkte auf: Nächste Station Kastrup.

Die Leute um sie herum packten ihre Sachen zusammen, schlossen Taschen, kontrollierten, ob sie Pass und Tickets dabeihatten. Der Zug bremste ab und kam zum Stehen. Der Mann neben Annika erhob sich ächzend.

Sie blieb sitzen.

Es wurde still im Wagen, nachdem die meisten Reisenden

ausgestiegen waren. Der Zug hielt noch eine Weile am Bahnsteig, durch die offenen Türen wehte der Geruch von warmem Gummi herein. Unter dem Waggonboden brummte und vibrierte es.

Die Türen schlossen sich.

Sie wusste nichts über die Beziehung von Birgitta und Steven, nicht einmal, wie sie sich kennengelernt hatten. Sie war damals schon ausgezogen, hatte Hälleforsnäs hinter sich gelassen, Sven war tot. Sie hatte Steven nur ein einziges Mal getroffen, in der Nacht, als er und Birgitta nach einem Rammstein-Konzert den letzten Zug verpasst hatten. Beide waren ziemlich betrunken, Steven machte es sich auf ihrem Sofa bequem und drohte einzuschlafen; Birgitta hatte sie angebettelt, ihn in Ruhe zu lassen, sonst würde er ausrasten. Halenius vertrieb die beiden aus der Wohnung, indem er sich als Polizist ausgab, das wirkte umgehend ernüchternd auf Steven. Die ganze Situation sagte Annika, dass ihre Schwester Angst hatte und ihr Schwager gewalttätig war, aber das war kaum eine objektive Beurteilung.

Verwechselte sie sich mit Birgitta? Sah sie in jedem Mann, der zu viel trank, einen brutalen Schläger?

Sie öffnete die Augen, um sie herum tat sich der weite Himmel auf. Der Zug hatte den Tunnel verlassen, sie waren jetzt mitten auf dem Öresund, Himmel und Meer in tiefem Blau mit einem schmalen Streifen Festland am Horizont; sie meinte Hochhäuser und Straßen zu erkennen, ein Atomkraftwerk, das musste Barsebäck sein. War das nicht stillgelegt?

Hier irgendwo musste sie sein, die Grenze zwischen Dänemark und Schweden, vielleicht fuhren sie gerade darüber hinweg. Sie blickte aufs Wasser, ließ die Gedanken schweifen.

Birgitta war zwei Mal in ihrer Wohnung auf Södermalm gewesen, einmal als sie vor ihrer Jobsuche in Norwegen Destiny bei ihr ablieferte, und das zweite Mal danach, als sie ihre Tochter wieder abholte. Sie hatte müde gewirkt und war von einer Schroffheit, die Annika von sich selbst kannte, aber nie an ihrer Schwester bemerkt hatte. Birgitta, die immer für schöne Dinge schwärmte, war durchs Zimmer gegangen und hatte den Kristallkronleuchter und die Gemälde an der Wand und die echten Teppiche auf dem Parkett betrachtet und gesagt: »Supergirl Annika mit dem tollen Job hat jetzt auch noch ein glückliches Privatleben.«

Von Steven wusste sie nur, dass er nie einen richtigen Beruf gehabt hatte, sondern ständig krankgeschrieben war und schwarz auf dem Bau arbeitete, in Orten mit sterbender Industrie gar nicht so ungewöhnlich.

Ihr Blick fiel auf eine nachlässig zusammengelegte Zeitung auf dem Sitz gegenüber, die heutige Waldauflage des *Abendblatts*. Sie nahm die Zeitung und schlug die Seiten sechzehn und siebzehn auf.

Die Doppelseite wurde dominiert von ihrem Interview mit Kjell Lindström. Die Nachtredaktion hatte den Fokus auf den Justizskandal gelegt, den die Urteile gegen Gustav Holmerud darstellten. Dass die Polizei zu wissen glaubte, wer der Mörder von Josefin war, lief so nebenbei mit; es stand zwar in dem Artikel, tauchte aber in den Zwischenüberschriften nicht auf. Nachrichtentechnisch war daran nichts auszusetzen, ein frischer Massenmörder war interessanter als ein Mädchen, das seit fünfzehn Jahren tot war, aber es wurmte sie trotzdem.

Ein Schiffswrack tauchte plötzlich im Wasser rechts neben der Brücke auf, Annika ließ die Zeitung sinken und schnappte unwillkürlich nach Luft. Es war ein Fischkutter, er war auf Grund gelaufen und gekentert. Sie richtete sich in ihrem Sitz auf und reckte den Hals, um besser sehen zu können. Der Schiffsrumpf, marineblau und weiß, war zerbrochen, der Mast war weg. Schnell blickte sie sich um, ihre Mitreisenden tippten auf ihren Handys herum oder starrten Löcher in die Luft. Sie begriff, dass das Schiff schon lange dort liegen musste. Eine Tragödie, die bekannt war, rief weder Aufregung noch Angst hervor.

Ein bisschen verlegen faltete sie die Zeitung zusammen, griff wieder nach ihrem Handy und ging zurück auf Birgittas Facebook-Seite. Birgitta Bengtzon hatte ihren Status in diesem Jahr überhaupt noch nicht aktualisiert. Als sie in Hälleforsnäs wohnte, war sie ziemlich aktiv auf Facebook gewesen, warum hatte sie damit aufgehört?

Der Zug bremste und hielt. Sie blickte auf, der erste Bahnhof auf schwedischer Seite, oder der letzte, je nachdem.

Ihr Handy piepste, aber es war nicht Birgitta, sondern Kalle. Er fragte, ob er wirklich heute Abend zu Papa müsse. Schuldbewusstsein flammte in ihr auf, heiß und irrational; egal, was sie machte, es war falsch, irgendjemand war immer sauer. Der Zug fuhr weiter, sie schrieb an Kalle, dass dies Papas Tage waren, so war es abgemacht. »Aber wir sehen uns ja heute Abend bei Sophia«, fügte sie noch mit einem fröhlichen Smiley am Ende hinzu.

Währenddessen schaukelte der Zug sie durch den Citytunnel.

Nächster Halt war der Bahnhof Triangeln, hineingesprengt in den Untergrund, eine Welt aus Stein und Beton und Grautönen. Eine Mutter mit einem kleinen Mädchen stieg zu, setzte sich neben Annika und schielte auf ihr kaffeefleckiges T-Shirt. Das Mädchen war blond und blauäugig und erinnerte an Destiny.

»Hallo«, sagte das Mädchen, »wie heißt du?«

»Ich heiße Annika«, sagte Annika, »und du?«

Das Mädchen verbarg sein Gesicht an Mamas Arm. Die Mutter tippte auf ihrem Smartphone.

Destiny musste inzwischen groß sein, ebenso groß wie dieses Kind, fast drei. Bei ihrer letzten Begegnung hatte Birgitta angedeutet, mit ihrer Tochter stimme etwas nicht, sie sei in ihrer Entwicklung zurückgeblieben. Falls das zutraf, müsste sich das jetzt deutlicher zeigen.

Annika blickte auf die Uhr, noch vier Stunden und fünfzehn Minuten bis zu ihrem Rückflug.

Der Zug fuhr in Malmö Hauptbahnhof ein. Sie stand auf, zwängte sich an Mutter und Tochter vorbei, das Mädchen winkte ihr nach, als sie ausstieg. Die Mutter blickte nicht von ihrem Handy auf.

Annika fuhr auf einer langen Rolltreppe in die Bahnhofshalle hinauf, die alt war und verglichen mit den Granit- und Betonbahnhöfen geradezu gemütlich – hell und schön, roter Backstein und Deckenmalereien. Geschäfte und Cafés säumten die

Gänge zu den verschiedenen Bahnsteigen, warme Luft wehte aus offenen Türen. Annika blieb mitten im Durchgang stehen, Leute strömten an ihr vorbei, alle waren irgendwohin unterwegs, das Leben lief ihr davon, in ihrem Kopf drehte sich alles. Mit weichen Knien rettete sie sich in eine Cafeteria und bestellte einen Kaffee im Pappbecher, setzte sich an einen Tisch und holte ihr Handy heraus. Sie rief einen Stadtplan von Malmö auf, die Fixpunkte, nach denen sie suchte, waren die Branteviksgatan 5 und MatExtra in der Nähe von etwas, das Värnhem hieß: Birgittas Wohnung und ihr Arbeitsplatz.

Sie fand sie sofort. Die Branteviksgatan lag in Östra Sorgenfri, das sagte ihr etwas, stammte nicht Zlatan Ibrahimovic von dort? Der Lümmel aus Sorgenfri, hatten sie ihn als Kind nicht so genannt? Värnhem war der Name eines Platzes, der ein Knotenpunkt für den öffentlichen Nahverkehr zu sein schien, und MatExtra befand sich in einem Einkaufscenter direkt daneben. Offenbar lag der Platz in fußläufiger Entfernung, praktisch in gerader Linie vom Hauptbahnhof Richtung Südosten.

Sie trank einen Schluck Kaffee.

Es war nicht verboten, nicht nach Hause zu kommen. Erwachsene Menschen durften kommen und gehen, wie sie wollten. Birgitta wollte vielleicht nicht gefunden werden, wollte einfach eine Weile ihre Ruhe haben.

Sie schickte eine SMS an Nina Hoffman, hatte sie Neuigkeiten von der Fahndung nach Birgittas Telefon?

Aber es gab noch eine andere Wahrheit, eine, die alle Redakteure im Hinterkopf hatten: Wer der Zeitung den Tipp gibt, dass eine Person vermisst wird, hat die vermisste Person umgebracht.

Das Leben war so zerbrechlich, jemanden zu töten war so einfach. Auf einmal spürte sie die Eisenstange in ihrer Hand, die raue Kälte, den abblätternden Rost.

Sie wischte sich die Hand an der Jeans ab und trank ihren Kaffee aus.

Draußen vor dem Bahnhof wehte ein böiger, heißer Wind. Annika überquerte einen Kanal und kam in ein Stadtviertel, das mittelalterlich wirkte, niedrige Häuser mit schlichten Fassaden, Fensterglas, das sich unter der Sonnenglut wölbte. Leute aßen Eis und lachten. Sie kam an Plätzen vorbei, die von Fachwerkhäusern gesäumt waren. Ein Modegeschäft reihte sich an das nächste, sie ging zu H&M und kaufte sich ein neues T-Shirt. Das alte warf sie weg. Sie überquerte noch einen Kanal und kam in das Rörsjöviertel, die Häuser wurden höher und massiver, die Fassaden abwechslungsreicher, die Straßen weiteten sich zu Kastanienalleen.

Birgitta hatte als Kind große Pläne gehabt, Prinzessin wollte sie werden, Primaballerina, Madonna. Sie liebte Spitzen und Tüll und leuchtende Farben, hatte Angst vor Dunkelheit und Ratten und Spinnen. Vielleicht gefiel ihr das hier? Sie malte schöne Landschaftsaquarelle, die ihre Mutter liebte, und Porträts von Annika und Mama und Großmutter, die mit Magneten am Kühlschrank befestigt wurden. Annika erinnerte sich an das zweischneidige Gefühl von Stolz und Neid, das diese Bilder in ihr auslösten, die Faszination, dass ihre Schwester etwas so Schönes und Lebensechtes erschaffen konnte.

Birgitta hätte diese Allee bestimmt gerne gemalt, sie war ausreichend kitschig und spektakulär, um ihr zu gefallen. Die Sonne sickerte durch die mächtigen Baumkronen und bildete tanzende Muster auf dem Boden unter Annikas Füßen. Im Hintergrund thronte eine verschnörkelte Kirche mit blanken Zinnen und Türmen, pompös wie ein Märchenschloss.

Annika ging schneller, sie war benommen von der Hitze.

Am Värnhemstorget änderte die Stadt ihr Gesicht, Bänke und Betonplatten, schnaufende Busse und Abgaswolken. Eine Gruppe von Pennern stritt sich um eine Flasche Schnaps, Annika schaute in die andere Richtung, als sie an ihnen vorbeiging.

»Entschuldigung, wir bauen um«, stand an der Drehtür, die sie zusammen mit vier tief verschleierten Frauen in das Gebäude schaufelte.

Das Einkaufszentrum wirkte billig, Gipswände und niedrige Decken in einer langgestreckten Passage, an den Innenseiten der Schaufenster hing Schutzfolie in Fetzen herunter.

MatExtra lag ziemlich weit hinten, mit Kinderparadies und Postshop am Eingang. Eine lange Kassenzeile entließ die Kunden direkt in die Passage, die Hälfte der Kassen war besetzt, die Warteschlangen waren kurz.

Hier arbeitete sie also.

Annika blieb in der Passage stehen und musterte die Kassiererinnen. Vier junge Frauen, zwei in mittleren Jahren. Alle trugen die gleichen roten T-Shirts mit dem Logo des Supermarkts auf dem Rücken. Sie zogen Waren über den Scanner, gaben Wechselgeld heraus, tippten Kommandos für die Kartenleser ein, alles mit regungslosem Gesicht.

Die Kassiererin, die Annika am nächsten saß, schaltete das Laufband ab und stellte ein Schild auf das stehende Band, erhob sich vom Stuhl und hängte eine Kette vor den Kassendurchgang. Sie strich sich die Haare aus der Stirn, wirkte völlig erschöpft. Dann zog sie die Geldschublade aus der Kasse. Annika ging zu ihr.

»Hallo«, sagte sie. »Mein Name ist Annika Bengtzon, ich bin die Schwester von Birgitta, die hier arbeitet.«

Die Frau hatte den Arm voller Geldsäckchen. Sie war jung, höchstens fünfundzwanzig, mit glänzenden schwarzen Haaren und dick geschminkten Augen.

»Ich würde gern mit Birgitta sprechen«, sagte Annika. »Es ist dringend.«

»Ich muss das Geld wegbringen«, erwiderte die Frau.

In ihren Augen lag eine Müdigkeit, die Annika wiedererkannte, schwere Arme nach einer langen Schicht, auf einmal war es ihre Mutter, die vor ihr stand, mit Einkaufstüten voller Lebensmittel aus dem Geschäft, *jetzt schäl die Kartoffeln, Annika, sei nicht immer so faul.*

»Wissen Sie, ob Birgitta heute arbeitet?«

»Birgitta hat doch aufgehört«, sagte die Frau und wich einen Schritt zurück.

Annika merkte, wie ihr die Kinnlade herunterfiel.

»Wann denn?«

In den Augen der Kassiererin blitzte Misstrauen auf.

»Sie sehen sich kein bisschen ähnlich«, sagte sie.

Ein Anflug von Ärger, *tun wir wohl, nur dass Birgitta blonde Haare hat und ich dunkle.*

»Wissen Sie, wo ich sie erreichen kann?«, fragte Annika und zwang sich zu einem Lächeln.

Die junge Frau blickte auf ihre Armbanduhr.

»Kommen Sie mit ins Büro«, sagte sie.

Sie drehte sich auf dem Absatz um und ging Richtung Gemüseabteilung, Annika stieg über die Absperrkette und eilte ihr hinterher. Vor einer Tür ohne Schild, die ein Codeschloss hatte, blieb die Frau stehen.

»Warten Sie hier«, sagte sie.

Annika wartete, gleich neben einer großen Holzkiste mit holländischen Frühkartoffeln. Es roch nach Erde.

Nach einer Minute kam die Kassiererin zurück, sie stand in der offenen Tür, eine Hand an den Rahmen gelegt.

»Warum wollen Sie Birgitta sprechen?«, fragte sie, die Augen blank vor Neugier. »Ist was passiert?«

Ihr Dialekt war eher westgötaländisch als schonisch.

Annika holte Luft, zwang sich, still zu stehen.

»Ich wusste nicht, dass sie hier aufgehört hat, wann war das denn?«

»Vor zwei Wochen, ganz plötzlich, sie hat einfach eine SMS an Linda geschickt, dass sie nicht mehr kommt. Ich wusste nicht mal, dass sie sich einen neuen Job gesucht hat, sie hätte doch was sagen können. Ganz mieser Stil, finde ich, das können Sie ihr ausrichten. Sie hätte sich wenigstens verabschieden können ...«

Annika stand wie angenagelt da.

»Neuer Job, wo denn?«

»Bei Hemköp in Triangeln. Nur weil man eine feste Stelle gefunden hat, bleibt man doch nicht einfach weg, man gibt doch Kaffee und Kuchen aus, wenn man aufhört ...«

Meine Güte, Birgitta hatte eine feste Stelle, davon wusste ihre Mutter offenbar nichts. Denn sonst hätte Barbro Annika auf der Stelle angerufen und ihr unter die Nase gerieben, wie gut es für Birgitta lief, wie tüchtig und geschätzt sie war. Oder doch nicht? Sie hatte ihr ja auch nicht erzählt, dass Birgitta und Steven nach Malmö gezogen waren.

Warum hatte sie das verschwiegen?

»Und Linda ist wer …?«

»Unsere Chefin. Sicher, Birgitta hat nur Teilzeit gejobbt, aber man kann doch trotzdem ordentlich kündigen, finde ich wenigstens.«

»Ist Ihre Chefin jetzt da?«

Die junge Frau schüttelte den Kopf und ließ den Türrahmen los.

»Linda macht morgens früh den Laden auf. Was ist denn überhaupt los?« Die Kassiererin kam ein Stück näher.

»Wie lange hat Birgitta hier gearbeitet?«, fragte Annika.

Die Frau legte den Kopf schräg.

»Letzten Herbst hat sie als Aushilfe angefangen und zum Schluss dann die Schwangerschaftsvertretung für Fatima gemacht. Sind Sie wirklich ihre Schwester?«

Annika trat von einem Bein aufs andere, ihr war von dem Kartoffelgeruch schon ganz schlecht.

»Ja, ihre ältere Schwester«, sagte sie. »Wir haben schon eine Weile nichts mehr voneinander gehört.«

»Birgitta hat nie was davon gesagt, dass sie eine Schwester hat.«

»Sind Sie mit ihr befreundet?«

Die junge Frau zuckte die Schultern.

»Birgitta war Lindas Liebling. Linda hatte ihr versprochen, dass sie die nächste freie Vollzeitstelle kriegt, obwohl andere Kolleginnen schon viel länger hier sind …«

Die Kassiererin zog eine Grimasse, die verriet, dass sie eine dieser Kolleginnen war.

»Elin, komm rein und mach die Tür zu, der Alarm geht die ganze Zeit«, rief jemand aus den hinteren Katakomben des Ladens.

Die Frau verdrehte die Augen und warf einen Blick über die Schulter.

»Falls Birgitta sich meldet«, sagte Annika, »könnten Sie ihr bitte ausrichten, dass sie mich anrufen soll?«

»Was soll ich ihr sagen? Was gibt es denn so Wichtiges?«

»Sagen Sie ihr einfach, dass ich ihre Nachricht erhalten habe«, erwiderte Annika.

Die Kassiererin zuckte enttäuscht die Schultern und verschwand. Die Tür fiel mit einem elektronischen Klicken zu.

Annika blieb noch einen Moment stehen, spürte ein vages Gefühl von Erleichterung.

Birgitta war im Begriff, ihr Leben zu ändern. Sie setzte nicht mehr auf die Gunst der Arbeitskollegen, sondern machte sich bei der Geschäftsführung beliebt und peilte eine Festanstellung an. Sie verließ ihren Versager von Mann und richtete sich ein neues Leben ein, in dem Verantwortung und Erfolg zählten. Vielleicht suchte sie sich sogar eine neue Wohnung, und sobald sie etwas Passendes gefunden hatte, würde sie Destiny zu sich holen, sie wollte nur erst alles auf der Reihe haben, bevor sie sich meldete …

Annika machte kehrt, ging an den Kassen vorbei und verließ den Supermarkt. Während sie durch die schäbige Einkaufspassage lief, rief sie die Auskunft an und ließ sich mit Hemköp am Bahnhof Triangeln in Malmö verbinden. Sie landete in der Telefonzentrale bei einer Frau, die ein ausgeprägtes Schonisch sprach.

»Ich würde gern mit einer Ihrer neuen Kassiererinnen sprechen«, sagte Annika. »Birgitta Bengtzon heißt sie, arbeitet sie heute?«

»Wer?«

»Birgitta Bengtzon, sie …«

Irgendetwas klapperte im Hintergrund.

»Ich kann keine Gespräche zu den Kassen durchstellen.«

Ein Hoffnungsschimmer.

»Sie arbeitet also heute?«

»Das kann ich Ihnen nicht sagen. Hat sie ein Mobiltelefon?«

»Ja, aber …«

»Dann müssen Sie die Dame auf dem Handy anrufen, wenn es so eilig ist.«

Zack, aufgelegt.

Annika sah sich um, versuchte sich zu orientieren. Sie suchte Hemköp Triangeln auf dem mobilen Stadtplan heraus, der Laden lag direkt neben dem Bahnhof, sie konnte auf dem Rückweg dort vorbeigehen.

Ein Bus nach Bunkeflostrand stoppte mit einem abgassatten Schnaufer an der Haltestelle vor ihr. Zwei der Penner von vorhin waren auf der Bank eingeschlafen, ein zottiger Schäferhund saß hechelnd neben einem der Männer. Die Flasche Schnaps lag leer auf der Erde. Der Bus Richtung Bunkeflostrand fuhr mit einem Mordslärm davon.

Sie steckte das Handy in die Umhängetasche und machte sich auf den Weg zu Birgittas Wohnung in Östra Sorgenfri, versuchte Ordnung in die Ereignisse zu bringen.

Steven zufolge war Birgitta am letzten Sonntag ganz normal zur Arbeit gegangen, aber nicht nach Hause gekommen. Ihrer Arbeitskollegin zufolge hatte sie dort vor zwei Wochen aufgehört. Am Sonntagmorgen in aller Frühe hatte sie Annika einen Hilferuf geschickt, als sie Steven zufolge wie üblich zu Hause war und sich für die Arbeit fertigmachte.

So viel stand fest: Steven log.

Vor Annika tauchte ein großer Friedhof auf, gepflegte Gräber, so weit das Auge reichte, Grabsteine aus Granit, geharkte Sandwege.

Sicherheitshalber wählte sie die Mobilnummer von Nina Hoffman, keine Antwort. Sie schickte schnell eine SMS: *Hallo, hab gerade versucht, dich anzurufen, bin auf dem Weg zu Steven und wollte fragen, ob du etwas gehört hast, was ich ihm ausrichten könnte. Melde mich später noch mal. Annika.*

Jetzt wusste Nina, wo sie war.

Sie ging am Friedhofszaun entlang, ließ den Blick über die Grabsteine wandern. Wie kurz das Leben war, und wie lang der Tod. Birgitta war vielleicht schon vor zwei Wochen verschwunden, aber aus irgendeinem Grund hatte Steven nichts davon gesagt, bis letzten Montag. Vielleicht hatte er sogar die SMS von Birgittas Telefon abgeschickt, oder hatte er sie dazu gezwungen?

Oder vielleicht war sie gar nicht von zu Hause weggegangen, vielleicht hielt Steven sie in der Wohnung gefangen. Vielleicht wollte sie sich scheiden lassen oder wieder zurück nach Hälleforsnäs ziehen. *Der kritische Punkt ist erreicht, wenn die Frau sagt, dass sie ihn verlässt.*

Hinter einem Bretterzaun hörte sie Kinder schreien und lachen. Sie hoffte, dass Destiny in den Kindergarten ging, ein Umfeld hatte, das sie auffing. Die Sonne brannte vom Himmel, Annika überquerte eine Hauptverkehrsstraße und kam in eine Gegend mit dreistöckigen gelben Backsteinhäusern. Es roch nach frisch gemähtem Gras. Ein paar Jungen spielten Fußball, sie ging rasch durch eine verkehrsberuhigte Straße weiter, zwei Mädchen mit Lollies im Mund radelten an ihr vorbei. Hier musste es irgendwo sein, sie blieb vor einer Bücherei stehen, holte ihr Handy heraus und schaltete die GPS-Funktion ein. Überrascht stellte sie fest, dass sie sich mitten in Rosengård befand, Schwedens berüchtigtstem Ghetto, dem Stadtviertel, mit dem die Dänen ihren Kindern Angst einjagten.

Sie war an Birgittas Wohnung vorbeigegangen, das Haus lag auf der anderen Seite der Hauptverkehrsstraße.

Branteviksgatan 5 war ein Hochhaus mit vielen Eingängen. Sie musste einmal um den ganzen Komplex gehen, bis sie den richtigen Eingang gefunden hatte. Die Tür war mit einem Codeschloss gesichert, sie wartete einige Minuten, bis jemand aus dem Haus kam und sie hineinschlüpfen konnte.

Bengtzon/Andersson wohnten im achtzehnten Stock. Der Fahrstuhl arbeitete sich ächzend die Stockwerke hinauf.

Auf der Etage befanden sich vier Wohnungen, es roch nach Putzmitteln. An der Wohnungstür von Bengtzon/Andersson hing ein Holzschild, handbemalt mit Blumen und Schmetterlingen und den Nachnamen.

Sie legte ein Ohr an die Tür und horchte in die Wohnung hinein, aber es war nichts zu hören als das Rauschen der Lüftungsanlage im Treppenhaus. Mit angehaltenem Atem drückte sie auf die Klingel. Schritte kamen näher, ein Schlüssel drehte sich im Schloss. Steven öffnete. Er stand in der Tür wie ein Herkules, breitschultrig und muskulös. Seine Haare waren sehr kurz geschnitten.

»Annika«, sagte er verblüfft und trat einen Schritt zurück. »Was machst du denn hier?«

Er klang erstaunt, aber nicht feindselig.

»Ich hatte beruflich in Kopenhagen zu tun und noch ein paar Stunden Zeit bis zu meinem Rückflug«, sagte sie, trat in die Diele und ließ ihre Umhängetasche fallen. Jetzt musste er sie schon rauswerfen, wenn er sie loswerden wollte.

»Diny, schau mal, wer hier ist. Tante Annika ...«

Das Mädchen steckte den Kopf aus einem Zimmer gleich neben dem Eingang, rosa Kleidchen und rosa Haarschleifen. Annika ging in die Hocke und spürte Stevens Blick im Nacken.

»Hallo, Destiny, kennst du mich noch? Du warst mal bei mir zu Besuch, ich habe zwei Töchter, Ellen und Serena ...«

Das Mädchen lief zu Steven und versteckte sich hinter seinen Beinen, sie war ordentlich gewachsen. Annika erhob sich.

»Das kommt jetzt unerwartet«, sagte er. »Was gibt's?«

Sie sah ihn an. Er war groß und grobschlächtig, die Augen rot gerändert. Was fand Birgitta nur an diesem Mann?

»Hast du was gehört?«, fragte sie.

Er drehte sich um.

»Mäuschen, holst du ein paar Kekse für Tante Annika aus dem Schrank?«

Destiny lief los und verschwand nach links in einen kleinen Flur.

»Ihr muss etwas passiert sein«, sagte Steven so leise, dass man es in der Küche nicht hören konnte. »Etwas richtig Schlimmes.«

Sie sah, dass seine Hände zitterten.

»Das ist nicht gesagt«, erwiderte sie und dachte an den neuen Job bei Hemköp. Sie hatte beschlossen, es für sich zu behalten; wenn Steven nichts davon wusste, hatte Birgitta es ihm nicht erzählt, vielleicht wollte sie nicht, dass er es erfuhr.

Er stand immer noch da, schwankend und leicht vorgebeugt.

»Kann ich dir etwas anbieten?«, fragte er schließlich. »Kaffee?«

»Eine Tasse Kaffee wäre nicht schlecht«, sagte sie.

Er ging mit leicht schlurfenden Schritten Richtung Küche.

Annika zog die Schuhe aus und stellte sie auf ein Schuhregal aus Kiefernholz. Es war sehr still in der Wohnung, von den Nachbarn war kein Laut zu hören. Destiny plapperte in der Küche, Annika verstand nicht, was sie sagte. Geradeaus war das

Kinderzimmer, klein und sparsam möbliert, ein Bett und ein Schreibtisch, eine Puppenstube, Spielsachen in einem Billy-Regal.

Leise ging sie ein paar Schritte in die Wohnung hinein, zu einer Tür, die nur angelehnt war, und schob sie schnell und geräuschlos auf. Ein Schlafzimmer. Das Bett war gemacht, der Bettüberwurf von Ikea. Paradekissen. An der einen Wand ein Kleiderschrank, normale Standardgröße, keine Griffe an den Türen.

Vorsichtig lehnte sie die Schlafzimmertür wieder an.

Sie blieb einen Moment in der Diele stehen und versuchte, ihr klopfendes Herz zu beruhigen.

Dann ging sie ins Wohnzimmer. An einer Wand standen Stapel von Bilderleinwänden, Schmetterlinge und Blumen, dieselben wie auf dem Türschild. Sie blätterte darin, um die hinteren Bilder zu sehen. Destiny blickte ihr entgegen, das Porträt war verblüffend lebensecht, allerdings mit leuchtend roten Lippen und langen Wimpern. Annika betrachtete das Bild lange, es war wunderschön und weckte gleichzeitig Unbehagen, ein Glamourbild von einer Dreijährigen.

»Ist sie nicht eine Künstlerin?«, sagte Steven, der plötzlich hinter ihr stand. Der Stolz in seiner Stimme war nicht zu überhören.

Annika stellte das Bild zurück.

»Birgitta malt wieder?«

»Sie besucht einen Kurs, aber manchmal arbeitet sie ja abends und dann kann sie nicht hin …«

Er ging zum Fenster am Ende des Wohnzimmers, vor dem sich ein verglaster Balkon befand. Annika stellte sich neben ihn, sie reichte ihm gerade bis zur Schulter.

Die Aussicht war atemberaubend. Rote Hausdächer, so weit das Auge reichte, Grünflächen, Kirchtürme und Hochhäuser in der Ferne.

»Was für eine schöne Wohnung«, sagte sie.

Steven blickte sich verwundert im Raum um, als sei ihm seine Umgebung gerade erst bewusst geworden.

»Sie gehört meinem Cousin«, sagte er. »Er ist nach Kiruna

gezogen, hat dort einen Job im Bergbau gefunden. Wir wohnen hier zur Untermiete.«

Er blickte wieder aus dem Fenster.

»Als könnte man von hier aus die ganze Welt sehen«, sagte er.

»Warum seid ihr nach Malmö gezogen?«, fragte Annika.

Eine Kaffeemaschine gurgelte. Steven drehte sich um und verschwand Richtung Küche. Annika folgte ihm langsam. Der Fußboden war kalt, trotz der Hitze.

Auf dem Küchentisch stand eine Packung Ballerina-Kekse mit Schokoladenfüllung. Destiny war in einen Kinderstuhl geklettert und knabberte an einem Keks. Steven stellte seiner Tochter ein Glas Milch hin und deckte für sich und Annika Kaffeetassen, Teller und Kaffeelöffel, Würfelzucker und Milch auf. Annika biss in einen Keks, er zerkrümelte im Mund.

Sie betrachtete ihren Schwager, seine großen Hände, die Leberflecken auf der Stirn. Mit langsamen Bewegungen schenkte er Kaffee in ihre Tassen.

»Birgitta hat Probleme«, sagte er. »Ich ... Wir mussten etwas dagegen unternehmen.«

»Was denn für Probleme?«

Er warf ihr einen schnellen Blick zu und wandte sich wieder an seine Tochter.

»Diny, möchtest du fernsehen? ›Pingu‹?«

Das Mädchen nickte.

Er hob Destiny aus dem Stuhl und ging mit ihr ins Wohnzimmer. Annika hörte die Vorspannmusik eines Kinderprogramms.

Steven kam zurück in die Küche und sank auf einen Stuhl.

»Birgitta trinkt«, sagte er. »Ich lasse mich auch ab und zu volllaufen, aber ich bin kein Alkoholiker.«

Annika musterte den Mann, spürte Skepsis in sich aufsteigen wie Sodbrennen.

»Was meinst du mit ›trinkt‹?«

»Birgitta hatte die Kontrolle verloren. Das ging so nicht weiter.«

Er blickte aus dem Küchenfenster.

»Man hat so viele Entschuldigungen, immer gibt es irgendeinen Grund zum Trinken. Es ist Freitag, es ist Samstag, irgendwas auf der Arbeit war verdammt ärgerlich und man muss es runterspülen, irgendwas war gut und man muss es feiern ...«

»Du hast also auch Probleme, das gibst du zu?«

Er sah sie an und gleich wieder weg.

»Probleme hat doch jeder«, sagte er. »Hast du keine?«

Annika biss vom Keks ab, die Krümel wurden in ihrem Mund immer größer. Steven legte die Hand über die Augen.

»Ich war auf einem Bau in Fjällskäfte, das Dach musste neu gedeckt werden ... Als ich nach Hause kam, lag Birgitta auf dem Sofa, sie hatte Wein und eine ganze Flasche Wodka intus. Ich habe sie nicht wach gekriegt. Diny saß im Badezimmer in ihrer eigenen Kacke, sie hatte sich die Windel abgemacht ...«

Annika spülte den Keks mit Kaffee hinunter. Stevens Blick klebte an der Wand über ihrem Kopf.

»Birgitta lag eine Woche im Kullbergska. Sie wäre fast draufgegangen.«

Kullbergska war das Krankenhaus in Katrineholm.

Annika starrte den Mann ungläubig an.

»Weiß Barbro davon?«, fragte sie.

Steven trank einen Schluck Kaffee.

»Nein, um Gottes willen, sie wäre durchgedreht. Ich habe ihr gesagt, wir seien in Finnland im Urlaub.«

Steven trank den Rest Kaffee, verzog das Gesicht und stellte die Tasse auf den Teller.

»Birgitta musste weg von ihrer Clique und ihrer Mutter. Die haben sich das Leben alle schön gesoffen.«

»Aber«, sagte Annika, »hat man sie denn nach einer Woche im Krankenhaus einfach so entlassen? Hat sie keine Nachbetreuung erhalten, keine Therapie?«

»Sie hat eine Gruppentherapie gemacht, bis wir umgezogen sind.«

Er sah wieder aus dem Fenster.

»Und Birgitta wollte nach Malmö?«, fragte Annika.

»Sie hatte eure Mutter so verdammt satt.«

Annikas Augen wurden schmal, *isolieren, kontrollieren, manipulieren.*

»Und wie lief es? Hat sie aufgehört zu trinken, als ihr hierhergekommen seid?«

»Ja, wir haben beide aufgehört. Für mich war das kein Problem, aber Birgitta ging es am Anfang ganz schön dreckig.«

Sie betrachtete seine Wangen, er hatte sich heute rasiert. Die Kleidung, Jeans und T-Shirt, sah sauber aus, gebügelt. Hatte das was zu bedeuten? Wenn ja, was?

»Ich habe mir Gedanken über Birgittas Personenbeschreibung gemacht«, sagte Annika. »Was hatte sie an, als sie aus dem Haus gegangen ist?«

Steven senkte den Blick auf den Tisch, Annika schien es, als würde seine Gesichtsfarbe dunkler.

»Ihre normale Kleidung. Sie zieht sich auf der Arbeitsstelle um.«

»Mama«, sagte Destiny von der Tür her. »Mama ist auf Arbeit.«

Sie sprach schonischen Dialekt, wunderbar, dann ging sie in den Kindergarten.

»Ja«, sagte Steven und seine Stimme zitterte ein wenig. »Mama ist auf Arbeit. Sie kommt bald.«

»Weißt du, welche? Kleidung, meine ich?«

Er stand auf und holte die Kaffeekanne, Annika folgte ihm mit dem Blick. Der Mai war in ganz Schweden ungewöhnlich kalt gewesen, mit Nachtfrösten bis weit hinunter nach Svealand und Götaland. War Birgitta vor zwei Wochen verschwunden, dann müsste sie Jacke, Hose, feste Schuhe und vielleicht einen Schal getragen haben. Letzten Sonntag begann die Hitzewelle, wenn Birgitta an dem Tag verschwunden war, trug sie sicher Sommerkleidung.

»Das weiß ich so aus dem Stegreif nicht«, sagte Steven, ohne Annika anzusehen.

»Denk nach.«

Er schluckte.

»Ich glaube, Shorts und T-Shirt. Sandalen. Pferdeschwanz ...«

Jetzt zitterte seine Hand stärker.

»Noch etwas, das dir einfällt, eine Tasche?«

»Die Tasche, die sie immer nimmt, diese helle aus Leder.«
Annika hatte keine Ahnung, welche Tasche das sein sollte.
Er legte die Hände übereinander, das Zittern ließ nach, sein Blick glitt Richtung Wohnzimmer, aus dem das Kinderprogramm zu hören war.
»Was mache ich, wenn sie nicht wiederkommt?«, sagte er.
Annika wusste nicht, was sie darauf antworten sollte.
»War sie in den letzten Wochen irgendwie anders?«, fragte sie stattdessen.
»Papa, ›Pingu‹ ist zu Ende«, rief Destiny.
Er verschwand wieder hinaus in die Diele. Als er zurückkam, setzte er sich ohne ein Wort.
»Hast du einen Job?«, fragte Annika.
Er schüttelte den Kopf.
»Ich kriege vielleicht Krankengeld«, sagte er.
»Was hast du denn?«, fragte sie, es klang schärfer, als sie beabsichtigt hatte.
Er schaute zum Küchenfenster.
»Parkinson«, sagte er. »Es ist ein bisschen besser geworden, seit ich Madopak nehme.«
Annika öffnete den Mund und schloss ihn wieder.
»Hast du das schon länger?«, fragte sie nach einer Weile.
»Schon lange«, bestätigte er. »Aber die Diagnose habe ich erst letzten Herbst erhalten. Ich hätte früher zum Arzt gehen sollen, ich fühlte mich schon eine ganze Weile richtig schlecht, aber man denkt ja immer, es wird wieder besser.«
Annika betrachtete den Mann, seine rechte Hand schüttelte rhythmisch unter der linken. Sie merkte, wie sie rot wurde, sie hatte ihn immer für einen nichtsnutzigen Faulpelz gehalten. Hatte Birgitta ihren kranken Mann sattgehabt und beschlossen, sich ein neues Leben aufzubauen?
»Ich habe eine Bekannte bei der Reichskripo«, sagte sie. »Sie will ihre Kollegen bitten, das Handy zu orten.«
Steven schlug die Hände vors Gesicht.
»Was glaubst du, wo sie sein kann? Ihr seid doch zusammen aufgewachsen. Wohin könnte sie gegangen sein?«
Annika senkte den Blick, hatte plötzlich das Gefühl, versagt

zu haben; sie hätte es wissen müssen, sie hätte sich kümmern müssen.

»Ich melde mich, sobald ich was höre«, sagte sie.

Als Annika sich die Schuhe anzog, saß Destiny in ihrem Zimmer, sie hatte riesige Kopfhörer auf und starrte auf ein kleines iPad. Sie wollte das Kind nicht stören, schloss leise die Wohnungstür hinter sich und ging die Treppe hinunter.

Die Luft war herrlich frisch, als sie aus dem Haus kam. Sie entfernte sich mit schnellen Schritten, ohne sich umzudrehen, bis sie außer Sichtweite von Stevens Balkon war. Erst dann blieb sie stehen, lehnte sich an eine Hauswand und merkte, wie unglaublich dringend sie pinkeln musste. Sie legte den Hinterkopf an die Ziegelmauer, atmete tief, dann holte sie ihr Handy aus der Tasche und rief Nina Hoffman an. Keine Antwort. Sie wählte die Nummer von Hemköp in Triangeln und landete wieder in der Zentrale.

»Ich möchte mit jemandem von der Geschäftsleitung sprechen«, sagte sie.

»Worum geht's?«

»Ich habe ein Glas Babynahrung bei Ihnen gekauft, da war ein Glassplitter drin.«

»Moment, ich verbinde.«

Die Stimme verschwand, es knackte und knisterte in der Leitung. Dann meldete sich eine andere Frau.

»Ja, guten Tag, mein Name ist Annika Bengtzon, ich würde gern mit meiner Schwester Birgitta Bengtzon sprechen und wollte fragen, ob sie heute arbeitet?«

»Wer?«

»Birgitta Bengtzon aus Hälleforsnäs. Sie wurde gerade erst eingestellt, vielleicht arbeitet sie auch noch gar nicht …«

»In welcher Abteilung, sagten Sie?«

»An der Kasse.«

»An der Kasse? Nein, das kann nicht sein.«

Annika schluckte.

»Könnte ich vielleicht mit dem Filialleiter sprechen?«, sagte sie.

»Ich bin die Filialleiterin«, sagte die Frau. »Sie haben Glassplitter in der Babynahrung gefunden?«

»Ich? Nein«, erwiderte Annika. »Das muss eine Verwechslung sein. Also dann entschuldigen Sie die Störung.«

Sie ließ das Handy sinken.

Alles Lug und Trug.

GREGORIUS
 (Beitrag vom 3. Juni 16:53 Uhr)

Gleichstellung heißt für mich, dass man einer sexistischen Feministinnenhure ein großes Messer in die Möse rammt. Wer was für die Gleichstellung in Schweden tun will, nimmt sich am besten einen Knüppel und schlägt das sexistische Feministinnenpack tot.

Die Felsklippe war rau und warm unter Anders Schymans Handflächen. Wenn er die Augen schloss, meinte er beinahe, draußen auf seiner Insel am äußersten Rand des Schärengartens zu sein. Die Geräusche und Gerüche waren ganz ähnlich, das Glucksen der Wellen, der stinkende Tang, aber das Hintergrundrauschen war anders, Menschen und Verkehr. Tatsächlich wusste er nicht genau, wo er war, doch das kümmerte ihn nicht, er hatte ein Navi im Dienstwagen.

Blinzelnd schaute er aufs Wasser, er liebte es, wenn die Sonnenreflexe ihn so blendeten: besiegt vom Licht.

Das Hemd hatte er ausgezogen und neben sich auf die Klippe gelegt. Sein blasser und ziemlich umfangreicher Oberkörper war von der Sonne gerötet, auf den Schultern hatte er einen Sonnenbrand. Jedenfalls war er irgendwo weit draußen auf Värmdö, auf einer Klippe direkt am Meer, er ahnte Inseln hinter dem Sonnenglitzer.

Auf dem Weg zur Arbeit hatte er im Stau gestanden, genau wie an jedem Morgen, an dem er sich aufmachte, um seine Pflicht zu erfüllen. Er steckte mittendrin und kam nicht voran, und da war irgendwas in ihm geplatzt, er legte den Gang ein und scherte aus und brauste an der ganzen Kolonne vorbei, pflügte über den Seitenstreifen. Wozu hatte er den großen benzinschluckenden SUV denn sonst?

Er war ohne Ziel und Zögern einfach geradeaus gefahren. Zum ersten Mal in seinem ganzen Berufsleben hatte er seine Sekretärin angerufen und gesagt, er werde heute nicht kommen. Sie hatte verwundert geklungen, aber nicht weiter gefragt.

Ein Bootsmotor wurde irgendwo in der Nähe angeworfen, hustete und erstarb.

Anders Schyman strich mit der Hand über den Felsen, bekam Sand und Kiefernnadeln zwischen die Finger. Das Meer war sein Trost, seine Sehnsucht und seine Ewigkeit. Wenn er sich das Paradies vorstellte, sah es aus wie die Rödlöga-Schären: graue Klippen und schäumende See.

Leider sah das Paradies seiner Frau anders aus. Sie liebte Theater und penibel gemähten Rasen, und solange sie zusammenlebten, würde er nicht auf seine Insel verschwinden dürfen.

Mit einer Belohnung im Jenseits rechnete er übrigens nicht.

Seine Frau war gläubig, eine Eigenschaft, um die er sie insgeheim beneidete. Am Anfang ihrer Ehe hatten sie über Religion diskutiert, ohne dass es ihnen beiden irgendetwas gebracht hätte; mittlerweile war das Thema tot und begraben, seit Jahrzehnten schon.

Für ihn war Gläubigkeit, egal in welcher Religion, vollkommen unbegreiflich. Wie konnte es angehen, dass erwachsene, gebildete, intelligente Menschen an Märchen glaubten? Allen Ernstes?

Die kulturellen, traditionellen, ethischen und moralischen Aspekte verstand er, man konnte ebenso zum Katholiken, Juden oder Muslim erzogen werden, wie man durch Geburt oder aus Tradition Schwede, Sozialdemokrat oder Tierschützer war, aber wirklich *glauben*? Tief überzeugt sein, dass wir von einer höheren Macht erschaffen wurden, die es aus vollkommen unerfindlichen Gründen auch noch gut mit uns meint?

Für ihn stand fest, dass es sich in Wirklichkeit genau andersherum verhielt.

Als der Mensch sich seiner Existenz bewusst wurde, begriff er gleichzeitig, dass sein Dasein endlich war. Mit dieser Erkenntnis konnte er nicht leben, also konstruierte er einen höheren Sinn für sein sinnloses Leben auf Erden.

Der Mensch erschuf Gott als sein Abbild, jemand, der ihn beschützte und sich um ihn kümmerte; eine allumfassende Macht, an die man sich anlehnen, zu der man beten und vertrauensvoll aufblicken konnte.

Am Anfang war Gott eine Frau, die gütige Mutter, die Leben und Nahrung spendete.

Als der Mensch sich vom Jäger und Sammler zum Ackerbauern und Viehzüchter wandelte, brachen Revierstreitigkeiten aus, Kriege wurden geführt, das Patriarchat übernahm die Macht und Gott änderte das Geschlecht und wurde männlich.

Schyman seufzte und zerrieb die Kiefernnadeln zwischen den Fingern.

Der Bootsmotor knatterte wieder los, und diesmal blieb das Geräusch. Es mischte sich mit dem Klingeln seines Handys, er blickte sich verwirrt auf dem Felsen um. Das Ding war den ganzen Tag stumm geblieben, er hatte seiner Sekretärin am Morgen gesagt, dass er keine Anrufe entgegennehmen werde, aber jetzt gab es keine Ruhe, vielleicht war es seine Frau?

Er griff nach seinem Hemd, das Handy steckte in der Brusttasche, nein, nicht seine Frau, es war die Zeitung. Er atmete tief aus und meldete sich.

»Ich habe den Serienmörder in der Leitung«, sagte seine Sekretärin. »Gustav Holmerud. Er ist unglaublich stur und besteht darauf, mit Ihnen zu sprechen.«

Heutzutage war die Religion eine Ausnahme. Er hatte irgendwo gelesen (wahrscheinlich in seiner eigenen Zeitung), dass mehr Schweden an Gespenster als an Gott glaubten. Das stimmte wahrscheinlich nicht, hatte aber einen wahren Kern. Die Schweden waren vermutlich das säkularisierteste Volk der Welt. Das machte sie nicht vernünftiger oder unabhängiger von Autoritäten als frühere Generationen, es änderte nur das, woran sie glaubten.

»Was will er?«, fragte Anders Schyman.

Gott war die Richtschnur gewesen, sein Wille hatte den Alltag der Menschen geformt, hatte gesellschaftliche Normen und moralische Prinzipien gesetzt. Sein Wort stand in der Bibel, dort konnte man die Wahrheit nachlesen, von ihm selbst erzählt. Zu ihm flehte man um Gnade, ihm beichtete man und bat um Vergebung der Sünden. Und Gott hatte gerichtet und verurteilt, vernichtet und vergeben. Aber heutzutage nicht mehr.

»Er klingt sehr aufgebracht«, sagte die Sekretärin.

Heutzutage waren es die Zeitungen und TV-Magazine, denen die Menschen beichteten: Prominente, die zu schnell gefahren waren, Sportidole, die gedopt hatten, Politiker, die nicht vom Alkohol lassen konnten, Psychopathen, die behaupteten, gemordet zu haben.

»Also gut, dann stellen Sie ihn durch«, sagte Schyman.

»Hallo?«, kam es aus dem Mobiltelefon.

Ja hallo, hier ist Gott.

»Ja hallo, hier ist Anders Schyman«, sagte Schyman. »Was kann ich für Sie tun?«

Gustav Holmerud holte pfeifend Luft.

»Das ist pure Schikane!«, sagte er mühsam beherrscht. »Mobbing ist das!«

Schyman nahm das Telefon in die andere Hand.

»Sie klingen aufgebracht.«

»Das *Abendblatt* verfolgt mich!«, sagte Gustav Holmerud mit bebender Stimme. »Lügen und euch Geschichten ausdenken, was anderes könnt ihr nicht!«

Es hörte sich an, als würde er schluchzen.

»Ihr schreibt in der Zeitung, dass ich ein Justizskandal bin! Dass ich die Taten nicht begangen habe, für die man mich verurteilt hat! Wie könnt ihr so was schreiben, ohne mich vorher zu fragen?«

Ah ja, genau, das Interview mit dem alten Staatsanwalt.

Anders Schyman stand auf, er schwitzte ganz schön in der Sonne, und der Wind kühlte.

»Was sollen wir Ihrer Meinung nach tun, um die Sache richtigzustellen?«, fragte er.

»Nur ich kann sagen, dass ich unschuldig bin. Ich muss mein Geständnis widerrufen, sonst kann es keine Revision vor dem Obersten Gerichtshof geben.«

Anders Schyman merkte, wie sich seine Nackenhaare aufstellten. Das hier war ja blanke Ironie des Schicksals.

Die Hypothese über einen mysteriösen Serienmörder in den Stockholmer Vororten war während einer ungewöhnlich nachrichtenarmen Redaktionskonferenz entstanden. Wenn er sich recht erinnerte, hatte Patrik Nilsson die Idee in die Runde geworfen, und dann hatten sie die Sache als Aufmacher gebracht und so lange in den Topnachrichten gehalten, bis die Polizei sich gezwungen sah, den Fall aufzugreifen, um das Gesicht zu wahren. Die ganze Angelegenheit wäre natürlich irgendwann im Sand verlaufen, wenn nicht dieser arme Irre Holmerud plötzlich alle Morde auf sich genommen hätte, und dann hatte er es auch noch geschafft, für alle fünf verurteilt zu werden. Einen hatte er vermutlich sogar tatsächlich begangen, den Mord an einer Chiropraktikerin namens Lena, mit der er ein Verhältnis gehabt hatte. Schyman hatte irgendwann mal mit ihrer Mutter gesprochen.

»Es muss sehr hart für Sie gewesen sein«, sagte er, »für all diese Morde zu Unrecht verurteilt zu werden.«

Jetzt schluchzte Gustav Holmerud tatsächlich.

»Die haben mich gelinkt«, sagte er. »Die Polizei hat mir die Geständnisse in den Mund gelegt, die Ärzte hatten mich mit starken Medikamenten betäubt. So lange ich gesagt habe, was sie hören wollten, waren sie interessiert und aufmerksam, ich wollte mich wichtig fühlen, wollte es ihnen recht machen ...«

Anders Schymans Magen zog sich zusammen.

»Sie sind also vollkommen unschuldig?«, fragte er und zwang sich, seiner Stimme einen neutralen, vertrauenerweckenden Klang zu geben.

»Vollkommen unschuldig«, sagte Gustav Holmerud nachdrücklich. »Ich werde den schwedischen Staat, der mir all diese Jahre meines Lebens geraubt hat, auf einen Schadensersatz verklagen, der sich gewaschen hat.«

Na ja, so viele Jahre waren es nun auch nicht, dachte Schyman. Anderthalb, um genau zu sein.

»Sie können sich gerne in der Zeitung dazu äußern«, sagte Schyman. »Ich schicke gleich morgen früh einen Reporter zu Ihnen nach Kumla, wenn Sie wollen.«

»Ich will, dass Sie den Artikel schreiben.«

Ja sicher.

»Meine Reporter schreiben in meinem Auftrag, sie machen, was ich will.«

Es wurde still am anderen Ende. Wasser plätscherte gegen die Felsen, der Bootsmotor war wieder zu hören.

»Hallo ...?«, sagte Schyman.

»Meinetwegen«, sagte Gustav Holmerud. »Aber ich will jedes Wort vorher lesen.«

»Selbstverständlich dürfen Sie Ihre Zitate prüfen«, sagte Anders Schyman. »Besprechen Sie den Besuch mit der Gefängnisleitung und melden Sie sich wieder, wenn alles klar ist, dann kommen wir vorbei.«
Es wurde wieder still.
»Im Grunde seid ihr alle Lügner«, sagte Gustav Holmerud und legte auf.
Anders Schyman blieb eine Weile stehen und schaute hinaus aufs Meer.
Es war eine enorme Verantwortung gewesen, aber jetzt war es bald vorbei, ganz gleich, ob man das *Abendblatt* sterben ließ oder nicht. Die Todeszuckungen waren unübersehbar. Der Journalismus als allmächtige Instanz hatte ausgespielt. Mit dem Internet und den sozialen Medien waren Macht und Verantwortung auf jeden einzelnen Bürger übergegangen, jeder war sein eigener Schöpfer, und das konnte nirgendwo anders enden als im Fiasko. Aber wenn er seine Karriere als Journalist mit einer Revision vor dem Obersten Gerichtshof beschloss, war am Ende doch nicht alles umsonst gewesen.
Er zog sein Hemd an.
Wenn er es genau bedachte, hatte er einen Mordshunger.

Thomas hatte Stehpartys immer geliebt. Vor dem Haken war er ein Meister des Small Talks gewesen. Da war er durch die Räume geschlendert mit einem Glas Rotwein in der einen Hand, die andere Hand lässig in der Hosentasche, Jacke und Hemdkragen aufgeknöpft, die Haare leicht verwuschelt und die Augen voller Lachen. Da konnte er plaudern und flirten, während er langsam, aber ständig in Bewegung war. Er glitt durch den Raum, wechselte mit allen und jedem ein paar Worte, kam bei beiden Geschlechtern gleich gut an. Die Männer hätten gern mit ihm getauscht und die Frauen gern mit ihm geschlafen.

Jetzt wusste er nicht mal, wohin mit seinem Glas.

Hielt er es mit der Rechten, konnte er den Leuten nicht die Hand geben. Theoretisch könnte er es in den Haken klemmen, aber das sähe idiotisch aus.

Er trank einen Schluck und stellte das Glas auf dem Sideboard in der Diele ab.

Die Wohnung war gerammelt voll, in der Küche und im Salon und im Esszimmer, überall wimmelte es von Sophias unerträglichen Finanzschnöseln, Börsenmaklern und Wertpapieranalysten, Wirtschaftsjuristen und Risikoinvestoren und dazwischen dem einen oder anderen erfolglosen Kulturschaffenden. Sie alle hielten sich für wahnsinnig wichtig, glaubten, sie hätten es geschafft im Leben, aber im Grunde hatte keiner von ihnen irgendetwas zu sagen. Keiner von ihnen hatte wirkliche Macht.

Er schlenderte hinüber zum Küchenbereich, den Haken in der Hosentasche, und hoffte, dass er niemanden traf, den er kannte. Die Kinder hatten sich zum Glück ins kleine Schlafzimmer verkrümelt, das einmal das Kinderzimmer von Ellen und Kalle gewesen war, als sie noch gemeinsam bei Sophia gewohnt hatten. Offenbar stand dort immer noch eine alte Playstation und staubte vor sich hin.

»Amüsierst du dich?«

Sophia war neben ihm aufgetaucht, hakte sich links bei ihm ein und täschelte vertraulich seinen Arm. Thomas erstarrte unwillkürlich, was, wenn sie seinen Haken fühlte?

Er lächelte und befreite sich aus ihrem Griff.

»Eins muss man dir lassen«, sagte er, »deine Stehpartys sind klasse!«

Sie lachte und schien nicht gekränkt zu sein, dass er sich ihr entzogen hatte.

»Willst du gar nichts trinken?«

Er legte den Kopf schräg und tat, als denke er nach.

»Vielleicht einen Whisky?«, sagte er.

Den konnte er in einem Zug austrinken, und weiß Gott, den Alkohol würde er brauchen, wenn er durchhalten sollte, bis Annika kam.

Sophia schenkte ihm ihr schönstes Lächeln.

»Hol ich dir. Geh nicht weg!«

Er trat zum Weinregal und betrachtete ihre Weine. Unglaublich, sie hatte es immer noch nicht geschafft, sich einen Weinkühlschrank zu besorgen. Mehrere Flaschen kannte er noch aus der Zeit, als er hier gewohnt hatte, der Wein war vermutlich inzwischen ungenießbar.

»Ich weiß, was du denkst«, sagte sie und reichte ihm ein Glas mit zwei Fingerbreit dunkelgelber Flüssigkeit.

Er zog fragend die Augenbrauen hoch und nippte am Glas, der Whisky schmeckte nach Fusel.

»Ich *werde* einen Weinkühlschrank kaufen«, sagte sie, »aber vielleicht für Säter. Ich spiele mit dem Gedanken, dorthin zu ziehen.«

Er zwang den Whisky die Kehle hinunter und stellte das Glas überrascht ab. Säter war Familie Grenborgs Gutshof in Norduppland.

»Du willst aus der Stadt weg? Was willst du da draußen in der Einöde?«

Sie lächelte ein bisschen wehmütig.

»Papa kann den Hof nicht mehr allein bewirtschaften, und ich war lange genug Schreibtischtäterin …«

Eine Frau mit offensichtlichem Silikonbusen drängte sich zwischen sie und überschüttete Sophia mit Blumen, Küsschen und alkoholschweren Glückwünschen, dann wandte sie sich an Thomas, deutliches Interesse in den stark geschminkten Augen.

»Und wen haben wir hier?«, sagte sie und leckte sich die Lippen.

Thomas sah aus den Augenwinkeln, wie Sophia einschnappte, er streckte der Frau die Hand entgegen und trat einen Schritt dichter an Sophia heran.

»Thomas Samuelsson«, sagte er lächelnd. »Ein guter alter Freund von Sophia ...«

Er sagte es mit einem kleinen Augenzwinkern; die Frau verstand den Wink und verschwand. Sophia drückte den Hintern gegen seinen Oberschenkel.

»Aber hallo«, sagte sie leise, »was war das denn?«

Er fuhr ihr mit der Hand durchs Haar und sah im selben Moment, wie Annika durch die Tür kam. Sie sah müde und verschwitzt aus, die Haare fielen ihr ins Gesicht, als sie sich bückte, um die Schuhe auszuziehen (großer Gott, wer zog auf einer Cocktailparty die Schuhe aus?!), in der Hand hielt sie eine Plastiktüte vom Duty-free-Shop im Flughafen Kastrup.

»Alles Liebe zum Geburtstag«, sagte sie und umarmte Sophia. Für ihn hatte sie keinen Blick übrig.

»Oh«, sagte Sophia und zog eine billige Flasche Champagner aus der Plastiktüte, »das ist ja nett ...«

»Hallo, Thomas«, sagte Annika und warf ihm einen schnellen Blick zu. »Hat alles geklappt mit den Kindern?«

Sophia ging zum Gabentisch und stellte die Flasche zu den übrigen Geschenken.

»Na klar«, erwiderte er und kippte den Rest Whisky hinunter.

Er hatte ein Taxi bestellt, das die Kinder abgeholt und zu Sophia gebracht hatte, bei der Ankunft hatte er das Taxi bezahlt.

»Vielen Dank«, sagte sie, »du hast was gut bei mir.«

Er beugte sich über sie.

»Ich weiß, es sind meine Tage«, sagte er, »aber im Büro ist gerade unglaublich viel zu tun ...«
Einen Moment lang dachte er, sie würde zusammenklappen.
»Ich muss morgen ganz früh raus nach Kumla«, sagte sie.
»Ah, verstehe«, sagte er, »obwohl ...«
»Du musst nicht«, sagte sie. »Ich kann die Kinder nachher mit zu uns nehmen. Kein großes Opfer.«
»Wunderbar«, sagte er. »Du weißt, ich bin immer für sie da, aber im Augenblick ...«
Sie lächelte schmallippig.
»Thomas, ich habe gesagt, es ist okay. Okay?«
Sie drehte sich auf dem Absatz (besser gesagt, auf der Ferse) um und steuerte auf das Zimmer zu, in dem die Kinder spielten.
Der Whisky wärmte ihm wohlig den Magen.
Es gab genug andere Leute, die ihn schätzten.
Vielleicht sollte er sich noch einen Whisky besorgen?

Nina ging mit leisen Schritten durch den sparsam beleuchteten Korridor. Die meisten Zimmernummern waren abgefallen, sie zählte die Türen im Kopf mit. Bei Nummer neun auf der linken Seite blieb sie stehen, legte die Hand auf die Klinke und horchte. Hinter irgendeiner Gipswand hallten schnelle Schritte, eine Neonröhre knackte und brummte. Das Rauschen der Lüftungsanlage klang wie ein endloses Ausatmen, weit entfernt hörte sie das regelmäßige Piepsen eines Überwachungsgeräts.

Sie machte sich nicht die Mühe anzuklopfen.

Der Raum lag im Halbdunkel, die Nachtbeleuchtung war an, ein paar gelb getönte Lampen in der hinteren Ecke warfen lange Schatten auf die acht Betten, die eng zusammengerückt in einem sehr kleinen Bereich standen, aber daran war nichts auszusetzen. Die Patienten würden sich nicht beschweren, keiner von ihnen war bei Bewusstsein.

Sie ging zu ihrem gewohnten Platz, zog einen Stuhl ans Bett und vergewisserte sich, dass das Buch noch auf dem Nachttisch lag, wo sie es zurückgelassen hatte. Dann betrachtete sie den Mann im Bett. Er war rasiert und gekämmt, der Pyjama musste neu sein, sie kannte ihn noch nicht. Der Mann roch gut. Das eine Auge, das ihm geblieben war, starrte halb geschlossen an die Zimmerdecke.

»Hallo, Ingemar«, sagte Nina und strich ihm über die Wange. »Ich bin es, Nina. Sie haben heute geduscht, wie ich sehe.«

Der Mann reagierte nicht. Sie nahm seine Hand und wärmte ihm die kalten Finger.

»Heute war wieder Verhandlung«, sagte sie leise. »Der Prozess verläuft normal, wie es aussieht. Mal abwarten, wie lange das so bleibt.«

Ingemar Lerberg hatte keine Schmerzen mehr. Die zerrissenen Lendenmuskeln waren geflickt und verheilt, die gebrochenen Rippen zusammengewachsen, die Schultergelenke wieder an ihrem Platz. Das ausgestochene Auge war nicht ersetzt worden, aber die Augenhöhle war verheilt.

»Ich mache mir Sorgen wegen der DNA-Übereinstimmung«, fuhr sie fort. »Johansson meint, das hat seine Richtigkeit, er sagt, es ist normal, dass man nicht mehr als 99 Prozent Übereinstimmung erreicht, aber die Verteidigung reitet so hartnäckig darauf herum, das beunruhigt mich.«

Am Anfang war sie ins Pflegeheim gegangen, um zu sehen, ob er nicht vielleicht doch wieder aufwachte. Ingemar Lerberg war die Schlüsselfigur im Fall Ivar Berglund, wenn er nur in der Lage wäre, den Täter zu identifizieren, der ihn gefoltert hatte, könnten sofort mehrere Verbrechen aufgeklärt werden.

Er war ein Bild tiefster Einsamkeit, eingeschlossen in seine eigene Katastrophe. Niemand wusste, ob er etwas von seiner Umgebung mitbekam. Wahrscheinlich nicht, aber mit der Zeit hatte Nina eine Art Trost darin gefunden, es zu versuchen und ihm vollkommen zwanglos zu erzählen, was ihr gerade einfiel, ohne dass es eine Rolle spielte.

Sie griff nach der Tube Handcreme, die sie im Flughafen von Amsterdam gekauft hatte, als sie im Winter zu einem Meeting bei Europol in Den Haag geflogen war. Die Creme duftete nach Kokos, sie drückte einen Klecks heraus und massierte damit Ingemar Lerbergs steife rechte Hand.

»Ich war heute bei Ivar Berglunds jüngerer Schwester«, sagte sie. »Ihre Kindheit war bestimmt kein Zuckerschlecken. Möchte wissen, was sie mit ihr angestellt haben, dass sie so geworden ist.«

Sie legte seine rechte Hand vorsichtig auf der Bettdecke ab und griff nach seiner linken, noch einen Klecks Creme, alles mit ruhigen, sanften Bewegungen.

Die Tür ging auf, und eine Hilfsschwester kam herein.

»Hallo, Nina«, sagte sie.

»Hallo, Petra«, erwiderte Nina. »Einen schönen Pyjama hat er an, ist der neu?«

Hilfsschwester Petra ging zu Larsson, einem der Patienten auf der anderen Seite des Zimmers, schlug die Bettdecke zurück und machte sich daran, den Stomabeutel zu wechseln.

»Ja, ist der nicht schick? Gestern ist eine ganze Ladung davon gekommen. Hast du schon Kaffee?«
»Danke, ich bin versorgt«, erwiderte Nina.
Petra lächelte und deckte Larsson wieder zu.
»Sag Bescheid, wenn du irgendwas brauchst«, sagte sie und ging mit dem Kotbeutel hinaus.
Die Tür fiel mit einem Seufzer zu.
Nina erhob sich und cremte auch die Füße des Mannes ein. Die Narben der Stockhiebe unter den Fußsohlen glänzten in dem gelben Licht, sie fuhr mit dem Finger darüber, hart und glatt. Dann setzte sie sich wieder und schlug das Buch auf.

»*En esto, descubrieron treinta o cuarenta molinos de viento que hay en aquel campo, y así como don Quijote los vio, dijo a su escudero* ...«

Das war ihr Lieblingsstück in Cervantes' klassischem Roman, das achtzehnte Kapitel, das erzählte, wie der arme Adelige mit dem reinen Herzen in den Kampf gegen das Böse der Welt zog und sich mit dreißig Windmühlen anlegte. Sie wusste, dass Ingemar Lerberg früher einmal Spanisch gelernt hatte, aber der Text aus dem siebzehnten Jahrhundert hätte seine Kenntnisse wahrscheinlich weit überstiegen, selbst wenn er zu ihm durchgedrungen wäre. Sie hatte beschlossen, dass es nichts ausmachte, sie las zum eigenen Vergnügen vor, um die Worte in ihrer Muttersprache zu formulieren, um ihre Stimme zu hören, wie sie in ihrem Kopf klang. Und vielleicht auch als Erinnerung an Filip, der ihr aus dem Buch vorgelesen hatte, an sein geheimnisvolles Flüstern hinterher, wenn sie fast schon ins Reich der Träume davongesegelt war: *Vielleicht waren es wirklich Riesen, Nina, verkleidet als Windmühlen. Lass dir nichts vormachen!*

Sie war bei Don Quijotes Kampfruf angekommen, »*Non fuyades, cobardes y viles criaturas, que un solo caballero es el que os acomete*«, als ihr Handy klingelte. Das Signal schrillte wie ein Feueralarm, hastig nahm sie das Gespräch an.

»Wo bist du gerade?«, fragte Johansson.

»Ich sitze und lese«, erwiderte Nina.

»Wir haben Antwort von den spanischen Kollegen«, sagte Johansson.

»Das ging ja schnell. Wer hat den Unfall bearbeitet?«
»Unfall?«
»In den Bergen von Alpujarras.«
»Die örtliche Polizei in Albuñol, aber deswegen rufe ich nicht an. Wir haben eine DNA-Spur von Berglund, in einem der alten Fälle. Kein Zweifel diesmal, die Übereinstimmung ist perfekt.«

Ihr Puls schoss hoch, sie atmete schneller. Mit Blick auf Lerbergs halb geschlossenes Auge fragte sie:

»Wo?«
»Ein Mord in San Sebastián vor achtzehn Jahren.«
Sie stand auf, setzte sich wieder.
»Im Baskenland?«
»Man hatte den Mord der ETA zugeschrieben, deshalb hat es so lange gedauert.«
Sie atmete durch den offenen Mund aus.
»Und diesmal ist es ganz sicher? Die DNA passt hundertprozentig?«
»Es kommt noch besser«, sagte Johansson. »Wir haben auch einen Fingerabdruck.«

Sie ballte triumphierend die Faust. Fingerabdrücke waren einzigartig, selbst bei eineiigen Zwillingen.

»Danke, dass du angerufen hast«, sagte sie, und Johansson legte auf.

Sie wartete, bis ihre Körperfunktionen wieder normal waren. Dann überzeugte sie sich, dass die Tube Handcreme ordentlich zugeschraubt war, klappte das Buch zu und streichelte Ingemar Lerbergs Arm, ehe sie das Zimmer verließ.

Donnerstag, 4. Juni

Die Mauern begannen, wo das Wohngebiet aufhörte. Sie erstreckten sich endlos, so, wie den Lebenslänglichen, die dahinter einsaßen, ihre Strafe erscheinen musste. Lage um Lage aus Beton und Elektrozäunen, Langeweile und Frustration, Stacheldraht und Eisengittern: Viagatan 4 in Kumla, im Volksmund »der Bunker« genannt.

Annika bog auf den Besucherparkplatz, stellte den Wagen ab, zog die Handbremse an und machte den Motor aus. Das Autoradio verstummte abrupt, schnitt Adam Alsing mitten im Satz ab. Der Motor knackte vor Hitze. Schweiß lief ihr über den Rücken.

Sie kam eine Viertelstunde zu spät, Ellen hatte Halsweh und Annika hatte abwarten müssen, ob das Paracetamol wirkte, bevor sie das Mädchen zur Schule gehen ließ. Aber auf ein paar Minuten kam es nun wirklich nicht an, Gustav Holmerud lief ihr nicht weg. Schyman hatte sie darauf vorbereitet, dass er ein Streithammel war, ihre Unpünktlichkeit machte die Sache sicher nicht besser.

Sie stieg aus dem Auto. Der Wind zerrte an ihren Haaren, er war heiß und stank nach Asche und Schwefel. Tasche und Kamerastativ ließ sie im Wagen, sie war schon einmal hier gewesen und wusste, dass sie nichts mit hinein nehmen durfte. Sie steckte nur einen kleinen Notizblock ein, der in ihre Gesäßtasche passte.

Sie meldete sich per Türtelefon an und wurde von einer Wärterin begrüßt. Das Tor ging summend auf, und sie betrat den langen Korridor durchs Niemandsland, hundert Meter vergitterter Schotterweg bis zum Besuchereingang. Ihre Füße federten über den Boden. Die nächste Türsprechanlage. Dieselbe Wärterin. Diese Tür war sehr schwer, daran erinnerte sie sich noch, und sie fragte sich, wieso. Lag darin eine verborgene

Symbolik? Sie musste mit beiden Händen zupacken, um sie öffnen zu können, aber die körperliche Anstrengung war ein gutes Gefühl.

Der Warteraum war leer. An den weißen Blechspinden, die die Wände bedeckten, fehlten ein paar Schlüssel, sie war nicht die einzige Besucherin an diesem Vormittag. Eine dritte Türsprechanlage, immer noch dieselbe Wärterin.

Sie wartete. Die Vorhänge an den Fenstern waren zu, sie zog sie nicht auf, sie wusste, was dahinter war: weiße Gitter und ein Sandplatz. Eine Pinnwand neben dem Türtelefon informierte über Öffnungszeiten und die Möglichkeit, Übernachtungsanträge zu stellen. Sie strich sich die Haare aus der Stirn, während ihr durch den Kopf ging, wie absurd doch die Irrwege des Lebens waren. Dass sie in diesem Moment hier stand, war teilweise ihre eigene Schuld, oder vielleicht auch ihr Verdienst, je nachdem, wie man es sehen wollte. Im vergangenen Herbst, gleich nach ihrer Rückkehr aus Washington, wo sie drei Jahre lang als Auslandskorrespondentin für das *Abendblatt* gewesen war, hatte sie eine Liste der Frauenmorde zusammengestellt, die in den letzten sechs Monaten in Vororten von Stockholm begangen worden waren. Fünf Morde, alle im unmittelbaren Umfeld von Wohnung oder Arbeitsplatz der Frauen, alle mit verschiedenen Arten von Messern begangen. In sämtlichen Fällen wurde der derzeitige oder ehemalige Lebenspartner der Tat verdächtigt, was bedeutete, dass die Medien die Fälle nahezu komplett totschwiegen (in der Branche herrschte stillschweigende Einigkeit, dass die Morde an Ehefrauen keine richtigen Morde waren, sondern schmutzige Familientragödien, vom Nachrichtenwert vergleichbar mit Junkies, die sich totgefixt, oder Alkoholikern, die sich im Vollrausch gegenseitig die Köpfe eingeschlagen hatten, oder mit Völkermord in Afrika). Patrik hatte die Liste natürlich als nachrichtentechnisch mausetot abgetan, bis Annika die verfluchten Worte entschlüpft waren, die sie hinterher so oft bereut hatte: »Und wenn das nun ein Serienmörder war, den keiner auf der Rechnung hat?«

Und jetzt stand sie hier, fünf Mordurteile später, und fragte sich, wen sie gleich treffen würde: einen miesen Ehefrauenquäler, einen gewissenlosen Serienkiller oder ein unschuldiges Justizopfer?

»Bitte treten Sie ein«, sagte eine Stimme aus der Lautsprecheranlage unter der Decke.

Annika hob die Hand Richtung Überwachungskamera in der Ecke und betrat die Sicherheitsschleuse. Zwei Gefängniswärter, ein Mann und eine Frau, musterten sie durch eine dicke Panzerglasscheibe. Sie legte den Notizblock in eine kleine Plastikschale, die durch einen Scanner fuhr, und ging an einem Metalldetektor vorbei in die Sicherheitszone. Sie wies sich aus und durfte sich einen Stift leihen, einen gelben Bic. Dann trug sie ihren Namen und den der Person ein, die sie besuchen wollte, unterschrieb, dass sie mit den Besuchsregeln einverstanden war (sich nach Aufforderung einer Leibesvisitation durch zwei weibliche Vollzugsbeamte zu unterziehen, sich nach Aufforderung von einem Drogenspürhund beschnüffeln zu lassen, und dass sie einwilligte, zusammen mit dem Gefangenen in einem Raum eingeschlossen zu werden).

»Zimmer sieben«, sagte der Wärter und hängte ihren Führerschein an ein schwarzes Brett hinter dem Sicherheitstresen. »Möchten Sie einen Kaffee?«

Sie lehnte dankend ab.

Zusammen gingen sie durch den Korridor mit den nummerierten Türen.

»Hinterher saubermachen müssen Sie selbst«, sagte der Wärter.

Als wäre sie hier, um mit dem Gefangenen zu schlafen.

Sie betrat den engen Raum.

»Wenn Sie diesen Knopf drücken, meldet sich die Wachzentrale, und das hier ist der Alarmknopf ...«

Annika nickte und bedankte sich.

Die Tür wurde hinter ihr geschlossen. Sie ließ den Blick durch den Raum wandern, Schaumgummimatratze auf dem Bett, Kommode mit Laken und Wolldecken in den Schubladen, Toilette, Dusche, ein Stuhl. Der einzige Wandschmuck bestand aus einem gerahmten Werbeplakat für die Ausstellung eines

Künstlers namens Johan Wahlström im Modernen Museum, es zeigte naiv gemalte Figuren in Blau und Rot und Silber. Das Bild hieß *Im Wartezimmer*. Wie passend.

Sie setzte sich auf den Stuhl. Jetzt holten sie Gustav Holmerud aus seiner Zelle, jetzt gingen sie durch irgendwelche Korridore. Gleich würde er dieselben Sicherheitskontrollen passieren wie sie, und noch ein paar mehr, unter anderem musste er die Schuhe wechseln (es war vorgekommen, dass Gefangene die Sohlen ihrer Turnschuhe ausgehöhlt und mit Heroin gefüllt hatten). Wenn man ihn dann nach dem Besuch zurück in seine Abteilung brachte, musste er nackt durch den Metalldetektor gehen. Die Sicherheitsanlage wurde täglich kontrolliert, und die Routinen funktionierten. Im Bunker von Kumla gab es fast keine Drogen, keine Fluchtversuche und nur sehr wenige Morde.

Sie betrachtete das Gitter vor dem Fenster.

Bei Menschen, die niemals den Horizont sahen, veränderte sich die räumliche Wahrnehmung, das hatte sie mal irgendwo gelesen. Wenn der Blick immer gegen Mauern stieß, nie frei schweifen konnte, wurde die Perspektive eng und schief und unnatürlich verzerrt; der Ursprung der Menschheit lag in der Savanne mit ihrem endlosen Himmel. Im Grunde waren die Menschen alle Fische, die vor einhundertfünfzig Millionen Jahren an Land gekrochen waren.

Die Tür öffnete sich mit einem saugenden Geräusch, und Annika stand auf, ganz instinktiv. Ihre Augen weiteten sich, und ihre Handflächen wurden ein bisschen feucht.

Gustav Holmerud war viel größer, als sie erwartet hatte. Sie hatte ihn sich immer als relativ kleinen Mann vorgestellt, mit krummem Rücken und ausweichendem Blick, aber die wenigen Bilder, die ihn außerhalb des Gerichtssaals zeigten, wurden ihm nicht gerecht. Er füllte fast die gesamte Türöffnung aus, groß und breit, mit langen Armen und kurzen Beinen. Seine Haare waren feucht, er hatte vor ihrem Besuch geduscht.

Sie gaben sich die Hand, seine war kühler als ihre. Er hatte einen Zug frustrierter Gereiztheit um den Mund.

»Anders Schyman schickt also seine Schreibkraft«, sagte er. »Na, da muss ich mich wohl mit abfinden.«

Die Tür schlug hinter ihm zu, das Schloss rastete ein. Annika setzte sich eilig wieder auf den einzigen Stuhl, sie wollte nicht riskieren, auf dem Bett zu landen.

»Danke, dass ich dieses Interview mit Ihnen machen darf«, sagte sie und legte Block und Kugelschreiber auf die Oberschenkel.

Gustav Holmerud blieb stehen. Statistisch gesehen, erfüllte er alle generellen Kriterien für einen Ehefrauenmörder: gebürtiger Schwede, psychisch gesund und bis dahin nie straffällig geworden, wie die große Mehrheit der männlichen Schweden. Aber die meisten männlichen Schweden brachten ihre Frau auch nicht mit dem Küchenmesser um, nur weil sie nicht vor ihnen kuschte.

»Ich glaube, da hast du deinen Chef missverstanden«, sagte Gustav Holmerud und setzte sich auf die Bettkante. »Du sollst kein Interview mit mir machen, du sollst dafür sorgen, dass ich hier rauskomme.«

Er rutschte näher an sie heran, so nah, dass ihre Knie beinahe zusammenstießen, und stützte die Ellbogen auf die Schenkel. Sein Atem wehte ihr in die Nase, er roch nach Kaffee.

Annika saß auf dem Stuhl, ohne sich zu rühren, sie dachte gar nicht daran, sich provozieren zu lassen. Sie blickte ihm stur in die Augen, sie waren wässrig und rot gerändert. Vielleicht stand er unter Beruhigungsmitteln.

»Nein«, erwiderte sie. »Wenn hier einer was missverstanden hat, dann Sie. Ich bin nicht Ihre Verteidigerin. Ich bin Journalistin und werde im *Abendblatt* einen Artikel über Sie schreiben.«

Er starrte sie an, den Mund halb geöffnet, dann rückte er ein Stück weg und setzte sich bequemer auf der Matratze zurecht.

»Wie ich sehe, bist du schon ganz aufgeregt, weil du mich treffen und mit mir reden darfst«, sagte er. »Für dich ist das ein richtiger Knüller, was? Glaubst, du kriegst den Großen Journalistenpreis dafür, stimmt's?«

Er grinste breit und deutete mit dem Kopf auf ihren Schoß.

»Und, ist das Fötzchen schon nass?«

Sie zwang sich, keine Miene zu verziehen.

»Glauben Sie wirklich, Sie können mich damit aus der Fassung bringen?«

Er lachte meckernd.

»Sie haben Anders Schyman gesagt, Sie seien unschuldig an den Morden, für die Sie verurteilt wurden«, fuhr Annika fort. »Und dass Sie die Dinge aus Ihrer Sicht schildern wollen. Nur zu, ich bin hier, und ich höre Ihnen zu.«

Er hörte auf zu lachen.

»Hör mal, Mädchen«, sagte er. »Ich entscheide, mit wem ich rede, und ich will einen richtigen Redakteur.«

Einen Mann weißer Hautfarbe, in mittleren Jahren? Bekannt aus Funk und Fernsehen, möglichst mit einem adeligen Nachnamen?

Sie wich seinem Blick keinen Millimeter aus.

»Sie denken an jemanden mit Gewicht und Erfahrung, jemanden mit Rückgrat? Jemanden, der so ist und so aussieht wie der Mann, der Sie gerne wären?«

Er sah sie mit leerem Blick an.

»Annika, Annika«, sagte er. »Warum bist du eigentlich draußen, und ich sitze hier drinnen?«

Sie spürte einen kalten Stich im Magen.

»Wie, was meinen Sie?«

»Du hast tatsächlich jemanden umgebracht, ich nicht. Das kannst du in deiner Zeitung schreiben.«

Sie merkte, wie sich ihr der Hals zuschnürte.

»›*Er behauptet, ich schreie vor Lust und nicht vor Schmerzen*‹ ... Er hat dich ordentlich durchgefickt, war 'ne anregende Lektüre.«

Oh Gott, er hatte ihr Tagebuch gelesen, es war Teil der Ermittlungen gewesen. Wie zum Teufel war er daran gekommen? Ja richtig, man konnte es beim Amtsgericht einsehen; wenn das Urteil gesprochen war, wurde es zu einem öffentlich zugänglichen Dokument. Sie bemühte sich krampfhaft, nicht nach Luft zu schnappen, merkte, wie ihr Körper schwer und kraftlos wurde.

Er grinste.

»Es gibt noch mehr Zeitungsschmierer, die eigentlich hier

sitzen müssten. Dein Kollege Patrik Nilsson ist wegen Amtsanmaßung verurteilt, wusstest du das? Er hat sich als Polizist verkleidet und eine Zeugenaussage an einem Tatort aufgenommen. Bosse vom *Konkurrenten* hat Ärger mit dem Gerichtsvollzieher, er hat sich mit seinen Aktien verspekuliert. Und Berit Hamrin, die alte Kommunistin, würde heute als Terroristin gelten.«

Er faltete die Hände über dem Bauch, anscheinend genoss er die Situation. Annika machte sich Notizen.

»Sie sind gut im Recherchieren«, sagte sie. »Auf die Art haben Sie es geschafft, für die Morde verurteilt zu werden. Sie haben sich eingeprägt, was Sie in den Verhören antworten und wie Sie sich an den Tatorten verhalten mussten.«

Er hörte auf zu grinsen und kräuselte die Lippen.

»Ich will selbst bestimmen, mit wem ich rede«, sagte er.

»Tut mir furchtbar leid«, erwiderte Annika, »aber heute müssen Sie mit mir vorliebnehmen. Wie kommt es, dass Sie es sich anders überlegt haben? Warum widerrufen Sie Ihre Geständnisse?«

Er rutschte noch weiter auf dem Bett zurück, bis er mit dem Rücken an der Wand saß. Die Beine ragten über die Bettkante, an den Füßen trug er Plastiksandalen der Gefängnisfürsorge.

»Wenn du glaubst, du kannst mich ausquetschen, hast du dich geschnitten«, sagte er. »Ich will, dass es ein ganz großes Ding wird, nicht nur eine einzige kleine Meldung in irgendeinem Käseblatt. Ein Buch, eine Fernsehdokumentation und eine Artikelserie über mehrere Tage.«

Sie atmete lautlos ein, griff nach Block und Stift.

»Mal sehen, ob ich Sie richtig verstanden habe«, sagte sie und schrieb. »Sie wollen eine synchronisierte Medienkampagne auf sämtlichen Plattformen. Fernsehen, Zeitungen, soziale Netzwerke, Rundfunk vielleicht auch, und ein Buch. Ist das korrekt?«

Er zögerte einen Moment, dann nickte er.

»Ja, genau«, sagte er. »Eine synchrono ... was du gesagt hast.«

Sie musterte ihn, den Schwabbelbauch, die halb getrockneten strähnigen Haare.

»Warum haben Sie das getan?«, fragte sie.
»Was getan?«
»All diese Morde gestanden?«
Er presste die Lippen zusammen und verschränkte die Arme.
»Sie haben zu Anders Schyman gesagt, die Polizei habe Sie zu den Geständnissen verleitet«, sagte Annika. »Dass die Polizisten und die Ärzte Ihnen das Gefühl gaben, wichtig zu sein, dass Sie Zuwendung und Drogen bekommen haben, solange Sie immer neue Geständnisse machten ...«
»Anders Schyman hat mir versprochen, dass ich jede Zeile vorher lesen und kontrollieren darf.«
»Er hat gesagt, Sie dürfen Ihre Zitate überprüfen«, widersprach Annika.
Gustav Holmerud schwieg und starrte auf das Plakat von Johan Wahlström, *Im Wartezimmer*, ja, sollte er doch da sitzen.
Annika erhob sich.
»Ich werde der Redaktionsleitung Ihre Forderungen vorlegen«, sagte sie. »Da Sie nicht mit mir reden wollen, ziehe ich meine eigenen Schlüsse aus unserer Unterhaltung. Wollen Sie wissen, was ich schreiben werde?«
Jetzt leuchtete sein Gesicht auf, seine Selbstverliebtheit war wirklich maßlos.
»Dass Sie eine Reihe von Verbrechen gestanden haben, die nicht auf Ihr Konto gehen, weil Sie im Mittelpunkt und im Rampenlicht stehen wollten, aber jetzt, wo die Scheinwerfer erloschen sind, macht es keinen Spaß mehr. Deshalb wollen Sie zurück ins Rampenlicht, und diesmal behaupten Sie, dass Sie unschuldig sind.«
Sie steckte den Block in ihre hintere Hosentasche und drückte den Knopf an der Sprechanlage.
»Annika Bengtzon in Zimmer sieben«, sagte sie zur Wachzentrale. »Ich bin fertig.«
Gustav Holmerud rutschte eilig an die Bettkante und stand auf, die Augen weit aufgerissen und etwas nervös.
»Gehst du schon?«
»Sie geben mir ja kein Interview«, sagte sie. »Ich habe auch noch was anderes zu tun.«

»Wann höre ich das nächste Mal von euch? Wie geht es jetzt weiter?«

Draußen auf dem Gang waren Schritte zu hören.

»Sie sind nicht so gut im Recherchieren, wie Sie glauben«, sagte Annika. »Oder Sie lügen. Patrik Nilsson wurde zwar dafür bestraft, dass er eine Polizeiuniform getragen hat, aber er hat keine Zeugenaussage an einem Tatort aufgenommen. Die Uniform gehörte zu einer Scherzreportage in einem Männermagazin, bei dem er damals als freier Reporter gearbeitet hat. Zehn Tagessätze lautete das Urteil, ich glaube kaum, dass ihn das für den Bunker qualifiziert.«

Es rasselte im Schloss, die Tür ging auf.

Sie gab ihm die Hand.

»Ich sorge dafür, dass Ihnen jemand Bescheid sagt, wofür wir uns entschieden haben. Wiedersehen.«

Sie ging durch die Tür und die Sicherheitszone und den Warteraum und hinaus zu ihrem Auto, ohne sich ein einziges Mal umzublicken.

Der Misserfolg lag ihr schwer im Magen. Sie hatte Schyman eine kurze SMS geschickt: *Kein Interview heute. Holmerud macht Zicken. Aber noch ist der Zug nicht abgefahren, mehr Details heute Nachm.* Er hatte nicht geantwortet. Adam Alsing war nach Hause gegangen, also schaltete sie das Radio nicht ein.

Was hätte sie anders machen können? Nicht viel, wahrscheinlich. Gustav Holmerud war kein Dummkopf, auch wenn er nicht ganz richtig tickte. Er hatte es geschafft, für vier Morde verurteilt zu werden, die er nicht verübt hatte, das erforderte Vorstellungskraft und Engagement. Den fünften Mord, den an seiner Freundin, hatte er wahrscheinlich begangen.

Sie war ungefähr eine Viertelstunde Richtung Stockholm unterwegs, als ihr Handy klingelte. Die Nummer auf dem Display sagte ihr nichts.

»Guten Tag«, meldete sich eine bekümmerte Männerstimme. »Johansson mein Name, von der Reichskriminalpolizei.«

Unwillkürlich setzte sie sich aufrechter hin, war es überhaupt erlaubt, während der Fahrt zu telefonieren? Plötzlich wurde sie unsicher.

»Spreche ich mit Annika Bengtzon?«

Ja, das tat er. Sie nahm den Fuß vom Gas.

»Meine Kollegin Nina Hoffman hat mich gebeten, Ihnen das Ergebnis einer Mobiltelefonortung mitzuteilen.«

»Ja«, sagte Annika, »es geht um das Handy meiner Schwester. Sie ist verschwunden.«

»Genau, ich habe die Anzeige vor mir. Zwei Anzeigen, genauer gesagt, eine in Stockholm und eine in Malmö ...«

»Entschuldigung«, unterbrach Annika ihn, »aber warum ruft Nina nicht selbst an?«

»Sie ist dienstlich unterwegs. Es ist etwas ungewöhnlich, dass wir Fahndungsergebnisse auf diesem Weg übermitteln, aber soweit ich verstanden habe, arbeiten Sie und Nina gewissermaßen zusammen.«

Ganz so hätte Annika es nicht ausgedrückt, aber na ja.

»Ja, also wir haben die Standortdaten von über einem Monat hier vorliegen, ab dem 1. Mai, wie ich sehe. Soll ich Ihnen die Ergebnisse jetzt gleich am Telefon sagen, oder möchten Sie lieber ...«

»Jetzt gleich, bitte«, sagte Annika.

»Bis vor zwei Wochen war das Muster immer dasselbe, wie wir feststellen konnten. Das Handy hat sich regelmäßig bei Basisstationen vorwiegend im Zentrum von Malmö eingebucht, zwischen Rosengård und Värnhemstorget ...«

Papier raschelte.

»... aber am Sonntag, dem 17. Mai, herrscht Funkstille, das Handy ist aus. Eingeschaltet wird es erst wieder am 19. Mai, also zwei Tage später. Da werden zwei Textnachrichten vom Gerät versendet, an eine Frau namens Linda Torstensson und an einen Steven Andersson. Kennen Sie die Personen?«

Annika wusste, was Birgitta an Linda Torstensson geschrieben hatte, sie hatte ihr vorgelogen, eine feste Anstellung bei der Konkurrenz gefunden zu haben. Warum? Sie war der Liebling ihrer Chefin, warum brach sie alle Brücken hinter sich ab?

Weil sie Linda ärgern und enttäuschen wollte. Sie wollte nicht, dass Linda sich bei ihr meldete, sie wollte in Ruhe gelassen werden. Was Birgitta an Steven geschrieben hatte, wusste nur er.

»Ich sehe hier, dass die Nachrichten über einen Funkmast in Södermanland abgesetzt wurden, in einem Ort namens Hälleforsnäs.«

Annika stieg auf die Bremse, der Fahrer hinter ihr hupte wütend.

Vorigen Dienstag? Birgitta war vorigen Dienstag in Hälleforsnäs gewesen?

»Kann man sehen, wo die Handys waren, an die die SMS geschickt wurden?«, fragte Annika.

Der Mann namens Johansson hustete in den Hörer.

»Beide befanden sich in Malmö, als sie die Mitteilungen empfingen.«

Aus irgendeinem Grund beruhigte sie diese Auskunft, Technik war nüchtern und unbestechlich. Steven war nach Birgittas Verschwinden also in Malmö geblieben, jedenfalls in dem Punkt hatte er nicht gelogen.

»Das Handy wird in der darauffolgenden Woche noch zwei Mal eingeschaltet, am 22. und am 26. Mai. Drei Textnachrichten werden verschickt, zwei an Steven Andersson und eine an Annika Bengtzon, also Sie, alle aus derselben Funkzelle.«

Annika, bitte melde dich, du musst mir helfen! /birgitta

»Die letzte SMS, die von diesem Gerät abgesetzt wurde, ging an Ihre Mobilnummer, gesendet am vergangenen Sonntag um 04.22 Uhr aus Luleå.«

In ihrem Kopf stand alles still. *Annika, hilf mir!*

»Luleå?«

Annika sah die Stadt vor sich, Schneewehen an den Metallfassaden, der hämmernde Puls des Stahlwerks, blanke Bahngleise in der Winternacht. Sie war im Zusammenhang mit dem Mord an Benny Eklund und der Jagd auf den Roten Wolf mehrmals dort gewesen, mein Gott, damals waren die Kinder noch klein. Thomas hatte ihre Reisen nach Luleå genutzt, um ein Verhältnis mit Sophia Grenborg anzufangen.

»Hilft Ihnen das weiter? Hat Ihre Schwester Verbindungen zu diesen Orten?«

»Wir kommen aus Hälleforsnäs«, sagte Annika.

Der Mann am anderen Ende stieß einen hörbaren Seufzer aus.

»Na sehen Sie, dann ist doch alles gut. Sie besucht ihr altes Zuhause.«

Annika bedankte sich für die Information und beendete das Gespräch. Sie nahm die nächste Ausfahrt, wendete und fuhr zurück. Nach einigen Kilometern bog sie auf die Straße, die nach Hälleforsnäs führte.

Die *Dirección General de la Policía* in San Sebastián lag an der Calle de José María Salaberria, einer engen Straße mit Tiefbauarbeiten auf der einen Seite und Baugerüsten auf der anderen. Nina blickte an der Backsteinfassade hinauf, sie erinnerte an ein Wohnhaus in einem Stockholmer Vorort.

Sie betrat die Eingangshalle des Polizeipräsidiums, ihre Schritte waren ein wenig unsicher, wegen des Schlafmangels. Die Maschine der Ryan Air war im allerersten Morgengrauen vom Flugplatz Skavsta Richtung Biarritz gestartet. Sie hatte versucht, im Flugzeug zu schlafen, aber der Sitz ließ sich keinen Millimeter nach hinten verschieben und schon nach einer halben Stunde taten ihr die Knie, die sich in den Vordersitz bohrten, dermaßen weh, dass sie es aufgab und sich stattdessen überlegte, wie sie ihren spanischen Kollegen den Fall Ivar Berglund präsentieren wollte.

Das Taxi vom Flugplatz brauchte eine knappe Stunde bis in die Stadt, unterwegs überquerten sie die Grenze zwischen Frankreich und Spanien, ohne dass sie es merkte.

Sie fragte am Empfang nach Polizeichef Axier Elorza und wies sich mit ihrem Führerschein aus, als Zivilperson. Ihr Status als Polizistin war noch nicht beglaubigt, das sollte im Laufe des Tages über Interpol geschehen und sie wollte dem Beschluss nicht vorgreifen. Sie würde eine Zulassung als Beobachterin erhalten, nicht als Amtsperson, aber das genügte.

Die Empfangssekretärin bat sie, Platz zu nehmen und zu warten.

Nina setzte sich auf eine harte Holzbank und blickte aus dem Fenster. Der Prozess im Sicherheitssaal würde morgen zu Ende gehen. Es bestand die Gefahr, auch wenn sie nicht groß war, dass Ivar Berglund das Gericht direkt nach der Hauptverhandlung als freier Mann verlassen konnte. Sie musste es schaffen,

Zugang zu der Ermittlungsakte der Spanier in dem alten Fall zu erhalten, in dem Berglunds DNA-Spur gefunden worden war, jetzt, heute, am besten noch am Vormittag, damit die Mühlen der Bürokratie anfangen konnten zu mahlen und Berglund garantiert weiter in Haft blieb.

»Dritter Stock«, sagte die Empfangssekretärin und zeigte auf einen Fahrstuhl.

Nina erhob sich rasch und fuhr nach oben.

Der Polizeichef saß in einem engen Büro mit Blick auf die Bauarbeiten auf der anderen Straßenseite. Axier Elorza war ein kleiner, magerer Mann in Zivil mit hängendem Schnurrbart; er hätte durchaus einer der alten Männer sein können, die am Marktplatz von Alisios, wo sie aufgewachsen war, die Tauben fütterten. Aber Nina wusste, dass der Schein trog, Kommissar Elorza hatte mehr ETA-Terroristen gejagt, festgenommen und unschädlich gemacht als irgendein anderer spanischer Polizist der Gegenwart.

»Señorita Hoffman«, sagte der alte Mann und blinzelte erfreut. »Was für eine Ehre.«

»Die Ehre ist ganz meinerseits«, antwortete Nina. »Danke, dass Sie so kurzfristig Zeit für mich hatten.«

Sie war einen ganzen Kopf größer als er.

»Kommen Sie, meine Liebe, treten Sie ein.«

Er machte eine einladende Geste, offensichtlich hatte er vor, ihren Besuch so informell wie möglich zu halten, zumindest vorläufig. Kein Konferenzraum, keine große Delegation, die sie erwartete, um sie mit Informationen zu versorgen. Sie setzte sich auf einen Stuhl vor dem Schreibtisch, der bis auf zwei kleine Flaschen Mineralwasser mit Kohlensäure und zwei Wassergläser vollkommen leer war.

»Na, Señorita, dann erzählen Sie mal, warum eine DNA-Probe aus einem achtzehn Jahre alten Mordfall so interessant für die schwedische Polizei ist«, sagte er und hebelte den Kronkorken mit der bloßen Hand von einer der Flaschen.

Nina saß ganz still und aufrecht da. Er redete sie aus zweierlei Gründen mit *Señorita* an. Zum einen machte es deutlich, dass sie als Privatperson hier war, es war also klug von ihr gewesen, sich als solche auszuweisen. Zum anderen betonte er damit ihr Geschlecht, weibliche Polizisten waren in der spanischen Machokultur immer noch die Ausnahme. Sein Trick mit der Wasserflasche war eine wenig raffinierte Art, Stärke zu demonstrieren. Eigentlich war sie durstig, aber sie sah nirgends einen Öffner. Ihr würde es nicht gelingen, die Flasche mit den Fingern zu öffnen, und sie hatte nicht vor, ihn um Hilfe zu bitten.

»Zurzeit findet ein Prozess im Stockholmer Amtsgericht statt«, sagte sie, obwohl sie annahm, dass Kommissar Elorza bereits wusste, warum sie hier war. »Ein Mann namens Ivar Berglund ist wegen Mordes angeklagt. Er ist schwedischer Staatsbürger, alleinstehend, Unternehmer in der Holzbranche und nicht vorbestraft. Die Beweisführung hängt an einem Stück Täter-DNA, das unter dem Fingernagel des Opfers gefunden wurde, die genetische Übereinstimmung ist nicht hundertprozentig, würde aber im Normalfall ausreichen. Das Problem ist die Beschaffenheit des Verbrechens und die Unbescholtenheit des Angeklagten. Der Mord war ungewöhnlich grausam, und es gibt nichts, was darauf hindeutet, dass der Angeklagte kriminell wäre ...«

Kommissar Elorza trank von seinem Wasser. Nina befeuchtete sich die Lippen.

»Außerdem haben unsere Ermittlungen ergeben, dass vermutlich derselbe Täter einen schwedischen Politiker schwer misshandelt hat. Das Verbrechen wurde ein paar Tage vor dem Mord im selben Stadtteil von Stockholm begangen.«

»Aber wegen der Misshandlung ist er nicht angeklagt?«

»Nein«, sagte Nina.

Der alte Mann saugte an seinen Zähnen, ein klares Zeichen von Missbilligung.

»Warum nicht?«

»Es gab nicht genug technische Beweise.«

»Woraus ziehen Sie dann den Schluss, dass es derselbe Täter war?«

Nina wählte ihre Worte sorgfältig.

»Aus einer Reihe von Indizien. Der ermordete Mann war

Geschäftsführer einer spanischen Firma, die der Ehefrau des gefolterten Politikers gehörte. Am Tatort befand sich eine Kinderzeichnung, die vermutlich von den Kindern des Politikers angefertigt wurde.«

Der Polizeichef zwinkerte mit den Augen.

»Aber das ist nicht alles«, sagte er. »Sie sind sich Ihrer Sache sehr sicher. Warum?«

Ihre Hände lagen still auf ihrem Schoß.

»Beide Opfer waren bekannten Foltermethoden ausgesetzt.«

Der Polizist beugte sich vor, jetzt hatte sie sein Interesse erregt.

»Welchen?«, fragte er.

Sie straffte die Schultern und zählte auf, benutzte die spanischen Begriffe, sofern es diese gab.

»*Falaka*, Stockhiebe auf die Fußsohlen. *La Bañera*, eine Plastiktüte über dem Kopf führt zum Ersticken. *Strappado*, man fesselt dem Opfer die Hände auf dem Rücken und hängt es an den Handgelenken auf. *Cheera*, die Beine werden gespreizt, bis die Muskeln reißen. *La Barra*, dem zweiten Opfer wurden in Hockstellung die Hände um die Schienbeine gefesselt, dann hat man ihm eine Stange durch die Kniekehlen geschoben und ihn kopfüber in einen Baum gehängt ...«

Der Kommissar wirkte beinahe amüsiert.

»Sagen Sie, Señorita, warum hat man gerade Sie geschickt, um mir diese Informationen zu geben?«

Sie erwiderte seinen Blick.

»Weil die Schlussfolgerungen von mir sind«, sagte sie.

Und weil ich Spanisch spreche, dachte sie, und weil die Sache sehr eilig ist.

»Sie haben beide Tatorte in Augenschein genommen?«

»Natürlich.«

»Fanden Sie das nicht unangenehm?«

Sie blickte ihn verwundert an.

»Sicher, es waren grausame Verbrechen.«

Wie sollte sie die Schatten in ihrem Inneren erklären, die dafür sorgten, dass sie im Dunkeln sehen konnte? Dass die

Finsternis ihr keine Angst machte, weil sie selbst hineingeboren worden war?

»Verbrecher sind einschätzbar«, sagte sie. »Sie funktionieren nach demselben Muster wie alle anderen Menschen, haben dieselben Triebkräfte und Ambitionen. Und alle Verbrecher empfinden sich als machtlos und sind bereit, alles zu tun, um das zu ändern. Was wir das Böse nennen, ist eigentlich nur eine Konsequenz aus ihrer Wahl der Werkzeuge. Sie wenden Gewalt an, um Macht zu erlangen. Wir müssen das durchschauen, dürfen uns durch ihre Werkzeuge nicht den Blick für das verstellen lassen, was wesentlich ist.«

Ein Lächeln huschte über das Gesicht des alten Polizisten, er beugte sich vor, öffnete die zweite Flasche und goss das sprudelnde Wasser in ihr Glas.

»Was wissen Sie über die ETA?«, fragte er.

Sie trank einen Schluck.

»Nicht viel. Das war eine Gruppe von separatistischen Rebellen, die einen autonomen baskischen Staat errichten wollten.«

»Euskadi ta Askatasuna«, sagte der Kommissar. »Baskisch für ›Baskenland und Freiheit‹. Zwischen 1968 und 2003 wurden 819 Menschen durch verschiedene Terrorakte getötet, die wir der ETA zuschreiben. Ernesto Jaka, sagt Ihnen der Name etwas?«

Ernesto Jaka? Sie vermutete, dass die Frage rhetorisch gemeint war, und antwortete nicht.

»Nein«, sagte der Kommissar, »wie sollte er. Ernesto Jaka war ein baskischer Geschäftsmann aus Bilbao. Nicht gerade ein Kleinunternehmer, aber auch keiner der ganz großen. Er handelte mit Rohstoffen, vorwiegend Öl. Man fand ihn zu Tode gefoltert in einem Müllcontainer auf einem Rohbau, der von der ETA kontrolliert wurde. Vermutlich hatte Jaka versäumt, die ›Revolutionssteuer‹ zu entrichten, eine Umschreibung für Schutzgeldzahlungen an die ETA.«

Nina knetete ihre Hände.

»Ich dachte, die ETA hätte überwiegend mit Sprengstoff gearbeitet«, sagte sie.

Der Kommissar nickte.

»Ja, aber nicht nur, man war da flexibel. In diesem speziellen Fall hat man sich der Werkzeuge bedient, die auf dem Bau herumlagen, Sägen und Hammer und Bohrer, na, Sie können sich ja vorstellen, welche Verletzungen das Opfer hatte ...«

Das konnte Nina.

»Wo wurde die DNA-Spur gefunden?«

»Auf einem der Werkzeuge, einem Sägeblatt, wenn ich mich nicht irre. Überwiegend fanden wir natürlich Blut und Gewebe des Opfers an den Werkzeugen, aber auch Fremd-DNA und einen Fingerabdruck, beides konnten wir nie zuordnen.«

»Der Täter hat sich in die Hand oder in den Finger gesägt«, sagte Nina.

Der Kommissar nickte heftig.

»Das war auch unsere Schlussfolgerung. Wir haben einen DNA-Abgleich mit allen bekannten ETA-Mitgliedern gemacht, aber keine Übereinstimmung gefunden. Das war also der Stand in den letzten achtzehn Jahren, bis gestern.«

Nina überlegte.

»Ernesto Jaka hat mit Öl gehandelt, sagen Sie. Russischem Öl?«

»Überwiegend ja, aber auch nigerianischem«, bestätigte der Kommissar.

Ninas Hände entspannten sich.

Nach dem Zusammenbruch der Sowjetunion waren große Teile des Staatsbesitzes privatisiert worden, unter anderem die Wälder und die Ölquellen. Bereits in den 1990er Jahren gehörten einige wenige Oligarchen zu den reichsten Männern der Welt, Michail Chodorkowsky, Eigentümer des Ölkonzerns Yukos, war vielleicht der bekannteste, aber es gab noch mehr, die nicht ganz so groß, dafür aber skrupelloser waren. Ein mörderisches Gerangel herrschte unter ihnen. Ivar Berglund hatte über seine Firma viel Holz aus Russland importiert, er hatte die Kontakte, er hatte die Möglichkeiten.

Kommissar Elorza seufzte zufrieden.

»Wissen Sie«, sagte er, »es passiert nicht oft, dass wir die Zahl der ETA-Opfer nach unten korrigieren, aber heute tun wir es. Von 819 auf 818.«

Er stand auf.

»Wir haben alle Unterlagen zu dem Fall zusammengestellt. Wenn Sie mitkommen, kann ich ...«

»Ich habe eine Bitte«, unterbrach Nina ihn und erhob sich langsam. »Ich dachte, vielleicht könnten Sie mir helfen, Licht in eine andere Sache zu bringen.«

Elorza blieb überrascht in der offenen Tür stehen.

»Es geht um unseren mutmaßlichen Täter, oder besser gesagt, um seinen Bruder«, sagte Nina. »Der Zwillingsbruder von Ivar Berglund ist vor zwanzig Jahren bei einem Verkehrsunfall in den Alpujarras ums Leben gekommen. Ich würde gerne mehr darüber erfahren.«

In den Augen des alten Mannes blitzte Interesse auf, er kam zurück ins Zimmer und schloss die Tür.

»Das dürfte schwierig werden«, sagte er. »Ein normaler Unfall, so etwas liegt tief im Archiv vergraben, wenn der Vorgang überhaupt noch da ist.«

»Ja, es ist schwierig, und ich bin nicht befugt, die Unterlagen anzufordern«, sagte Nina. »Aber es wäre sehr wichtig für mich, wenn ich sie einsehen könnte.«

»Und was kann ich dabei tun?«

»Der Name Axier Elorza ist in ganz Spanien bekannt«, sagte Nina, »ein Name, der Türen öffnet.«

Der Alte lachte.

Thomas wachte davon auf, dass ihm eine Dampframme von innen gegen die Stirn hämmerte. Er versuchte, die Augen zu öffnen, und wurde von blank geschliffenen Messern geblendet, großer Gott, was war passiert? Er verharrte ganz still in der barmherzigen Dunkelheit hinter den Lidern und registrierte, dass er atmete, er war also wenigstens nicht tot. Irgendwo in der Ferne hörte er Verkehrslärm. Sein Mund schmeckte nach Gully.

Wo war er?

Er stöhnte laut und machte einen neuen Versuch, sich umzusehen.

Ein weißes Zimmer, stickige Luft, grelles Licht fiel durch ein Dachfenster über ihm herein. Großer Gott, bitte nicht. Sophias Schlafzimmer, das einmal auch seins gewesen war.

Er drehte den Kopf, um nachzusehen, ob noch jemand im Bett lag. Tatsächlich, eine wirre blonde Mähne auf dem weißen Kopfkissen, bitte, lass es nicht wahr sein, wie war er nur hier gelandet? Was war gestern Abend eigentlich passiert? Er bewegte den linken Arm, und die Erkenntnis traf ihn wie eine schallende Ohrfeige. Wo hatte er den Haken abgelegt?

Er hievte sich auf den Ellbogen und richtete sich halb auf, die Dampframme antwortete mit Doppelschlägen. Er stöhnte wieder, lauter als ihm lieb war.

Sophia hob neben ihm den Kopf und blinzelte schlaftrunken.

»Guten Morgen«, gurrte sie und lächelte ihn an.

Ihm war speiübel.

»Guten Morgen.«

Die Worte schnitten ihm wie Lasermesser durchs Hirn. Sophia streckte die Hand aus und liebkoste seine Brust.

»Ach, ist das schön, dass du hier bist«, sagte sie.

Er schob den Armstumpf über die Bettkante, damit sie ihn

nicht sah, und versuchte sich an einem Lächeln, es zerrte schmerzhaft an den Gesichtsmuskeln. Wie zum Teufel sollte er hier wieder rauskommen? Die Chance, sich unbemerkt wegzuschleichen, war vertan. Wo war sein Haken? Und wie sollte er ihn umschnallen, wie sollte er sich anziehen, ohne dass sie es merkte?

»Wahnsinnsparty gestern«, sagte er versuchsweise.

Sie lachte leise.

»Ja, du warst richtig in Feierlaune. Ich glaube, ich habe dich noch nie so ... in Fahrt gesehen.«

In Fahrt? War er *in Fahrt* gewesen?

Sie beugte sich über ihn, er drückte den Stumpf auf den Fußboden und presste die Lippen zusammen, um ihr nicht seinen Gullyatem ins Gesicht zu hauchen, aber sie küsste ihn trotzdem, und sie schmeckte nach Zahnpasta. Sie musste heimlich aufgestanden sein und sich die Zähne geputzt haben, und dann war sie wieder ins Bett gekrochen und hatte sich schlafend gestellt, diese Heuchlerin. Ihre Augen schwebten dicht über seinen, so nahe, dass er sie nur unscharf wahrnahm. Er versuchte, ihrem minzfrischen Atem zu entgehen.

»Wenn du wüsstest, wie ich mich danach gesehnt habe«, sagte sie. »Ich mag dich so sehr.«

Er schluckte.

»Ich dich auch.«

Und das stimmte beinahe, er merkte es, als er es sagte. Wenigstens zum Teil. Er hatte nichts gegen sie, Sophia war ein bisschen unbedarft und konturlos, aber loyal und gutgläubig.

Sie ließ ihre Hand über seinen Arm gleiten, hinunter zum Stumpf. Er spürte Panik in sich aufsteigen.

»Ich glaube, ich muss ins Bad«, sagte er und stemmte sich mit der rechten Hand hoch. Ein Feuerwerk explodierte in seinem Kopf, er stöhnte wieder, aber jetzt saß er jedenfalls schon mal aufrecht. Er schwang die Beine über die Bettkante und spürte etwas Gummiartiges unter dem rechten Fuß. Die Übelkeit gurgelte in seinem Bauch, er zwang sich, auf den Boden zu schauen, er war auf den Haken getreten. Wo zum Teufel waren seine Sachen?

»Möchtest du Frühstück?«, fragte Sophia.
»Später«, sagte er und bückte sich nach seiner Handprothese.
»Du bist geblieben, das finde ich toll«, sagte Sophia hinter ihm. »Und ich weiß es wirklich zu schätzen, dass du mir vertraust, ich dir nahekommen darf. Ich weiß, wie schwer du es nach dem Unfall hattest ...«

Unfall?

Er war von somalischen Terroristen verstümmelt worden, als er im Auftrag der schwedischen Regierung dort unten war, das war kein kleiner Unfall, nichts, was mal eben so passiert. Ein Unfall war, wenn alte Leute auf vereisten Bürgersteigen ausrutschten und sich den Oberschenkelhals brachen, so wie seine Mutter letzten Winter, oder wenn man sich eine Beule ins Auto fuhr. Was ihm widerfahren war, war kein Unfall, das war ein Terrorakt mit internationalen Konsequenzen!

»Ich kann verstehen, dass es dir unangenehm ist, aber deine Hand sieht wirklich ganz natürlich aus«, sagte sie. »Wer nicht weiß, was du mitgemacht hast, sieht nicht, dass ...«

Er griff mit der rechten Hand nach dem Haken, versteckte den Stumpf vor dem Bauch und stand auf; seine Beine zitterten, aber sie trugen ihn. Wo war sein Hemd? Er blickte sich verzweifelt um, sein Mund war staubtrocken. Da, auf dem Fußboden an der Tür. Und die Unterhose, er brauchte unbedingt seine Unter... ah, Gott sei Dank, die lag direkt daneben. Er flüchtete ins Bad, ließ die Kleider auf die Fliesen fallen, legte den Haken aufs Waschbecken und schloss die Tür hinter sich ab. Erschöpft sank er auf die Toilette, die Brille war eiskalt. Der Herzschlag dröhnte in seinem Kopf mit der Dampframme um die Wette. Sein Blick landete auf seinem Penis, der schlaff und schrumpelig zwischen seinen Schenkeln baumelte. Hatten sie gestern Sex gehabt? Er konnte sich nicht erinnern, aber eines seiner Talente war, dass er ihn immer hochkriegte, eine Fähigkeit, die meistens von Vorteil war, aber es gab Ausnahmen. Die letzte Nacht war eine solche. Er bückte sich und schnupperte daran, ja verdammt, sie hatten wahrscheinlich gefickt. So eine Scheiße auch.

Er seufzte. Draußen auf der Diele hörte er Sophia trällern, wie sie es immer tat, wenn sie richtig gute Laune hatte, sie war auf dem Weg in die Küche, um Frühstück zu machen. Wie sollte er jetzt essen können? Schon bei dem Gedanken daran kam es ihm hoch, er schluckte hart und schloss die Augen. Na ja, wenigstens hatte er den Haken und seine Kleider hier, wenn er erst angezogen war, würde er es schon irgendwie schaffen, sich aus dem Staub zu machen. Er erhob sich und drehte den Kaltwasserhahn auf, füllte ihren rosa Zahnputzbecher und trank ihn in einem Zug aus. (Als er hier wohnte, hatte er tatsächlich einen blauen, du lieber Himmel.) Er sah seine Augen im Spiegel, rotgerändert und trübe. Die Dampframme war nicht zu sehen, nur zu spüren. Er blickte auf seinen Haken.

Kosmetische Prothese hieß das Ding. Sie sollte einer natürlichen Hand so ähnlich wie möglich sehen, das Problem war nur, dass sie kaum beweglich war. Man konnte sie als Schaufel benutzen oder Sachen daran aufhängen. Die äußere Schicht bestand aus einem PVC-Handschuh, den man auswechseln konnte, er war an die natürliche Hautfarbe des Trägers angepasst. Er hasste dieses Ding zutiefst, aber nicht so sehr wie die andere Hand, die er »Terminator« getauft hatte. Sie lag zu Hause, ganz unten in einer Kommodenschublade. Der Terminator bestand aus Metallfingern, die mit Gurten um Rücken und Schulter befestigt wurden und wesentlich beweglicher waren; sie sollte er benutzen, wenn er »zu Hause rumpusselte« (der Arzt hatte sich tatsächlich so ausgedrückt).

Am Anfang hatte er auch eine myoelektrische Prothese ausprobiert, ein hochkompliziertes Gerät, das von elektrischen Impulsen aus dem Stumpf gesteuert werden sollte. Die Teufelskralle lief mit Akkus, die ständig nachgeladen werden mussten, war sauschwer und surrte, wenn er die Finger bewegte. Sie hatte nicht in die Kommodenschublade gepasst, deshalb hatte er sie zurückgegeben.

Bei dem Gedanken an die surrende Hand drehte sich ihm der Magen um, er tastete nach dem Klodeckel und bekam ihn gerade noch auf, bevor ihm das kalte Buffet vom Abend zuvor hochkam.

Danach war er schweißüberströmt. Er spülte und verharrte auf allen vieren keuchend über der Kloschüssel.

»Alles in Ordnung?«, fragte Sophia vor der Badezimmertür. Verdammt, nicht mal in Ruhe kotzen konnte man.

»Ja, alles okay«, rief er zurück und wunderte sich, wie normal er klang. »Ich komme gleich.«

»Möchtest du Rührei?«

Er erhob sich vorsichtig.

»Nur einen Kaffee«, erwiderte er. »Ich muss ins Büro.«

Sie antwortete nicht. Er spürte ihre stumme Enttäuschung durch die Badezimmertür.

»Okay«, sagte sie schließlich und ging zurück in die Küche, diesmal ohne Geträller.

Er spülte sich den Mund aus, um einen Abschiedskuss würde er nicht herumkommen. Er zog sich die Unterhose über den klebrigen Pimmel und griff nach dem Haken. Es war nicht schwer, ihn zu befestigen, er schnallte ihn sich direkt um den Arm. Das Silikon auf der Innenseite roch widerlich, bei dieser Wärme schwitzte der Armstumpf unglaublich darunter. Der Haken juckte und rutschte.

Er betrachtete sein Spiegelbild. Was sah er da eigentlich?

Einen Mann an der Grenze zum gesetzten Alter in Oberhemd und Boxershorts, mit Armprothese, trüben Augen, wirren Haaren und unklaren Zukunftsaussichten.

Er hätte heulen können.

Er räusperte sich, schloss die Badezimmertür auf, ging zurück ins Schlafzimmer und sammelte seine restlichen Kleidungsstücke vom Fußboden auf. Mit zitternden Fingern zog er Hose, Socken, Schuhe und Jackett an, den Schlips stopfte er in die Jackentasche. Dann ging er durch die Diele in die Küche.

Sophia trug Slip und Schlafshirt, sie wirkte auf einmal nackt im Vergleich zu seinem formellen Aufzug. Das machte sie ein bisschen verlegen.

»Kaffee ist fertig.«

Er blickte sich in der Küche um, sein Blick fiel auf die ramponierte Arbeitsfläche der Kücheninsel, die unmodernen Hängeschränke.

»Ganz schön heruntergekommen hier drinnen«, sagte er.

Ihr Lächeln wurde unsicher, sie reichte ihm den Kaffeebecher, stellte sich dicht neben ihn.

»Bist du sicher, dass du nicht noch ein bisschen bleiben kannst?«, flüsterte sie an seinem Hals.

Er trank pflichtschuldig einen Schluck Kaffee und küsste sie flüchtig auf den Mund.

»Die ganzen Pläne, die wir für eine Renovierung hatten. Du hast nichts daraus gemacht?«

Sie rückte einen Schritt von ihm ab und schlug die Augen nieder.

»Nachdem du weg warst, hatte ich keine Lust mehr«, sagte sie leise.

Er bemühte sich, seine Verachtung zu verbergen, als er sie ansah. Wie klein und erbärmlich sie sich machte.

»Eine Weile kann ich wohl noch bleiben«, sagte er.

Wolkenberge türmten sich über dem Stahlwerk. Der Wind riss und zerrte an den Kronen der Birken, es hörte sich an wie prasselnder Regen. Ein halbes Dutzend Autos parkte vor dem Outlet-Center, der Ansturm auf Billigklamotten hielt sich an diesem Donnerstagvormittag offenbar in Grenzen. Annika fuhr am Tattarbacken vorbei und bog nach rechts zum Konsum ein. Wandte den Blick ab, als sie an der Abzweigung zum Tallsjön vorbeikam.

An der Bushaltestelle saßen ein paar Schulmädchen, schleckten Eis und schlenkerten mit den Beinen. Genauso hatte sie früher auch dagesessen und Eis geschleckt, mit demselben Schwung in den Beinen, aber damals war alles ganz anders gewesen als heute, dreißig Jahre später. Das Industriestädtchen und sie selbst hatten sich verändert, doch vor allem hatte sich die Perspektive verändert. Damals war das Stahlwerk die Welt gewesen, eine totale und selbstverständliche Einheit, alles hing mit allem zusammen und sie war ein Teil davon. Heute sah sie die Stadt als Ansammlung von Einzelteilen, zusammengewürfelte Fragmente, die zufällig am selben Ort gelandet waren; Häuser und Menschen, die einmal für eine gewisse Zeit ein Ganzes gebildet hatten.

Wo sollte sie anfangen zu suchen?

Sie hielt vor dem Konsum, ihre Mutter arbeitete inzwischen nur noch selten hier; es gab andere, die einsprangen, falls jemand krank war. Trotz all der Jahre als Aushilfe war es Barbro nicht gelungen, eine feste Stelle im Laden zu ergattern. Aus irgendeinem Grund schämte Annika sich dafür.

Wenn Birgitta heimlich hierhergefahren war, ohne ihrer Mutter oder ihrem Mann etwas zu sagen, wo war sie dann hin? Was machte sie hier? Warum war das so ein Geheimnis?

Annika fuhr wieder hinunter zum Werk, schaute bei der Einfahrt zum Badesee weg, lenkte den Wagen an den grauen Fabrikfassaden vorbei Richtung Outlet-Center. Generationen ihrer Vorfahren hatten hier gearbeitet, seit die Eisengießerei im siebzehnten Jahrhundert gegründet worden war. Als ihr Vater in der Fabrik anfing, arbeiteten dort über tausend Leute, als er starb, waren es nur noch hundert. Nach und nach war die Zahl der Beschäftigten auf unter zehn gesunken, bis die Produktion von Eisen und Stahl vor vielen Jahren eingestellt wurde. Inzwischen war neues Leben in die großen Fabrikhallen eingezogen, das Kolhustheater und ein Museum, verschiedene Künstlerateliers und nun also auch ein Billigwarenhaus. Die tausend Quadratmeter große Fabrikantenvilla war erst vor ein paar Monaten verkauft worden, für den Preis einer kleinen Dreizimmerwohnung auf Södermalm. Annika konnte die schlossähnliche Fassade hinter dem Theater erkennen.

Sie parkte das Redaktionsauto hinter einem alten Volvo, nahm ihre Tasche und ging ins Gebäude. Das Warenhaus hieß »Lager 157«, eine sparsam beleuchtete Halle mit hohen Decken und nacktem Betonfußboden. Großzügig verteilte Ständer mit Billigklamotten erstreckten sich, so weit das Auge reichte.

Sie nahm ihr Handy aus der Tasche, holte das Foto von Birgitta im Gartencafé, auf dem ihre Haare im Wind wehten und sie in die Kamera lachte, aufs Display und ging zum Kassenbereich. Nur eine der sechs Kassen war besetzt, von einer Frau in ihrem Alter, die in eine Zeitschrift vertieft war.

»Hallo«, sagte Annika. »Entschuldigung, ich habe eine Frage ...«

Die Frau mit dem Pferdeschwanz blickte auf. Irgendwie kam sie Annika bekannt vor. Sie blieb stehen, plötzlich unsicher. Die Frau riss die Augen auf.

»Annika? Annika Bengtzon!«

Annika holte Luft und zwang sich zu einem Lächeln, wer war das?

»Hallo«, sagte sie ratlos.

»Bist du wieder da?«, sagte die Frau.

Wer, um Himmels willen, war das? Keine aus ihrer Klasse, vielleicht ein Jahrgang darüber, oder darunter?

»Nur heute«, sagte Annika, »und ich wollte fragen ...«
»Du«, sagte die Frau, »ich hab das von deinem Mann gehört, wie furchtbar.«
Da machte es klick. Natürlich, das war Helene Bjurstrand. Aus der Parallelklasse. Gott, war die alt geworden. Annika atmete auf.
»Ich meine, von Terroristen entführt«, sagte Helene Bjurstrand. »Das muss man sich mal vorstellen.«
»Ja, schlimm ...«, sagte Annika.
»Man denkt ja nicht im Traum daran, dass das jemandem passiert, den man kennt«, sagte die Frau.
Ach ja? Kannte sie Thomas?
»Erinnerst du dich noch an meine Schwester, Birgitta?«, fragte Annika.
Sie hielt ihr das Handy mit dem Foto aus Facebook unter die Nase, aber Helene Bjurstrand sah gar nicht hin.
»Klar erinnere ich mich an Birgitta. Sie ist letzten Herbst nach Malmö gezogen.«
»Genau«, sagte Annika. »Du hast sie nicht zufällig vor kurzem gesehen? Letzte Woche oder so?«
Jetzt griff die Frau doch nach dem Handy und betrachtete das Foto.
»Nee«, sagte sie, »nee du, ich habe Birgitta nicht mehr gesehen, seit sie weggezogen sind. Wie geht es ihnen denn da unten?«
»Ach, ganz gut«, sagte Annika. »Weißt du, ob jemand anderes sie vor kurzem gesehen hat?«
»Wenn, dann Sara. Sara Pettersson.«
»Wohnt sie noch im Tallvägen?«
Helene Bjurstrand nickte und seufzte.
»Dieser Erbstreit wird uns noch alle überleben ... Aber wie geht's dir denn, sag mal? Ich bin ja wieder hierhergezogen. Hab zehn Jahre in Huddinge gewohnt, aber nach der Scheidung dachte ich, kannst genauso gut wieder nach Hause ziehen. Wohnst du immer noch in Stockholm, sag mal?«
Annika lächelte und steckte das Handy in die Tasche.
»War nett, dich wiederzusehen«, sagte sie und ging zur Cafeteria.

Die beiden Baristas hinter dem Tresen waren vermutlich noch gar nicht geboren, als sie Hälleforsnäs verlassen hatte, bei denen bestand also nicht das Risiko, sie erkennen zu müssen. Keiner der beiden hatte Birgitta letzte Woche gesehen, wie sie sagten, aber sie sahen sich das Foto gar nicht richtig an.

Annika kaufte einen Cappuccino und ein Ciabatta, ging mit ihrem Tablett auf die Terrasse und erkannte die Umgebung sofort wieder. Hier war das Foto von Birgitta gemacht worden, das im Gartencafé, das sie den beiden Baristas gerade gezeigt hatte.

Sie setzte sich an einen Tisch in der Ecke, vielleicht derselbe, von dem Birgitta in die Kamera gelacht hatte. Der Himmel hatte sich noch mehr verdunkelt, der Wind war aufgefrischt und wirbelte die schwüle Luft kräftig durch. Es roch nach Schwefel. Sie biss in ihr Brot, es war dick und saftig.

»Ist hier noch frei?«

Sie blickte auf. Das Gesicht hätte sie im Schlaf wiedererkannt: Roland Larsson, ihr ehemaliger Klassenkamerad und Jimmys Cousin.

»Na klar«, sagte sie. »Setz dich. Wie schön, dich zu sehen.«

Als sie zum ersten Mal mit Jimmy zum Essen ausgegangen war, vor mittlerweile mehreren Jahren, hatten sie sich über Roland unterhalten. *Im Sommer, wenn wir abends auf dem Heuboden bei unserer Großmutter in Vingåker lagen, hat Rolle stundenlang von Ihnen erzählt. Er hatte einen alten Zeitungsausschnitt mit einem Gruppenfoto von Ihnen und ein paar anderen, aber er hatte ihn so gefaltet, dass nur Sie zu sehen waren. Er trug ihn im Portemonnaie bei sich, immer ...*

Roland Larsson setzte sich und schrammte mit dem Stuhl über den Boden. Er war ganz schön dick geworden. Annika zog das Tablett zu sich heran, damit er mehr Platz hatte.

»Was führt dich denn in diese Gegend?«, fragte er.

»Ich hatte in der Nähe zu tun und dachte, ich mache einfach mal einen Abstecher hierher«, sagte Annika. »Sag mal, du hast nicht zufällig Birgitta vor kurzem gesehen?«

Roland biss ein großes Stück von seinem Karottenkuchen ab und antwortete mit vollem Mund.

»Wie geht's Jimmy? Ich habe ewig nichts von ihm gehört. Schuftet er immer noch für die Regierung?«
»Doch ...«
Er trank einen Schluck Filterkaffee.
»Nächsten Sommer müsst ihr uns unbedingt besuchen! Ich weiß, dass Sylvia sich riesig freuen würde.«
Sylvia Hagtorn war eine alte Klassenkameradin und Busenfeindin, sie hatte Annika vom ersten Schultag an gehasst, die ganze gemeinsame Zeit auf dem Gymnasium hindurch.
Roland rückte seinen Schlips zurecht.
»Im September erwarten wir unser Zweites«, sagte er vertraulich.
»Isnichwahr«, sagte Annika. »Gratuliere!«
Roland Larsson lachte.
»Ja, hier ist was los. Ich werde Vorsitzender des Gemeinderats, wenn bei der Wahl alles so läuft, wie wir uns das vorstellen, und das wird es wohl.«
»Ja, die Sozis sitzen in Flen fest im Sattel«, erwiderte Annika.
»Wir leisten gute Arbeit«, sagte er. »Das merken die Leute. Hier draußen kümmern wir uns um einander.«
Er schob sich noch ein großes Stück Karottenkuchen in den Mund, ein paar Krümel Zuckerguss blieben an seinem Schnurrbart hängen.
»Nimm nur mal das Stahlwerk«, sagte er. »Vor zehn Jahren sah es da aus wie in Polen in den Fünfzigern. Und sieh es dir jetzt an, wie schön das geworden ist, mit Outlet und Museum und Caffè Latte.«
Ja, da musste Annika ihm beipflichten.
»Sylvia betreibt den *Mellösa Podcast*, und die *Hälleforsnäs Allehanda* soll demnächst wöchentlich erscheinen. Es gibt so viel zu berichten, in den letzten Wochen gab es eine Welle von Einbrüchen in Sommerhäuser hier in den Wäldern. Wir überlegen, einen freien Journalisten für den Job anzuheuern, Interesse?«
Annika hüstelte.
»Überleg mal«, sagte Roland, »was für eine Lebensqualität wir haben. Jeder kennt jeden, keiner fällt durchs Netz. Alle

können es sich leisten, schön und großzügig zu wohnen, und dann die Natur mit den Wäldern und Seen, und dabei nur eine gute Autostunde von Stockholm entfernt, falls man mal in die Oper oder ins Theater will ...«

»Du hast Birgitta nicht zufällig in der letzten Zeit gesehen?«, wiederholte Annika ihre Frage. »Vorige Woche?«

Roland sah sie freundlich an.

»Doch, das habe ich«, sagte er. »Vor dem Konsum in Malmköping, aber gesprochen habe ich nicht mit ihr.«

Annika erstarrte.

»Tatsächlich? Weißt du noch, wann? Was hat sie da gemacht?«

Roland kaute seinen Karottenkuchen und überlegte.

»Es muss letzten Freitag gewesen sein, Sylvia und ich wollten uns an dem Abend was Schönes kochen, und ich habe Rotwein zum Essen besorgt, Sylvia trinkt ja nichts, aber ...«

»Warum hast du nicht mit ihr gesprochen?«

Roland blickte sie leicht verwundert an.

»Sie saß im Auto und schlief«, sagte er. »Ich wollte erst hingehen und an die Scheibe klopfen, aber sie schlief so selig, dass ich es gelassen habe.«

»Um welche Tageszeit war das?«

»Am späten Nachmittag, so um fünf, halb sechs. Wieso, ist was passiert?«

»Nein, nein«, erwiderte Annika schnell. »War nur so eine Frage. In was für einem Auto saß sie?«

Roland machte ein besorgtes Gesicht, Annika versuchte, ihn beruhigend anzulächeln.

»Ja du, was für ein Auto war das, ein Ford vielleicht? Oder ein Nissan? Ich verstehe ja nicht sehr viel von Autos ...«

Birgitta war hier gewesen, sie war wirklich in Hälleforsnäs gewesen. Roland irrte sich nicht, dazu kannte er sie zu gut. Wahrscheinlich hatte er sogar wirklich an die Scheibe geklopft, aber keine Reaktion erhalten.

»Sag ihr einen schönen Gruß, wenn sie das nächste Mal in der Gegend ist, soll sie uns in Mellösa besuchen, Sylvia würde sich riesig freuen ...«

Ja, vielen Dank auch.
»Und du wohnst noch mit Jimmy zusammen? Auf Söder?«
Sie nickte und kaute an ihrem Ciabatta. Roland Larsson schob den leeren Teller weg, seufzte leicht und wischte sich mit der Serviette den Schnäuzer ab.
»Manchmal frage ich mich, wie das Leben aussähe, wenn ich weggegangen wäre«, sagte er. »Wenn ich Karriere gemacht hätte und für die Regierung arbeiten würde. Vielleicht würde ich dann heute auch auf Söder wohnen ...«
Er zwinkerte Annika vielsagend zu.
Sie stopfte sich den letzten Bissen in den Mund, trank ihren Kaffee aus und schluckte.
»War wirklich riesig nett, dich zu sehen«, sagte sie und stand auf.
»Fährst du schon?«
Sie lächelte und zog die Autoschlüssel aus der Hosentasche.
»Ich muss zurück in die Redaktion«, sagte sie. »Mach's gut, Roland.«
»Grüß Jimmy!«, rief er ihr nach. »Und versucht mal, nächsten Sommer zu uns raus zu kommen, wir haben eine eigene Badestelle am See.«
»Na klar«, sagte Annika, »ich richte es aus.«
Sie spürte seinen Blick im Rücken, als sie ging.

Sara Petterssons Haus war ein Bungalow mit Souterrainwohnung auf einem kleinen, ungepflegten Rasengrundstück an einer Seitenstraße des Flensvägen. Sie hatte das Haus von den Erben des verstorbenen Olle Sjögren gemietet; die Familie hatte sich darüber zerstritten, ob die Immobilie sofort verkauft oder erst renoviert werden sollte, und während das bisschen Gewinn, das der Nachlass eventuell eingebracht hätte, von den Anwaltskosten verschlungen wurde, durfte Sara dort wohnen bleiben.
Annika parkte das Auto am Straßenrand und ging die Stufen zur Haustür hinauf. Eine Klingel gab es nicht, sie klopfte und drückte die Klinke. Es war nicht abgeschlossen, sie öffnete die Tür einen Spalt.
»Hallo?«, rief sie.

Ein Hund schlug an.
»Lassen Sie ihn nicht raus!«, rief eine Frauenstimme von drinnen.
Schnell zog Annika die Tür wieder zu. Der Hund kläffte jetzt wie ein Irrer hinter der Tür.
»Charlie, Platz!«
Der Hund knurrte noch einmal und verstummte. Die Tür ging auf.
Sara Pettersson war ordentlich in die Breite gegangen. Die langen Haare waren in diversen roten und lilafarbenen Tönen gesträhnt. Sie hielt den Hund am Halsband fest und machte große Augen.
»Annika, mein Gott, du bist das? Was machst du denn hier?«
Annika stand noch auf der Eingangstreppe.
»Störe ich?«
Sara Pettersson zog ein Handy aus der Hosentasche und warf einen Blick aufs Display.
»Ich habe eine Kundin um eins, aber ... komm doch rein, komm rein ...«
Sie zog den Hund mit sich in die Küche. Es war ein Mischling, ein bisschen Schäferhund und ein bisschen Labrador vielleicht. Seine Zunge hing lang aus dem Maul, er versuchte, sich loszureißen.
Annika blieb an der Schwelle zur Küche stehen, gut erhaltener Siebzigerjahre-Schick, braune Küchenschränke und orange geblümte Fliesen. Auf dem Küchentisch waren kleine Nagellackflaschen aufgereiht, bunte Becher mit Nagelfeilen und Wattebäuschen, einige Stücke Klarsichtfolie und ein Stapel weiße Frotteehandtücher. Es roch durchdringend nach Aceton.
»Am besten, du sagst ihm guten Tag«, sagte Sara. »Sonst hört er nie auf.«
Annika streckte den Arm nach dem Hund aus, er besprang ihn sofort und begann zu masturbieren.
»Aus, Charlie!«
Sara Pettersson schleifte ihn in ein angrenzendes Zimmer und knallte die Tür zu. Der Hund jaulte empört.

»Mensch, wie lange haben wir uns nicht gesehen«, sagte sie und drehte sich zu Annika um. »Was kann ich für dich tun? Soll ich dir die Nägel machen?«

Annika blickte Sara an, sie kannten sich seit dreißig Jahren, seit Sara und ihre Mutter auf den Tattarbacken gezogen waren, kurz vor der Einschulung. Seitdem waren Sara und Birgitta immer beste Freundinnen gewesen, von der Grundschule bis zum Abitur. Annika durfte bei ihren Spielen nie mitmachen, aber das wollte sie auch gar nicht. Die beiden spielten Friseuse und Fotomodell und Visagistin, Annika war lieber draußen mit den anderen Kindern, ihr Ding waren Schneeballschlachten und Schlittschuhlaufen. Die Frau war jetzt siebenunddreißig, ebenso alt wie Birgitta, aber sie sah älter aus.

»Du hast ein Nagelstudio?«, fragte Annika und nickte zu den Sachen auf dem Küchentisch.

»›Diamond Nails‹«, sagte Sara und ging zum Kühlschrank. Sie nahm eine Dose Cola Light heraus und streckte sie Annika mit hochgezogenen Augenbrauen entgegen.

»Danke, für mich nicht«, sagte Annika.

»Lacline, *hard as diamond*, man trocknet den Lack mit UV-Licht. Funktioniert super, hält wochenlang. Willst du probieren?«

»Na ja«, sagte Annika, »eigentlich bin ich hier, weil ich dich fragen wollte, ob du Birgitta in der letzten Zeit getroffen hast.«

»Ich kaufe die Sachen im Netz, das Internet ist echt phantastisch, findest du nicht? Ganz egal, wo auf der Welt man ist, man kommt an alles ran, genau wie alle anderen.«

Sara goss das sprudelnde Getränk in ein Glas, trank einen ordentlichen Schluck, ging dann zu Annika und nahm ihre Hand.

»Oh, oh, oh«, sagte sie. »Wann warst du zuletzt bei der Maniküre?«

Ellen hatte Annikas Nägel irgendwann im Winter mal lackiert, aber das zählte wahrscheinlich nicht.

»Ist schon eine Weile her«, sagte sie.

»Du hast gute Nägel, genau wie Birgitta«, sagte Sara, klopfte Annika auf die Fingerspitzen und zeigte auf einen Holzstuhl.

»Möchtest du was anderes trinken, Kaffee oder vielleicht ein Glas Wein?«

Auf der Anrichte stand ein geöffneter Tetrapak mit südafrikanischem Merlot.

»Nein, vielen Dank.«

»Welche Farbe möchtest du?«

Annika setzte sich auf den Holzstuhl und betrachtete ratlos die aufgereihten Fläschchen.

»Wie lange ist es her, seit du was von Birgitta gehört hast?«

»Deine Mutter hat mich neulich dasselbe gefragt, was ist denn los?«

»Hast du gewusst, dass sie vorige Woche hier war?«, fragte Annika.

Sara Petterssons Augen wurden groß.

»Keine Chance«, sagte sie. »Dann wäre sie zu mir gekommen. Soll ich dir jetzt die Nägel machen, oder ...?«

Annika versuchte, sich zu entspannen.

»Ja, okay.«

»Ich mache dir ein bisschen was Modernes«, sagte Sara, nahm Annikas linke Hand und begann, ihre Nagelhäute mit einer gelben Paste einzucremen. »Warum glaubst du, war sie hier?«

»Roland Larsson hat sie letzten Freitag vor dem Konsum in Malmköping gesehen.«

Bei der Erwähnung von Roland Larsson wurden Saras Lippen schmal, sie hatten was miteinander gehabt, bis er mit Sylvia Hagtorn nach Mellösa gezogen war. Sara bearbeitete Annikas Nägel mit festen, schnellen Bewegungen. Die fette gelbe Creme glänzte schon auf Annikas Nagelhäuten der rechten und der linken Hand, jetzt nahm Sara eine Feile und begann, Annikas Nägel zu eleganten Ovalen zu formen.

»Ich habe Birgitta nicht mehr gesehen, seit sie umgezogen ist, aber wir chatten manchmal. Sie war wohl Heiligabend hier, allerdings haben wir uns da nicht getroffen, ich war bei meiner Mutter und ihrem Freund in Bälgviken, kannst du den Arm mal locker lassen? Danke.«

Annika hatte gar nicht gemerkt, wie verspannt sie war, sie gab nach, und Sara zog ihre Hand zu sich heran. Jetzt schob sie die Nagelhaut mit einem chromfarbenen Stäbchen zurück, es tat ein bisschen weh.

»Bei eurem letzten Chat, hat sie da irgendwas Besonderes gesagt?«

Sara blickte kurz auf, überlegte eine Sekunde und fuhr dann mit ihrer Arbeit fort. Sie tränkte ein Wattepad mit etwas, das nach Brennspiritus roch, und wischte energisch die Creme ab, die sie vorher aufgetragen hatte. Der Hund begann hinter der Tür zu jaulen.

»Schnauze, Charlie!«, schrie Sara.

Der Hund verstummte.

»Wir haben über den Sommer gesprochen, sie wollte im Urlaub nach Hause kommen, aber nicht bei eurer Mutter wohnen, und hier bei mir wäre es nicht gegangen, nicht mit Steven und dem Kind, also haben wir darüber geredet, wo sie wohnen könnten. Sie wollte bei Margareta Svanlund anfragen, die hat ja dieses Häuschen hinten bei sich im Garten.«

Annika beobachtete Saras Mienenspiel, sie schien nicht besonders angetan von Birgittas Familie.

»Weißt du, warum Birgitta und Steven nach Malmö gezogen sind?«, fragte sie.

Saras Kiefermuskeln spannten sich. Die Bewegungen, mit denen sie den Unterlack auftrug, wurden kantiger.

»Weißt du es nicht?«

»Wir haben nicht viel Kontakt.«

»Nein, du bist ja nicht mal zu ihrer Hochzeit gekommen.«

Danke, da war es wieder.

Ihre Schwester hatte am 29. Januar geheiratet, am selben Tag, als der neu gewählte amerikanische Präsident sein Amt antrat. Die Berichterstattung darüber war Annikas erster Auftrag als USA-Korrespondentin. Es wäre karrieremäßig Selbstmord gewesen, stattdessen zur Hochzeit nach Schweden zu fliegen, aber sie wünschte, sie hätte es trotzdem getan. Sie hatte die falschen Prioritäten gesetzt, als sie in Washington geblieben war, und sie hatte sich dafür entschuldigt, aber es nützte nichts.

»Leg die Hand da rein«, sagte Sara.

Verwundert betrachtete Annika den Kasten, den Sara ihr

hinschob, er erinnerte an einen Mini-Backofen aus weißem Plastik. Zögernd steckte sie die Hand in die Öffnung des Backofens. Sara drückte einen roten Knopf auf der Oberseite des Geräts, und der Ofen füllte sich mit neonblauem UV-Licht.

»Soweit ich weiß, fand Steven, dass Birgitta zu viel trank«, sagte Annika.

Sara schnaubte und pinselte Unterlack auf die Nägel der anderen Hand.

»Schweden ist so puritanisch«, sagte sie. »Guck dir Spanien an, da trinken die Leute jeden Tag Wein zum Essen, und sie leben genauso lange wie wir. Überhaupt müssten wir eine entspanntere Einstellung zum Alkohol haben, das ist meine Meinung.«

Sara wusste wohl nichts von Birgittas Krankenhausaufenthalt und ihrer schweren Alkoholvergiftung.

Das blaue Licht erlosch, und die Welt wurde ein bisschen grauer. Charlie winselte hinter der Tür.

»Jetzt die andere Hand«, sagte Sara und drückte wieder auf den roten Knopf.

Während der Unterlack auf der rechten Hand eingebrannt wurde, machte Sara sich mit großer Konzentration daran, jeden einzelnen von Annikas Fingernägeln in einer anderen Farbe zu lackieren. Der Daumen wurde blau, der Zeigefinger orange, und dann folgten sämtliche Farben des Regenbogens.

»Weißt du, ob Steven sie jemals geschlagen hat?«, fragte Annika.

»Nur ein Mal.«

Etwas drehte sich in Annikas Kopf. Die Lampe ging aus.

»Was war passiert?«, fragte sie.

»Sie haben sich auf dem Heimweg von einer Party in die Haare gekriegt. Er hat Birgitta auf den Mund geschlagen, so dass ihre Oberlippe aufgeplatzt ist. Jetzt mache ich dir noch Oberlack drauf, und dann bist du fertig.«

Annika wechselte wieder die Hand.

»Und dann? Hat Birgitta ihn angezeigt?«

»Nein, aber sie hat es Camilla erzählt, der Frau vom Sozialdienst. Sie haben Steven ein Ultimatum gestellt, entweder er macht eine Aggressionstherapie oder Camilla meldet ihn der Polizei. Er hat ein halbes Jahr Therapie gemacht. Was sagst du, sieht das nicht schick aus?«

Annika spreizte die Finger und bewunderte Saras Werk. Der bunte Lack war an einigen Stellen nicht ganz sauber aufgetragen, aber insgesamt sah es hübsch und professionell aus.

»Super«, sagte sie.

»Das mit Malmö war Stevens Idee. Ich halte es für schwach, wenn man sich dem Willen eines Mannes unterwirft, ich bin nicht so. Aber offenbar ist es Birgitta wichtiger, heile Familie zu spielen, als das Leben zu führen, das sie will.«

»Vielleicht wollte sie einfach aus Hälleforsnäs weg«, sagte Annika und konnte den Blick gar nicht von ihren Nägeln abwenden.

Sara schnaubte.

»Das hier ist vielleicht nicht die aufregendste Stadt der Welt, aber für mich reicht's, und für Birgitta reicht es auch. Das macht dann fünfhundert Kronen.«

Annika blieb beinahe die Luft weg. Sara bemerkte ihre Reaktion.

»Das ist viel billiger als am Stureplan«, sagte sie vorwurfsvoll, »und ich bezahle Steuern und Sozialabgaben. Ich kann dir eine Quittung geben, wenn du willst.«

Es klopfte an der Tür, und Sara sprang auf. Im Wohnzimmer brach Charlie in wütendes Gebell aus.

»Das ist mein Termin um eins«, sagte sie entschuldigend und verschwand hinaus in die Diele.

Annika legten einen Fünfhunderter neben den Weinkarton auf der Anrichte, grüßte die neue Kundin flüchtig, verabschiedete sich von Sara und verließ das Haus am Tallvägen.

Margareta Svanlund, Birgittas Zeichenlehrerin, wohnte im Karlavägen, einer der schmalen Straßen hinter den Geschäften. Hier waren die Häuser älter, ihre Mutter fand sie nicht schön, sie mochte lieber moderne Villen, die möglichst mit Kalksandsteinplatten verblendet waren.

Annika fuhr langsam über den rissigen Asphalt und ließ den

Blick über die Villen gleiten. Die Gegend hier hätte ebenso gut in Bromma oder Mälarhojden liegen können, aber die Häuser waren nur ein Zehntel von denen in den Stockholmer Vororten wert. Immobilienpreise regulierten sich nach Status und Träumen, und hierher träumte sich niemand.

Sie parkte in Margareta Svanlunds Einfahrt und bemerkte, dass sich hinter den Gardinen etwas bewegte. Das Haus war in den zwanziger Jahren erbaut, hellgelb gestrichen, mit Walmdach und weißen Fensterläden, und am Waldrand stand ein kleines Gästehaus in Braun und Grün. Die Farbe begann abzublättern. Die Erde in den Beeten war nackt oder mit Rindenmulch bedeckt, Blumen waren nicht ausgepflanzt worden.

Sie stieg aus dem Auto und schloss ab.

Die Zeichenlehrerin war in der Oberstufe Birgittas Klassenlehrerin gewesen, als Papa starb, rückte sie zu Birgittas Vertrauensperson auf. Mama hatte auch vorher schon getrunken, aber als sie Witwe wurde, ging die Sauferei richtig los. Eine Zeitlang hatte sie sogar im Krankenhaus gelegen, das hatte Annika beinahe vergessen. Das war im selben Frühjahr. War sie da in der Psychiatrie oder zur Entgiftung gewesen? Annika wusste es nicht mehr. Sie hatte damals ein, zwei Monate bei Sven geschlafen, und Birgitta war bei Margareta eingezogen. Sie hatte ein eigenes kleines Mansardenzimmer gehabt, mit gehäkeltem Bettüberwurf und Dachschrägen.

»Ja sieh mal einer an«, sagte Margareta Svanlund, als sie die Tür öffnete. »Das ist ja eine Überraschung.«

Annika streckte die Hand aus, der Händedruck der Frau war fest und warm. Alt war sie geworden, die Haare weiß und der Rücken gebeugt, aber ihre Augen waren noch dieselben, scharf und leuchtend blau.

»Entschuldige, dass ich so hereinplatze, störe ich?«

»Aber keineswegs, ich habe ja ohnehin nichts mehr vor. Komm rein und setz dich, ich habe gerade frischen Kaffee gekocht.«

Jetzt sah Annika, dass die Frau kaum laufen konnte, sie zog das linke Bein nach und stützte sich mit der rechten Hand an der Wand ab, als sie in die Küche schlurfte.

»Was ist passiert?«, fragte Annika. »Du gehst schlecht.«
»Schlaganfall«, sagte Margareta Svanlund. »Wie bei deiner Großmutter, nur dass ich es überlebt habe. Setz dich.«
Sie zeigte zum Küchentisch.
Hier wusste jeder alles über jeden; die Geschichte von Annika, die ihre Großmutter nach dem Schlaganfall in Lyckebo auf dem Küchenfußboden gefunden hatte, war sicher viele Male erzählt worden, wenn auch nicht so oft wie die, dass sie Sven umgebracht hatte.
Annika zog den Bauernstuhl unter dem Tisch hervor und setzte sich. Hier sah noch alles aus wie früher, wenn auch kleiner. Sie legte die Hände auf den Holztisch, er war blank und hart vor Abnutzung. Ihr fielen Dinge auf, die sie als Kind nicht gesehen oder nicht verstanden hatte, wie etwa die alten Techniken und Materialien, mit denen die Küche renoviert worden war: die halbhohen Wandpaneele, die Leimfarbe, die Kieferndielen, samtig vom jahrzehntelangen Scheuern mit Seifenlauge.
»Das ist richtig schön, dass du mich besuchst«, sagte Margareta. »Jetzt musst du erzählen, wie es dir geht. Arbeitest du noch bei der Zeitung?«
Die Frau stellte zwei Becher auf den Tisch, Annika erkannte sie wieder, die waren aus Höganäs, Berit hatte die gleichen.
»Noch, ja«, sagte Annika.
Margareta schenkte Kaffee ein.
»Milch, Zucker?«
»Schwarz, danke«, sagte Annika.
Die Frau setzte sich schwerfällig.
»Und du lebst mit Jimmy Halenius zusammen?«
»Ja, und mit seinen Kindern und meinen Kindern«, sagte sie. »Margareta, eigentlich bin ich aber hier, weil ich dich fragen wollte, ob du in der letzten Zeit was von Birgitta gehört hast.«
»Du bist schon die Zweite, die das wissen will, deine Mutter hat mich neulich angerufen und dasselbe gefragt. Was ist denn los?«
»Ich habe gehört, dass ihr darüber gesprochen habt, ob sie dein Gästehaus über den Sommer mieten kann, stimmt das?«
Die alte Frau blickte sie mit wachen Augen an.

»Die Wasserleitung zum Gästehaus ist letzten Winter eingefroren, und ich bin noch nicht dazu gekommen, sie reparieren zu lassen, der halbe Rasen muss aufgegraben werden, also habe ich ihr gesagt, sie kann gerne dort wohnen, aber es gibt kein Wasser. Sie hat gesagt, sie will es sich überlegen.«
»Wann habt ihr darüber gesprochen?«
»Das war Anfang Mai, also vor ungefähr einem Monat.«
»Sie war nicht zufällig letzte Woche hier?«
»Das weiß ich nicht, ich habe vorige Woche meine Schwester in Örebro besucht, deshalb kann ich dir das nicht sagen.«
Die Augen der Frau wurden schmal.
»Warum sagst du nicht einfach, was passiert ist?«
Annika setzte sich auf ihrem Stuhl zurecht.
»Ich weiß es nicht«, sagte sie. »Offenbar weiß keiner, wo Birgitta ist. Steven sagt, sie ist am Sonntagmorgen wie immer zur Arbeit gegangen und abends nicht nach Hause gekommen, aber er lügt. Birgitta war seit zwei Wochen schon nicht mehr auf ihrer Arbeitsstelle. Ich weiß, sie war vorige Woche hier in Hälleforsnäs, und sie hat ihren Job hingeworfen und ihre Chefin belogen. Hast du irgendeine Ahnung, wo sie sein könnte?«
Margareta Svanlund sah sie an, dann stand sie auf und holte einen Teller Mandelkekse. Annika nahm einen Keks und biss ab, er schmeckte nach Staub und Bittermandel.
»Wieso glaubst du, dass Birgitta hier war?«, fragte die alte Lehrerin.
»Roland Larsson hat sie letzten Freitag in Malmköping gesehen, und ihr Handy wurde hier geortet.«
»Sie wird also gesucht?«
Annika nickte und kaute an ihrem Keks.
»Man muss nicht gleich den Teufel an die Wand malen«, sagte Margareta. »Als wir telefoniert haben, hat sie gesagt, sie wolle herkommen und sich nach einem Sommerhaus umsehen. Vielleicht hat sie sich überlegt, dass mein Gästehaus doch keine so gute Idee ist, ohne fließendes Wasser wird es schwierig mit einem kleinen Kind …«
»Hat sie gesagt, wann? Ich meine, wann sie hierher wollte?«
Die Frau schüttelte den Kopf.

»Wir haben über verschiedene Waldkaten gesprochen, die vielleicht frei sind. Sie hat nach Lyckebo gefragt, dem alten Häuschen deiner Großmutter, und sie wollte in Harpsund anrufen, ob sie es vermieten. Weißt du, ob die Kate leer steht?«

Ein Stich von Wut und Missgunst durchzuckte Annika, Birgitta hatte in Lyckebo nichts zu suchen, sie mochte die Kate nicht einmal. Lyckebo gehörte *ihr, Annika*.

»Ich glaube schon«, sagte sie heiser.

»Steven und Birgitta hatten ja vor ein paar Sommern das Haus von Gammel-Gustav gemietet, aber das ist jetzt verkauft. An eine Stockholmer Familie mit Kindern.«

Annika trank ihren Kaffee aus, keiner sollte Lyckebo mieten.

»Wie klang sie, als ihr miteinander gesprochen habt?«, fragte sie.

»Entspannt«, sagte Margareta. »Sie sagte, sie habe wieder angefangen zu malen. Anscheinend hat ihr der Umzug nach Malmö gutgetan.«

Margareta trank einen Schluck Kaffee. Eine schwarze Katze kam aus der Diele hereinspaziert und sprang auf ihren Schoß, gedankenverloren strich Margareta ihr übers Fell. Die Katze begann zu schnurren.

»Birgitta hatte das Zeug zur Künstlerin. Sie hat ein außergewöhnliches Gespür für Farben und Formen. Ich erinnere mich, dass sie technisch sehr begabt war, sowohl in Öl als auch in Aquarell ...«

Die Lehrerin schwieg und blickte vor sich hin.

»Aber ...?«, fragte Annika.

Margareta setzte sich zurecht, die Katze sprang von ihrem Schoß und verschwand wieder.

»Birgitta hat sich immer für das entschieden, was leicht und schön und einfach war. Vor dem Dunklen und Schweren hat sie sich immer gescheut, sie hatte großes Talent, aber um sich weiterzuentwickeln, hätte sie sich mit dem, was schwierig war, auseinandersetzen müssen, und das wollte sie nicht. Birgitta war zufrieden, und das ist keine gute Eigenschaft, wenn man weiterkommen will.«

»Muss man denn weiterkommen wollen?«, fragte Annika.
Margareta lachte.
»Ja«, sagte sie, »ich finde schon. Wenn einem eine Begabung geschenkt wurde, muss man etwas daraus machen. Man hat eine Verantwortung für die Gaben, die man bekommen hat, auch für die intellektuellen.«
Annika blickte auf ihre Uhr, sie musste weiter.
Margareta schob den Becher und den angebissenen Keks weg. Sie erhob sich mühsam, wehrte Annikas helfende Hand ab.
»Ich bringe dich zur Tür«, sagte sie.
Als Annika draußen in der Diele ihre Sandalen anzog, fiel ihr Blick in Margaretas Wohnzimmer. Die Spiegeltür stand halb offen, helles Licht kam durch die gardinenlosen Fenster herein. Der Fußboden war mit Wellpappe bedeckt, sie erkannte eine Staffelei mit einem angefangenen Bild. An den Wänden standen fertige Bilder aufgereiht.
»Seit dem Schlaganfall kann ich nicht mehr häkeln«, sagte Margareta. »Zum Handarbeiten braucht man zwei Hände, aber den Pinsel kann ich mit einer Hand halten.«
»Darf ich einen Blick darauf werfen?«, fragte Annika.
Margareta zuckte etwas verlegen die Schultern.
Es roch gut nach Öl und Terpentin. Annika betrachtete die Bilder verblüfft, sie hatte nicht viel Ahnung von Kunst, aber das hier waren spektakuläre, modernistische Porträts in grellen Farben. Vor dem abstrakten Porträt eines kahlköpfigen Mannes in leuchtendem Pastell blieb sie stehen, seine Augen waren durchdringend scharf und kritisch. Er blickte sie von der Leinwand mit arroganter Verachtung an.
»Das ist Georg Baselitz«, sagte Margareta. »Ein deutscher Maler, der gesagt hat, Frauen könnten nicht malen. Er arbeitet selbst viel in Pastell, deshalb habe ich mich entschieden, ihn so zu gestalten ...«
»Das ist phantastisch«, sagte Annika. »Kann man es kaufen?«
Margareta lachte.
»Ich verkaufe keine Bilder, ich bin keine Künstlerin ...«
»Nein, im Ernst«, sagte Annika. »Ein Maler, der sagt, dass

Frauen nicht malen können, wunderbar gemalt von einer Frau. Das muss ich einfach kaufen.«
Die Lehrerin schüttelte den Kopf.
»Wenn du es haben möchtest, schenke ich es dir«, sagte Margareta.
Annika trat von einem Fuß auf den anderen.
»So habe ich das nicht gemeint.«
Die Frau lächelte.
»Ich weiß. Du bekommst es trotzdem, wenn du es haben willst.«
Zusammen wickelten sie das Bild in Wellpappe ein, Annika schleppte das meterlange Paket zum Auto und stellte es auf den Rücksitz. Margareta winkte ihr im Rückspiegel hinterher.
Hatte Birgitta wirklich versucht, Lyckebo zu mieten?

Dunkle Wolken jagten über den Himmel. Sie fuhr durch den Ort, vorbei an der Einfahrt zur Badestelle am Tallsjön, ohne hinzuschauen, und näherte sich Granhed.
Weder ihre Mutter noch Birgitta hatten sich jemals mit Großmutters Kate anfreunden können. Mama fand, man musste zu weit durch den Wald laufen, bevor man da war, und jammerte über die Mücken, die an der Stelle, wo der Bach in den See floss, im Sumpf brüteten.
Hatte Birgitta wirklich etwas in der Sache unternommen und in Harpsund angerufen?
Die Abzweigung zur Kate tauchte linker Hand auf, sie bremste und fuhr auf den Grasplatz vor dem Schlagbaum.
Sie musste ja keinen Vertrag unterschreiben, nur um sich zu erkundigen. Fragen kostete nichts. Was Birgitta konnte, konnte sie erst recht.
Sie zog die Handbremse an und stellte den Motor ab. Ließ die Tasche auf dem Beifahrersitz, steckte das Handy in die hintere Hosentasche, schloss das Auto ab und ging mit schnellen Schritten durch den Wald.
Im Gras waren noch ihre Spuren vom letzten Mal zu sehen. Die Kiefern rauschten, die Luft war wie elektrisiert.
Es konnte nicht so teuer sein, eine Kate mitten im Wald zu

mieten, ohne Zufahrtsweg, Strom und fließendes Wasser. Sie würde sich wohl selbständig machen und als freie Journalistin arbeiten müssen, so wie alle anderen. Für Kundenzeitungen schreiben, Homepages aktualisieren und Büromiete zahlen. Vielleicht konnte sie das Haus von der Steuer absetzen.

Sie erreichte die Lichtung, wegen des dunklen Himmels wirkte das Haus noch kleiner. Sie ging zum Küchenfenster und schaute hinein. Alles sah so nackt aus, so einsam und verlassen. Wenn sie es jemals mieten sollte, würde sie als Erstes eine Wachstuchdecke für den Tisch und einen Flickenteppich für die Kellerluke kaufen, und ein Bild mit Engeln, die über das Kind am Abgrund wachten.

Sie lehnte sich an die Bretterwand und zog das Handy aus der Hosentasche, wählte die Nummer der Auskunft und blickte hinaus auf das graue Wasser des Hosjön, während sie den Rufsignalen lauschte.

Sie bat darum, mit Gut Harpsund verbunden zu werden.

»Ja, guten Tag, mein Name ist Annika Bengtzon«, sagte sie und hörte selbst, wie übertrieben höflich und einschmeichelnd sie klang. »Ich wollte fragen, ob es möglich wäre, eine Ihrer Waldkaten zu mieten.«

»Einen Moment«, sagte sie Frau am anderen Ende. »Da verbinde ich Sie mit Per.«

Per meldete sich.

Annika stellte sich noch einmal mit derselben Schmeichelstimme vor. Sie erklärte, sie sei interessiert, eine der Bauernkaten des Gutes zu mieten, die Kate am Hosjön, in der ihre Großmutter viele Jahre lang gelebt habe, tatsächlich sei ihre Großmutter ja Haushälterin auf Gut Harpsund gewesen, vielleicht erinnerte er sich an sie? Nicht?

»Lyckebo?«, sagte Per. »Vor ein paar Wochen erst hat sich schon mal jemand dafür interessiert.«

»Birgitta Bengtzon vielleicht? Das ist meine Schwester.«

»Ja genau, Birgitta Bengtzon, sie fand es aber zu teuer. Wir vermieten nur jährlich.«

Sie hatte es versucht! Sie hatte Harpsund angerufen, bevor Annika auf die Idee gekommen war!

»Was kostet es denn?«

Sie hielt den Atem an. Per blätterte in irgendwelchen Unterlagen.

»Das Wohnhaus verfügt über eine Küche im Erdgeschoss sowie ein Zimmer im Obergeschoss«, sagte er, und es klang, als würde er vom Blatt ablesen. »Außerdem gehören ein Gästehaus mit offenem Kamin, ein Vorrats- und ein Holzschuppen sowie eine Außentoilette dazu. Es gibt weder Strom- noch Wasseranschluss, allerdings befindet sich eine Quelle auf dem Grundstück. Der Mietvertrag erstreckt sich über ein Jahr und läuft vom 1. April bis zum 31. März, die Miete beträgt 3850 Kronen pro Quartal.«

Fast 1300 Kronen im Monat, konnte sie sich das leisten?

»Möchten Sie sich das Haus ansehen?«, fragte Per.

»Danke«, sagte Annika und blickte über den Hof, »aber ich kenne Lyckebo sehr gut. Ich bin dort aufgewachsen.«

»Sie könnten sich die Kosten vielleicht mit Ihrer Schwester teilen«, sagte Per. »Dann hätten Sie beide Freude daran. Das Haus liegt ja wunderschön.«

»Ich überlege es mir«, erwiderte Annika.

Dreizehnhundert im Monat.

In ihrem neuen Leben als Freiberuflerin, würde es da schwer sein, die Ausgabe gegenüber dem Finanzamt zu rechtfertigen? Ihm klarzumachen, warum sie eine Bauernkate an einem See in Södermanland brauchte, um ihre Arbeit zu tun?

Im schlimmsten Fall würde sie wohl den Auftrag für die *Hälleforsnäs Allehanda* annehmen müssen, von dem Roland gesprochen hatte.

Sie setzte sich auf die Eingangstreppe.

War Birgitta vorige Woche hier gewesen? Hatte sie durch das Küchenfenster geschaut und die Wachstuchdecke, den Flickenteppich und das Engelbild an der Wand vermisst?

Warum hatte Steven gelogen, was den Tag ihres Verschwindens betraf?

Sie griff wieder zum Telefon.

Steven war sofort dran.

»Hast du was gehört?«, fragte er.

»Gewissermaßen«, antwortete Annika und blickte zur alten Scheune, die wirklich bedrohlich windschief war. »Die Polizei hat die Spur von Birgittas Mobiltelefon verfolgt. Sie war vorige Woche überhaupt nicht in Malmö, sie war in Hälleforsnäs. Wusstest du das?«

Es wurde still in der Leitung, so still, dass sie dachte, die Verbindung sei unterbrochen.

»Hallo?«, sagte sie.

»Was wollte sie denn in Hälleforsnäs? Bist du jetzt da?«

»Steven, warum sagst du nicht einfach, was wirklich los war, bevor Birgitta verschwunden ist.«

Er hustete. Sie hörte die Titelmelodie einer Kindersendung im Hintergrund.

»Hast du sie getroffen?«, fragte er.

»Nein. Ich bin im Moment in Hälleforsnäs und suche sie, aber ich weiß nicht, wo ich als Nächstes hinfahren soll. Du musst mir ehrlich sagen, was vorgefallen ist, sonst kann ich nicht helfen.«

Sie hörte ihn in den Hörer atmen und wartete.

»Sie hatte einen Rückfall«, sagte Steven. »Am Wochenende vor vierzehn Tagen.«

Annika blickte zum Himmel, die Wolken zogen dahin wie Flüsse, färbten das Wasser im Hosjön stahlgrau.

»Sie ist nach der Arbeit in eine Kneipe gegangen«, sagte Steven am Telefon. »Als sie nach Hause kam, hatten wir einen furchtbaren Streit. Ich hatte verdammt noch mal Angst, dass sie wieder anfängt zu saufen, sie schrie mich an, ich würde sie kontrollieren und ihr nachspionieren ...«

Annika überlegte.

»Das war in der Nacht zum Sonntag?«

»Am Dienstag hat sie sich dann gemeldet und gesagt, sie schämt sich. Sie hat sich entschuldigt und gesagt, sie will ihre Ruhe haben.«

Annika atmete lautlos durch den offenen Mund, zwang sich, nicht wütend zu werden.

»Du hast mit ihr gesprochen?«

»Diny, stellst du bitte den Ton leiser? Ich kann am Telefon gar nichts verstehen ... Was hast du gesagt?«

»Ob du mit ihr gesprochen hast.«
Die Musik im Hintergrund wurde leiser.
»Nein, sie hat eine SMS geschickt.«
Das stimmte mit dem Ortungsprotokoll überein.
»Warum hast du zwei Wochen gewartet, bis du Alarm geschlagen hast?«
Sie hörte selbst, wie barsch sie klang. Er schluckte hörbar.
»Sie hat mich darum gebeten, dass ich nichts unternehme. Sagte, sie brauche Zeit zum Nachdenken, und dass sie dich unbedingt erreichen müsse.«
»Warum? Was will sie von mir?«
»Ich weiß es nicht.«
»Papa«, hörte Annika das Kind am anderen Ende rufen. »›Pingu‹ ist zu Ende!«
»Wartest du mal kurz?«, sagte Steven in den Hörer.
»Natürlich.«
Es knallte an ihrem Ohr, als Steven das Telefon hinlegte, um seiner Tochter mit dem Fernsehprogramm zu helfen. Machte die Kleine nichts anderes, als den ganzen Tag vor der Kiste zu hocken?
»Die Beschreibung, die du mir gegeben hast«, sagte Annika, als er zurückkam, »die Kleidung, die sie anhatte, das stimmt also auch nicht?«
Er hustete wieder.
»Sie ist direkt von der Arbeit in die Kneipe gegangen, hatte das T-Shirt vom Laden an, und ihre braune Jacke ...«
»Wenn du sagst ›sie sagte‹, dann meinst du ›sie schrieb‹? Hast du überhaupt mit ihr gesprochen?«
»Ich habe versucht, sie anzurufen, und sie hat geantwortet, sie brauche eine Atempause.«
»Sie hat per SMS geantwortet? Atempause?«
»Papaaa!«
»Kannst du einen Moment warten, Diny, ich komme gleich.«
Ein heftiger Windstoß fuhr Annika durchs Haar.
»Warum hast du beschlossen, am Montag doch Alarm zu schlagen?«
»Der Kunstverein«, sagte er. »Birgitta hat das ganze Früh-

jahr hindurch gemalt, um bei einer Ausstellung mitzumachen, und am letzten Sonntag sind zwei Typen vom Kunstverein hier gewesen und haben sich ihre Bilder angesehen.«
»Was haben sie gesagt?«
»Eigentlich ein Glück, dass Birgitta nicht zu Hause war. Die Kerle haben eine Menge Scheiß gelabert, von wegen, die Bilder wären zu oberflächlich, hätten keine Tiefe und so, sie wollten sie jedenfalls nicht zur Ausstellung zulassen. Birgitta redet seit einer Ewigkeit davon, dass sie kommen und ihre Bilder besichtigen würden, sie hätte sich das nie entgehen lassen. Ihr muss irgendwas Schlimmes passiert sein, ich weiß es.«
»Hast du ihre Arbeitsstelle angerufen?«
»Die sagen, sie können keine Anrufe zu den Kassen durchstellen.«
»Du bist also nicht hingegangen?«
Das Mädchen sagte etwas im Hintergrund, Steven legte das Telefon für eine ganze Weile hin.
»Weißt du, was sie in Hälleforsnäs gemacht hat?«, fragte er, als er zurückkam.
»Sie hat in einem Auto gesessen und geschlafen, in einem Honda oder Nissan oder einer ähnlich anonymen Karre, vor dem Konsum in Malmköping am letzten Freitag.«
»Geschlafen?«
»Sie muss mit jemandem mitgefahren sein. Hast du eine Ahnung, wer das sein könnte?«
Er sagte nichts. Die Stille dröhnte. Annika blickte hinaus auf den See, hörte den Wald rauschen.
Schließlich seufzte er.
»Ich komme hoch«, sagte er. »Ich miete mir sofort ein Auto.«
»Aber sie ist wahrscheinlich nicht mehr hier«, sagte Annika. »Die letzte SMS wurde aus Luleå verschickt.«
»Luleå?«
Die Verwunderung in seiner Stimme war nicht zu überhören.
»Was ist da?«
»Keine Ahnung«, erwiderte Annika.

»Ich fahre auf jeden Fall hoch«, sagte Steven.
»Schaden kann es nicht«, sagte sie. »In Malmö ist sie wohl jedenfalls nicht mehr.«
Sie holte tief Luft.
»Da ist noch etwas ... Ich weiß, dass du Birgitta geschlagen hast. Warum hast du mich angelogen?«
Ein Moment Stille.
»Lass uns darüber reden, wenn ich oben bin.«
Er legte auf. Annika steckte das Handy wieder in die Hosentasche.
Man musste sich ziemlich sicher fühlen, wenn man in einem fremden Auto schlief. Mit wem war sie unterwegs?
Sie blickte hinunter zum See. Die Birken raschelten, die Wellen glitzerten wie Spiegelscherben. Sie nahm das Handy, rief den Browser auf, ging auf die Seite ratsit.se und gab die Suchbegriffe *matextra malmö* ein. Suchte nach den Angaben über Vorstand und CEO, der Geschäftsführer hieß Anders Svensson. Anschließend rief sie die Auskunft an und ließ sich mit MatExtra in Malmö verbinden. Die Zentrale meldete sich.
»Ich hätte gern mit Linda gesprochen, Ihrer Marktleiterin.«
Linda war fast sofort am Apparat.
»Ich heiße Annika Bengtzon und bin die Schwester von Birgitta, die bis vor kurzem bei Ihnen gearbeitet hat«, sagte Annika.
»Ja?«, erwiderte Linda abwartend.
»Ich möchte gern wissen, was am Samstag, dem 17. Mai vorgefallen ist.«
»Ich verstehe nicht ganz, was ...«
»Irgendetwas ist passiert«, sagte Annika. »Birgitta hat sich über etwas schrecklich aufgeregt, und ich wüsste gern, was das war.«
Am anderen Ende blieb es still.
»Entweder Sie sagen es mir, oder ich wende mich an Anders Svensson und erzähle ihm, was für eine schlechte Chefin Sie sind.«
Die Frau schnappte nach Luft.
»Was fällt Ihnen ein? Wer sind Sie, sagten Sie?«

»Birgittas Schwester. Ich will wissen, was passiert ist. Wenn Sie es mir sagen, werden Sie nie wieder von mir hören.«

Im Hintergrund wurde eine Tür geschlossen.

»Also«, begann Linda, »es war überhaupt nichts. Ich habe Birgitta nur gesagt, dass ich ihr die feste Stelle, über die wir gesprochen hatten, nicht geben kann. Andere Kolleginnen sind viel länger hier, ich muss ja an die Stimmung unter meinen Mitarbeitern denken ...«

»Sie haben also Ihre Zusage, Birgitta fest einzustellen, zurückgezogen?«

»Zusage würde ich das nicht nennen, wir hatten es angesprochen, aber ...«

»Danke«, sagte Annika und legte auf.

Elin oder vielleicht auch eine der anderen Kassiererinnen hatte sich bei der Geschäftsleitung beschwert, und Linda war eingeknickt. Birgitta hatte das hart getroffen, statt nach Hause war sie in eine Kneipe gegangen und hatte getrunken.

Aber warum war sie abgehauen? Warum hatte sie ihrer Kollegin etwas von einem anderen Job vorgelogen?

Die Haare flogen ihr ins Gesicht, Annika strich sie mit ihren frisch lackierten Fingernägeln zurück. Ihr Blick fiel auf die Haustür und ihre Gedanken stockten.

Frische Holzfasern leuchteten am Türschnapper. Die Schlossfalle saß ein bisschen schief.

Sie stand auf und besah sich die Sache genauer.

Die Tür war aufgebrochen worden. Die Einbruchspuren waren kaum zu sehen, aber sie waren da.

Was hatte Roland gesagt, eine Welle von Einbrüchen in Sommerhäusern?

Sie drückte die Klinke herunter, die Tür öffnete sich auf knarrenden Angeln. Ihr Herzschlag wurde schneller, er dröhnte in ihrem Kopf.

Sie trat in die Diele.

»Birgitta?«

Es roch feucht und muffig. Eine dünne Staubschicht bedeckte den Boden, sie wirbelte unter Annikas Füßen auf.

Hier war niemand gewesen, sonst wären Spuren im Staub.

Die Tür schlug hinter ihr zu, Annika schrie auf. Der Wind pfiff durch die Türritzen. Sie warf sich gegen die Tür, die sofort aufging, und stolperte hinaus auf den Hof. Er war genauso leer und verlassen wie vorher.

Der Wind hatte die Tür wieder zugeschlagen.

Sie atmete tief durch und wartete darauf, dass ihr Puls sich beruhigte. Dann ging sie zurück, schloss die Tür ordentlich und blickte auf ihre Uhr.

Noch hatte sie einen Job, noch wartete Arbeit auf sie.

Sie seufzte tief, strich sich die Haare aus dem Gesicht. Zurück zu Gustav Holmerud.

Sie ging zum Auto.

Er hörte die Frau, lange bevor er sie sah.

Sie bewegte sich durch den Wald wie ein Mähdrescher, Zweige zerbrachen unter ihren Schuhen, Blätter raschelten, grober Hosenstoff scheuerte an Grashalmen. Sie ging schnell, näherte sich zielstrebig. Sie kam auf ihn zu.

Rasch und lautlos bewegte er sich über den Hof zum Waldrand. Mit einem kleinen Stock richtete er die Grashalme hinter sich auf, er pflegte keine Spuren zu hinterlassen.

Er wartete still hinter einem Baum, jetzt kam sie aus dem Wald, blieb stehen.

Das war sie, er erkannte sie sofort.

Sie war ein bisschen außer Atem, stand eine Weile da und verschnaufte und blickte zum Haus. Vielleicht kam sie oft her, das würde die Sache erleichtern.

Er studierte ihre Bewegungsmuster, während sie zu der Kate ging und durch das Küchenfenster hinein schaute. Sie war sehnig und ziemlich mager, es konnte gut sein, dass sie schnell war. Eigentlich stand sie schon zu lange am Fenster, einen Moment lang fürchtete er, sie könnte etwas bemerkt haben, hoffentlich hatte er keinen Fehler gemacht. Aber vielleicht war sie nur in Gedanken, denn plötzlich zog sie ein Mobiltelefon aus der Hosentasche und wählte eine Nummer. Sie lehnte sich an die Hauswand und blickte hinaus auf den See, während sie telefonierte. Er konnte nicht hören, was sie sagte, es war auch nicht wichtig. Dann beendete sie das Gespräch, legte den Kopf an die Wand. Es sah aus, als denke sie nach. Schließlich ging sie zur Treppe und setzte sich auf die Stufen, tippte auf ihrem Handy und telefonierte wieder, las etwas, sprach.

Dann passierte etwas, er spähte durch die Nadelzweige und schärfte den Blick. Sie hatte die Spuren an der Tür bemerkt, ja, sie sah, dass sie aufgebrochen worden war. Na ja, war vielleicht auch nicht so wichtig. Interessiert beobachtete er, wie sie das Schloss untersuchte und die Klinke herunterdrückte, er hörte die rostigen Türangeln knarren. Sie trat in die Diele und sagte etwas, er konnte nicht genau verstehen, was. Vielleicht *Ist hier jemand?* oder *Hallo?* Zum Glück war er nicht taub wie sein Bruder. Sein Spiegelbild hatte sich am Anfang etwas zu sehr fürs Schießen begeistert; bis sie gemerkt hatten, wie unpraktisch es war, Schusswaffen mit sich herumzuschleppen, wenn es ein Werkzeugkasten auch tat, war das Gehör seines Bruders schon unwiederbringlich zerstört. Aber er beklagte sich nicht, er hatte sich mit der Situation abgefunden, absolvierte seine Übungen in Akzeptanz und Aufmerksamkeit und lebte mit dem Schaden.

Er wusste, dass sein Bruder im Gefängnis Meditationsübungen machte. Er selbst hatte im letzten Jahr versucht, sich aktiver damit zu beschäftigen, das Gefühl zu spüren, das sie miteinander verband, aber es war ihm nicht gelungen.

Es war ein schreckliches Jahr gewesen, ein *annus horribilis,* wie die britische Königin einmal gesagt hatte. Er hatte sein Schattendasein mehr oder weniger wie immer gelebt, so wie sie es taten, wenn sie beide gleichzeitig in Schweden oder in Spanien waren und einer von ihnen in der Villa in Täby oder im spanischen Reihenhaus wohnte: Dann mietete der andere unter falschem Namen eine Wohnung in der Umgebung und war der Schatten, der Konturlose, den es nicht gab. Er zeigte sich ganz offen, und obwohl das Foto seines Bruders fast täglich in den Zeitungen war, stutzten die Leute nicht, wenn sie ihn, den Schatten, sahen. In der Menge fällt man am wenigsten auf, nach dieser Devise hatten sie immer gelebt. Eine Frau hatte drei Jahre lang tot im Flur ihres Hauses gelegen, gleich neben seinem; niemand hatte sie vermisst, niemand würde ihn vermissen.

Ein Windstoß fuhr durch den Kiefernwald, er sah, wie die Haustür der Kate zuschlug, und hörte die Frau drinnen aufschreien. Sie hatte sich erschrocken.

Jetzt kam sie aus dem Haus gerannt, blickte sich ängstlich um, ja, er hatte recht gehabt, sie war flink. Sie blickte zur Tür, für einen kurzen Moment wandte sie ihm ihr Gesicht zu, aber sie sah ihn nicht, da war er sich ganz sicher. So stand sie eine Weile, dann ging sie die Stufen hinauf und schloss die Tür. Danach machte sie sich auf den Rückweg durch den Wald.

Er wartete regungslos noch sieben Minuten, nach seinen Berechnungen brauchte sie so lange bis zur Straße 686, und meinte schließlich zu hören, wie ein Motor angelassen wurde.

Aber er hatte keine Eile.

Er wartete noch eine weitere halbe Stunde, dann verließ er sein Versteck und nahm seine Arbeit wieder auf.

Der Haftbefehl der spanischen Staatsanwaltschaft traf am späten Nachmittag im Stockholmer Amtsgericht ein. Spanien beantragte die Auslieferung von Ivar Berglund wegen des dringenden Verdachts, vor achtzehn Jahren den Geschäftsmann Ernesto Jaka in San Sebastián ermordet zu haben.

Nina saß in einem Straßencafé an der Playa de La Concha, als sie die Nachricht erhielt. Die SMS von Johansson kam nur wenige Minuten nachdem das Auslieferungsersuchen eingetroffen war. Sie las die kurze Mitteilung zwei Mal und steckte das Handy wieder weg. Von einer seltsam zufriedenen Gewissheit erfüllt, blickte sie hinaus auf die Biscaya-Bucht. Sollte er in Schweden mit einem Freispruch davonkommen, erwartete ihn die Auslieferung an Spanien, dann würde er hier verurteilt werden, und die Spanier ließen ihre Mörder in der Regel nicht so schnell wieder frei. Die Mindeststrafe für Mord betrug zwanzig Jahre, die Höchststrafe das Doppelte.

Sie rief nach *el caballero* und bat um die Rechnung, zahlte und machte sich auf den Weg zurück zum Polizeipräsidium.

San Sebastián, *Donostia* auf Baskisch, war eine Enttäuschung. An der Stadt selbst war nichts auszusetzen, weder an der Architektur noch an der Lage, im Gegenteil, die schöne Altstadt schmiegte sich um die Bucht mit ihren berühmten Stränden, aber es war nicht *Spanien*. Nicht ihr Land, nicht ihre Straßen, nicht ihre Sprache. Baskisch, das überall um sie herum gesprochen wurde, erinnerte in nichts an *castellano*. Von der Architektur her hätte es genauso gut Frankreich oder die Schweiz sein können, die Gebäude mit ihren Ornamenten und den grauen Steinfassaden sprachen von Wohlstand und Tradition. Vom maurischen Erbe, das die Landschaft ihrer Kindheit geprägt hatte, mit sonnendurchfluteten, weiß verputzten Häusern und terrassierten Olivenhainen, fand sich hier keine Spur.

Sie kehrte ins Polizeipräsidium zurück, diesmal als Abgesandte der schwedischen Polizei, Interpol hatte am Nachmittag ihren Beobachterstatus bestätigt.

Kommissar Elorza erwartete sie in seinem kleinen Dienstzimmer.

»Wie ich hörte, wurde unser Auslieferungsgesuch Señor Berglund betreffend von den schwedischen Behörden registriert«, sagte er. »Das ging ja schnell, Sie haben eine sehr effektive Verwaltung da oben.«

»Schweden hat viele Vorteile«, sagte Nina und machte es sich auf dem Stuhl bequem. »Effektive Bürokratie ist einer davon, eine humanitäre Einstellung zu Kriminellen ein anderer.«

»Und die Nachteile?«

Nina überlegte einen Moment.

»Die Tyrannei des Wohlstands«, sagte sie. »Das ständige Verlangen nach Mehr ohne Gegenleistung. Ein kleinmütiges Jammern über jede Veränderung oder Entwicklung und eine tief verwurzelte Überzeugung, dass man in allen, wirklich allen Belangen besser ist als der Rest der Welt.«

Der Kommissar lachte.

»Ich hatte ein langes Gespräch mit Javier Lopez, meinem Kollegen in Albuñol«, sagte er dann.

Nina wartete stumm.

»Seltsam, wie manche Ereignisse einen nicht loslassen«, fuhr der Kommissar fort. »Lopez kann sich noch gut an den Unfall erinnern, bei dem der Schwede vor über zwanzig Jahren ums Leben gekommen ist. Es passierte im ersten Jahr seiner Dienstzeit, das erklärt vielleicht einiges.«

Nina verschränkte die Hände auf dem Schoß, sie spürte die Anspannung wie einen Stein im Magen.

»Lopez hatte sich sicherheitshalber die alte Akte kommen lassen, und die bestätigte seine Erinnerung.«

Kommissar Elorza blätterte in seinen Notizen.

»Es passierte in einer Mittwochnacht Anfang Februar, am Abend zuvor hatte es geregnet. Die Straßen in den Bergen werden dann sehr rutschig, und mit abgefahrenen Reifen bildet sich schnell Aquaplaning. Der Wagen mit Señor Berglund am Steuer stürzte in eine Schlucht oberhalb von Albondón, ging in Flammen auf und verbrannte bis zur Unkenntlichkeit.«

Nina versuchte sich die Szene vorzustellen.

»Bis zur Unkenntlichkeit? Trotz Regen und nassem Gelände?«

»So wurde es mir beschrieben.«

»Woher weiß man, dass es Arne Berglunds Wagen war? Und dass er am Steuer saß?«

»Das Nummernschild ließ sich identifizieren. Der Wagen, ein Volvo 164, war auf Arne Berglund zugelassen. Eine kleine Reisetasche wurde bei dem Aufprall aus dem Wagen geschleudert, darin befand sich Arne Berglunds Brieftasche. Der Tote, den man angeschnallt auf dem Fahrersitz fand, war ein Mann in Berglunds Alter und von seiner Körpergröße. Eine Armbanduhr und eine Halskette, die sich in den Leichnam eingebrannt hatten, wurden als die von Arne Berglund identifiziert.«

»Von wem?«

Kommissar Elorza blickte auf seine Notizen.

»Vom Bruder des Opfers, Ivar Berglund.«

Nina ballte die Fäuste.

»Arne Berglund war in Marbella gemeldet«, fuhr der Kommissar fort. »Er besaß dort ein kleines Reihenhaus und eine Holzwarenhandlung.«

»Was ist aus dem Haus und der Firma geworden?«, fragte Nina.

Axier Elorza blickte sie an und blinzelte.

»Ich dachte mir schon, dass Sie das fragen«, sagte er. »Der Bruder hat beides geerbt, und er hat den Betrieb von Schweden aus weiter geführt, wenn auch in kleinerem Umfang. Das Haus ist immer noch in seinem Besitz.«

Sie spürte, wie ihr das Adrenalin in die Adern schoss.

»Vielleicht war es gar nicht der Bruder, der den Toten identifiziert hat«, sagte sie. »Was, wenn er es selbst war? Er hat sich selbst identifiziert. Nicht er ist bei dem Unfall umgekommen, sondern ein anderer. Ich weiß nicht, wie sie es gemacht haben, aber der Mann, der in dem Autowrack verbrannt ist, war nicht Arne Berglund.«

»Das dürfte schwer nachzuweisen sein, die sterblichen Überreste wurden eingeäschert.«

Nina zwang sich, auf dem Stuhl sitzen zu bleiben.

»Der Tote ist nicht so interessant«, sagte sie. »Wir müssen uns auf den lebenden Mann konzentrieren.«

»Sie scheinen sich Ihrer Sache ja ziemlich sicher zu sein.«

Sie setzte sich aufrechter hin.

»Sicher bin ich mir nicht, aber es besteht eine Möglichkeit, die genauer untersucht werden muss. Die beiden Männer sind äußerlich identisch. Sie können weiterhin zwei Leben geführt haben, in Schweden und in Spanien, unter dem Deckmantel, eine einzige Person zu sein. So lange sie nicht zusammen gesehen werden, kann ihnen nichts passieren.«

Kommissar Elorza nickte nachdenklich und ein wenig amüsiert.

»Derzeit sitzt einer der Brüder in Schweden in Untersuchungshaft, angeklagt wegen Mordes. Wer von ihnen ist es? Und wo ist der andere, was meinen Sie?«

»Ich weiß nicht, wer von den Brüdern wer ist«, sagte sie. »Das ist erst einmal auch nicht wichtig. Wenn ich recht habe, sind beide schuldig. Derjenige von beiden, der auf freiem Fuß ist, muss sich über ein Jahr lang versteckt gehalten haben, was bedeutet, dass sie über Wohnungen oder Aufenthaltsorte verfügen, die nicht offiziell bekannt sind.«

»Hier oder in Schweden oder vielleicht irgendwo anders auf diesem Planeten?«

Nina holte tief Luft.

»Eine Frage noch«, sagte sie. »Haben Sie eventuell die Adresse des Reihenhauses in Marbella?«

Kommissar Elorza lächelte.

Anders Schyman spürte die Enttäuschung wie Feuer in der Kehle, und das lag nicht nur an seinem Sodbrennen nach dem Mittagessen mit dem Vorstand. Er hatte dem Vorstandsvorsitzenden gegenüber angedeutet, dass etwas Großes im Gange war, sich eine Revision beim Obersten Gerichtshof anbahnte und das Licht am Horizont möglicherweise Morgendämmerung statt hereinbrechende Nacht bedeutete. Aber Bengtzons kurze Mitteilung nach ihrem Besuch im Bunker *Kein Interview heute. Holmerud macht Zicken. Aber noch ist der Zug nicht abgefahren, mehr Details heute Nachm.*, hatte ihn zu völlig falschen Schlussfolgerungen verleitet. Er hatte gedacht, das Interview würde morgen oder wenigstens demnächst stattfinden und es müsse nur vorher noch etwas auf Herausgeberebene entschieden werden, aber mit dem hier hatte er nicht gerechnet.

Albert Wennergren legte ihm den Ausdruck von Bengtzons persönlicher Mitteilung auf den Schreibtisch.

»Ich muss schon sagen, alle Achtung«, sagte er.

Anders Schyman beschloss, seinen Sarkasmus zu überhören.

»Sie klingen überrascht«, sagte er.

Der Vorstandsvorsitzende lehnte sich auf seinem Stuhl zurück und lächelte.

»Positiv überrascht«, sagte er. »Zuerst habt ihr dafür gesorgt, dass er als Serienmörder verurteilt wird, und jetzt wollt ihr einen Freispruch für ihn erreichen. Das nenne ich offensiven Journalismus.«

Schyman betrachtete den Mann, der vor ihm saß. Die teure Uhr, der Designerpullover, die maßgefertigten, handgenähten Lederschuhe – sein ganzer luxuriöser Lebensstil wurde vom offensiven Journalismus finanziert, und da saß dieser arrogante Oberschichtschnösel und machte sich über ihre Arbeit lustig.

»Wir werden das Terrain sondieren und sehen, welches Interesse bei den anderen Medien besteht«, sagte Schyman. »Wir müssen Allianzen schmieden und die Veröffentlichungen synchronisieren, das könnte etwas kompliziert werden.«
Albert Wennergren nickte nachdenklich.
»Ich frage mich, wie lange die anderen noch an ihren Papierzeitungen festhalten«, sagte er. »Wir erleben gerade eine interessante Zeitenwende.«
Anders Schyman hatte dem nichts hinzuzufügen, also hielt er den Mund. Wennergren griff wieder nach dem Ausdruck.
»Ich möchte mit der Reporterin reden, ich will wissen, was Holmerud gesagt hat. Wortwörtlich.«
Schyman blickte in die Redaktion, Annika Bengtzon packte gerade ihren Laptop ein. An der Wand hinter ihrem und Berit Hamrins Schreibtisch stand ein Bild mit einem Mann in bunten Farben, er fragte sich, was das Bild da zu suchen hatte.
»Dann sollten Sie sich beeilen«, sagte Schyman. »Sie macht gerade Feierabend.«
Der Vorstandsvorsitzende erhob sich eilig, zog die Glastür auf und ging im Laufschritt durch die Redaktion. Er sagte etwas zu Bengtzon, die erstaunt aufblickte. Gemeinsam steuerten sie auf Schymans Glaskäfig zu.
»Er hat genau das gesagt, was ich in der PM geschrieben habe«, sagte die Reporterin, als sie das Aquarium betraten und Wennergren die Tür hinter ihnen schloss. »Er ist es leid, eingesperrt zu sein, und will wieder an die Öffentlichkeit. Frauenmörder haben es im Gefängnis nicht gerade leicht, vielleicht sind seine Knastbrüder in der Kantine gemein zu ihm.«
»Ich finde das hier sehr interessant«, sagte Wennergren und wedelte mit dem Blatt Papier. »Ich sitze ja sowohl bei unserem familieneigenen Fernsehsender als auch bei unserem Buchverlag im Vorstand, ich könnte meine Kontakte nutzen und dann machen wir daraus ein gemeinsames Projekt. Wir stellen einen Reporter dafür ab, der alles macht, er könnte eine Artikelserie schreiben, eine Fernsehdokumentation und ein Sachbuch. So eine totale Koordination wirft eine Menge Gewinn ab ...«
»Gute Idee«, sagte Annika Bengtzon. »Aber warum die Syn-

chronisation auf Gustav Holmerud beschränken? Wenn wir nur alles genügend koordinieren, brauchen wir in ganz Schweden nur noch einen einzigen Journalisten.«

Anders Schyman blieb fast das Herz stehen, aber Albert Wennergren lachte.

»Nehmen Sie Platz«, sagte der Vorstandsvorsitzende und zog noch einen Stuhl an den Schreibtisch.

Bengtzon setzte sich. Sie hatte dunkle Augenringe und wirkte müde, beinahe erschöpft. Ihre Fingernägel leuchteten in bunten Neonfarben, es sah sehr merkwürdig aus.

»Wie geht es Ihnen?«, fragte Schyman.

»Mittelprächtig«, erwiderte sie. »Meine Schwester ist verschwunden.«

Er hob die Augenbrauen.

»Ist das was für uns?«, fragte er.

»Hoffentlich nicht«, sagte sie und starrte auf ihre Nägel.

»Welchen Eindruck hatten Sie von Gustav Holmerud?«, fragte Wennergren, dem verschwundene Schwestern offenbar herzlich egal waren.

»Er ist einfallsreich und manipulativ«, erwiderte Annika. »Offenbar hat er sich Informationen über die Reporter besorgt, die über ihn geschrieben haben; er erwähnte private Details über mich und Berit, Patrik Nilsson und Bosse vom *Konkurrenten*. Und ich glaube nicht, dass er an allen Morden unschuldig ist. Nach allem, was ich über den ersten Mord gelesen habe, bei dem er als Verdächtiger galt, hat er den wohl tatsächlich begangen.«

»Sie finden also, wir sollten das nicht machen?«, fragte Schyman.

Sie biss sich auf die Lippe.

»Doch, schon«, sagte sie. »Es gibt einen wichtigen Grund dafür, nämlich den ermordeten Frauen Gerechtigkeit zu verschaffen. Vier Mörder laufen frei herum, weil Holmerud ihre Taten auf sich genommen hat. Deshalb finde ich, dass wir ihn nicht abblitzen lassen sollten, jedenfalls nicht zum gegenwärtigen Zeitpunkt.«

»Aber Sie wollen nicht?«, fragte Schyman.

»Er wird mich nicht akzeptieren. Er will jemanden von Rang und Namen.«

Wennergren nickte.

»Er will natürlich, dass die Sache Eindruck macht, er will jemanden, der in den Medien präsent ist und sich Gehör verschafft.«

»Aber Sie kennen den Fall ja gut, Annika«, sagte Schyman. »Sie könnten doch die Recherche übernehmen, Backgroundinterviews machen, einen Plan entwerfen, wie die Synchronisierung ablaufen soll ...«

»Damit am Ende einer mit Haaren auf der Brust kommt und den Großen Journalistenpreis einsackt?«

Sie stemmte die Hände auf die Armlehnen und stand auf.

»Die Herren werden entschuldigen, aber ich habe zu tun.«

»Was für ein Bild haben Sie da?«, fragte Schyman mit einem Kopfnicken zu ihrem Arbeitsplatz.

»Das stellt einen deutschen Maler dar, der behauptet, Frauen könnten nicht malen.«

Sie ging hinaus und schloss die Tür hinter sich.

Wennergren blickte ihr nachdenklich hinterher, wie sie mit der hässlichen Umhängetasche über der Schulter Richtung Hausmeisterei marschierte.

»Sie haben recht«, sagte er. »Es wäre wirklich ausgezeichnet, wenn wir eine Revision beim Obersten Gerichtshof erreichen könnten. Flagge zeigen bis zum Schluss. Was meinen Sie, schaffen wir das?«

»Kommt darauf an, wann wir dichtmachen«, sagte Schyman.

»Nehmen Sie das in Ihre Planung auf«, sagte Wennergren und ging.

Die Kinder waren spät eingeschlafen, aufgekratzt durch den hellen Frühsommerabend vor den Fenstern und den morgigen letzten Schultag vor Ferienbeginn. Als sie endlich zur Ruhe gekommen waren, wanderte Annika im Halbdunkel von Zimmer zu Zimmer und horchte auf den Fahrstuhl, ob Jimmy kam. Die Maschine aus Brüssel war wegen eines Gewitters verspätet gelandet. Unablässig gingen ihr die widersprüchlichen Bilder von Birgitta durch den Kopf, begabt, misshandelt, geliebt, alkoholisiert ...

Plötzlich kam ihr eine Idee, sie ging in die Abstellkammer und zog die Umzugskiste mit alten Briefen und Zeitungsausschnitten hervor; ja, da war er, der Schuhkarton mit den Kinderfotos.

Sie setzte sich ins Wohnzimmer und nahm den Karton auf den Schoß. Ihre Mutter hatte immer vorgehabt, die Bilder in ein Album zu kleben und etwas Schönes dazu zu malen, aber es war bei dem Vorsatz geblieben.

Im schwindenden Tageslicht blätterte sie durch die Fotos, unzählige Sommerabende, Weihnachtsabende, Geburtstage. Birgitta, die immer in die Kamera lachte, sie selbst, die woanders hinschaute. Da war das Foto von der Badestelle am Tallsjön, die Eistüten und die blaue Wolldecke, die Badelaken, sie im Profil und Birgittas Lachen ... Die kleine Birgitta sah jemandem ähnlich, sie erinnerte Annika an jemanden, den sie erst vor kurzem gesehen hatte ...

Natürlich, Destiny.

Sie ließ die Fotos auf den Schoß sinken und brach in Tränen aus. Was, wenn Birgitta nie mehr zurückkam, wenn ihr wirklich etwas zugestoßen war, was sollte dann aus ihrer Tochter werden?

Ein Schlüssel drehte sich im Türschloss, rasch wischte sie

sich die Tränen von den Wangen und fuhr sich mit dem Finger unter der Nase entlang.

»Hallo«, sagte Jimmy leise und stellte Reisetasche und Aktenkoffer in der Diele ab. »Sitzt du hier im Dunkeln?«

Sie lächelte ihn an, obwohl er es wahrscheinlich gar nicht sehen konnte.

»Wie schön, dass du zu Hause bist«, sagte sie.

Jimmy kam ins Zimmer, setzte sich neben sie aufs Sofa und küsste sie sanft.

»Sind die Kinder im Bett?«

»Gerade eben erst. Sie sind total überdreht wegen der Abschlussfeier morgen.«

»Ich kann mit ihnen hingehen, du hast wohl morgen früh einen Termin bei deiner Psychologin?«

Sie richtete sich auf, zog ihn an sich, küsste ihn gierig. Sie merkte, dass sie nach Tränen schmeckte.

»Wie geht's dir?«, flüsterte Jimmy.

Sie kuschelte sich an ihn.

»Nicht so gut.«

Er legte die Arme um sie, wiegte sie sanft. Sie ließ die letzten Tränen kommen und versiegen. Seine Arme waren stark und fest, er roch nach Haut und Wärme.

»Wie war's bei dir?«

Jimmy seufzte und lockerte die Umarmung ein wenig.

»In Brüssel lief es gut, aber ich habe ein Riesenproblem mit Thomas.«

Sie blickte zu ihm hoch.

»Ich begreife nicht, was in ihn gefahren ist«, sagte Jimmy. »Sein Gutachten sabotiert den Untersuchungsauftrag. Er will unbedingt eine Gesetzesänderung erreichen, die selbst den schlimmsten Internetidioten für alle Zukunft Anonymität garantiert. Ich musste einschreiten, um zu verhindern, dass er das Machwerk bei der heutigen Kabinettssitzung präsentiert.«

»Das hat ihm bestimmt nicht gepasst«, sagte Annika.

»Überhaupt nicht. Er hat ein Gesicht gemacht, als hätte ich ihm auch noch die andere Hand abgehackt. Aber erzähl, hast du was von deiner Schwester gehört?«

Annika schluckte.

»Sie ist schon vor gut drei Wochen verschwunden. Die Chefin des Supermarkts, in dem sie gejobbt hat, wollte ihr die versprochene feste Stelle dann doch nicht geben, und da ist sie in eine Kneipe gegangen und hat sich volllaufen lassen. Als sie nach Hause kam, haben sie und Steven sich heftig gestritten und sie ist abgehauen. Seitdem hat er nicht mehr mit ihr gesprochen, aber sie hat ihm eine SMS geschickt und geschrieben, dass sie sich schämt und ihre Ruhe haben will. Und sie hat versucht, mich zu erreichen.«

Jimmy pfiff durch die Zähne.

»Sie war letzte Woche in Hälleforsnäs«, erzählte Annika weiter. »Ich habe Rolle Larsson getroffen, er sagt, er hat sie in Malmköping in einem Auto gesehen. Und sie hat sich nach einem Sommerhaus erkundigt, wollte in das Gästehaus ihrer alten Lehrerin ziehen, vielleicht wollte sie wieder nach Hause ...«

Sie schluckte.

»Und sie hat in Harpsund angerufen und gefragt, ob sie Lyckebo mieten kann.«

Er blies in ihr Haar.

»Wo hast du Rolle getroffen?«

»In der Cafeteria vom Billigkaufhaus in Hälleforsnäs.«

»Hat er was gegessen, das seinen Blutdruck hochtreibt?«

Annika schlang die Arme um seinen Hals, dachte an Rolands rundes Gesicht und seine fröhlichen Augen.

»Er scheint ganz zufrieden mit seinem Leben zu sein, er hat uns eingeladen, ihn und Sylvia in Mellösa zu besuchen und in seinem See zu baden.«

Jimmy küsste ihren Hals.

»Du weißt, du warst unser Traummädchen, als wir dauergeile Halbstarke waren«, sagte er.

»Und Birgitta?«, erwiderte sie. »Sie war viel hübscher als ich.«

»Du warst viel sexyer«, flüsterte Jimmy.

Sie küssten sich wieder, intensiver jetzt, sogen den Atem des anderen ein.

Freitag, 5. Juni

»Ist das immer so, wenn die Attacken kommen?«
Annika verschränkte die Arme und schlug die Beine übereinander.
»Ich nehme es an.«
»Können Sie den Verlauf beschreiben?«
Warum? Die Psychologin hatte doch selbst gesehen, wie es ablief.
»Sie haben ein Paniksyndrom«, sagte die Psychologin. »Das ist gar nicht ungewöhnlich, Sie sind nicht die Einzige.«
Als wenn es ihr mit diesem Wissen besser ginge.
»Ich begreife nicht, warum ich es nicht aufhalten kann«, sagte Annika. »Ich merke ja, wenn die Panik kommt, aber ich kann nichts dagegen tun.«
Die Frau schien etwas fragen zu wollen, aber dann überlegte sie es sich anders.
»Das ist Ihr Ausweichverhalten«, sagte sie. »Dass Sie gegen Ihre Gefühle ankämpfen und sie zurückdrängen, ist ein Teil des Problems. Sie können eine Panikattacke nicht mit Willenskraft bekämpfen. Versuchen Sie stattdessen, Ihre Ängste anzunehmen, wenn die Panikwelle kommt, schwimmen Sie mit, lassen Sie die Attacke kommen und vorbeigehen.«
Annika schrumpfte zusammen, wurde zu einem kleinen fauchenden, misstrauischen Troll. Die Psychotante hatte gut reden. Jetzt saß sie da und blätterte in ihrem Block, wahrscheinlich hatte sie Probleme wie jeder andere, aber da die Aufnahmekriterien für ein Psychologiestudium besonders streng waren, vergleichbar mit denen für BWL und Medizin, konnte man davon ausgehen, dass sie eine sorglose Kindheit in stabilen Verhältnissen verbracht hatte. Vermutlich obere Mittelschicht, aufgewachsen in einem netten kleinen Vorort oder einer großen Wohnung in der Innenstadt. An ihrem linken Ringfinger

glänzten zwei Goldringe, also war sie verheiratet, die lockere Haut am Bauch ließ auf mindestens ein Kind schließen. Was wusste diese Frau eigentlich von Paniksyndromen?
»Wir sprachen über Ihren damaligen Freund, Sven, als die Panikattacke Sie überfiel. Wie er ...«
»Ich will nicht darüber reden«, sagte Annika.
Die Psychologin klappte ihren Block zu und sah sie an.
»Ich verstehe«, sagte sie. »Aber wenn Sie die Anfälle in den Griff bekommen wollen, werden Sie das wohl müssen.«
»Ich kann nicht«, sagte Annika.
Die Psychologin lächelte leicht.
»Sie können mehr, als Sie glauben«, sagte sie. »Die Gefühle, die in Ihnen hochkommen, wenn Sie erzählen, sind ganz normal. Das sind körperliche Reaktionen, die verstärkt werden, aber sie sind überhaupt nicht gefährlich. Ich helfe Ihnen.«
Annika merkte, wie ihre Hände sich entspannten.
»Und wie?«
»Ich fange Sie auf, wenn Sie fallen.«
Ein Schauer von Neugier (schau an! ein Grundgefühl!) lief Annika über den Rücken, sie schluckte.
»Ich weiß nicht, wo ich anfangen soll«, sagte sie.
»Vielleicht erzählen Sie einfach mal, wie Sie Sven kennengelernt haben.«
Die Wände wurden dunkler und bewegten sich auf sie zu.
»Was passiert jetzt?«, fragte die Psychologin. »Was spüren Sie?«
Annika räusperte sich.
»Es wird dunkler hier drinnen. Ich kriege schwerer Luft.«
»Auf einer Skala von eins bis zehn, wie unangenehm ist das jetzt?«
Sie stutzte (Erstaunen! Grundgefühl!) und horchte angestrengt in sich hinein.
»Nicht so schlimm«, sagte sie. »Ungefähr ... zwei.«
»Können Sie weitermachen?«
»Ja, klar.«
Mutiger jetzt. Sie wischte die schweißnassen Hände an der Jeans ab.

»Er war der hübscheste Junge der ganzen Schule, alle Mädchen waren in ihn verknallt, aber er wollte mich.«
Sie richtete sich innerlich auf.
»Es war wie ein Hauptgewinn in der Lotterie«, sagte sie, »und dabei hatte ich nicht einmal ein Los gekauft. Ich konnte überhaupt nicht verstehen, was er in mir sah, ich war doch so ...«
Ihre Kehle schnürte sich zu.
»Doch so ...? Wie waren Sie?«, fragte die Psychologin.
»Wertlos«, sagte Annika und merkte, wie ihr die Tränen in die Augen schossen und über die Wangen liefen, ganz ohne Vorwarnung.
»Was empfinden Sie jetzt?«, fragte die Psychologin. »Unbehagen? Oder vielleicht Trauer?«
Annika nickte, griff nach einem Papiertaschentuch und wischte sich die Wimperntusche ab, ah ja, nun war es so weit, nun fischte sie auch in der Pappschachtel herum.
»Wie unangenehm auf der Skala?«
»Eine Drei vielleicht.«
Die Psychologin wartete geduldig, während Annika sich schnäuzte.
»Ich werde jetzt eine Frage stellen, die Ihre Mechanismen aktiviert«, sagte sie dann. »Versuchen Sie zu erspüren, was in Ihrem Körper passiert, achten Sie auf innere Geräusche, körperliche Reaktionen, ob Ihnen warm wird oder kalt. Ist das okay?«
Annika nickte wieder. Die Psychologin kniff die Augen zusammen und blickte sie an.
»Bei der letzten Sitzung haben Sie erzählt, dass Sven Sie verfolgt hat, er hat Sie bedroht und geschlagen.«
Annika merkte, wie der innere Druck zunahm, die Dunkelheit waberte am Rand ihres Blickfelds.
»Können Sie eine solche Gelegenheit schildern?«
»Da gibt es viele.«
»Suchen Sie eine aus.«
Fernseher ohne Ton, ein Fußballspiel, die warme Pizzaschachtel in den Händen, der Geruch von Hefeteig und Ore-

gano, der Schlag, der ihre linke Schläfe ohne Vorwarnung trifft, die Schulter knallt auf den Couchtisch, geschmolzener Käse am Unterarm, du verdammte Hure, ich hab dich gesehen, worüber zum Teufel hast du mit Rolle gesprochen, hast du mit ihm gefickt?

Das Zimmer verschwand und wurde durch eine träge, tiefgraue Dunkelheit ersetzt, die das Atmen unmöglich machte.

»Was fühlen Sie jetzt? Können Sie es beschreiben?«

Die Stimme der Psychologin schnitt durch die Tiefe und öffnete einen Spalt der Klarheit.

»Ich falle«, hörte Annika sich sagen. »Das Grau verschlingt mich.«

»Auf der Skala, wie unangenehm?«

Annika horchte in sich hinein, wie kompakt war die Dunkelheit eigentlich?

»Fünf, vielleicht ...«

»Sie können also noch?«

Sie atmete durch den offenen Mund, spürte Luft im Rachen, sie konnte atmen, es gab Sauerstoff.

Sie rittlings auf ihm, er tief in ihr, die Ohrfeige ohne Vorwarnung, ich mache das hier doch für dich! Nackte Füße im Schnee, Blut läuft aus dem Unterleib.

»Sieben«, sagte sie, »ich kriege fast keine Luft mehr. Acht.«

»Können Sie weitermachen?«

Dunkel. Das Stahlwerk umschließt sie. Rost und Asche. Sie hört sein Keuchen zwischen den Betonwänden, das hier ist das Ende, sie weiß es, diesmal wird sie nicht entkommen. Du kannst mich nicht einfach so verlassen, was soll ich denn ohne dich machen? Annika, verdammt noch mal, ich liebe dich doch!

»Zehn«, stieß Annika hervor.

»Sie machen das sehr gut«, sagte die Psychologin irgendwo hinter den Schatten. »Das darf ruhig unangenehm sein, Sie müssen nicht dagegen kämpfen.«

»Ich will nicht«, keuchte sie.

»Wo sind Sie, was sehen Sie?«

Whiskas, oh mein kleines gelbes Kätzchen, nein, nein, nein!

»Die Katze«, sagte sie, oder vielleicht dachte sie es auch.

Messerhieb durch die Luft, das Schreien des Katers in Todesangst, NEIN, NEIN, NEIN, *das Rohr, der krümelige Rost an den Handflächen. Der Schlag, der bebende Himmel, die Welt wurde rot,* sie hielt die tote Katze im Arm und ließ die Dunkelheit hinauslaufen.

Stille.

Das Schwarze verschlang sie nicht.

Der Raum kehrte zurück. Die Luft war leicht und hell, traf die Innenseiten ihrer Nase und den Rachen mit einem leichten Geschmack nach Staub und Sonnenschein.

Die Brillengläser der Psychologin blitzten.

»Ich hatte keinen Anfall«, sagte Annika verwundert, fast enttäuscht.

»Sie werden üben und sich den Situationen aussetzen müssen, aber Sie haben sehr gute Chancen, die Panikanfälle für immer loszuwerden«, sagte die Psychologin.

So einfach war das?

Sie konnte es nicht recht glauben.

Annika blickte zum Fenster.

»Er hat meine Katze umgebracht«, sagte sie.

Die Psychologin sah sie abwartend an.

»Es war kein Unfall«, sagte Annika. »Ich wollte, dass er stirbt. Ich habe ihn getötet.«

Sie nickte.

»Nicht für das, was er mir angetan hat, sondern für das, was er meiner Katze angetan hat.«

Anders Schyman hörte in der Ferne den Donner grollen, als er vom Meer zurück in die Stadt fuhr. Von Blitzen gejagt, hatte er sich im Zickzack durch die Autoschlangen gedrängt, hatte den Geruch von Schießpulver und Elektrizität eingeatmet. Jetzt eilte er im Laufschritt durch den Redaktionssaal, die kommende Katastrophe lag ihm schwer im Magen. Die Mitarbeiter wimmelten um ihn herum, Opferlämmer auf dem Weg zur Schlachtbank, vollkommen ahnungslos, was sie erwartete. Die Luft war so dick, dass sie nicht genug Platz in seiner Lunge hatte, er keuchte, als er seinen Platz in der Redaktionskonferenz einnahm.

Patrik Nilssons Bewegungen waren eckig vor Aufregung, als er die ausgedruckten Siebenkreuz-Versionen an die Anwesenden verteilte, die verantwortlichen Redakteure für die verschiedenen Ressorts, all die Mitarbeiter, die er aufgebaut und geschult, gehätschelt und gedrillt hatte, *übernehmt Verantwortung, testet die Grenzen aus, betrachtet alle Seiten einer Sache.* Anders Schyman ließ sich am Kopfende des Konferenztisches nieder, schloss die Augen und wartete, bis das Stimmengewirr verebbte und die Sitzung beginnen konnte.

»Der Prozess gegen Ivar Berglund wurde ausgesetzt, die Beweisaufnahme soll mit der spanischen Polizei koordiniert werden«, sagte Patrik und ließ sich auf seinen Stuhl plumpsen. »Haben wir Fotos von dem spanischen Geschäftsmann? Er war Vater von fünf Kindern. Haben wir Bilder von denen?«

»Die sind inzwischen in den Fünfzigern«, sagte der Bildredakteur, ohne aufzublicken.

»OPFER DES ZIMMERMANNS«, sagte Patrik mit Schlagzeilenstimme.

»Noch ist er ja nicht verurteilt«, sagte irgendjemand, Schyman bekam nicht mit, wer.

»Wir setzen *Polizei vermutet* klein darüber«, sagte Patrik.
»Und wir werden mit verängstigten Touristen in San Sebastián reden, die sind doch erschüttert über das Gewaltverbrechen?«
»... er war aus Bilbao ...«
Patrik notierte sich etwas.
»Wir haben alles über den Mord in Nacka, Berglunds Hintergrund, die internationalen Verdachtsgründe. Wie gehen wir weiter vor?«
»Vielleicht kann jemand den Polizeiprofessor anrufen und um einen Kommentar bitten?«, schlug Carina vor, die Unterhaltungsredakteurin.
»Der denkt sich auch nur was aus«, sagte Sjölander.
»Ist doch egal«, erwiderte Patrik. »Berit soll den Professor anrufen. Was haben wir sonst noch für Politik und Gesellschaft?«
»Heute Morgen gab es eine neue Meinungsumfrage, mit dem Ergebnis, dass die Regierung abdanken muss.«
»Irgendwelche statistisch signifikanten Veränderungen gegenüber der Umfrage von vorgestern?«
»Nicht direkt«, gab Sjölander zu.
»Also wie bringen wir das?«
»Wir können ja den Polizeiprofessor fragen, vielleicht kann er was Bissiges über einen der Minister sagen, wenn er schon mal dabei ist ...?«
»Ausgezeichnet! Sport?«
»Zlatan spricht über seine Vaterrolle, das ist richtig stark.«
Alle schrieben mit.
»Unterhaltung?«
»Morgen ist Nationalfeiertag, und Prinzessin Madeleine sitzt immer noch nicht im Flugzeug. Wir haben Leute in Newark, die passen auf, ob sie heute Nachmittag in eine SAS-Maschine nach Stockholm steigt.«
»Wen haben wir als Stimme der Empörung, falls sie nicht kommt?«
»Herman Lindqvist?«, schlug Unterhaltungs-Carina vor.
»Nein, den haben wir letztes Mal angerufen. Frag mal bei den ›Big-Brother‹-Teilnehmern vom letzten Jahr an, die sagen

alles, was du hören willst, nur um noch mal im Rampenlicht zu stehen.«

Carina notierte. Schyman faltete die Hände vor dem Bauch, um sich nicht mit den Fäusten an die Stirn zu schlagen.

»Noch was? Außer ›Wut auf Madde‹?«

»Rosa will beim European Song Contest mitmachen«, sagte Carina. »Sie hat schon mehrere Lieder komponiert ...«

Plötzlich stand Schyman auf. Alle Blicke richteten sich auf ihn, er sah sie wie aus der Ferne, ihre Gesichter wirbelten vor seinen Augen, schienen in einen gigantischen Gully gesaugt zu werden. Er merkte, wie ihm der Schweiß ausbrach.

»Machen Sie weiter«, sagte er, »ich will nur kurz ...«

Er verließ den Konferenzraum, schaffte es irgendwie zu seiner Sekretärin.

»Setzen Sie für elf Uhr eine Pressekonferenz an«, sagte er. »Sämtliche Mitarbeiter sollen dabei sein. Und verbinden Sie mich mit Wennergren. Sofort.«

Die Costa del Sol flimmerte im Vormittagslicht, Afrikas Küstenlinie schimmerte am Horizont. Nina schwitzte bereits in ihrer langen Hose und dem dunklen Blazer. Es würde tagsüber noch viel heißer werden, aber das machte ihr nichts aus, sie genoss das gleißende Licht, den Geruch von warmer Erde. Das hier war *Spanien*, die Farben und die Architektur, der hohe Himmel und die sonnenverbrannten Berge, das Land, das von ihrer Kindheit sang.

Sie ging mit harten Schritten über den aufgesprungenen Bürgersteig.

Das Wohngebiet war anonym, fast langweilig, endlose Zeilen von weiß verputzten, zweistöckigen Reihenhäusern zwischen engen Straßen. Müde Hibiskussträucher umrahmten die Eingänge, herabgefallenes Laub von Bougainvilleen wirbelte im Wind. Die Feuchtigkeit des Winters hatte den Fassaden schwer zugesetzt, die ganze Siedlung brauchte einen neuen Anstrich. Wahrscheinlich waren die Häuser nicht während des letzten Baubooms entstanden, und auch nicht während des vorletzten.

Nummer 137 war das Haus von Arne Berglund. Es lag mitten in einer Reihe von zweiunddreißig Häusern, die sich wie ein Ei dem anderen glichen. Weiß gestrichene Metallrollläden waren außen vor den Fenstern herabgelassen, sowohl an Berglunds Haus als auch an denen der Nachbarn links und rechts. Die ganze Häuserzeile sah verlassen und heruntergekommen aus. Haufen von verdorrtem Laub hatten sich an den Eingängen gesammelt.

Polizeiinspektor José Rodriguez von Marbellas *Policia Nacional* stellte sich neben Nina und schaute die Fassade hinauf.

»Das also soll das Versteck eines internationalen Killers sein.«

Und seines Spiegelbilds, dachte Nina.

Polizeiinspektor Rodriguez nickte dem Grundstücksverwalter zu, der mit dem Schlüsselbund in der Hand auf die Haustür zuging.

»Und was genau sollen wir dort drinnen *beobachten* können?«

Der Spanier legte Wert auf Formalitäten. Er ließ sie spüren, dass sie nur als Beobachterin hier war, schon seit sie um acht Uhr an diesem Morgen die Polizeistation in Marbella betreten hatte, zu einer Uhrzeit, die in Inspektor Rodriguez' Welt einer Folter wie *Falaka* gleichzukommen schien. Sie selbst hatte die Nacht in zwei Zügen verbracht, zuerst einer Bimmelbahn von San Sebastián hinunter nach Madrid und anschließend in einem Schnellzug von Madrid nach Málaga am Mittelmeer.

Der Grundstücksverwalter, ein junger Mann, der kaum dem Teenageralter entwachsen war, rasselte mit dem Schlüsselbund. Er suchte den richtigen Schlüssel heraus, steckte ihn ins Schloss und drehte ihn um. Die Tür war verzogen, er musste beide Hände benutzen, um sie öffnen zu können. Ein Alarm ging los. Der Polizeiinspektor seufzte. Der Verwalter grub gestresst in seinen Hosentaschen und fischte einen verknitterten Zettel heraus, mit zitternden Fingern gab er einen Code auf einem Tastenfeld an der Flurwand ein und der Alarm verstummte abrupt. Die einsetzende Stille war ohrenbetäubend.

»Nach Ihnen, *Observatora*«, sagte Inspektor Rodriguez und hielt Nina galant die Tür auf. Sie behielt ihn aus den Augenwinkeln im Blick, während sie ein paar Latexhandschuhe aus der Jackentasche zog und sie überstreifte. Sie hatte bereits festgestellt, dass der Inspektor kein Ehrgeizling war, er würde nicht darauf bestehen, die Hausdurchsuchung persönlich durchzuführen. Hoffentlich ging sein Hang zu Formalitäten nicht so weit, dass er sie daran hinderte, in gewissem Umfang dienstlich tätig zu werden.

Wegen der geschlossenen Rollläden war es im Inneren des Hauses stockdunkel. Nina drückte auf den Lichtschalter. Nichts geschah.

»Der Strom wurde vor einem halben Jahr abgestellt«, sagte der Verwalter. »So ist das, wenn man die Rechnungen nicht bezahlt.«

Sie starrte in die Dunkelheit. Alles war ebenso anonym und

konturlos wie der Mann, der hier gewohnt hatte. Aber Menschen konnten nicht ein ganzes Leben lang so anonym sein, dass sie keine Spuren hinterließen. Irgendetwas mussten sie hinterlassen, selbst wenn sie sich bis zum Äußersten bemühten, nicht sichtbar zu sein, nicht zu existieren. Auch das Nichtvorhandensein von Spuren sagte etwas aus, man musste es nur richtig deuten.

Nina schob die Tür zu einer kleinen Toilette auf, wich aber schnell zurück, als ihr Kloakengestank entgegenschlug. Sie griff nach ihrem Mobiltelefon und schaltete die Taschenlampenfunktion ein.

»Man muss sich kümmern und ab und zu die Rohre durchspülen«, sagte der Grundstücksverwalter. »Sonst trocknet der Wasserverschluss aus. Ich weiß nicht, wie oft ich das noch sagen muss. Dieses Haus steht schon lange leer, ich glaube, ich habe den Besitzer noch nie gesehen, und dabei bin ich jetzt schon fast zwei Jahre hier. Untervermietet war es auch nicht, und ich kann mich nicht um alles kümmern, wenn die Leute …«

»Señor«, unterbrach ihn Inspektor Rodriguez, »würden Sie so freundlich sein und draußen warten.«

Der Verwalter trollte sich.

Nina legte das Handy so aufs Waschbecken, dass die Lampe die Toilette anstrahlte. Mit beiden Händen löste sie den Deckel vom Spülkasten und schaute hinein. Trocken und leer, das Wasser war seit langem verdunstet. Sie setzte den Deckel wieder auf, nahm das Handy und leuchtete in alle Ecken und unter das Waschbecken. Hinter ihr wanderte Inspektor Rodriguez ungeduldig auf und ab. Er hatte eine ziemlich lange Unterredung mit Kommissar Axier Elorza gehabt und war über die Fälle in Stockholm und San Sebastián informiert.

»Die Schlussfolgerung, dass dieser Mann ein Killer von internationalem Kaliber sein soll, finde ich ehrlich gesagt schwer nachvollziehbar«, sagte er aus dem Wohnzimmer.

Im Schein ihrer Handylampe ging Nina in die Küche. Die Möbel waren aus billigem Pressspan, gelb gestrichen. Auch hier roch es nach Abfluss, aber nicht so stark wie in der Toilette. Sie öffnete den Kühlschrank, Schimmelgestank wehte sie an.

»In Spanien werden jedes Jahr 350 bis 400 Morde verübt«, sagte er. »Die Hälfte davon wird aufgeklärt. Wie viele der nicht aufgeklärten hat Señor Berglund begangen?«
»Mindestens einen«, erwiderte sie. »Den an Ernesto Jaka.«
Rodriguez seufzte.
Aber nicht alle Morde der Brüder wurden als solche verzeichnet, dachte Nina. Viele gingen als Vermisstenfälle in die Statistik ein: Viola Söderland war so ein Fall, Nora Lerberg ein anderer. Die Frage war nur, was sie mit den Leichen machten.
Der Kühlschrank war leer, sie machte ihn wieder zu. Rodriguez kam in die Küche, lehnte sich an den Türrahmen und sah ihr zu, wie sie alle Schränke öffnete. Viel befand sich nicht darin, ein paar verstaubte Teller und Schüsseln, Gläser, Teetassen, Küchenutensilien, einige Konservendosen mit in Öl eingelegten Oliven und gehackten Tomaten, deren Mindesthaltbarkeitsdatum seit sechs Monaten abgelaufen war.
Jedes Jahr wurden in Europa 22000 Morde begangen, zwei Drittel davon in Russland und der Ukraine. Dort brauchte man die Brüder Berglund nicht, in ihrer Heimat hatte die russische Mafia ihre eigenen Killer. Nachgefragt wurden die Dienste der Berglunds wahrscheinlich in einer Umgebung, in der sie nicht auffielen, wo sie mit ihren Werkzeugkästen unauffällig herumlaufen konnten, vermutlich vor allem in Skandinavien, aber auch in anderen Teilen Westeuropas.
»Die Leiche in San Sebastián war in kleine Stücke zersägt«, fuhr der Polizist fort. »Ich finde, das klingt eher nach einer persönlichen Abrechnung als nach einem Profikiller. Warum sollte der sich solche Arbeit machen?«
Nina untersuchte Regal für Regal, leuchtete mit ihrer Handylampe hinter jede Spaghettipackung und jedes Gewürzglas.
Sie war anderer Meinung als der Inspektor. Brutale Zerstückelungsmorde waren natürlich oft persönlich motivierte, spontane Taten, konnten aber auch das genaue Gegenteil sein: eiskalt professionell und geplant. Und gewöhnliche Werkzeuge konnten zu gefährlichen Folterwerkzeugen werden. Sie hatte gesehen, was die Brüder mit Sägen und Zangen, Hämmern und Seilen und Nägeln alles anstellten.

»Hier unten an der Küste sind alle kriminellen Organisationen der Welt vertreten«, sagte Rodriguez. »430, um genau zu sein.«

Nina zog alle Schubladen auf, Besteck lag darin und Plastikbeutel und Alufolie, kippte alles in die Spüle und legte dann die Schubladen kopfüber auf den Fußboden.

»Wer von denen heuert Señor Berglund an?«, fragte Rodriguez.

Sie bückte sich und leuchtete mit der Lampe den Boden der untersten Schublade ab, fand Ameisen und ein paar tote Kakerlaken. Sie kam wieder hoch und streckte den Rücken.

»Vermutlich eine der russischen Gruppierungen«, sagte Nina. »Leute, die nach dem Zusammenbruch des Kommunismus genug Werte zusammenraffen konnten, um ihre kriminellen Machenschaften im internationalen Maßstab betreiben zu können. Die Zeichen deuten darauf hin, der erste Fall ebenso wie der allerneueste. Viola Söderland ist nach Russland abgetaucht, Ernesto Jaka hat mit russischem Öl gehandelt. Ivar Berglunds offizielle Firma handelte mit russischem Holz.«

Sie ging aus der Küche ins kleine Wohnzimmer, ließ den Lichtstrahl über eine verschlissene Sitzgruppe gleiten und über einen Fernseher mit ausladendem Hinterteil, groß wie eine Waschmaschine. Der Inspektor hatte recht, wenn er die Schlichtheit des Hauses ansprach. Fragte sich nur, was sie mit all dem Geld machten, das sie mit ihrem Treiben verdienten. Die Wohnungseinrichtung stand jedenfalls nicht auf ihrer Prioritätenliste.

Sie hielt Rodriguez das Handy hin, er nahm es entgegen, ohne zu protestieren. Er hielt es hoch, während Nina alle Kissen und Polster vom Sofa nahm, darunter waren Krümel von Kartoffelchips und etwas, das wie eine Schmetterlingslarve aussah. Sie ließ sich das Telefon zurückgeben, leuchtete unter das Sofa, hinter den Fernseher und die Gardinen, nichts.

»Sagten Sie nicht, der Eigentümer sitzt in Schweden in U-Haft? Seit einem Jahr?«

Sie ging in die Diele und stieg die schmale Treppe hinauf.

»Oder wie war das jetzt«, sagte Rodriguez und folgte ihr.

»Wir suchen einen anderen, den Mann, der seit achtzehn Jahren tot ist? Weder der Tote noch sein Bruder haben dieses Haus im letzten Jahr bewohnt, so viel steht ja wohl fest.«

Nina sah sich im oberen Stock um. Zwei Schlafzimmer mit angeschlossenem Bad, im kleineren stand ein Einzelbett, im etwas größeren ein Doppelbett. Sie begann mit ihrem Kontrollgang im größeren Zimmer. Das Bett war mit gelber Bettwäsche bezogen, sie prüfte den Stoff, keine Baumwolle. Sie nahm Decke und Kopfkissen herunter, drehte die Matratze um, leuchtete mit der Handylampe den Lattenrost ab. Ging zum Kleiderschrank, da hingen ein paar Hosen und Jacketts und drei Oberhemden, rasch suchte sie Taschen und Futter ab. Auch hier nichts. Das Bad roch nicht ganz so schlimm wie die Toilette, aber viel fehlte nicht. Leer.

»Ich warte draußen«, sagte Rodriguez und ging die Treppe wieder hinunter.

Nina stand einen Moment in der Stille, das Mobiltelefon in der Hand, den Lichtkegel auf den Fußboden gerichtet.

Vielleicht waren es wirklich Riesen, Nina, verkleidet als Windmühlen. Lass dir nichts vormachen!

Jetzt hatte sie die Wohnungen der Brüder durchsucht, in Täby und in Marbella, was nur übersah sie? Da war irgendwas im Zwischenboden, hinter den Kulissen, ein Mangel an Ehrgeiz, sichtbar wie verborgen. Für ihre eigene Familie, wie für die meisten anderen Kriminellen auch, war Kriminalität Mittel zum Zweck gewesen, ein schneller Weg zu Glück und Erfolg, aber nicht so für die Brüder Berglund. Sie wurden von etwas anderem getrieben.

Das Tageslicht vom Hauseingang kletterte die Wände in der Diele hinauf. Zögernd, schwach und trübe zunächst, dann gleißend klar und unerbittlich, als würde eine Energiesparlampe eingeschaltet, kam ihr die Erkenntnis:

Die Brüder hatten sich ihr Handwerk nicht ausgesucht, um Geld zu verdienen. Sie waren vielleicht gar nicht am Ergebnis ihrer Gewalttaten interessiert, vielleicht machte ihnen einfach die Gewalt selbst Spaß.

Sie sah Ingela Berglunds gedrungenen Körper vor sich. Was

war eigentlich mit den Pfoten des Hundes von Arne und Ivar passiert?

War falsch, was sie Kommissar Elorza erklärt hatte? War es vielmehr so, dass es das Böse tatsächlich gab? Dass es nicht immer die Konsequenz von Machtlosigkeit war?

In dem Fall wäre es wie dieses Schlafzimmer, schmutzig gelb und übelriechend, staubig und einsam.

Sie fröstelte in der Wärme.

Langsam ging sie in das andere Zimmer, die Bettwäsche war aus derselben Polyestermischung, sie drehte die Matratze um und fand darunter dicke Wollmäuse.

Im Schrank hing ein einziges Kleidungsstück, ein hellgrüner Arbeitsoverall mit vielen Taschen. Nina durchsuchte sie, fand einen Zollstock, einen Schraubenzieher, ein paar Arbeitshandschuhe. Ganz tief unten einen Schlüssel.

Sie leuchtete ihn an, das Metall glänzte in ihrer latexüberzogenen Hand. Es war eine Kopie, ein nachgemachter Schlüssel. Kein Schlüsselring, kein Adresszettel, keine Gravur.

Die Brüder Berglund betrieben in Schweden und in Spanien jeweils einen Holzhandel, mit Jahresbilanzen und echter Geschäftstätigkeit, ein Teil der Bühnendekoration.

»Inspektor Rodriguez?«, rief sie.

Der Polizist schaute die Treppe hinauf.

»Señor Berglunds spanische Holzhandelsfirma, hat die Geschäftsräume?«

Annika knallte die Zeitung auf Berits Schreibtisch. Die Titelseite bestand aus einem einzigen Bild und vier Worten, einem Porträtfoto von einem versteinerten Ivar Berglund und der Schlagzeile ZIMMERMANN ERNEUT UNTER MORDVERDACHT.

»Weißt du, wann sie den Prozess wieder aufnehmen?«, fragte Annika.

Berit antwortete nicht, sondern starrte zum Newsdesk, wo mehrere Fernsehkameras aufgebaut waren und Reporter von anderen Zeitungen mit Patrik redeten. Bosse vom *Konkurrenten*, Annikas spezielles Hassobjekt, war auch dabei.

»Was ist denn da los?«, fragte Annika.

»Schyman hat eine Pressekonferenz einberufen«, sagte Berit. »Weißt du, worum es geht?«

Annika merkte, wie ihr die Knie weich wurden. Sie zog ihren Stuhl hervor und setzte sich.

Es war so weit, dies war das Ende. Irgendwie spürte sie Erleichterung, dass es nun alle erfuhren.

»Da kommt er«, sagte Berit und nickte zum Aquarium.

Anders Schyman ging zum Newsdesk und begrüßte ein paar Reporter vom staatlichen Fernsehen, wahrscheinlich ehemalige Kollegen aus seiner Zeit als Moderator. Er wechselte einige Worte mit Patrik, legte ihm die Hand auf die Schulter und stieg dann mit zwei entschlossenen Schritten auf den Schreibtisch.

»Dürfte ich einen Moment um Ihre Aufmerksamkeit bitten?«, rief er mit Donnerstimme.

Das Gemurmel, das wie eine Decke über dem Redaktionssaal gelegen hatte, ebbte ab und verstummte. Kollegen standen auf und gingen näher. Die Kameraleute starrten konzentriert in ihre Kameras, Fotoapparate klicken.

»Danke, dass Sie es so kurzfristig einrichten konnten«, sagte

Schyman. Die Menge hielt den Atem an, man hätte eine Stecknadel fallen hören können. Berit stand auf, um bessere Sicht zu haben, Annika gab sich einen Ruck und stand ebenfalls auf.

»Ich habe Ihnen heute etwas Ernstes mitzuteilen«, sagte der Chefredakteur. »Letzten Freitag, am 29. Mai, hat der Vorstand mit seinem Vorsitzenden Albert Wennergren an der Spitze einen Beschluss folgenden Inhalts gefasst: Die Druckausgabe des *Abendblatts* wird eingestellt.«

Die Menge schnappte nach Luft. Annika beobachtete die Reaktionen der Leute um sie herum, so musste sie selbst ausgesehen haben, als Schyman es ihr erzählte: ungläubig, bestürzt, schockiert.

»Das genaue Datum, zu dem die Zeitung ihr Erscheinen einstellt, steht noch nicht fest«, fuhr der Chefredakteur langsam und deutlich fort, breitbeinig und fest auf dem Newsdesk stehend. Er blickte auf die Menschenmenge, ohne sich an einzelne Personen zu richten, an niemanden von ihnen. Annika begriff, dass er eine Rede für die Ewigkeit hielt, für die Geschichtsbücher, er verkündete das Ende einer Ära.

»Ich bin vom Vorstand beauftragt worden, die Abwicklung der Druckausgabe des *Abendblatts* zu übernehmen«, sagte er. »Man hat mich gebeten, verschiedene Zeitpläne und Vorgehensweisen zu entwerfen, kurzfristige ebenso wie längerfristige …«

»Das ist doch vollkommen verrückt«, flüsterte Berit und sah Annika forschend an. »Hast du was davon gewusst?«

Annika schüttelte den Kopf, sie dachte nicht daran, sich zum Mittäter zu machen.

»Aber überrascht bin ich nicht«, flüsterte sie zurück. »Früher oder später musste es ja so kommen.«

»Wie und in welchem Umfang der Betrieb nach der Einstellung der Druckausgabe weitergeht, kann ich Ihnen zum gegenwärtigen Zeitpunkt nicht sagen«, fuhr Schyman mit Stentorstimme fort. »Fest steht jedoch, dass dies das Ende für den Typ von Journalismus und Berichterstattung bedeutet, dem ich mein Berufsleben gewidmet habe. Es wird mit Sicherheit etwas Neues an seine Stelle treten, aber es steht mir nicht an zu beurteilen, was das sein wird.«

»Aber warum müssen wir die Ersten sein?«, flüsterte Berit. »Hätten wir nicht warten können, bis die anderen Zeitungen so weit sind?«
Annika nickte und zuckte die Schultern.
»Ich sehe ein, dass die Entwicklung unausweichlich ist«, sagte Schyman, und jetzt sprach er nicht mehr zu den Anwesenden, sondern zu den YouTube-Nutzern der Zukunft; er schrieb Geschichte, den Blick bereits weit in die digitale Ewigkeit gerichtet.
»Ich respektiere die Entscheidung des Vorstands, aber ich werde sie nicht umsetzen. Das kann ein anderer tun.«
Er blickte über die Menschenmenge, das Kinn erhoben. Alle hielten den Atem an.
»Ich habe nicht vor, derjenige zu sein, der den letzten Nagel in den Sarg schlägt«, sagte er. »Das liegt mir nicht. Ich denke nicht daran, die schwedische Presse zu Grabe zu tragen. Dafür bin ich nicht eingestanden, dafür habe ich nicht gearbeitet, das habe ich meinen Mitarbeitern nicht vermittelt. Deshalb habe ich vor einer halben Stunde unseren Vorstandsvorsitzenden Albert Wennergren darüber in Kenntnis gesetzt, dass ich mit sofortiger Wirkung von meinem Posten als Chefredakteur und verantwortlicher Herausgeber des *Abendblatts* zurücktrete. Vom heutigen Tag an bin ich freier Publizist, und ich wünsche dem Vorstand viel Glück und Erfolg bei der Suche nach meinem Nachfolger. Ich danke Ihnen.«
Er blickte noch einen Moment auf die Versammlung, dann kletterte er vom Newsdesk, und im Redaktionssaal explodierte ein Stimmengewirr. Alle liefen auf den Desk zu, Annika musste sich eng an ihren Schreibtisch drücken, um nicht über den Haufen gerannt zu werden. Ein Jungreporter aus der Unterhaltung wurde geschubst und stieß Berits Kaffeebecher um.
»Das ist ja nicht zum Aushalten«, sagte Annika. »Ich muss hier raus.«
Sie wartete Berits Antwort nicht ab, sondern nahm ihre Tasche und steuerte auf die Hausmeisterei zu, um sich ein Redaktionsauto geben zu lassen.

Thomas loggte sich von seinem Rechner aus ein, die Finger zitterten vor Spannung und Erwartung.
Die Seite wurde geladen, in seinem Kopf summte es leise.
Sein Beitrag war ein Stück nach unten gerutscht, andere Meinungsmacher hatten auch das Bedürfnis verspürt, ihre demokratischen Rechte in Anspruch zu nehmen. Aber da war es.

GREGORIUS
(Beitrag vom 3. Juni 16:53 Uhr)

Gleichstellung heißt für mich, dass man einer sexistischen Feministinnenhure ein großes Messer in die Möse rammt. Wer was für die Gleichstellung in Schweden tun will, nimmt sich am besten einen Knüppel und schlägt das sexistische Feministinnenpack tot.

Kommentare:
Fickmeister Verdammte Fotzen, hoffentlich knüppelt die mal einer so richtig durch.

FührerForever Bald werden wir von den Schwulen aus der ganzen Welt überrannt.

hansakönig Ihr verdammten Halbaffen, ich knall euch alle ab. Was seid ihr bloß für ein widerliches Gesocks.

Kanakenhure Besen her und den ganzen Dreck ausfegen.

Die Kommentare waren dieselben wie gestern. Es waren keine neuen dazugekommen.
Er spürte die Enttäuschung wie ein Ziehen im Magen.

Ehrlich gesagt, er war unzufrieden mit den Kommentatoren. Die meisten hielten sich nicht ans Thema, sonderten nur gewöhnlichen ungebildeten Rassismus ab.

Aber das musste man auch verstehen, die Beiträge strömten nur so herein, man brauchte ein bisschen Talent und Engagement, um die Goldkörnchen herauszuwaschen. Nicht jeder las alles, genau wie bei allem anderen musste man Geduld und Hingabe aufbringen, wenn man sich einen Namen machen wollte.

Er loggte sich aus und schob den Laptop weg. Er hatte im Ministerium angerufen und sich krankgemeldet. Jetzt saß er in seinem düsteren Wohnzimmer bei einer Tasse Pulverkaffee und sah zu, wie die Gewitterwolken über den Himmel jagten. Was jedoch den Job betraf, so empfand er trotzdem eine gewisse Zuversicht.

Alle Meinungsumfragen hatten ergeben, dass die Regierung bei der Reichstagswahl im Herbst als Verlierer dastehen würde. Das bedeutete neue Chefs, aber weiterhin dieselben Arbeitsaufgaben, jedenfalls zunächst und jedenfalls für Schlüsselpersonen wie ihn. Er brauchte nur den Untersuchungsauftrag bis nach der Wahl hinauszuzögern. Falls die Konservativen diese ehemalige Friseurin zur Justizministerin machten, wäre das eine sehr günstige Wendung für seine Position. Dann hätte er gute Chancen, die Gesetzesänderung genauso durchzubringen, wie er sie haben wollte.

Er stand auf, um sich noch einen Kaffee zu machen, als es an der Tür klingelte. Er erstarrte, wer konnte das sein? Ganz automatisch schaute er auf seinen Haken, um sicherzugehen, dass er an seinem Platz saß, und das tat er. Den Haken legte er jeden Morgen als Erstes an, und er nahm ihn erst wieder ab, wenn er abends die Nachttischlampe ausknipste. Seine Ärztin (eine große, robuste Frau in den Wechseljahren) hatte ihm erklärt, dass es wichtig war, eine Prothese zu tragen, egal in welcher Form, um künftigen Schäden in Arm, Schulter, Hals und Rücken vorzubeugen. Dadurch wurde die Körperhaltung verbessert und einseitige Belastung vermieden. Als würde das eine Rolle spielen. Er war einarmig, was machte es da für einen Unterschied, ob er eine schlechte Körperhaltung hatte? Das war, als hätte man einen Gehirntumor und sorgte sich um Nagelpilz.

Auf Zehenspitzen schlich er zur Wohnungstür mit dem Türspion, den Annika eingebaut hatte. Vielleicht stand sie auf der Matte, um ihm zu sagen, sie habe es sich anders überlegt, ihren Fehler eingesehen, wolle zurück nach Hause, wenn er ihr nur vergeben könnte. Er war sich gar nicht so sicher, dass er das konnte, so, wie sie ihn betrogen und hintergangen hatte. Da würde sie sich schon ganz schön anstrengen müssen.

Er hielt die Luft an und schaute durch den Spion. Vor der Tür stand Sophia. Seine Laune sank. Er würde nicht öffnen.

Sie klingelte wieder.

Er öffnete.

»Sophia«, sagte er und versuchte, freudig überrascht zu klingen. »Komm doch rein.«

Ihre Wangen waren leicht rosig, vielleicht vor Scham. Was ihn wiederum veranlasste, sich für sie zu schämen.

Er trat einen Schritt zurück, um sie in die Wohnung zu lassen (die nun wirklich keine Wohnung war). Mit gesenktem Blick trat sie ein und zog ihre Schuhe aus.

»Störe ich?«, fragte sie sanft.

»Nein, gar nicht.«

»Ich hatte bei dir im Büro angerufen und da sagte man mir, du seist krank ...«

Sie hatte bei ihm *im Büro* angerufen? Was sollte das denn?

Er zwang sich zu einem Lächeln.

»Im Ministerium hat man Verständnis dafür, dass ich ab und zu eine Verschnaufpause brauche«, sagte er, und sie nickte eifrig, ja, das konnte sie gut verstehen.

Sie ging einen Schritt auf ihn zu, trat ganz dicht an ihn heran, legte die Arme um seine Mitte und die Wange an seinen Hals.

»Ich hatte Sehnsucht nach dir«, flüsterte sie. »Ich bin so froh, dass du bei mir geblieben bist.«

Er wusste nicht, was er machen sollte. Wenn er die Hand auf ihren Rücken legte, wohin dann mit dem Haken? Sollte er ihn einfach hängen lassen? Oder sollte er ihn auch auf ihren Rücken legen, wie einen steifen Gummiklumpen?

Sie küsste ihn, und er registrierte verwundert, dass er den Kuss erwiderte.

Sie lächelte.

»Hast du für mich auch einen Kaffee?«

Er trat einen Schritt zurück, sie hatte gemerkt, dass er gerade Kaffee getrunken hatte, wie peinlich.

»Natürlich«, sagte er. »Geh schon mal ins Wohnzimmer, ich bringe ihn dir.«

Er schaltete den Wasserkocher ein, gab zwei gehäufte Teelöffel Nescafé in einen Becher, füllte mit kochendem Wasser und einem Schubs Milch auf und rührte um.

»Ahh«, sagte sie, als er ihr den Becher reichte. »Genau wie ich ihn mag, du hast es nicht vergessen.«

Er lächelte und setzte sich neben sie. Ihre Wangen waren immer noch rosig.

»Ich fand es richtig schön gestern«, sagte sie, und ihre Augen leuchteten. »Es war so wunderbar, den Tag mit dir zu verbringen, spazieren zu gehen und auf dem Sofa zu kuscheln ...«

Er hatte einen solchen Kater gehabt, dass sie ihn quer durch Östermalm schleifen musste, damit er seine Übelkeit loswurde.

»Alles war so selbstverständlich, als wären wir nie getrennt gewesen«, fuhr sie fort. »Ich frage mich, ob wir nicht ...«

Sie verstummte, als suchte sie nach den richtigen Worten.

»Du musst nicht denken, dass ich klammern will«, sagte sie und stellte die Tasse auf dem Couchtisch ab. »Aber ich dachte, vielleicht hast du Lust, mit mir auf den Hof zu ziehen. Nach Säter.«

Sie warf ihm einen schnellen Blick zu und schaute dann auf den Tisch. Er wusste nicht, welche Reaktion sie von ihm erwartete, also machte er ein neutrales Gesicht.

»Wie ich schon sagte, Papa kann das Gut nicht mehr allein bewirtschaften, immerhin elfhundert Hektar Wald und fünfhundert Hektar Ackerfläche, und das Corps de Logis muss auch renoviert werden ...«

Sie atmete mit einem kleinen Seufzer aus und sah ihm tief in die Augen.

»Wir könnten uns ein phantastisches Leben machen«, sagte

sie. »Im Herbst auf die Jagd gehen, den Frühling in unserer Villa an der Riviera begrüßen, zu Weihnachten in der alten Bauernküche Kerzen gießen, Ellen könnte ein eigenes Pferd haben, für Kalle könnten wir eine Gokart-Bahn bauen ...«

»Aber ich habe doch meine Arbeit«, sagte er.

Sie schluckte und nickte.

»Ich respektiere das«, sagte sie. »Was du tust, ist wichtig für Schweden. Wir würden natürlich das Loft als Stadtwohnung behalten. Du kannst weiterarbeiten, so lange du willst. Ich kann mich allein um den Hof kümmern, aber ich möchte das alles mit dir teilen ...«

Er sah sie an und bemühte sich, seine Verachtung nicht zu zeigen.

Glaubte sie wirklich, sie konnte ihn mit der Aussicht auf ein sorgenfreies Leben kaufen? Wofür hielt sie ihn? Für einen Gigolo?

Der Wind war eingeschlafen und hatte ein stickiges Vakuum hinterlassen. Wie Statuen, wie aus Stein gehauen, reckten sich die Bäume in den Himmel. Kein Blatt rührte sich. Schwarze Wolken hingen tief über den Dächern, verwischten alle Kontraste.

Annika fuhr aus Granhed kommend in den Ort hinein und blickte angestrengt weg, als sie die Abzweigung zum Tallsjön passierte.

Das ist Ihr Ausweichverhalten.

Sie parkte vor dem Billigkaufhaus, stieg mit bleischweren Beinen aus. Das hier war unangenehm, aber nicht schlimmer als eine Zwei auf der Skala. Der Wind hatte alle Geräusche mitgenommen, als er verschwand. Sie hängte sich die Tasche über die Schulter und schloss den Wagen ab, das elektronische Signal piepste kurz und trocken in der Stille.

Steven wartete allein im Dunkeln auf der Caféterrasse. Bis auf eine Mutter mit zwei kleinen Kindern, die am Tresen saß und auf ihrem Smartphone herumtippte, war die Cafeteria leer. Annika kaufte einen Cappuccino und das gleiche Ciabatta wie am Tag zuvor, ging durch den stickigen Raum nach draußen und setzte sich zu Steven. Er hatte eine halbvolle Tasse Filterkaffee vor sich, seine Hand zitterte leicht auf der Tischplatte.

»Hattest du eine gute Fahrt?«, fragte sie.

Sie wusste nicht, ob Parkinson das Autofahren beeinträchtigte, oder ob es vielleicht die Medikamente waren.

Er schluckte, sie sah seinen Kehlkopf auf und ab hüpfen.

»Ja, ging gut.«

»Wo ist Destiny? Bei Mama?«

Er nickte, starrte auf den Tisch.

»Ich habe versucht, ihr das mit Birgittas Mobiltelefon zu erklären, dass Birgitta in Hälleforsnäs war, aber Barbro versteht

es nicht, und ich weiß auch nicht genau, wie das funktioniert …
Kannst du es ihr erklären?«

Sie trank von ihrem Cappuccino, musste sich überwinden, um ihn hinunterzuschlucken.

»Mach ich«, sagte sie.

Die Stille war drückend, die Luft klebrig. Annika holte tief Luft, *das ist Ihr Ausweichverhalten.*

»Wollen wir gleich mal über die Sache mit der Misshandlung reden?«, fragte sie.

Steven blickte zum Parkplatz. Seine großen Hände umklammerten die Kaffeetasse. Er dachte lange nach, dann blickte er sie an und seufzte.

»Ich war in Eskilstuna in Behandlung«, sagte er. »AAT, schon mal gehört?«

Annika wusste ungefähr, worin das Anti-Aggressivitäts-Training bestand (die eigene Aggressivität erkennen, sich mit ihr auseinandersetzen und ihre Konsequenzen verstehen), aber sie schüttelte den Kopf, wollte ihn erzählen lassen.

Er hustete laut und bellend.

»Das war verdammt hart«, sagte er. »Als ich begriff, was ich ihr angetan hatte. Ich habe es nie wieder gemacht.«

Sie wartete schweigend auf eine Fortsetzung, aber es kam keine. Die beiden Kinder in der Cafeteria zankten sich lautstark über irgendwas, die Mutter schrie sie an.

»Wie habt ihr euch eigentlich kennengelernt?«, fragte Annika stattdessen.

»Du wunderst dich, wie sie an einen wie mich gekommen ist?«

Jetzt war es Annika, die auf die Tischplatte starrte.

»Es hat lange gedauert«, sagte Steven, »aber ich habe trotzdem nicht aufgegeben. Sie kam immer mal wieder zu mir, wenn sie sich einsam fühlte, und irgendwann ist sie dann geblieben. Ich würde sie nie mehr hergeben, das weiß sie.«

»Hast du die SMS, die sie geschickt hat?«

Steven holte sein Handy heraus, tippte ein paar Mal aufs Display und gab es Annika.

Die drei letzten Nachrichten von Birgittas Handy an das von

Steven waren am 19., 22. und 26. Mai abgeschickt worden, dieselben Daten, die auch die Ortung ergeben hatte.

Die erste lautete:

Hallo Steven,
bitte verzeih mir. Alles ist gut, ich möchte nur eine Weile meine Ruhe haben. Sag niemandem was davon, dass ich weg bin. Es gibt ein paar Dinge zwischen mir und meiner Schwester, die ich in Ordnung bringen muss.

Annika starrte auf den Text. Wieso hatte Birgitta plötzlich das Bedürfnis, Dinge »in Ordnung« zu bringen? Hatte das mit ihrem Alkoholmissbrauch zu tun? Wollte sie, dass Annika an einer Familientherapie teilnahm, sich als Sündenbock für Birgittas Versagen in einen großen Kreis mit einer Menge fremder Leute setzte, wie in einem amerikanischen Film?

»Was hat sie dir geschrieben?«, fragte Steven.

Annika griff nach ihrer Tasche, kramte ihr altes Handy hervor, klickte sich zur SMS von Birgitta durch und reichte ihm das Telefon über den Tisch.

Dann las sie die zweite Nachricht an Steven, abgeschickt am 22. Mai:

Hallo Steven,
alles in bester Ordnung. Es gibt ein paar Dinge, über die ich nachdenken muss. Ich bitte dich um Verzeihung für alles, was ich getan habe. Ruf mich nicht mehr an, ich brauche eine Atempause. Ich bin mit wichtigen Vorhaben beschäftigt, die ich nicht unterbrechen kann.

Die letzte, vom 26. Mai, lautete:

Hallo Steven,
es geht mir gut, aber ich muss meine Schwester erreichen. Kannst du sie bitten, mich anzurufen? Sie muss mir helfen.

»Weißt du, mit welchen ›Vorhaben‹ sie beschäftigt war?«, fragte Annika. »Oder wobei ich ihr ›helfen‹ soll?«
Er legte ihr Telefon auf den Tisch.
»Keine Ahnung.«
»Hat sie nichts gesagt, bevor sie ging?«
Er schüttelte den Kopf.
»Woher weiß man, dass die Nachrichten aus Hälleforsnäs verschickt wurden?«
»Das Handy hat sie über einen Funkmast hier in der Nähe gesendet«, sagte Annika. »Bis auf die letzte, die aus Luleå.«
Sie schob das Ciabatta weg, sie konnte jetzt nichts essen.
»Du hast recht«, sagte sie. »Irgendwas stimmt nicht. Sie schreibt so komisch, drückt sie sich sonst auch so aus?«
»Was meinst du mit ›so‹?«
Annika zögerte.
»Hochgestochen. Ich meine, ›Vorhaben‹, ›Atempause‹?«
»Darüber habe ich noch gar nicht nachgedacht«, sagte Steven.
Annika sah auf die Uhr und seufzte.
»Gehen wir?«

Ein Schwall von Essensdünsten schlug ihnen entgegen, als sie die Wohnung am Tattarbacken betraten. Aus dem Fernseher im Wohnzimmer kamen die Stimmen von Zeichentrickfiguren. Sie zogen die Schuhe aus, Annika stellte ihre Sandalen auf dem Schuhständer ab, wie sie es seit ihrer Kindheit immer getan hatte.
Steven ging ins Wohnzimmer.
»Na, Mäuschen, was guckst du denn Schönes?«
Annika bekam nicht mit, was das Mädchen antwortete. Sie stand in der Diele und blickte zur Küche, aus der es nach Falu-Würstchen roch, Mamas Paradegericht. Bevor sie Thomas kennenlernte, hatte sie selbst mehrmals in der Woche Würstchen gegessen, aber Thomas hatte sich geweigert. Er aß nur richtiges Fleisch, mit Struktur.
Sie ging auf die Küche zu, über den Flickenteppich, der sich immer zusammenschob, ihre Füße erinnerten sich, wo sie auftreten mussten, damit die Holzdielen nicht knarrten.

Barbro stand am Fenster und rauchte. Sie war alt geworden, wann war das passiert? Ihre Haare waren immer blond gewesen, wie Birgittas, jetzt waren sie silberweiß.

»Hallo, Mama«, sagte Annika.

»Hallo«, sagte Barbro und blies Rauch aus dem Fensterspalt. Sie blickte den Rauchkringeln nach, bis sie sich aufgelöst hatten, dann drehte sie sich zu Annika um.

»Hast du was gehört?«, fragte sie.

Annika sank auf ihren Platz am Küchentisch. Sie war eine Fremde, aber ihr Körper erinnerte sich, er wusste genau, wie sich der Holzstuhl anfühlte. Sie strich mit den Fingern über die Maserung in der hölzernen Tischplatte.

»Nein«, erwiderte sie. »Und du?«

Barbro nahm noch einen Zug und griff nach einem fast leeren Weinglas auf der Spüle.

»Du bist doch mit diesem Regierungsmenschen verheiratet«, sagte sie, »kannst du nicht deine Beziehungen spielen lassen? Für uns, nur dieses eine Mal?«

Der Ärger schlug Annika wie ein Hammer auf den Magen. Sie schnappte nach Luft, *unangenehm, unangenehm, kein bisschen gefährlich, einfach mitschwimmen, höchstens eine Drei, mehr nicht.*

»Birgitta war vorige Woche in Hälleforsnäs, so viel wissen wir.«

»Ja, Steven hat's mir erzählt. Wo war sie denn?«

»Man kann nicht genau feststellen, wo sie war, nur über welchen Funkmast ihr Handy gesendet hat.«

Barbro nahm einen tiefen Lungenzug.

»Stimmt doch gar nicht«, sagte sie. »Die Polizei kann verschwundene Personen auf zehn Meter genau orten, das habe ich in der Zeitung gelesen.«

Annika ballte die Fäuste so fest, dass die bunten Nägel sich in die Handflächen gruben.

»Wenn das Handy eingeschaltet ist, kann der Mobilfunkbetreiber die Position in Echtzeit bestimmen, über eine Triangel-Ortung. Man misst die Signale von drei Basisstationen und erhält auf diese Art eine relativ zuverlässige Aussage, wo das

Telefon sich in diesem Moment befindet. Im Nachhinein ist das nicht möglich.«

Noch ein Lungenzug.

»Ich glaube, sie war überhaupt nicht hier, sonst wäre sie vorbeigekommen.«

Barbro trank einen Schluck Wein, ihre Augen waren schon ein bisschen glasig.

»Findest du es gut, dass du jetzt trinkst?«, sagte Annika und hörte selbst, wie unterdrückte Wut und Verachtung in ihrer Stimme mitschwangen.

Ihre Mutter stellte das Glas mit einem Knall hin, ihre blauen Augen waren schwarz, als sie Annika ansah.

»Muss ich mich jetzt auch noch schulmeistern lassen? Und ausgerechnet von dir?«

Annika schloss die Augen.

»Mama«, sagte sie, »fang nicht damit an.«

»Du hast keine Ahnung, wie es mir geht, was ich durchgemacht habe.«

Sie drückte die Kippe im Aschenbecher aus.

»Mama ...«

»Glaubst du, für mich war es leicht in all den Jahren? Das ganze Getuschel und Getratsche hinter meinem Rücken. Du bist ja einfach abgehauen und hast mich im Stich gelassen.«

Ihre Stimme war leise, aber aggressiv. Annika hielt die Fäuste geballt, konzentrierte sich auf ihre Atmung. Die Zeichentrickstimmen im Wohnzimmer lachten hysterisch.

»Du hast einen Jungen erschlagen und bist ungeschoren davongekommen, das hat hier keiner vergessen. Maj-Lis ist danach nicht mehr in den Konsum gegangen, wusstest du das? Sie und Birger sind stattdessen zum Einkaufen nach Flen gefahren, bis sie gestorben ist. Sie haben es nicht ertragen, mich an der Kasse sitzen zu sehen. Kannst du dir vorstellen, wie das für mich war?«

Der Ärger machte dem Dunkel Platz, das durch Annikas Kopf wirbelte. *Kein bisschen gefährlich, einfach mitschwimmen.*

»Mama«, sagte sie, »mir tut so leid, was passiert ist ...«

»Ach ja?«
Barbro steckte sich eine neue Zigarette an.
»Du hast mich nie um Verzeihung gebeten«, sagte sie.
Annika ließ das Dunkle kommen, es umschloss sie von allen Seiten, kroch in Hals und Nase, sie atmete es ein, füllte ihre Lunge damit. Seltsamerweise konnte sie sprechen.
»Muss ich denn dich um Verzeihung bitten?«
»Ja, bei Svens Eltern bist du ja nicht gewesen. So viel Anstand hattest du nicht.«
Annika schloss die Augen und ließ das Dunkel gewinnen. Es stimmte, sie hatte Maj-Lis und Birger nie um Verzeihung gebeten, sie hatte nicht gewagt, auch nur daran zu denken. Feige und ausweichend war sie gewesen, hatte sich in Schatten und Arbeit geflüchtet.
Sie hörte, wie Steven in die Küche kam.
»Hat Diny gegessen?«
Sie schlug die Augen auf, konnte immer noch atmen. Steven stand in der Tür, mit seiner Tochter auf dem Arm.
»Würstchen und Makkaroni«, sagte Barbro, ging mit dem Weinglas zum Kühlschrank und zapfte Wein aus einem Dreiliterkarton.
Annika erhob sich.
»Ich muss los«, sagte sie.
»Ja, deine Arbeit ist dir ja wichtiger als alles andere«, sagte Barbro.
Eine unendliche Müdigkeit überfiel Annika.
»Die Zeitung wird eingestellt«, sagte sie. »Heute Vormittag haben sie es öffentlich verkündet. In ein paar Monaten bin ich arbeitslos.«
Ihre Mutter trank einen Schluck und sah sie an, ihr Blick wurde milder.
»Das Leben holt uns alle ein«, sagte sie. »Dich auch.«
Annika drängte sich an Steven vorbei, musste raus, fliehen, weg, aber am Schuhständer blieb sie stehen und blickte zur Tür. Sie zog ihre Sandalen an, machte kehrt und ging zurück in die Küche. Sah ihre Mutter an, die traurigen Augen, die müden Hände.

»Es spielt keine Rolle, wie sehr ich dich um Verzeihung bitte«, sagte sie. »Ich kann nie wieder gutmachen, was ich dir angetan habe, aber ich werde es trotzdem versuchen.«
Ein Ausdruck von Unsicherheit flog über das Gesicht ihrer Mutter.
»Entschuldige bitte, dass ich geboren bin«, sagte Annika. »Ich habe das nicht gewollt.«
Dann drehte sie sich um und ging durch die Diele, stolperte über den Flickenteppich hinaus ins Licht, raus aus der Wohnung.

Im Auto weinte sie.
Eigentlich hätte sie die Tränen unterdrücken können, so wie immer. Hätte dichtmachen und wegfahren und alles hinter sich lassen können, aber sie beschloss, nicht dagegen anzukämpfen.
Sie saß in dem stickigen Auto und ließ den Schmerz zu, bis die Scheiben davon beschlugen, bis sie nicht mehr konnte und ihrer Kraftlosigkeit nachgab.
Was würde sein, wenn ihre Mutter starb?
Annika hatte ihr Leben lang getrauert, würde es einen Unterschied machen?
Sie wusste es nicht.
Im Südwesten blitzte es, drüben bei Julita. Noch hörte man keinen Donner, aber der würde schon kommen. Die Entladung lag in der Luft, sie war nötig.
Sie startete den Motor, ließ die Scheibe herunter und fuhr die Straße entlang, zögerte an der Kreuzung einen Moment, bog dann aber nach links.
Langsam fuhr sie zum Tallsjön, zur Badestelle am See, die sie seit über zwanzig Jahren nicht mehr besucht hatte.
Direkt an der Abzweigung hielt sie an, mit zwei Rädern auf dem Seitenstreifen. Stellte den Motor ab und lauschte ihrem Herzschlag. Mit weit offenen Augen blickte sie auf die Stelle, an der ihr Vater gestorben war.
Die Teerdecke reichte nicht ganz bis an den Straßenrand, an den Kanten war sie ausgefranst und sandig. Dichtes Gestrüpp wucherte auf der Böschung, wirkte in dem merkwürdigen

Licht dunkel und starr. Nichts an der belebten oder unbelebten Natur zeugte von dem, was passiert war. Es war ein Straßenstück, eine Abzweigung wie tausend andere, trotzdem hämmerte Annikas Puls wie eine Dampframme.
Sie sagten, er habe nicht gelitten.
Erfrieren sei ein gnädiger Tod.
Er hatte versucht, ins Wirtshaus zu kommen, das um die Zeit noch geöffnet war, aber man hatte ihn nicht eingelassen. Er war zu betrunken.
Eigentlich hatte er nie besonders viel getrunken. Jedenfalls bis zu dem großen Personalabbau. Hasse Bengtzon war Betriebsrat, war derjenige, der mit den Eigentümern der Fabrik darüber verhandelte, wer gehen musste und wer bleiben durfte. Er kämpfte wie ein Löwe für seine Kollegen, wurde von Zeitungen und dem Lokalfernsehen zu den Plänen der geldgierigen Eigentümer befragt. Die wollten das Werk schließen und die Maschinen nach Vietnam verkaufen, alles herauspressen bis auf den letzten Tropfen, um den Preis ihrer eigenen Anständigkeit.
Der Fahrer des Schneepflugs hatte Hasse Bengtzon in einer Schneewehe sitzend gefunden, Jacke und Schuhe neben sich abgelegt, in der Hand noch die fast leere Schnapsflasche.
Annika glaubte nicht, dass es so etwas wie einen gnädigen Tod gab.
Sie holte tief Luft, ließ den Schmerz in der Brust brennen. Merkwürdigerweise weinte sie nicht. Vielleicht hatte sie fertig getrauert, ohne es zu wissen.
Die Blitze kamen näher, sie konnte den ersten Donner grollen hören.
Sie ließ den Motor an und setzte zurück, lauschte dem Knirschen der Reifen auf dem Teersplitt und nahm Kurs auf die Bahngleise.

Birger Matsson wohnte noch immer in dem Haus am Källstigen, in dem Sven und sein älterer Bruder Albin aufgewachsen waren; ein hundert Jahre alter Holzkasten, der in den sechziger Jahren bis zur Unkenntlichkeit modernisiert worden war, mit Panoramafenstern und Fassadendämmung. Eine große Garage mit Eisentoren dominierte das vordere Grundstück, das eigentliche Wohnhaus stand zurückgesetzt auf einem kleinen Hügel am Waldrand.

Annika parkte vor einem der Garagentore und zog die Handbremse an. Sie wusste nicht, ob Birger zu Hause war, aber wenn, dann hatte er sie bereits gesehen.

Langsam stieg sie aus und hängte sich die Tasche über die Schulter. Hier war sie immer vorbeigegangen, langsam, in ihrer knallengen Jeans, und hatte gehofft, dass Sven sie sah. Das tat er, wie sich herausstellte. Sie war ein Teenager, als sie ein Paar wurden. Sie blieben zusammen bis zu seinem Tod.

Sie ging auf das Haus zu und hatte das Gefühl, zu ihrer eigenen Beerdigung zu gehen. Das Unbehagen zerrte an Händen und Magen, sie konnte kaum atmen. *Eine Vier, mindestens.*

Ihr Zeigefinger zitterte, als sie auf die Klingel drückte.

Birger öffnete sofort, er hatte sie kommen sehen. Er überragte sie, groß und hager, die weiße Haartolle wie ein Segel auf dem Kopf.

»Annika«, sagte er. »Du?«

Er klang verblüfft, beinahe erschrocken.

»Entschuldige, dass ich dich so überfalle ...«

Er fuhr sich mit der Hand durchs Haar, wie er es immer getan hatte, nur war es damals noch stahlgrau gewesen.

»Nein, nein, das macht gar nichts«, sagte er.

Sie holte Luft.

»Ich wollte gern ... mit dir reden«, sagte sie.

Er trat einen Schritt zurück, unsicher.

»Natürlich. Komm doch rein.«

»Danke.«

Er drehte sich um und ging ins Wohnzimmer, die Strickjacke flatterte um seinen mageren Körper. Im Fernsehen kommentierte ein deutscher Reporter enthusiastisch irgendein Ereignis. Annika trat in die Diele, zog die Sandalen aus, setzte die Tasche auf dem Fußboden ab und folgte ihm.

Sie hatten eine neue Sitzgruppe gekauft, seit sie zuletzt hier war. Modell Ektorp, von Ikea.

Birger setzte sich in einen der neuen Sessel, griff nach der

Fernbedienung, die auf einem Beistelltisch lag, und schaltete den Fernseher aus. Annika bekam gerade noch mit, dass es um ein Tennisturnier ging. Birger interessierte sich sehr für Sport, er war aktiv im Bandyverein und beim Orientierungslauf, und beide Söhne hatten seine Sportbegeisterung geerbt. Sven war ein Star in seiner Bandymannschaft gewesen, Albin war Assistenztrainer einer Eishockeymannschaft in der Swedish Hockey League, das jedenfalls war das Letzte, was sie von ihm gehört hatte.

Es war sehr still im Zimmer, seit der Kommentator verstummt war. Birger saß mit der Fernbedienung in der Hand da und sah Annika an. Er schien sich gefangen zu haben, sein Blick war klar, aber abwartend.

»Aber so setz dich doch, um Himmels willen.«

Sie ließ sich in einem Sessel auf der anderen Seite des Couchtisches nieder, ihr Mund war staubtrocken.

»Ich weiß gar nicht, wie ich dazu gekommen bin, den deutschen Eurosport-Kanal zu abonnieren«, sagte er mit einem Kopfnicken zum Fernseher. »Zum Glück hatte ich Deutsch in der Realschule, der Vertrag läuft über zwei Jahre.«

Sie versuchte zu lächeln.

Er legte die Fernbedienung weg.

»Wenn du lieber möchtest, dass ich gehe, kann ich das gut verstehen«, sagte Annika. In ihrem Kopf pfiff es gellend laut, sie hörte kaum ihr eigenes Wort.

Der alte Mann sah sie an, sie konzentrierte sich darauf, seinem Blick nicht auszuweichen, sich dem zu stellen, was sie getan hatte.

»Nein, bleib nur«, sagte er.

Sie atmete durch den offenen Mund.

»Ich bin gekommen, um ... über das zu reden, was passiert ist«, sagte sie.

Er faltete die Hände auf dem Schoß.

»Ich wollte hören, wie es für euch war, und ...«

Sie spürte das Weinen im Hals brennen.

Sie hatte nicht sehr oft mit Birger gesprochen, als sie und Sven zusammen waren, Maj-Lis hatte sich immer um das Familiäre gekümmert. Birger war meistens unterwegs zu Vereinssitzungen oder trainierte draußen im Wald. In einem Jahr belegte er bei der Schwedischen Meisterschaft den dritten Platz in der Gruppe der Senioren. Sie hatte ihn als schweigsam und unnahbar in Erinnerung.

»Ich habe in all den Jahren oft an dich gedacht«, sagte Birger.

Sie gab sich einen Ruck. Nicht wegducken, nichts beschönigen. Sonst würde sie immer dort bleiben, wo sie jetzt war, auf der Flucht vor dem wirbelnden Dunkel.

»Ich habe nie an dich gedacht«, sagte sie. »Wenigstens fast nie. Und wenn doch, habe ich mich sofort abgelenkt und etwas anderes getan.«

Der alte Mann blickte aus dem Fenster. Dann nickte er.

»Wir hatten überlegt, Kontakt zu dir aufzunehmen, aber dann haben wir uns damit entschuldigt, dass du das sicher nicht wolltest. Das war feige, wir hätten dich wenigstens fragen sollen.«

Das Pfeifen in ihrem Kopf hörte nicht auf, sie hielt ihre Hände fest verschränkt und zwang sich, genau hinzuhören, was der Mann sagte. Sie nahm innerlich Anlauf.

»Ich habe auch vor vielem gekniffen. Heute, auf dem Weg hierher, habe ich an der Einfahrt zum Tallsjön angehalten, das habe ich nicht mehr gemacht, seit ... ja, seit Papa dort gestorben ist.«

»Das war sehr tragisch«, sagte Birger, »was mit Hasse passiert ist. Wir waren nicht direkt befreundet, aber wir haben ja zusammen gearbeitet.«

Annika spürte, wie Luft in ihre Lunge strömte, und blickte zu Boden. Birger war einer der Chefs im Stahlwerk gewesen, er hatte Realschulabschluss und Abitur. Er war bis zum Ende geblieben, bis er in Rente ging.

»Hasse war ein tüchtiger Arbeiter«, sagte Birger, »einer der allerbesten. Schade, dass er nicht Vorarbeiter werden wollte.«

Die Überraschung traf sie wie ein Schlag ins Gesicht, sie blickte den alten Mann mit großen Augen an.

»Vorarbeiter? Papa?«

»Aber er machte seine Sache als Betriebsrat ja sehr gut, das muss ich sagen. Ein ausgezeichneter Unterhändler, wortgewandt und streitbar. Wenn die Zeiten anders gewesen wären, hätte er es weit bringen können.«

»Ist das wahr? Man hat ihm angeboten, Vorarbeiter zu werden?«

»Er hat abgelehnt, sagte, das sei nichts für ihn. Er war ein Arbeiter, so hat er sich gesehen ...«

»Aber«, warf Annika ein, »hätte er dann im Werk bleiben können? Nach den großen Entlassungen?«

»Natürlich. Wir brauchten tüchtige Kolonnenführer. Aber ich habe wirklich großen Respekt vor seiner Entscheidung, Teil des Kollektivs zu bleiben. Das ehrt ihn.«

Annika blieb die Luft weg, Papa hätte weiterarbeiten können, hätte der Arbeitslosigkeit und der Sauferei entgehen können.

Ein Blitz erhellte das Zimmer, Donner grollte in der Ferne.

»Also, was kann ich für dich tun?«, fragte Birger.

Annika strich sich mit einer nervösen Handbewegung die Haare hinters Ohr.

»Ich bin gekommen, weil ich um Verzeihung bitten möchte«, sagte sie mit zittriger Stimme.

Birger schlug die Augen nieder.

»Ich danke dir«, sagte er, »aber das ist nicht nötig.«

Ruhige Atemzüge, ein und aus, nicht gefährlich. Sie blickte auf ihren Schoß.

»Es tut mir leid, was passiert ist. Ich weiß, wie viel Schmerz ich euch zugefügt habe. Ich habe selbst Kinder, einen Sohn, er heißt Kalle. Wenn jemand ihm etwas antun würde, könnte ich das nie verzeihen.«

Birger fuhr sich mit der Hand übers Gesicht, eine müde, resignierte Geste.

»Ich glaube, du verstehst nicht«, sagte er. »Wir sind nicht zur Gerichtsverhandlung gekommen, aber nicht, weil wir auf Abstand zu dir gehen wollten.«

Sie wartete stumm darauf, dass er weitersprach. Die Gedanken des Mannes schienen zu wandern.

»Wir fanden, es hätte so ausgesehen, als würden wir Svens

Verhalten billigen, wenn wir gekommen wären, um dich auf der Anklagebank zu sehen. Und das wollten wir nicht. Es fühlte sich ... falsch an. Wir haben völlig versagt, vielleicht hätten wir an deiner Stelle dort sitzen sollen.«

Er sah sie mit einem schnellen Blick an, als wollte er sich vergewissern, dass sie zuhörte.

»Was hat man als Eltern falsch gemacht, wenn der eigene Sohn zu einem Monster wird? Es ist schwer, das zu akzeptieren, schwer, zu trauern. Sven ist zwei Mal gestorben, als der, der er war, und als der, für den ich ihn gehalten habe.«

Er schüttelte den Kopf.

»Erst hinterher ist uns klargeworden, dass man unser Verhalten falsch verstanden hat. In der Stadt wurde es so aufgefasst, als würden wir dir und dem Rechtswesen misstrauen und seien deswegen nicht zum Prozess gegangen. Aber so war das nicht.«

»Habt ihr das ... vorher gewusst? Wie er war?«, fragte Annika.

Birger schüttelte den Kopf.

»Natürlich war mir der Gedanke schon mal gekommen, ich habe ja deine blauen Flecken gesehen. Aber ich konnte es nicht glauben. Vielleicht habe ich es geahnt, aber ich wollte es nicht wahrhaben. Und ich habe nichts unternommen. Mit dieser Schuld muss ich leben.«

Sie musste sich die Tränen abwischen.

»Weißt du es?«, fragte Birger und sah sie an. »Weißt du, warum er so geworden ist?«

Sie schüttelte den Kopf.

»Erst als wir die Urteilsbegründung gelesen haben, ist uns aufgegangen, was du durchgemacht hast. Warum hast du nie etwas gesagt?«

Eine klare Fünf jetzt, vielleicht eine Sechs.

»Ich dachte, es ist meine Schuld«, stieß sie hervor.

»War es nicht. Nicht so, wie er dich behandelt hat.«

»Aber es ist meine Schuld, dass er gestorben ist.«

»Vielleicht nicht einmal das.«

»Ich hätte nicht so fest zuschlagen dürfen.«

»Es war ein Unfall«, sagte Birger.
Sie hob den Blick und zwang sich, ihm in die Augen zu sehen, als sie antwortete.
»Und wenn es das nicht war? Wenn ich wollte, dass er stirbt?«
Seine Lippen wurden weiß, er wandte den Kopf ab und blickte wieder hinaus zur Straße.
»Dass man jemandem den Tod wünscht, kommt vor«, sagte er. »Das haben wir wohl alle schon getan.«
»Aber wenn ich zugeschlagen habe, damit er nie wieder aufsteht?«
Die Stille verschlang allen Sauerstoff im Zimmer. Birger rieb sich die Augen. Sie bekam jetzt fast keine Luft mehr, *eine Sieben, vielleicht mehr.*
»Dann musst du damit leben«, sagte er schließlich.
Eine Acht. Atemnot.
Draußen in der Diele begann ihr Handy zu klingeln, die Signale echoten zwischen den Wänden.
»Willst du nicht ...?«, begann Birger.
»Das hört gleich wieder auf.«
Die anschließende Stille machte die Luft noch dicker als vorher.
Birger räusperte sich.
»Ich lese alles, was du schreibst«, sagte er. »Das sind schreckliche Sachen, über die du berichtest.«
Er nickte zum Bücherregal.
»Maj-Lis hat deine Artikel in einem Album gesammelt, es liegt irgendwo in der Schublade. Ich wollte eigentlich damit nach ihrem Tod weitermachen, aber es ist nie etwas daraus geworden.«
Jetzt blickte er sie wieder an, seine Augen waren gerötet und müde. Sie merkte, wie ihre Hände wuchsen.
»Maj-Lis hat sich Sorgen um dich gemacht«, sagte er. »Sie fand immer, dass du zu waghalsig bist, dich nicht schonst. Als du im Tunnel unter dem Olympiastadion festgesessen hast, oder als du in diesem Schuppen in Norrbotten beinahe erfroren wärst, oder als dein Haus abgebrannt ist ...«

»Darüber habe ich mir nie Gedanken gemacht«, sagte Annika.
»All die Gefahren, denen du dich ausgesetzt hast, Maj-Lis dachte schon, es läge an Sven, dass er irgendwas in dir kaputtgemacht hat.«
Sie wich seinem Blick aus, schaute zur Diele und zur Treppe, die nach oben zu den Schlafzimmern führte. Sven und Albin hatten ihre eigenen Zimmer gehabt, dort oben hatte sie ihre Unschuld verloren, an einem Sonntagnachmittag, als die übrige Familie Matsson zum Viertelfinale der schwedischen Bandy-Meisterschaft gefahren war. Hälleforsnäs hatte verloren.
»Wenn ich ein bisschen zerrissen bin, dann ist das nicht nur Svens Schuld«, sagte sie.
Birger sah aus dem Fenster, vor dem ein neuer Blitz explodierte.
»Maj-Lis ist in diesem Herbst vier Jahre tot«, sagte er. »Es ist so einsam manchmal. Ich frage mich, wie lange ich noch hierbleibe, ohne sie.«
Sie schwiegen. Annikas Beine waren bleischwer, sie hatte das Gefühl, nie wieder aufstehen zu können.
»Wir haben seit Generationen an diesem Ort gelebt und gearbeitet«, sagte er. »Ihre Vorfahren und meine. Die Schufterei hat uns geprägt, hat uns rau und hart gemacht.«
Die ersten schweren Regentropfen schlugen an die Fensterscheibe. Birger blickte sie an.
»Wir haben das Eisen im Blut. Ganz gleich, ob wir bleiben oder wegziehen, es ist in uns.«
Das Unbehagen in ihr lockerte sich, wurde ein bisschen weniger.
Sie sah Svens Vater an, allein in einem hässlichen Haus in einer vergessenen Industriestadt, der Sohn tot und die Frau tot, nur ein deutscher Sportsender als Gesellschaft.
Er nickte vor sich hin.
»Das geht jetzt schnell«, sagte er. »Alles verändert sich von Grund auf. Nimm nur das Werk, hast du gesehen, was sie daraus gemacht haben? Warenhaus und Cafeteria.«
Ein gewaltiger Donnerschlag ließ das Haus erzittern. Beide blickten unwillkürlich zur Zimmerdecke.

»Danke«, sagte Annika. »Danke, dass du mich hereingelassen hast.«

Birger erhob sich mit unsicheren Beinen. Er ging zu ihr und drückte ihre Hand. Sein Griff war fest, aber nicht hart. Dann ging sie.

Im selben Moment, als sie aus dem Haus trat, brach der Regen los. Sie lief zur Garage und warf sich ins Auto. Das Haus am Waldrand verschwand hinter den Wassermassen.

Sie holte ihr Handy aus der Umhängetasche, ein verpasster Anruf. Die Nummer kam ihr bekannt vor, sie brauchte eine Sekunde, um sie zuzuordnen: Reichskriminalpolizei. Die Erkenntnis traf sie wie ein Schlag, großer Gott, die Kripo hatte versucht, sie zu erreichen, und sie war nicht rangegangen, weil sie damit beschäftigt war, ihren eigenen Stall auszumisten.

Mit zitternden Fingern tippte sie auf Rückruf. Am anderen Ende meldete sich der Mann namens Johansson. Annika erklärte atemlos, wer sie war und warum sie anrief.

»Es geht um die Handynummer, die wir überwachen«, sagte Johansson. »Der Netzbetreiber hat sich gemeldet, das fragliche Telefon wurde vor einer halben Stunde eingeschaltet.«

Um Annika wurde es urplötzlich still, alle Geräusche verschwanden. Sie wurde von Blitzen geblendet, hörte aber den Donner nicht.

»Eingeschaltet? Ganz sicher?«

»Die Triangel-Ortung des Betreibers zeigt ein Signal aus einem Waldgebiet in Södermanland, ein paar Kilometer abseits der Straße 686 in der Gemarkung Katrineholm. Nächster Referenzpunkt ist ein See namens ... Hosjön.«

Sie schnappte nach Luft.

»Birgitta ist am Hosjön? Jetzt?«

»Ihr Telefon ist dort, seit einer halben Stunde. Oder genauer gesagt, seit vierunddreißig Minuten.«

»Danke«, sagte sie, »vielen Dank!«

Es klang, als ob der Mann seufzte.

»Keine Ursache«, sagte er.

Annika drückte das Gespräch weg und wählte Birgittas

Nummer. Die Geräusche kamen zurück, ein Höllenspektakel genau über ihrem Kopf ließ das Auto erzittern.
Die Rufsignale gingen hinaus, eins, zwei, drei, vier ...
Jemand ging ran.
»Hallo?«, rief Annika. »Birgitta?«
Es donnerte so laut, dass sie den Finger ins andere Ohr stecken musste, um etwas hören zu können.
»Birgitta? Bist du in Lyckebo?«
Es rauschte und knisterte in der Leitung, aber es hörte sich an, als versuchte jemand, etwas zu sagen.
Ein Blitz mit gleichzeitigem Donnerschlag tauchte die Welt in gleißendes Licht. Es knackte im Telefon, dann war es stumm. Sie starrte es an, kein Netz. Der Blitz musste in einen Funkmast eingeschlagen sein.
Sie versuchte noch einmal, Birgitta anzurufen, aber es kam keine Verbindung zustande. Sie versuchte es mit Stevens Nummer, das klappte auch nicht. Rasch schickte sie eine SMS an Steven, die hoffentlich durchkam, wenn das Netz wieder da war:

Birgitta ist in Lyckebo. Ich fahre sofort hin.

Das Industriegebiet war riesig, die Reihen von Werkstatthallen aus Stahlblech schienen kein Ende zu nehmen. Es lag außerhalb von Algeciras, eine gute Autostunde von Marbella entfernt.

»Er hat also diesen ganzen Komplex gemietet«, sagte Rodriguez und zeigte auf die Hallen links und rechts von Nummer 738.

Sie hatten sich nicht die Mühe gemacht, einen Verwalter aufzutreiben; Nina rechnete damit, dass der Schlüssel passte, den sie in dem kargen Reihenhaus gefunden hatte. Sicherheitshalber, falls *la observatora* sich irrte, hatte Inspektor Rodriguez ein Brecheisen in seinem Kofferraum.

Die Werkstatthalle war von außen völlig anonym. Kein Schild verriet, welches Gewerbe hier betrieben wurde, nur ein grünspanüberzogenes Metallstück mit der Hallennummer saß über dem Tor. Die Fassade bestand aus verblichenem Stahlblech, das einmal blau gewesen war. Keine Fenster, nur ein großes Hallentor und daneben eine kleinere Tür.

Nina zog wieder ihre Handschuhe an, nahm den Schlüssel aus einem Asservatenbeutel und ging zum Tor der rechten Halle. Sie hielt den Atem an, als sie den Schlüssel in das Assa-Schloss steckte. Er glitt problemlos hinein. Sie versuchte, ihn nach links zu drehen, das ging nicht, biss die Zähne zusammen und versuchte es rechts herum, der Schlüssel drehte sich, einmal, zweimal, dann machte es klick.

Sie atmete erleichtert auf.

Die Tür öffnete sich geräuschlos auf gut geölten Angeln.

Im Inneren war es stockdunkel. Nina stieg über die hohe Schwelle und ging ins Dunkle. Es war heiß und die Luft stand. Sie schaltete die Taschenlampe ihres Handys ein, leuchtete die Wand ab und entdeckte einen Lichtschalter neben der Eingangstür.

Mit einem leisen Zischen sprangen die Neonröhren an der Decke an, eine nach der anderen in einer schnellen, fließenden Abfolge, sie leuchteten die ganze Halle mit einer Intensität aus, dass Nina blinzeln musste. Hier war die Stromrechnung bezahlt.

»Was ist das?«, fragte Rodriguez und stellte sich neben sie. Der Raum war völlig leer, ein Blechkasten ohne Inhalt. Zementfußboden mit einer unberührten Staubschicht. Zehn mal fünfzehn Meter, sechs Meter Deckenhöhe.

Nina schritt langsam alle Wände ab. Wenn es etwas zu untersuchen gegeben hätte, dann hätte sie es getan, aber es gab nichts. Das grelle Licht enthüllte schonungslos die völlige Abwesenheit von Leben und Aktivität.

Als sie zurück zur Tür kam und das Licht ausschaltete, glühten die Neonröhren ein paar Sekunden nach, ehe sie aufgaben und erloschen. Nina und Rodriguez traten wieder auf die Straße und Nina schloss die Tür hinter ihnen ab. Rodriguez ging zum Tor mit der Nummer 738, aber sie lief weiter zur Halle links davon. Hier wiederholte sich das Spiel, der Schlüssel passte, und die Tür sprang auf.

Leer.

Inspektor Rodriguez sagte ausnahmsweise einmal nichts.

Nina machte eine Runde durch die Halle, untersuchte den Boden nach verborgenen Luken, doch da war nichts. Sie musterte die Decke zwischen den Lampen, konnte aber nichts Auffälliges sehen. Löschte das Licht, schloss ab und ging dann zum Tor der mittleren Halle.

»Diese Tür sieht benutzter aus«, sagte Rodriguez. »Hier, die Farbe ist abgeschabt ...«

Sie schloss die Seitentür auf und merkte sofort, dass etwas anders war. Die Luft, die ihr aus dem Dunkel entgegenwehte, roch nach Sägespänen und Terpentin. Sie schaltete die Neonlampen ein.

Die Halle war voller Bretter, Gerümpel und Maschinen.

»Warum mietet man drei Hallen und benutzt nur eine davon, die in der Mitte?«, überlegte Rodriguez laut. »Welche Funktion haben die äußeren? Pufferzonen?«

Nina stand leicht breitbeinig da und nahm den Raum in sich auf.

Die Halle hatte dieselbe Größe wie die beiden anderen, zehn mal fünfzehn Meter Grundfläche und sechs Meter Deckenhöhe. An der rechten Wand lagen Stapel von gesägten Brettern unterschiedlichen Ausmaßes, anscheinend waren sie nach Größe sortiert, dünnere Bretter oben, dickere unten. Linker Hand sah sie etwas, das an einen Schiffscontainer im Hafen erinnerte, eine Art Halle in der Halle, fünf Meter breit und zwei Meter hoch mit einer geschlossenen Tür in der Mitte. Im hinteren Bereich standen eine große Sägeanlage und eine Werkbank und in der Mitte eine hohe Tonne aus Edelstahl.

Rodriguez hatte sich feste Handschuhe angezogen und zeigte auf den Fußboden.

»Er fährt mit dem Auto hier rein.«

Nina musterte den Zementboden.

Unter ihren Füßen waren schwache Reifenspuren eines kleineren PKWs zu erkennen, die Brüder Berglund parkten also nicht am Straßenrand.

Ein Haufen Bretterverschnitt lag hinter den Sägeholzstapeln. Das tonnenförmige Gerät aus Edelstahl war an mehrere Rohre angeschlossen und hatte eine Ablaufrinne, die zu einem Abfluss führte.

»Was ist das?«, fragte der Inspektor und ging zu der Tonne.

Auf der Werkbank lag eine Reihe von Werkzeugen. Nina ging hin und nahm eine Säge in die behandschuhte Hand. Das stählerne Sägeblatt glänzte im starken Licht. Sie legte die Säge wieder hin, griff nach einer Zange.

Vollkommen fleckenfrei.

Inspektor Rodriguez hatte die Tonne geöffnet und steckte den Kopf tief hinein.

»Eine Spülmaschine«, sagte er verwundert, seine Stimme klang blechern und hohl.

»Ein Sterilisator«, sagte Nina. »Sie waschen ihre Werkzeuge darin, vernichten alle DNA-Spuren.«

Sie ging zu dem Container und prüfte die Tür, sie war abgeschlossen. Wieder griff sie nach dem Schlüssel, aber er passte nicht in den Schließzylinder.

»Inspektor Rodriguez«, sagte Nina. »Das Brecheisen.«

Der Polizist verschwand nach draußen zu seinem Wagen. Nina hörte, wie er den Kofferraum öffnete und wieder schloss. Sie wartete geduldig, bis er wiederkam, den Kuhfuß an der verschlossenen Tür ansetzte, Maß nahm und drückte.

Das Schloss war nicht sehr stabil. Es gab sofort nach.

Rodriguez öffnete die Tür. Ein satter Geruch nach altem Abfall schlug ihnen entgegen. Der Spanier tastete nach dem Lichtschalter. Eine Deckenlampe flackerte auf, sie war deutlich schwächer als die Beleuchtung draußen in der Halle.

»Eine kleine Wohnung«, sagte er.

Nina betrat den Container.

Kochnische, zwei Stühle, ein Tisch und zwei Betten. An der kurzen Wand im hinteren Bereich befand sich eine Duschkabine gegenüber von einem Toilettenbecken. Der Geruch kam von einer Mülltüte, die unter der Küchenspüle vergessen worden war, sie konnte nicht mehr als eine Woche dort gestanden haben, vielleicht zwei.

Hier also hatte Arne Berglund sich versteckt, während sein Bruder in Schweden in U-Haft saß. Oder war es umgekehrt? Wohnte Ivar hier und Arne saß im Gefängnis?

Rodriguez ging zu den Betten.

»Señor Berglund bevorzugt Blondinen«, sagte er.

Nina folgte ihm.

An der Wand über dem einen Bett klebten Fotos von einer hübschen jungen Frau mit blonden Haaren. Die Bildqualität war durchgängig schlecht, sowohl was die Aufnahmetechnik als auch die Papierabzüge betraf. Vielleicht waren die Fotos mit einem Handy aufgenommen und auf einem Tintenstrahldrucker ausgedruckt worden.

»Das ist immer dieselbe Frau«, sagte Rodriguez.

Nina musterte das größte Foto, das auf einem A3-Blatt ausgedruckt war. Die Frau war sommerlich gekleidet und saß auf einer Caféterrasse, sie blickte direkt in die Kamera und lachte übers ganze Gesicht, ihre blonden Haare wehten im Wind. Daneben hingen ein Stadtplan von Malmö, Fotos von einem Supermarkt namens MatExtra und einem Hochhaus in einer Vorstadtgegend.

»Wissen Sie, wer das ist?«, fragte Inspektor Rodriguez.

Nina betrachtete die anderen Fotos, einige davon hatte die Frau vermutlich selbst mit dem Handy geknipst. In der Ecke hingen Bilder, die älter zu sein schienen, offenbar zeigten sie dieselbe Frau, aber als kleines Mädchen. Ein Bild war an einem Badestrand aufgenommen worden, halb Sand, halb Wiese; es zeigte ein blondes Mädchen auf einer blauen Wolldecke, eingehüllt in ein großes Badelaken und mit einer Eistüte in der Hand, und neben ihr saß ein anderes Mädchen, etwas älter, mit etwas dunkleren Haaren. Die Blonde lachte in die Kamera, den Kopf leicht schräg gelegt, die Dunkelhaarige blickte in eine andere Richtung, so dass man sie im Profil sah.

Nina schnappte nach Luft.

»Ja«, sagte sie. »Ich weiß, wer die Frau ist.«

Der Regen hörte so abrupt auf, als hätte man einen Wasserhahn zugedreht. Annika parkte auf dem Waldweg, der nach Lyckebo führte, die Räder des Autos sanken tief in den aufgeweichten Boden. Sie zögerte kurz, entschied sich dann aber, die Tasche auf dem Beifahrersitz stehen zu lassen, hier würde niemand das Auto aufbrechen. Das Handy hatte immer noch keinen Empfang, doch sie steckte es für alle Fälle in die Hosentasche und schloss das Auto ab.

Büsche und Bäume trieften vor Nässe, die Luft war wie frisch gewaschen und glasklar. Annika ging um den Schlagbaum herum, lief rasch durch das hohe Gras und holte sich sofort nasse Füße und nasse Hosenbeine. Im Nordosten blitzte es immer noch, aber sie hörte keinen Donner mehr.

Sie fragte sich, was Birgitta in Lyckebo wollte. Sie war nie gerne dort gewesen, hatte ständig über alles genörgelt und geklagt, über die Mücken, die Wespen, die Brennnesseln, dass man so weit laufen musste, dass es kein Eis gab und keinen Fernseher.

Vielleicht hatte sie beschlossen, dasselbe zu tun wie Annika: sich ihren Dämonen zu stellen. Vielleicht hatten der Rückfall und Stevens Ultimatum sie dazu gebracht, ihr Leben zu überdenken und reinen Tisch zu machen, noch einmal von vorn anzufangen.

Annika hoffte es.

Zusammen sollten sie es schaffen, die geschwisterliche Rivalität hinter sich zu lassen, sich zusammenzuraufen und nach vorn zu schauen. Sie hatten so vieles gemeinsam, ihre ganze Kindheit und Jugend, all die Erfahrungen, die sie zu dem gemacht hatten, was sie waren. Es war idiotisch, sich an alten Ungerechtigkeiten festzubeißen, wen Mama oder Großmutter nun lieber gemocht hatte.

Sie ging schneller, der ansteigende Weg war glatt wie Schmierseife, sie rutschte aus und wäre fast hingefallen.

Schließlich tauchte die Lichtung mit der Kate auf, Annika merkte, wie ihr warm ums Herz wurde. Alles sah noch genauso ungepflegt und verlassen aus wie beim letzten Mal, aber jetzt tropfte es aus den Dachrinnen, und der Wind hatte das Birkenlaub am Waldrand weggefegt. Gab es noch einen Menschen auf der Welt, der dieselben Gefühle für diesen Ort hegte wie sie?

Sie ging mit langen Schritten über die Wiese auf die Kate zu, kam an die Tür, drückte zögernd die Klinke herunter. Die Tür ging knarrend auf.

»Birgitta?«

Sie betrat den dämmrigen Flur, blinzelte einige Male, um die Augen an das Halbdunkel zu gewöhnen. Dann streifte sie die schmutzigen Sandalen ab und ging in die Küche.

Sie war leer.

Überrascht blieb sie stehen. Die Küche war genauso nackt wie beim letzten Mal, der Tisch ohne Wachstuchdecke, kein Flickenteppich lag über der Luke zum Erdkeller. Nicht die kleinste Spur von ihrer Schwester.

»Birgitta, wo bist du?«

Dann sah sie, dass in einer Ecke eine alte gelbe Reisetasche stand. Die war neulich noch nicht da gewesen, das wusste sie mit Sicherheit. Gehörte die Birgitta?

Sie ging hin, aber noch bevor sie die Tasche erreicht hatte, fiel die Haustür ins Schloss. Annika fuhr herum, nicht ängstlich, sie wusste, dass es nur der Wind gewesen war.

Dann sah sie den Mann an der Tür.

Sie merkte, wie der Boden unter ihr schwankte. Das war unmöglich.

»Ivar Berglund?«, entfuhr es ihr.

Er war es, die kleinen Augen, der untersetzte Körper, sie hatte Ivar Berglund vor einem Jahr gesehen, als er zum Haftprüfungstermin ins Stockholmer Amtsgericht ging, und erst heute Morgen hatte die Zeitung mit seinem Foto aufgemacht. Er sollte die nächsten vierzig Jahre hinter Gittern verbringen, aber er war hier.

»Hallo, Annika«, sagte er. »Wie schön, dass Sie gekommen sind.«

Ihre Überraschung wich der Angst, ihr Hals war wie zugeschnürt. Woher wusste er, wie sie hieß? Sie trat einen Schritt zurück, stieß mit der Ferse an die Reisetasche.

Ivar Berglund drehte sich um, schloss die Haustür ab und steckte den Schlüssel in die Hosentasche.

»Setzen Sie sich«, sagte er und zeigte auf einen Holzstuhl.

Sie spürte erste Anzeichen von Panik, *das hier war eine Sieben, vielleicht eine Acht.*

»Was haben Sie mit Birgitta gemacht?«

Er antwortete nicht, sondern setzte sich auf einen der anderen Stühle, sah sie an, ruhig, gelassen.

»Kennen Sie das Testgelände Vidsel?«

Seine Stimme war überraschend warm und melodisch. Sie starrte ihn an.

»Die Versuchsbasis?«, sagte sie.

»Die heißt jetzt Testgelände Vidsel. Man testet dort Bomben.«

»Was …?«

»Hier unten in Südschweden wissen viele Leute nichts davon. Hier glaubt man, in Norrbotten gibt es nur Lappen und Seevögel.«

Sie blickte zum Fenster, konnte sie es öffnen und rausspringen? Nein, die Innenfenster waren davor festgeschraubt.

Der Mann betrachtete sie. Er konnte nicht hier sein, das war unmöglich, er sollte nach Spanien ausgeliefert werden.

»Meine Familie ist von dort«, sagte Ivar Berglund.

Annika konzentrierte sich darauf, zu atmen, noch bekam sie Luft.

»Der Ort, aus dem du stammst, ist wichtig, er formt dich«, fuhr Berglund fort. »Wir haben seit Jahrhunderten dort gelebt, aber jetzt benutzt man unseren Grund und Boden, um Massenvernichtungswaffen zu testen. Das ist alles, wozu er taugt. Alles, wozu *wir* taugen, wir, die wir von dort sind. Wir sind im Massenmord aufgewachsen.«

Sie wich einen Schritt zurück, stieg über die Reisetasche.

Wir haben das Eisen im Blut.
»Na ja. Kennen Sie denn Nausta?«, fragte er.
Nausta? Sollte sie das kennen?
»Das war ein Dorf im Wald«, sagte Ivar Berglund. »Meine Eltern sind dort geboren und aufgewachsen, aber sie wurden umgesiedelt, als die Bomben kamen. Man hat dort simulierte Atomwaffentests durchgeführt, und hinterher durften sie nicht mehr zurück. Vater ist darüber etwas wunderlich im Kopf geworden.«
Er nickte zu seinen Worten.
»Das Dorf steht noch, oder jedenfalls Teile davon, mitten im Bombengebiet. Das ist so groß wie Blekinge, wussten Sie das?«
Sie antwortete nicht.
»Man misst die Auswirkungen der Sprengkraft auf Natur und Material, sieht sich an, welche Waldschäden sie verursacht. Die Schweizer haben eine große Brücke ins Nichts gebaut, nur um sie in die Luft zu sprengen. Flugkörper wurden dort ausprobiert und viele andere Arten von Tötungsmaschinen. Über vierzig verschiedene, sie sind heute überall, der Iran hat sie, Pakistan auch. Und Tunesien, Bahrain, die Vereinigten Arabischen Emirate, Indonesien, Singapur, Thailand, Venezuela ...«
»Wo ist Birgitta?«, stieß Annika hervor, ihr Mund war völlig ausgetrocknet.
Er schürzte die Lippen.
»In Nausta«, erwiderte er. »Oder besser gesagt, in den umliegenden Wäldern.«
Das Handy in ihrer Hosentasche piepste. Das Funknetz stand wieder. Wenn sie nur an das Handy käme.
Dann drangen seine Worte in ihr Bewusstsein ein.
»Birgitta? Ist sie ...? Warum ist Birgitta ... ist sie dorthin gefahren?«
Er nickte.
»Man kann hinfahren, das Gelände ist gesperrt, aber es gibt keinen Zaun. Nur Warnschilder. Niemand hält sich dort auf, die Gegend ist menschenleer.«
Wieder tanzten schwarze Punkte vor ihren Augen, gleich würde die Panikattacke sie überfallen.

»Warum?«, fragte sie.
Er faltete die Hände, eine Geste, die sie schon bei der Gerichtsverhandlung an ihm beobachtet hatte.
»Ich bin ein einfacher Mensch«, sagte er. »Gerechtigkeit bedeutet mir viel, sie ist meine Richtschnur. Jeder bekommt, was er verdient. Auge um Auge, Zahn um Zahn. Eine Schwester für einen Bruder.«
Annika stöhnte auf, merkte, wie ihre Knie nachgaben. Sie tastete nach Halt und erwischte einen Stuhl, landete am Tisch ohne Wachstuchdecke.
»Sie haben Birgitta?«
Er legte die Hände auf den Bauch.
»Ein Prozess, der zwei Wochen dauerte«, sagte er. »Wie bei meinem Bruder. Sie musste sich für ihre Sünden verantworten – und für Ihre.«
Sie starrte den Mann an, sein Bruder? Arne Berglund? Aber der war doch seit zwanzig Jahren tot.
»Sie sind schuld«, sagte er und nickte mit Nachdruck zu seinen Worten. »Ihretwegen sitzt mein Bruder im Gefängnis. Ihretwegen musste sich Ihre Schwester verantworten.«
Was meinte er? Ihre Artikel über den Mord in Nacka letztes Jahr? Oder die über Viola Söderland? Dass sie Nina Hoffman auf die Spur gebracht hatte, die zu Ivar Berglunds Verhaftung führte?
»Birgitta hat viel von Ihnen gehalten, aber Sie waren ihr keine liebe große Schwester. Sie hätte Besseres verdient gehabt.«
Sie starrte den Mann an, wieso sprach er in der Vergangenheitsform?
»Sie lügen. Birgitta wäre nie mit Ihnen gegangen.«
Seine Augen waren sehr ruhig.
»Alle gehen mit«, sagte er. »Es ist ganz einfach. Chloroform, wenn sie sich wehren. Dann Wasser mit einem Beruhigungsmittel, wenn sie aufwachen. Alle trinken, wenn sie Durst haben.«
Sie konnte tatsächlich atmen.
»Sie haben gewartet, bis sie betrunken war«, sagte Annika.

»Sie haben sie überwältigt, als sie besonders schwach und wehrlos war. Schämen Sie sich überhaupt nicht?«
Er faltete die Hände.
»Nein«, sagte er.
»Sie haben sie betäubt. Im Auto, vor dem Konsum in Malmköping ...«
»Wir waren unterwegs nach Norden und haben angehalten, um einzukaufen. Bis Nausta sind es über tausend Kilometer.«
Das verlassene Dorf war offenbar wichtig. Annika nickte, als verstünde sie.
»Ein Prozess, der zwei Wochen dauerte, sagten Sie. Warum?«
»Die Verhandlung gegen meinen Bruder ist auf zwei Wochen angesetzt.«
»Sie haben Birgitta in Hälleforsnäs versteckt gehalten, wo?«
Er machte eine Kopfbewegung Richtung Norden.
»In einer Sommerhütte dort hinten. Der Plan war, dass Sie früher kommen. Um dabei zu sein. Aber Sie haben nicht auf meine Nachrichten reagiert.«
»Ich habe eine neue Mobilnummer«, sagte Annika.
Er sah ganz normal aus, ein durchschnittlicher, unscheinbarer Mann Ende fünfzig. Auf der Straße wäre er ihr nie aufgefallen.
»Sie sind also Ivar Berglunds Bruder«, sagte sie. »Ich dachte, der wäre tot.«
»Ja«, erwiderte der Mann. »Das denken alle. Aber vielleicht bin ich ja Ivar, und mein Bruder ist tot.«
Sie ging nicht auf seine Haarspalterei ein.
»Und wo ist Birgitta jetzt?«
»Das ist nicht so leicht zu beantworten«, sagte er.
»Wie meinen Sie das?«
»Man überlässt den Körper den Tieren, das ist am besten. Innerhalb weniger Tage ist er verschwunden.«
Ihr drehte sich der Magen um.
»Die Wälder sind voller Knochenreste«, sagte er, »das fällt überhaupt nicht auf. Aber den Schädel und die Hände und Füße muss man extra entsorgen, sie sind zu leicht zu erkennen. Ihre Schwester ruht auf einer schönen Waldlichtung.«

Annika erbrach sich auf den Küchentisch, ein brauner Schwall Cappuccino aus der Billigkaufhaus-Cafeteria. Der Mann betrachtete sie still.

»Schade, dass Sie sich nicht eher gemeldet haben, sonst hätten Sie sich von ihr verabschieden können. Stattdessen werdet ihr jetzt den ewigen Frieden miteinander teilen.«
Er stand auf und ging zu der Reisetasche in der Ecke. Annika stieß den Stuhl zurück, um ihm auszuweichen. Die Tasche hatte normale Schnallen, sie war nicht abgeschlossen. Er öffnete sie weit und der Inhalt wurde sichtbar.

Sie war voller Werkzeug. Zangen in verschiedenen Größen, zwei große Hämmer, scharf geschliffene Nägel, Stahldraht, eine Säge, ein langes, schmales Messer und ein Stemmeisen.

»Wissen Sie, was das ist?«, fragte er Annika und hielt ein verchromtes Rohr hoch, dreißig Zentimeter lang, mit einem roten Haken an einem Ende. Statt auf eine Antwort zu warten, nahm er so etwas wie eine runde blaue Dose heraus und drückte sie fest in ein Ende des Rohrs.

»Das ist ein Bolzenschussgerät. Wird auch Schlachtschussapparat genannt. Dieser blaue Bolzen hier haut einen großen Bullen um. Sie hat nicht gelitten. Sie war sofort tot.«

Annika starrte auf das Rohr, *ein Schlachtschussapparat*, ein Werkzeug, mit dem man Tiere tötete.

»Ich muss sagen, ich habe nicht damit gerechnet, dass ihr Schwestern nicht miteinander ausgekommen seid«, sagte der Mann und polierte das Gerät.

Sie blickte wieder zum Fenster, es hatte Sprossen, konnte sie sich durch die Glasscheibe werfen? Oder war das Holz der Sprossen zu stabil?

»Oben in Vidsel, da hält man zusammen. Da leidet man, wenn man voneinander getrennt ist. Wir können es nicht ertragen, eingesperrt zu sein, wir sind als freie Menschen geboren ...«

Auf der anderen Seite der Hauswand waren Geräusche zu hören, Annika horchte angestrengt, waren das Schritte im schlammigen Boden? Ivar Berglund schien nichts gehört zu haben, hatte sie sich das eingebildet?

Im nächsten Moment wurde an die Tür gehämmert.
»Birgitta? Bist du da? Annika?«
Das war Steven. Berglund blickte aufmerksam zum Flur.
»Lauf weg!«, schrie Annika, aber ihre Stimme war heiser, und es klang eher wie ein Fauchen. »Lauf! Ruf die Polizei!«
»Annika? Ich habe deine SMS erhalten. Ist Birgitta bei dir?«
Ivar Berglund ging zur Tür. Wut schoss wie glühende Eisenschmelze durch Annika, sie schrie aus voller Kraft, mit sich überschlagender Stimme.
»Birgitta ist tot, lauf um dein Leben!«
»Bist du okay, Annika?«
Ivar Berglund, oder vielleicht war es sein Bruder, zog den Schlüssel aus der Hosentasche und schloss die Tür auf.
»Willkommen«, sagte er. »Nur immer herein.«
»Komm nicht rein«, rief Annika.
Hinter Berglunds Kopf sah sie Stevens besorgtes Gesicht.
»Was ist hier los?«
»Er ist verrückt! Er hat Birgitta ermordet!«
Steven trat in die kleine Diele, schob Berglund zur Seite und sah Annika beunruhigt an.
»Was ist mit dir?«, fragte er. »Hat er dir was getan?«
Annika brach in Tränen aus, ihre Beine versagten.
»Steven«, schluchzte sie, »du hättest nicht herkommen dürfen.«
»Das ist ja wohl klar, dass ich komme«, sagte er und drehte sich zu Ivar Berglund um.
Sie sah, wie Berglund einen Schritt auf ihn zu machte, das Bolzenschussgerät hob und gleichzeitig mit festem Griff Stevens Nacken packte, und für einen schwindelnden Moment war sie wieder auf dem Hochofen, die Katze flog durch die Luft mit offenem Bauch, aus dem die Därme heraushingen, die Welt wurde blutrot, und sie packte das rostige Eisenrohr, nein, es war kein Eisenrohr, sondern ein Hammer aus der alten Reisetasche, Ivar Berglund drückte das Mordwerkzeug fest an Stevens Stirn, er schrie, jemand schrie, dann knallte es, Ivar Berglund hatte abgedrückt. Mit beiden Händen um den schweren Stiel schwang Annika den Hammer gegen Ivar Berglunds Hinterkopf. Steven

brach vor ihr zusammen, die Augen weit aufgerissen, ein rundes Loch in der Stirn. Ivar Berglund fuhr herum und sah sie an, sie schlug ihm mit dem Hammer gegen die Schläfe. Die Knie des Mörders knickten ein, seine Augen verdrehten sich nach hinten. Wieder hob sie den Hammer, der Rost bröckelte unter ihren Handflächen, sie wollte zuschlagen, zuschlagen, zuschlagen, bis Leben und Hirn aus ihm herausflossen.
Damit musst du leben.
Sie hielt mitten im Schlag inne.
Ivar Berglund stöhnte. Das Kätzchen war tot. Man konnte die Därme nicht zurück in seinen Bauch stopfen.
Sie stolperte zur Reisetasche, griff nach dem Stahldraht. Berglund war schwer, er war auf den Bauch gefallen, die Arme zur Seite ausgestreckt. Sie fesselte ihm die Hände mit dem Stahldraht auf den Rücken und öffnete die Luke zum Erdkeller. Der Schweiß lief ihr in die Augen, während sie den Mann zur Öffnung schleifte, ihn an den Füßen über den Rand zog, die Beine losließ und seinen bewusstlosen Körper in das dunkle Kellerloch stieß. Sie hörte ihn aufstöhnen, er hatte den Sturz überlebt. Sie verschloss die Luke und sank neben Steven auf die Knie. Er war tot. Blut und Hirnmasse flossen aus dem Loch in der Stirn. Sie legte die Arme um seinen kräftigen Körper, und haltlos weinend zog und zerrte sie ihn zu sich auf die Kellerluke. Sie wog fünfundfünfzig Kilo und Steven fast hundert, wie stark Ivar Berglund auch sein mochte, er konnte nicht hundertfünfzig Kilo stemmen, nicht mit auf den Rücken gefesselten Händen und zertrümmertem Schädel.
Sie saß da und wiegte Steven in ihren Armen und weinte. Er hätte nicht kommen dürfen, er hätte draußen bleiben sollen, sie sang ein Lied und strich ihm immer wieder übers Haar.
Das Licht wurde heller, die Sonne brach durch die Wolken, ein Sonnenstrahl traf auf das blanke Werkzeug und malte Lichtreflexe auf den schwarzen Eisenherd.
Sie sang, bis das Lied zu Ende war und nur noch die Stille einsam im Sonnenstaub tanzte.
Dann zog sie ihr Handy aus der Hosentasche und rief die Polizei.

Epilog

Ein halbes Jahr später

Mittwoch, 16. Dezember

Wenige Minuten bevor die Talkshow begann, setzte Thomas sich mit einem Glas Rotwein in der Hand (der rechten, der einzigen) in den Salon. Eigentlich interessierte er sich nicht besonders für die Sendung, aber er hatte einen hektischen Tag in der Regierungskanzlei hinter sich und musste erst einmal abschalten. Eine Unterhaltungssendung des staatlichen Fernsehens war dafür genau das Richtige.

Er trank einen großen Schluck Rioja, Jahrgang 2004, ein ganz exzellenter Jahrgang. Er war jemand, der gute Weine zu schätzen wusste, und bei seiner derzeitigen Arbeitssituation konnte er sich wohl mit Fug und Recht eine Belohnung gönnen, mitten in der Woche. Die neue Regierung war immer noch völlig konfus, und für die Beamten in der Regierungskanzlei war die Situation mehr als unübersichtlich, aber das würde sich mit der Zeit regeln. Ein Staatsbeamter wie er, der in Eigenverantwortung Vorschläge für Gesetzesnovellen erarbeitete, würde in der neuen Administration bald eine Schlüsselposition innehaben. Er hatte bereits zwei sehr produktive Besprechungen mit der neuen Justizministerin gehabt, dieser Friseurin aus Norrland, die zwar keine Ahnung von Rechtswissenschaft hatte, aber dafür die Fähigkeit besaß, ihren Mitarbeitern zuzuhören und deren Wissen und Expertise vorbehaltlos anzuerkennen und zu nutzen.

Der Vorspann der Talkshow erschien auf dem Bildschirm, Thomas trank einen großen Schluck und stellte das Glas ab. Er streckte die Beine auf dem Sofa aus und genoss es, allein in der Wohnung zu sein. Es war unglaublich entspannend, wenn seine Verlobte draußen auf dem Gut blieb und er die Stadtwohnung für sich hatte.

Wie üblich zeigte der Vorspann die Person, die Gast in der

aktuellen Sendung war, in ihrem Alltagsumfeld; jetzt ging sie durch die Redaktion in einen kleineren gläsernen Raum und zog die Tür hinter sich zu. An der Wand hinter dem Schreibtisch hing ein schrecklich hässliches Bild in Pastell von einem Mann. Thomas' Puls wurde schneller. Er hatte sie lange nicht gesehen, praktisch seit Birgittas Beerdigung nicht mehr. War sie dicker geworden?

Die Moderatorin, eine Frau in mittleren Jahren, die sich mühsam auf jünger getrimmt hatte, kam ins Bild und begrüßte die Zuschauer. Thomas setzte sich bequemer hin. Die Moderatorin wandte sich an ihren Gast.

»Annika Halenius, Chefredakteurin des Medienkonzerns *Abendblatt*, herzlich willkommen.«

»Vielen Dank«, sagte seine frühere Ehefrau auf dem Bildschirm. Sie war dick geschminkt, und jemand hatte ihr die Haare gekämmt.

Er griff mit leicht zitternder Hand nach seinem Weinglas und trank es auf einen Zug aus. Sollte er aufstehen und sich nachschenken oder lieber noch etwas warten?

Die Moderatorin schlug die Beine übereinander und warf einen Blick auf ihr Manuskript, ehe sie Annika wieder ansah. (*Seinen* Namen hatte sie damals nicht angenommen, als sie geheiratet hatten. Na ja.)

»Heute ist ein historischer Tag«, sagte die TV-Tante. »Denn heute ist das *Abendblatt* zum letzten Mal in gedruckter Form erschienen, eine Zeitung, deren Herausgeberin Sie über vier Monate lang gewesen sind. Das war eine turbulente Zeit, kann ich mir vorstellen.«

»Ja, das will ich nicht abstreiten«, erwiderte Annika und lächelte so, wie sie es immer tat, wenn ihr nicht nach Lächeln zumute war.

»Aber bedeutet es nicht das Ende für den seriösen Journalismus, die Druckausgabe einzustellen?«

Er betrachtete seine Exfrau auf dem Bildschirm, von allen Menschen war er wohl derjenige, der sie am besten kannte, und er sah, dass sie darum kämpfte, höflich zu bleiben. Eigentlich war sie überhaupt nicht der Typ für diese Art von Interview.

»Wir haben beschlossen, uns auf den Inhalt zu konzentrieren, ohne uns von dem Format begrenzen zu lassen«, sagte Annika. »Für guten Journalismus muss man nicht unbedingt Bäume fällen, im Gegenteil, wie ich finde. Bis eine neue Nachricht auf Papier gedruckt wird und den Leser erreicht, ist sie per Definition praktisch keine neue Nachricht mehr. Dagegen ist Papier ein sehr gutes Medium für längere Texte, für vertiefende Berichte und Reportagen, deshalb setzen wir stark auf das gedruckte Wochenendmagazin, das ...«

Er stand auf und ging in die Küche, auf ihr Zeitungsgefasel konnte er gut verzichten. Die Weinflasche stand auf der Anrichte, das Etikett spiegelte sich im schwarzpolierten Granit.

Die neue Küche war wirklich gelungen, modern und dennoch zeitlos, von einem Innenausstatter geplant und vor Ort aus Stein, gebürstetem Stahl und massiver Eiche zusammengebaut.

Er atmete tief durch, um sich zu beruhigen, es gab keinen Grund, aufgeregt zu sein. Der Stein fühlte sich kalt und hart unter seiner gesunden Hand an.

Er nahm die ganze Flasche mit in den Salon.

»Hundert *Arbeitsplätze* mussten abgebaut werden, nicht hundert Mitarbeiter«, sagte Annika auf dem Bildschirm. »Das ist ein großer Unterschied. Den Stellenabbau konnten wir teilweise durch natürliche Abgänge und Abfindungen regeln, aber für die Kollegen, deren Arbeitsplatz in der neuen Organisation entfällt, war es sicherlich schwer, gar keine Frage.«

Redete sie immer noch über ihren langweiligen Job?

Thomas goss mehr Wein ins Glas. Es war eins der überdimensionierten Gläser, die Sophia so vulgär fand, aber ihm gefielen die großen Kelche, sie wirkten so generös, fast eine ganze Flasche passte hinein.

»Sie sind ziemlich hart in Ihren Entscheidungen gewesen, wie zu hören war ... Haben sich damit, dass Sie gleich als Erstes die Druckausgabe der Zeitung einstellen, nicht gerade beliebt gemacht.«

Jetzt lächelte Annika wieder schief.

»Ehrlich gesagt, war ich davor auch nicht besonders beliebt«, sagte sie, griff nach dem Wasserglas, das vor ihr auf dem Tisch stand, und trank einen Schluck.

»Haben Sie Verständnis dafür, dass Ihr Vorgänger auf diesem Posten, Anders Schyman, aus Protest gegen den Stellenabbau seinen Abschied genommen hat?«

Thomas trank einige große Schlucke und spürte, wie die Wärme sich in ihm ausbreitete. Merkwürdigerweise fühlte er es auch im Haken, was mochte das sein, ein Phantomrausch?

»Ich habe fünfzehn Jahre lang mit Anders Schyman zusammengearbeitet, und ich habe den größten Respekt vor ihm. Er ist eine unglaublich wichtige Stimme in der Debatte über die Medien der Zukunft, und er wird als Professor am Institut für Medien und Kommunikation hervorragende Arbeit leisten ...«

In seinem Kopf drehte es sich ein wenig. Der Wein war gleich alle, sollte er vielleicht noch eine Flasche öffnen?

Die Moderatorin beugte sich auf ihrem Stuhl vor, so als wollte sie ihrem Gast etwas näherkommen.

»Sie haben kleine Kinder«, sagte sie, »Ihr Mann ist seit kurzem Generaldirektor im Amt für Verbrechensprävention – haben Sie nicht gezögert, eine so herausfordernde Aufgabe anzunehmen?«

Aha, jetzt ging es los, jetzt war man bei den kleinen delikaten Details angekommen. Annika wirkte unangenehm berührt, oder nicht?

»Im Gegenteil«, sagte sie und klang beinahe heiter. »Ich habe mich auf die Stelle beworben und darum gekämpft.«

Ihre Haare sahen anders aus, waren sie kürzer? Oder lag es nur daran, dass Annika ausnahmsweise einmal ordentlich frisiert war?

»Gekämpft? Inwiefern?«

»Ich habe darum gekämpft, dem Vorstand begreiflich zu machen, dass es ein gigantischer Fehler wäre, eine hochprofilierte Person von draußen auf diese Stelle zu setzen. Eine Boulevardzeitung verlangt ganz besondere Führungsqualitäten, da nützt ein prominenter Name allein nichts.«

»Und warum gerade Sie?«

»Ich habe die professionelle Kompetenz, die für diese Position erforderlich ist, ich kenne die Organisationsstrukturen unseres Hauses, und schließlich sprach mir auch der Vorstand sein Vertrauen aus. Ich konnte mir aussuchen, ob ich die Verantwortung selbst übernehme oder sie einer anderen Person übertrage. Für mich war es eine Frage der Schuldigkeit, nicht nur der Zeitung und den Mitarbeitern gegenüber, sondern ... ja, es mag wie ein Klischee klingen, aber tatsächlich auch mir selbst gegenüber.«

»Haben Sie nie gezweifelt?«

»Die Entscheidung, die Printausgabe einzustellen, war bereits gefallen, die Abwicklung wäre so oder so durchgeführt worden, ganz gleich, wie ich oder jemand anders darüber denkt. Natürlich wäre es einfacher und bequemer gewesen, stillzuhalten und über die Entwicklung der Medien zu jammern ...«

Das konnte er sich einfach nicht länger anhören, diese Selbstbeweihräucherung seiner Exfrau, wie verantwortungsvoll und aufopfernd sie war. Er trank den letzten Rest Wein aus und hievte sich aus dem Sofa. Ja vielen Dank auch, er hatte am eigenen Leib erfahren dürfen, welche Art von Verantwortung sie übernahm, wie loyal sie war, wie sehr sie sich um ihre Mitmenschen kümmerte.

Er schlug mit dem Haken gegen den Türrahmen, als er in die Küche ging, so hart, dass sein Oberarm erzitterte.

Sie hatten sich einen Weinkühlschrank geleistet, als sie die Küche neu einrichteten, ein exklusives (und wahnsinnig teures) Gerät, das Eleganz in den gesamten Küchenbereich brachte. Die Tür öffnete sich mit einem saugenden Geräusch, im Fernsehen hörte er Annika lachen. Er drehte die Flaschen, wählte aus. Entschied sich schließlich für einen billigen Shiraz aus Südafrika, ein grobschlächtiger Wein, der zu der Talkshow im Fernsehen passte.

Er schloss die Tür und kontrollierte die Temperatur am Thermostat, dreizehn Grad, perfekt.

»Haben Sie besondere Bedingungen gestellt, bevor Sie die Stelle annahmen?«, fragte die Moderatorin draußen im Salon.

»Ja, das habe ich tatsächlich«, hörte er Annika antworten.

»Dass Berit Hamrin Redaktionsleiterin und stellvertretende Herausgeberin wird.«

Neben dem Kühlschrank hatten sie einen Entkorker an der Wand montiert, so dass er die Flaschen mit einer Hand öffnen konnte. Er hatte die Technik noch nicht ganz im Griff, manchmal musste er ganz schön fummeln, bis er den Flaschenhals richtig befestigt hatte. Er schwitzte ein bisschen und war eine Idee kurzatmig, als der Korken endlich draußen war. Ein paar Spritzer Rotwein landeten auf seinem Hemd.

Er rieb mit dem Haken über die Flecken und merkte, wie ihm die Tränen kamen.

Vielleicht sollte er nichts mehr trinken, er wurde dadurch unbalanciert und unbeholfen, und so war er nicht.

Nach kurzem Zögern nahm er die Flasche für alle Fälle mit in den Salon, aber er hatte nicht vor, sie auszutrinken.

»Arne und Ivar Berglund wurden beide zu lebenslanger Haft verurteilt«, sagte die Moderatorin gerade, als er sich aufs Sofa setzte. »Empfinden Sie das als Sieg?«

»Überhaupt nicht. Bei diesem Fall gibt es keine Gewinner.«

»Die sterblichen Überreste Ihrer Schwester wurden vor einigen Monaten in den Wäldern von Norrbotten gefunden, zusammen mit denen von acht anderen Vermissten, darunter Viola Söderland. Konnten Sie in Ihrer Berichterstattung über die Ereignisse wirklich objektiv sein?«

»Unser Nachrichtenchef Patrik Nilsson war für die Berichterstattung über Arne und Ivar Berglund verantwortlich, und er hat ganz hervorragende Arbeit geleistet.«

»Aber dass der Generalstaatsanwalt die Revision der Urteile, oder vier der fünf Urteile, gegen Gustav Holmerud bewilligt hat, muss doch für Sie ein Triumph sein?«

Annika machte ein nachdenkliches Gesicht, ein Muster an gespielter Bescheidenheit.

»Eigentlich nicht«, sagte sie. »Für mich persönlich war es wichtiger, dass der Mord an Josefin Liljeberg schließlich aufgeklärt wurde.«

»Wieso?«

»Sie hat Gerechtigkeit verdient. Ich habe während meines

ersten Sommers als Urlaubsvertretung bei der Zeitung über ihren Fall berichtet. Es war von großer Bedeutung für mich, dass die Zeugen ausgesagt haben und Josefins Mörder seiner verdienten Strafe zugeführt wurde.«

»Wissen Sie, was die Zeugen veranlasst hat, ihre Meinung zu ändern? Sich zu melden und plötzlich die Wahrheit zu sagen?«

Annika senkte den Blick.

»Vielleicht hat es ihr Gewissen belastet, all die Jahre mit einer Lüge zu leben, aber das ist reine Spekulation. Sie haben sich während der Verhandlung nicht dazu geäußert, und keiner von ihnen hat sich von den Medien interviewen lassen.«

Sie sah die Moderatorin an.

»Schuld und Geheimnisse mit sich herumzutragen wird mit den Jahren nicht leichter«, sagte sie. »Im Gegenteil. Das kann unerträglich werden, und dann muss man etwas dagegen tun.«

Sein Handy piepste kurz, eine SMS von Sophia.

Hallo Liebling, siehst du dir das Interview an?

Er legte das Handy auf den Oberschenkel, um zu antworten, er hatte eine Technik entwickelt, wie er mit seiner einen Hand eine Nachricht tippen konnte.

Keine Zeit, ich arbeite. Schau es mir vielleicht hinterher im Netz an. Bis morgen, Kuss!

Sie würde sich heute Abend nicht mehr melden, sie respektierte seine Arbeit.

Die Moderatorin auf dem Bildschirm legte den Kopf schräg.

»Ihre Mutter hat ja nach dem Tod Ihrer Schwester in einem Interview gesagt, es sei Ihre Schuld, dass Birgitta ermordet wurde. Wie ist das Verhältnis zu Ihrer Mutter heute, haben Sie sich versöhnt?«

Erschien da nicht ein angestrengter Zug um Annikas Mund?

»Wir waren natürlich alle unglaublich schockiert und entsetzt nach den Morden an meiner Schwester und meinem Schwager. Meine Mutter und Birgitta standen sich sehr, sehr nahe, da ist es kein Wunder, dass man in einer solchen Situation im Affekt Dinge sagt, die man eigentlich gar nicht so meint ...«

Thomas schnaubte verächtlich, er hatte nicht viel übrig für Annikas Schnapsdrossel von Mutter. Es gab ein altes, wahres

Sprichwort: *Wenn du wissen willst, wie deine Frau in dreißig Jahren aussieht, dann sieh dir ihre Mutter an!*

Er lachte vor sich hin, Jimmy Halenius hätte Barbro vom Tattarbacken besser mal einen Besuch abgestattet, ehe er seinen Heiratsantrag machte. Annika und er hatten sich auf dem Bootssteg dieser alten Kate trauen lassen, die sie von Gut Harpsund gepachtet hatten. Überall Filz und Vetternwirtschaft, wohin man auch sah.

»Und die Adoption Ihrer kleinen Nichte, ist die inzwischen durch?«

»Der Antrag liegt im Moment beim Familiengericht, wir hoffen, dass er noch vor Jahresende bewilligt wird.«

»Wie hat sie sich inzwischen bei Ihnen eingelebt?«

Annika verschränkte die Arme.

»Gut.«

Sie wollte offenbar nicht über Birgittas Kind sprechen. Ellen redete umso mehr über Destiny: Sie und Serena und Diny hatten das große Schlafzimmer bekommen, alle Mädchen schliefen zusammen, sie hatten Fotos von Dinys Mama und Papa an den Kühlschrank und neben Dinys Bett gehängt, obwohl Diny fast gar nicht mehr von ihnen sprach, und wie toll es war, dass Diny bei ihnen wohnte.

Er ließ den Kopf an die Rückenlehne sinken, die Stimmen im Fernseher zerflossen zu Gemurmel ... Zukunft? ... Entwicklung der Medien ... doch, ich ... Sie werden ein halbes Jahr pausieren, haben wir gehört ... Ja, das stimmt, ich bin schwanger ...

Er fuhr schlagartig hoch, hatte er richtig gehört?

»Herzlichen Glückwunsch«, sagte die Moderatorin. »Wann ist es denn so weit?«

Er starrte sie an, die Augen tiefe Brunnen und Haare wie Regen, sag, dass es nicht wahr ist, dass ich mich verhört habe.

»Im Frühjahr.«

Er griff nach der Fernbedienung und schaltete den Fernseher aus. Es wurde dunkel im Raum, die Stille war ohrenbetäubend. Sie prallte an seine Trommelfelle wie Gewehrschüsse.

Ich bin schwanger.

Am Dachfenster zum Hof hatte sich Reif gebildet, in der Nacht würde es kalt werden. Tief unten auf der Straße hörte er, wie ein Auto startete und wegfuhr, es rauschte in den Heizkörpern, juckte in der Hand, die er nicht hatte.

Er war *Jemand*.

Die neue Ministerin hatte seine Arbeit ausdrücklich gewürdigt. Sie hatte ernst und aufmerksam zugehört, als er ihr erklärte, warum Zwangsmaßnahmen zur Ermittlung von Internet-Hetzern erst ab einem zu erwartenden Strafmaß von vier Jahren angeordnet werden sollten, das entsprach den Voraussetzungen für den großen Lauschangriff. Er hatte sie gründlich auf die Proteste der betroffenen Behörden vorbereitet, die würden laut aufschreien, dass das Gesetz wirkungslos sei, dass die Polizei Internetkriminalität nicht mehr verfolgen könne. Aber es war wichtig, zu der Aussage des Gutachtens zu stehen und die Rechtssicherheit nicht zu gefährden.

Und die Ministerin hatte sich vorgenommen, die Gesetzesnovelle durchzubringen, gegen alle Widerstände. Morgen um zehn Uhr würde er dem Kabinett seinen Untersuchungsbericht vorstellen. Der Presseraum in Rosenbad war gebucht und der Artikel für *Dagens Nyheter* Korrektur gelesen. Und am Wochenende würde er die Jagdprüfung ablegen, er hatte die Theorie gepaukt und auf der Elchbahn des Gutshofes schießen gelernt, Gewehrlauf auf dem Haken, Zeigefinger der Hand am kalten Abzug.

Im Frühjahr.

Er nahm den Laptop vom Sideboard und loggte sich ein. Gregorius hatte zu gewissen Dingen so einiges zu sagen.

Dank der Autorin

Zunächst ein Hinweis: Annika Bengtzon lebt in einer fiktiven Welt, ihre Zeit muss nicht notwendigerweise unsere Zeit sein.

Die Darstellung von Hälleforsnäs und seiner Industriegeschichte basiert auf Tatsachen, hingegen sind alle Charaktere und das Geschehen in diesem Roman frei erfunden.

Um die Zukunft der Medienbranche zu gestalten, habe ich mich unter anderem inspirieren lassen vom Samstagsinterview mit Carsten Almqvist in der »Ekot«-Sendung vom 23. August 2014, Jan Schermans Buch *Räkna med känslorna*, Thomas Mattssons Blog auf *Expressen.se* und Jan Helins Sonntagskolumnen auf *Aftonbladet.se*.

Die Beiträge unter dem Aliasnamen Gregorius und die vier Kommentare seiner Anhänger sind authentische Postings, die anonym auf schwedischen Internetseiten veröffentlicht wurden. Der Beitrag mit Zeitstempel 3. Juni 16.53 Uhr wurde vom schwedischen Gerichtshof geprüft und freigegeben. Sämtliche Kommentare wurden von Personen geschrieben, die in Schweden für politische Mandate kandidiert haben. Ihre Identität wurde nach einer Reihe von Enthüllungen durch die Zeitung *Expressen* in Zusammenarbeit mit der Researchgruppe bekannt.

Berits und Annikas Diskussion über Identität ist inspiriert von Håkan Lindgrens Essay in *Svenska Dagbladet*, veröffentlicht am 13. Juni 2014.

Dank an:

Matilda Johansson, Kriminalkommissarin bei der Reichskriminalpolizei in Stockholm, für Information und Beratung zu polizeilichen Szenarien, Regeln und Verhörroutinen.

Varg Gyllander, Informationschef bei der Stockholmer Polizei, Christina Ullsten, Kriminalkommissarin bei der Reichskriminalpolizei, und Lars Byström, Polizeikommissar bei der Bezirkskriminalpolizei in Stockholm, für Information und Beratung zu Fakten und Abläufen bei der Klärung von Vermisstenfällen.

Håkan Kvarnström, Konzernsicherheitschef bei Telia Sonera, für technische Details im Zusammenhang mit der Ortung von Mobiltelefonen.

Agneta Johansson, Einwohnermeldesachbearbeiterin bei der Finanzbehörde, für Informationen zu historischen Angaben in unseren öffentlichen Registern.

Katarina Görts Öberg, Doktor der Psychologie, für ihre Hilfe bei der Beschreibung des Paniksyndroms und seiner Behandlung.

Mikael Aspeborg, Axel Aspeborg, Amanda Aspeborg und Annika Marklund für Anmerkungen und Korrekturlesen. Ronnie Sandahl für Gespräche über die digitale Zukunft der Medien.

Thomas Bodström, Rechtsanwalt, für Lektorat, Überprüfung von Fakten sowie Diskussionen über plausible polizeiliche und juristische Szenarien, Regierungsgutachten und dergleichen.

Und schließlich: Tove Alsterdal, Autorin und Dramatikerin, die den ganzen Romanzyklus um Annika Bengtzon hindurch meine Redakteurin und meine Stütze gewesen ist. Ich bin unglaublich froh und dankbar, dass du es auf dich genommen hast, mich auf dieser achtzehn Jahre langen Reise zu begleiten.

Alle eventuellen Fehler und Irrtümer sind volle Absicht.

Liza Marklund

Jagd

Roman.
Klappenbroschur.
Auch als E-Book erhältlich.
www.ullstein-buchverlage.de

»Die erfolgreichste Schriftstellerin Schwedens.«
Brigitte

Annika Bengtzon gilt unter ihren Kollegen als tough und unbestechlich. Sie liebt ihre Arbeit als Reporterin. Als sie zur Villa des Politikers Ingemar Lerberg gerufen wird, betritt sie eine andere Welt: wertkonservativ, traditionell und gediegen. Auf den erfolgreichen Geschäftsmann wurde ein Anschlag verübt. Für die Journalistin ist er kein Unbekannter, denn ein durch die Presse hochgeputschter Steuerskandal hatte Lerberg zum Rücktritt gezwungen. Annika Bengtzon verfolgt eine ganz eigene Theorie und bringt gegen alle Widerstände Licht in ein Dunkel aus Gier und Verlogenheit.

»Ein markerschütternder und treffsicherer Kriminalroman.
Das müssen Sie lesen.« Femina

Die Erfolgsserie von Liza Marklund:

Annika Bengtzon ist die Ermittlerin der Stunde – tough, unkonventionell und doch verletzlich.

Alle Titel sind auch als E-Book erhältlich.

Olympisches Feuer
Kriminalroman.
ISBN 978-3-548-28423-1

Studio 6
Kriminalroman.
ISBN 978-3-548-28424-8

Kalter Süden
Kriminalroman.
ISBN 978-3-548-28275-6

Weißer Tod
Kriminalroman.
ISBN 978-3-548-61159-4

www.ullstein-buchverlage.de

B.
W.
V.
D